KB177548

DONGSUH MYSTERY BOOKS 41

THE SPY WHO CAME IN FROM THE COLD

추운 나라에서 돌아온 스파이

존 르 칼레/임 영 옮김

동서문화사

옮긴이 임 영 (林英)

동국대 문리대 졸업, 미국 인디애나대학 수학. 한국일보, 일간스포츠, 대한일보 편집국장 역임. 영화평론가. 옮긴책 《디미트리오스의 관》 등이 있으며 미스터리문학글을 많이 썼다.

DONGSUH MYSTERY BOOKS 41

추운 나라에서 돌아온 스파이

존 르 칼레/임 영 옮김
초판 발행/1977년 12월 1일
중판 발행/2003년 1월 1일
발행인 고정일/발행처 동서문화사
창업 1956. 12. 12. 등록 16-345 (윤)
서울강남구신사동 540-22 ☎ 546-0331~6 (FAX) 545-0331
www.epascal.co.kr

*

편찬·필름·제작 일체 「동판」 자본으로 이루어짐에 따라
출판권 소유권자 「동판」에서 제조출판판매 세무일체를 전담합니다.
사업자등록번호 211-90-02201
ISBN 89-497-0122-7 04840
ISBN 89-497-0081-6 (세트)

추운 나라에서 돌아온 스파이

차례

등장인물

알렉 리머스 영국 정보부원

리즈 골드 심령연구도서관 직원

칼 리메크 동독 사회주의 통일당 최고회의 서기관

엘비라 칼 리메크의 정부(情婦)

조지 스마일리 영국 정보부 지휘관

피터 길럼 영국 정보부의 대 동독 작전과장

샘 키버 동독 첩보부원

애쉬 동독 첩보부 앞잡이

피터즈 소련 첩보원

한스 디터 문트 동독 인민방위부 차장

피들러 문트의 부하

검문소

미국인은 리머스에게 커피를 한 잔 더 따라주면서 말했다.

"돌아가서 한잠 자는 게 어떻습니까? 그가 나타나면 곧 전화로 알려드릴 테니까요."

리머스는 아무 말도 하지 않았다. 그는 검문소 창 너머로 오가는 사람 그림자가 끊어진 거리를 바라보고 있었다.

"언제까지나 기다리고 있을 수는 없잖습니까. 아마 그가 시간을 바꾼 듯합니다. 아무튼 그가 나타나면 경찰에 연락하겠습니다. 본부에서라면 20분 만에 달려올 수 있을 겁니다."

"아니오." 리머스는 말했다. "곧 해가 질 거요."

"하지만 더 이상 기다리고 있을 수는 없습니다. 벌써 예정보다 9시간 지났습니다."

"가고 싶으면 당신이나 먼저 가시오. 수고했소." 리머스가 덧붙여서 말했다. "당신이 애썼다는 걸 클래머에게 전해 주지요."

"그럼, 당신은 언제까지 기다릴 작정입니까?"

"그가 올 때까지."

리머스는 감시대의 창으로 걸어가 똑바로 서서 감시를 계속하고 있는 두 경비병 사이에 섰다. 경비병들의 쌍안경은 동쪽의 검문소를 향하고 있었다.

"그 사나이는 어두워지기를 기다리고 있는 거요." 리머스는 중얼거리듯 말했다. "그게 틀림없소."

"오늘 아침의 당신 말로는, 그가 노동자들 틈에 끼어 넘어올 거라고 하지 않았습니까?"

리머스는 고개를 저었다.

"첩보부원은 항공기와 달리 짜여진 계획대로 움직일 수가 없소. 게다가 그는 이미 밀고되어 쫓기는 몸이오. 이 순간에도 문트의 손이 그에게 뻗치고 있을지 모르오. 이번이 그에게는 마지막 기회요. 시간은 그에게 맡길 수밖에 없소."

젊은 미국인은 우물쭈물하고 있었다. 돌아가고 싶었으나 그 기회를 잡을 수가 없었던 것이다.

감시대 안에서 벨이 울렸다. 순간 그들은 긴장했다.

경비병 하나가 독일어로 보고했다.

"검은 오펜(서독제 승용차)이 보입니다. 자동차 번호는 서독입니다."

"이렇게 어두우니 멀리 동쪽까지 볼 수는 없을 겁니다. 이미 경비원이 짐작으로 하는 말이겠지요." 미국인은 낮은 목소리로 말하고 나서 얼른 덧붙였다. "대체 문트가 어떻게 알겠습니까?"

"쉿!" 창가에 서 있던 리머스가 말을 가로막았다.

경비병 하나가 검문소에서 나가 걸어가기 시작했다. 도로에는 테니스코트의 베이스 라인처럼 하얗게 경계선이 그어져 있다. 그 2피트쯤 안쪽에 모래주머니가 쌓여 있는데, 경비병은 그곳에 설치된 망원경 뒤로 몸을 웅크렸다. 감시대에 남은 경비병은 그것을 보자 쌍안경을 내려놓고 문 옆에 걸어둔 검은 철모를 들어 조심스럽게 머리에 썼다. 검문소 위에서 여러 개의 탐조등이 켜지더니 앞쪽 도로 위에 빛줄기를 던졌다.

경비원이 보고를 시작했다. 리머스는 그 보고에 귀를 기울였다.

"자동차는 제1통제소를 통과. 탑승자는 여자 한 명임. 신분증 검사를 받기 위해 인민경찰에 연행되고 있음."

그들은 말없이 기다렸다.

"뭐라고 말하는 거지요?"

미국인의 물음에 리머스는 아무 대답도 하지 않았다. 그는 예비용 쌍안경을 집어 들어 동독 측 통제소를 뚫어지게 바라보았다.

"신분증 검사 끝. 제2통제소로 연행."

"리머스 씨, 드디어 당신이 기다리던 사나이가 왔나보군요. 본부에 연락할까요?"

"기다리시오."

"자동차는 어디에 있습니까? 지금 무엇을 하고 있습니까?"

"소지금(所持金) 검사——세관이오."

간단히 대답하고 리머스는 자동차를 바라보았다. 운전석 문 앞에 인민경찰 두 사람이 서서, 하나는 안을 향해 뭐라고 말을 걸고 다른 하나는 조금 뒤에서 기다리고 있다. 세 번째 인민경찰이 자동차 둘레를 돌아보며 걷고 있었는데, 트렁크 앞에서 발을 멈추더니 운전석 있는 데로 되돌아갔다. 열쇠를 요구하는 모양이다. 그리하여 트렁크를 열고 들여다보더니 곧 닫고 열쇠를 돌려준 다음 도로를 걸어갔다. 30야드쯤 앞의 동쪽과 서쪽 검문소가 바라보고 있는 중간에 동독군의 보초병 그림자가 둘 보인다. 장화에 헐렁한 바지. 눈부시게 내리쏟아지는 탐조등 불빛을 의식하며 뭐라고 이야기를 하고 있다.

자동차 옆의 병사가 기계적으로 손을 흔들었다. 지나가도 좋다는 표시이다. 그러나 자동차는 두 명의 보초 앞에서 또 한 번 정지당했다. 그들은 자동차를 다시 둘러보고 조금 뒤로 물러서서 무언가 말을 주고받더니 겨우 마지못한 듯이 경계선 통과를 허락했다. 서베를린 지구로 들어가는 것을 승낙한 것이다.

"저 사람입니까, 리머스 씨, 당신이 기다리고 있던 것은?"

"그렇소, 저 사람이오."

윗옷 깃을 세우고 리머스는 11월의 찬바람 속으로 나갔다. 그와 동시에 사람들의 얼굴을 의식했다. 감시대에 남아 있던 의심에 찬 듯한 얼굴과 얼굴. 사람은 다르지만 표정은 같다. 교통사고 현장에 모여든 군중. 어찌하여 이런 사고가 일어났는지, 시체를 옮겨도 좋은지 어떤지 아무것도 모르고 있다. 탐조등 불빛 아래 연기인지 먼지인지 알 수 없는 것이 뭉게뭉게 피어올랐다. 쉴 새 없이 옮아가는 그 빛줄기는 마치 관을 덮어놓은 흰 장막 같았다.

리머스는 자동차 쪽으로 다가가 여자에게 말했다.

"그는 어디에 있소?"

"그들이 체포하러 와서 도망쳤어요, 자전거로. 하지만 저들은 나에 대해서는 모르고 있었어요."

"어디로 도망쳤소?"

"우리는 브란덴부르크 가까이에 방을 빌려 있었어요. 술집 2층이에요. 그곳에 그의 돈과 서류가 있으니까 그리로 갔을 거예요. 그리고 나서 빠져나올 셈이겠지요."

"오늘 밤 안으로?"

"그렇게 말했어요. 다른 사람들은 모조리 붙잡히고 말았어요. 파울, 빌렉, 렌드저, 살로몬, 모두 다요. 그이도 지체하면 힘들 거예요."

리머스는 잠시 말없이 여자를 바라보고 있었다.

"렌드저도?"

"어젯밤에요."

경비병이 리머스의 옆에 와 섰다. 그는 말했다.

"자리를 옮겨 주십시오. 경계선 위에 차가 멎는 것은 엄중히 금지되고 있습니다."

"시끄러워!" 리머스는 반쯤 되돌아보며 쏘아붙였다.

독일인의 얼굴이 굳어졌다.

"타세요, 리머스 씨. 요 앞 모퉁이로 옮겨요."

여자가 말했다.

리머스는 여자 옆에 올라탔다. 차는 천천히 움직여 다음 모퉁이까지 옮아갔다.

"당신이 자동차를 가지고 있는 줄은 몰랐었군."

"남편 거예요." 여자는 아무렇지도 않게 대답했다. "내가 결혼했다는 걸 칼이 말하지 않던가요?"

리머스는 잠자코 있었다.

"남편과 나는 같은 광학(光學)공장에서 일하고 있었어요. 그곳 근무처를 배당받은 거지요. 칼이 말한 건 결혼 전의 내 이름일 거예요. 왜냐하면 나까지 말려들게 하고 싶지 않았기 때문이지요. 당신의 일에."

리머스는 주머니에서 열쇠를 꺼내며 단호하게 말했다.

"당신은 어딘가 묵을 곳이 필요할 거요. 알브레히트 뒤러 거리에 아파트를 빌려놓았소. 박물관 다음 거리로. 번지는 28의 A. 필요한 건 모두 갖춰져 있소. 그가 오면 전화로 알려 주겠소."

"난 여기에 있겠어요, 당신과 함께."

"난 돌아가야 하오. 지금 곧 아파트로 가주시오. 전화로 알려줄 테니. 이곳에서 기다릴 필요가 없소."

"하지만 그이는 이 검문소로 올 거예요."

리머스는 깜짝 놀라며 그녀를 보았다.

"누가 그런 말을 했소?"

"그이는 이곳 인민경찰 가운데 아는 사람이 있어요. 그 사람이 하숙하고 있는 집주인의 아들이지요. 그를 이용할 수 있으므로 이 길을 택한다고 했어요."

"당신에게 그렇게 이야기했소?"

"그이는 나를 믿고 있어요. 무엇이든지 이야기 해줘요."

그는 그녀에게 열쇠를 건네주고 검문소로 되돌아왔다. 찬바람이 부는 곳을 피하여. 안에서는 경비병들이 서로 이야기하고 있었는데, 그가 들어오자 키 큰 경비병이 등을 휙 돌렸다. 리머스가 말했다.

"아까는 내가 나빴소, 화를 내서."

리머스는 낡고 찌그러진 서류가방을 열어 무언가 찾기 시작했는데, 이윽고 찾는 것이 눈에 띄었다. 반쯤 남아 있는 위스키 병이었다. 그가 고개를 끄덕이자 키 큰 경비병이 술병을 받아들어 그들의 커피 잔에 반잔씩 따르고 그 위에 다시 진한 커피를 부었다.

"미국인은 어디로 갔소?" 리머스가 물었다.

"누구 말입니까?"

"미국 중앙정보부 남자 말이오. 아까까지 여기에 있었던 남자."

"슬슬 침대에 들 시간이 되었나보지요."

나이 많은 경비병이 말하자 모두들 한바탕 웃어댔다.

리머스는 커피 잔을 내려놓았다.

"경계선을 넘어오는 사람이 있을 경우, 그 엄호사격에는 어떤 규칙이 있소? 더욱이 추적당하고 있는 남자의 경우요."

"엄호사격이 허용되는 것은, 인민경찰들이 우리 서쪽으로 먼저 발포했을 때에 한해서입니다."

"그럼, 그가 경계선을 넘을 때까지는 총을 쏘면 안 되겠구먼."

나이든 경비병이 대답했다.

"그런 셈입니다. 저어, 성함이…….."

"토머스요. 내 이름은 토머스."

그리고 리머스는 다시금 악수를 했다. 두 경비병도 각기 이름을 댔다.

"요컨대 엄호사격은 허용되어 있지 않습니다. 잘못하면 전쟁을 유발시킬 위험이 있으니까요."

젊은 경비병이 위스키 탓으로 대담해졌는지 말했다.

"전쟁 위험이라고! 웃기는군. 유엔 주둔군만 없었다면 동서의 장벽 따위는 벌써 무너졌을 겁니다."

"베를린 그 자체가 없어졌을지도 모르지."

나이든 경비병이 중얼거리듯 말했다.

그러자 별안간 리머스가 말했다.

"오늘 밤 탈출해 올 사나이가 있소."

"여기로? 이 검문소가 있는 도로로?"

"그 사나이를 구하는 것은 아주 중대한 일이오. 문트의 부하에게 쫓기고 있소."

"단념하는 게 좋지 않습니까? 달리 쓸모 있는 남자가 있을 테니……."

"그는 중요한 인물이오. 어떻게 해서든지 빠져나올 거요. 신분증명서도 갖고 있으므로 그게 큰 역할을 할 거요. 자전거를 타고 온다고 하오."

검문소에는 전등이 하나 있을 뿐이었다. 푸른빛 갓을 씌운 독서용 램프였다. 그 대신 탐조등의 강렬한 빛이 인공 달빛처럼 검문소 안을 비추어 주었다. 이미 해가 저물어서 주위는 적막했다. 그들은 누가 엿듣기라도 하는 것처럼 나지막하게 말했다. 리머스는 창가에 서서 기다리고 있었다. 눈앞의 도로와 양측의 벽. 더럽고 보기흉한 콘크리트 벽과 가시 돋친 철조망이 노란빛 탐조등 불빛을 받아 포로수용소의 배경으로나 어울릴 듯한 모습이었다. 벽의 동쪽과 서쪽은 복구된 흔적이라고는 전혀 찾아볼 수 없는 베를린. 폐허를 그대로 둘로 찢어 펼쳐놓은 세계. 전쟁의 잔해.

'빌어먹을 여자로군!' 하고 리머스는 생각했다. 칼 녀석에게 거짓말을 하게 만들었다. 지껄여대지 않는 것도 거짓말의 일종으로 온 세상의 스파이들이 쓰는 수법이다. 거짓말을 하여 행동의 흔적을 숨기는 방법을 가르치면, 가르쳐준 상대에게까지 그 방법을 이용한다. 칼은 꼭 한 번 그녀를 소개한 일이 있었다. 지난해 슐츠 거리에 있는 집에서 식사를 하고 난 뒤였었다. 그때는 칼이 중요한 정보를 전해왔기 때문에, 관리관(정보부장)이 그를 만나고 싶어 했다. 이 관리관에게는 일이 순조롭게 진행되어 나가면 반드시 자기 쪽에서 적극적으로 나서는 버릇이 있었다. 리머스, 관리관, 칼 셋이서 함께 식사를 했다. 칼은 그 일을 기뻐하여 마치 주일학교에 가는 어린아이처럼 해맑은 얼굴을 빛내며 말쑥하게 차려입은 모습으로 나타났다. 모자를 벗고 정중하게 인사했다. 관리관은 5분 동안이나 악수를 하고 나서 말했다.

"이렇게 만나게 되어서 기쁘오. 킬, 이토록 기쁘기는 처음이오."

옆에서 리머스는 생각했다. 그 말 한 마디로 칼 녀석은 1년에 2백 파운드를 여분으로 더 청구해 오리라고. 식사가 끝나자 관리관은 다시 또 힘찬 악수를 하며 의미 깊게 고개를 끄덕여 보였다. 그리고 그는 헤어질 때, 오늘 밤에는 어딘가에 위험이 도사리고 있을지도 모르니 조심하라고 말하며 운전수가 기다리는 차로 돌아갔었다. 뒤에 남은 칼은 큰소리로 웃었다. 리머스도 함께 웃었다. 둘이서 남아 있는 샴페인을 다 마셔버릴 때까지 관리관에 대해 웃었다. 그러고 나서 그들은 '옛 술통'이라는 술집으로 갔다. 칼이 꼭 가겠다고 고집 부려서 갔던 것인데, 그곳에서 엘비라가 기다리고 있었다. 40살의 금발 여인. 쇠못처럼 완강해 보이는 여자.

"알렉, 이 여자는 나의 중대한 비밀일세."

그래서 리머스는 화를 냈다. 더욱이 다투기까지 했다.

"그 여자를 어느 정도 알고 있나? 뭘 하는 여자야? 어떻게 알게 됐지?"

칼은 불쾌한 얼굴로 대답하지 않았다. 그리고 그 뒤부터 일이 순조롭게 잘되어나가지 않았다. 리머스는 방법을 달리하고 만나는 장소와 암호를 바꾸자고 제안했으나 칼은 찬성하지 않았다. 그 뒤에 숨은 뜻을 알고 있었기 때문에 그는 동의하지 않았던 것이다.

"자네가 그 여자를 믿지 않는다 해도, 지금은 이미 늦었네."

리머스는 칼이 하는 말의 뜻을 깨닫고는 아무 소리도 하지 않았다. 그리고 그 다음부터는 될 수 있는 대로 칼에게 그 말을 하지 않기로 했다. 스파이의 테크닉인 속임수를 더 많이 사용했던 것이다. 그런데 그 여자가 지금 여기에 있다. 그녀의 차 안에. 그들의 첩보망, 그들의 아지트, 그리고 그 밖의 모든 것을 알고서. 리머스는 다시 새삼스럽게 욕을 하지 않고서는 견딜 수 없는 심정이었다. 스파이 일에 종사하는 사람은 누구든 믿는 것이 위험하다.

그는 전화기 쪽으로 다가가 그의 집 번호를 돌렸다. 마르타 부인의 목소리가 들려왔다.

"뒤러 거리에 손님을 맞게 되었소." 리머스는 말했다. "남자와 여자요."

"부부인가요?" 마르타가 물었다.

"그 비슷한 거요."

리머스가 대답하자 그녀는 큰소리로 웃었다. 수화기를 내려놓자마자 경비병 하나가 뒤돌아보며 외쳤다.

"토머스 씨! 빨리!"

리머스는 감시창으로 달려갔다.

"남자입니다. 토머스 씨." 젊은 경비병이 나직이 말했다. "자전거를 타고 있습니다."

리머스는 쌍안경을 집어 들었다.

칼이었다. 이토록 멀리 떨어져서도 한눈에 알아볼 수 있었다. 국방군의 낡은 비옷을 입고서 자전거를 타고 있다. 성공한 것이다! 탈주에 성공한 게 틀림없다. 신분증 검사가 끝나고, 이제 소지금 조사와 세관 수속이 남았을 뿐이다. 보고 있노라니, 칼은 자전거를 울타리에 기대어 세워놓고 태연하게 세관사무소로 향하고 있었다. 너무 서두르지 말았으면……. 이윽고 칼이 나왔다. 웃는 얼굴로 관문에 서 있는 남자에게 손을 흔들고 있다. 빨간색과 흰색의 차단기가 천천히 올라간다. 그는 통과했다. 이쪽으로 향해 오고 있다. 드디어 해낸 것이다. 이제는 다만 통로의 중간인 경계선 바로 위에 서 있는 인민경찰만 남았을 뿐이다.

그 순간, 칼의 귀에 무슨 소리가 들린 모양이다. 위험을 느낀 듯한 동작으로 흘끗 등 뒤를 돌아보더니, 핸들 위로 몸을 착 엎드리고 맹렬한 기세로 페달을 밟기 시작했다. 아직 한 사람, 다리 위에 보초가 서 있었다. 이 병사가 몸을 돌려 칼을 쏘아보았다. 그러자 갑자기 탐조등 불빛이 눈부시게 비쳤다. 번쩍번쩍하는 하얀 빛줄기가 칼을 사로잡았다. 빛을 온통 뒤집어쓴 그의 모습은 자동차의 헤드라이트에 비친 토끼를 연상케 했다. 사이렌이 높고 널찍하게 울리면서 명령을 내리는 외침 소리가 거칠게 아우성쳤다. 리머스의 앞쪽에 있던 서독 경비병 두 사람이 무릎을 꿇어 모래주머니 사이로 몸을 숨기고서 솜

씨 있게 자동소총을 쏘기 시작했다.

동독의 보초는 주의 깊게 그 총알을 피하면서 이쪽을 향해 총을 쏘았다. 첫 번째 총알이 칼의 앞에 떨어지고 두 번째 총알은 빗나갔다. 그런 상황을 뚫고 칼은 자전거를 달려 보초선을 지나왔다. 그러나 사격은 계속되어, 마침내 칼의 몸이 축 늘어지더니 땅 위로 굴러 떨어졌다. 자전거 쓰러지는 소리가 들렸다. 차라리 죽어버리는 편이 낫다고 리머스는 신에게 기도했다.

케임브리지 서커스

템펠호프 공항의 활주로가 눈 아래 펼쳐지는 것을 리머스는 바라보고 있었다.

그는 본디 깊이 생각하거나 철학적인 사고방식을 지닌 성격이 아니었다. 면직(免職)되리라는 것은 알고 있었다. 이것이 인생의 사실이며, 앞으로는 이 현실을 꿋꿋이 살아가지 않으면 안 된다. 그런 점에서 보면, 암(癌)에 걸렸다든가 형무소살이를 선고받은 사람이나 마찬가지다. 그것과 현재 생활 사이의 차이를 메울 마음의 준비를 하고 싶지만, 그것도 또한 무리한 일인 줄 알고 있었다. 어느 날 별안간 죽음이 찾아온 것처럼 그는 냉소에 찬 분노와 고독한 용기로 이 실각을 받아들이지 않으면 안되었다. 이례적이라고 할 만큼 오늘날까지 잘 해왔는데, 드디어 그 자리에서 쫓겨날 때가 왔다. 개는 이가 성할 동안만 살아 있다고 한다. 리머스의 이는 이미 모두 빠져버렸다. 그리고 그것을 빼버린 것은 문트였다.

10년 전에는 다른 길을 택하는 일이 가능했었다. 케임브리지 서커스(영국 정보부)의 소속 불명인 어떤 정부기관에나 사무직은 얼마든지 있었다. 그것을 선택하면 언제까지나 그 지위를 유지할 수가 있었다. 그러나 리머스는 그 길로 나가지 않았다. 그에게 현장에서의 활약을 포기하고 관청 안에서 작전계획이나 짜면서 몸의 안전을 도모하라고 권유하는 것은, 경마의 기수에게 마권의 집계원으로 직업을 바꾸라고 설득하는 것과 같은 일이었다. 그는 베를린에 파견되어 줄곧 그곳에 머물렀다. 한 해가 끝날 즈음마다 인사과가 그의 귀임(歸任)을 문제 삼았다. 그는 그것을 알고 있었으나 완강하게 지령을 거부하고, 이제 무슨 일이 일어날지 모른다고 스스로에게 타이르며 베를린을 떠나지 않았다. 첩보활동에는 윤리적인 규정이라고도 할 만한 것이 지배하고 있었다. 모든 일은 결과에 의하여 정당화되는 것이다. 자기들 멋대로 이론을 휘둘러대는 관청에서도 이 법칙은 통용되었다. 그리고 리머스는 성과를 올리고 있었다. 문트가 등장할 때까지는.

문트가 이른바 '벽에 씌어진' 문자——차츰 다가오고 있는 위험의 상징이라는 것을 리머스는 이상하리만큼 일찍부터 느끼고 있었다.

그의 경력은 확실했다. 한스 디터 문트, 라이프찌히 태생으로 나이는 42살. 사진도 손에 넣었다. 아마빛 머리 아래의 무표정하고 냉혹한 얼굴. 그가 동독 첩보부의 차장——현장 작전 지도자 자리에까지 승진한 경위는 리머스의 머릿속에 환히 새겨져 있었다. 그가 내부에서 미움받고 있다는 것도 이중간첩들로부터 들어서 알고 있었다.

동독 사회주의 통일당 최고회의위원으로 기밀방위위원회에서 문트와 함께 자리하는 일이 많은 칼이 자세하게 이야기해 준 것이다. 칼은 문트를 두려워하고 있었다. 그 공포는 사실로 드러났다. 마침내 칼 자신이 문트에게 죽음을 당했던 것이다.

1959년까지 첩보부 안에서 문트의 위치는 대단치 않은 것으로, 동독 철강 조사단원이라는 이름 아래 런던에서 스파이 노릇을 하고 있었다. 자신을 지키기 위해서 동료 스파이를 둘이나 죽이고 간신히 독일로 도망쳐 갔으며, 그 뒤 1년 남짓 소식이 끊겼다. 그런데 별안간 라이프찌히에 있는 첩보본부에서 자금국(資金局) 국장이라는 영예로운 직책을 맡고 나타났다. 이것은 현지에서의 작전활동에 자금과 장비와 인원 등을 배분하는 책임있는 직책이었다.

그해 끝무렵 첩보부 안에서 대규모적인 파벌 싸움이 있었는데, 그 결과 소비에트 연락장교단의 세력이 두드러지게 후퇴하였다. 고위층 몇몇 사람이 이데올로기가 다르다는 이유로 파면되었고, 그 대신 세 사람이 눈에 띄게 돋보였다. 피들러가 대적(對敵) 첩보국장 자리에 앉았고, 얀이 설영(設營) 책임자로서 문트의 자리를 이었으며, 문트는 41살의 젊은 나이로 첩보부의 중추인 차관 자리를 차지했다.

이러한 이동과 더불어 그들은 새로운 작전방침을 세웠다. 그 때문에 리머스는 처음에 여자부원을 잃었다. 그녀는 그의 첩보망에서 아주 작은 부분인 리포터 일을 맡고 있었는데, 서베를린의 영화관에서 나오다 길에서 사살당했다. 경찰은 범인을 검거하지 못하고 리머스도 처음에는 일과 관계없는 사건으로 생각했다. 그러나 해고당한 지 얼마 안된 피터 길럼의 부하가 한 달 뒤 드레스덴에서 침대차 급사가 선로 옆에서 시체로 발견된 것을 보고 리머스는 비로소 두 사건이 우연히 일어난 일이 아님을 알았다. 이어서 리머스의 지배 아래에 있던 부원 두 사람이 체포되어 사형선고를 받는 비참한 사태가 벌어졌다.

그리고 지금은 칼마저 희생되었으니, 리머스도 어쩔 수 없이 베를린을 떠나야만 했다. 부원다운 부원 하나 남겨놓지 못한 채. 문트는 이긴 것이다.

리머스는 강철빛 머리를 가진 키 작은 사나이로, 몸집은 수영선수를 연상케 했다. 힘이 세다는 것은 그 어깨와 등, 목덜미, 그리고 나무 그루터기 같은 완강한 손과 손가락을 보면 알 수 있다.

옷차림의 취향은 철저한 실용주의. 이러한 경향은 다른 면에도 나타나, 이따금 쓰는 안경도 쇠테를 두른 견고한 것이었다. 대부분의 옷가지는 화학섬유였고, 조끼는 하나도 만들지 않았다. 깃 끝에 단추가 달린 미국식 와이셔츠를 입고 양가죽 구두에는 고무 뒤축을 달았다.

얼굴은 남성적 매력이 넘쳐흘렀으며, 엷은 입술이 강한 선을 그리고 있다. 눈은 작고 눈동자는 갈색. 아일랜드계로 보는 사람도 있다. 겉으로만 보아서는 평가하기 힘든 사람으로, 런던 클럽에서라면 급사가 회원의 한 사람으로 맞이하지 않겠지만 베를린의 나이트클럽에서는 언제나 최상의 테이블로 안내되었다. 그 이유는 섣불리 다루면 트집잡을 것 같기도 했거니와 또 한편으로 돈푼이나 있어 보였기 때문이지, 반드시 나무랄 데 없는 신사로 평가받아서가 아니었다.

스튜어디스는 리머스를 흥미 있는 사나이라고 생각했다. 북유럽 신사로 보았는데, 어느 의미에서 그 추측은 맞는다. 그리고 돈 있는 부자로 보았는데, 그것은 틀렸다. 나이를 50살쯤으로 본 것은 대체로 옳았다. 그녀는 또한 독신자로 생각했는데, 이것은 반쯤 사실이다. 오래 전에 이혼하여, 지금 먼 곳에 10대로 자란 아이들이 있다. 그는 그 아이들에게 시내의 별로 유명하지 않은 은행을 통해 양육비를 보내고 있었다.

"위스키를 마시고 싶으시다면," 스튜어디스가 말했다. "서두르셔야 되겠습니다. 20분 뒤면 런던 공항에 도착하니까요."

"아니, 생각 없소."

스튜어디스 쪽으로는 얼굴도 돌리지 않은 채 그는 창문으로 연푸른 켄트 평야를 내려다보고 있었다.

공항에는 폴리가 마중 나와 있었다. 그들은 자동차를 타고 런던으로 향했다.

"칼 건으로 관리관의 기분이 좋지 않다네."

폴리는 리머스를 곁눈질해 보며 말했다.

리머스가 고개를 끄덕이자 그는 이어서 물었다.

"어째서 그렇게 됐나?"

"사살당했지. 문트에게."

"죽었나?"

"그런 것 같네. 거의 통과했는데……너무 서두르지 말았어야 했어. 저쪽에서도 확신하고 있었던 것은 아니거든. 그쪽 첩보부원은 칼보다 한발 늦게 도착했었지. 사이렌이 울리기 시작하자 인민경찰이 경계선 20야드 앞에서 총을 쏘아대더군. 그는 얼마 동안 그대로 달리다 결국 쓰러졌네."

"가엾군……."

"정말 그래." 리머스가 말했다.

폴리는 리머스를 싫어했다. 그런 사실을 리머스가 알고 있어도 태연했다. 폴리는 몇몇 스포츠클럽에 가입하여 회원 넥타이를 자랑했으며, 핀잔을 주면 스포츠맨인 체하곤 했다. 그는 연락계라는 시시한 자리를 차지하고 있었다. 그는 리머스를 요주의 인물로 생각했으며, 리머스는 그를 하찮은 사나이로 여겨 멸시했다.

"자네는 지금 어느 과에 있나?" 리머스가 물었다.

"인사과."

"마음에 드나?"

"물론, 재미있는 일이라네."

"나는 어디로 배치됐나? 결정되었겠지?"

"관리관에게 직접 물어보게나."

"자네는 모르고 있나?"

"알고 있긴 하지만……."

"그럼, 어째서 가르쳐주지 않지?"

"가르쳐줄 수 없네."

폴리의 대답에 리머스는 갑자기 울화가 치밀어 하마터면 성을 낼 뻔했다. ——'이 녀석, 틀림없이 거짓말을 하고 있군.'

"한 가지만 말해 주게. 나는 런던에 하숙을 정해야 되나?"

"그럴 필요는 없을 것 같네."

폴리는 귀를 긁적이며 대답했다.

"그럴 필요가 없다고? 잘됐군."

그들은 케임브리지 서커스 가까운 주차장 앞에 자동차를 세웠다. 그리고 함께 그 안으로 들어갔다.

"통행증이 없겠지? 그렇다면 면회부에 기입해야 하네."

"언제부터 통행증이 필요하게 됐나? 맥콜은 나를 우리 어머니만큼 잘 알고 있네."

"새로 생긴 규칙이네. 여기도 직원이 많이 늘었거든."

리머스는 아무 말 하지 않고 맥콜에게 고개를 끄덕여 보인 다음 통행증 없이 엘리베이터를 탔다.

관리관은 리머스와 악수를 나누었는데, 부러진 뼈를 진단하는 의사처럼 신중했다.

이윽고 관리관이 먼저 변명 비슷이 입을 열었다.

"몹시 피곤하겠지? 어서 앉게나."

여전히 가라앉은 목소리, 거드름피우는 말투였다.

리머스는 의자에 앉았다. 바로 눈앞에서, 물이 담긴 그릇이 얹혀 있는 전기난로에서 파란 불꽃이 피어올랐다.

"여기는 춥다네."

관리관은 난로 위로 몸을 굽히며 두 손을 쬐었다. 검은 윗옷 속에 갈색 가디건을 입고 있었는데, 몹시 낡은 것이었다. 리머스는 관리관의 아내를 기억하고 있다. 얼른 보기에도 재치가 없을 것 같은 몸집이 작은 여자로, 이름은 맨디라고 했다. 그녀는 남편이 석탄 관리위원회에 근무하고 있는 줄 알고 있다. 이 가디건도 그녀가 짠 것이리라.

관리관은 이야기를 계속했다.

"요즈음 비가 오지 않아 야단이라네. 추위를 쫓기 위해 불을 피우면 공기가 몹시 건조해지는데, 이것 역시 위험하거든."

그는 책상 앞으로 가서 단추를 눌렀다.

"커피라도 가져오라고 하세. 지니가 휴가로 나오지 않아 몹시 불편해. 새 여자가 대신 와 있지만, 도무지 눈치가 없어서 말이야."

그는 리머스의 기억 속에서보다 훨씬 더 시든 느낌이었지만, 그밖에는 조금도 달라진 데가 없었다. 여전히 모든 계산을 끝내버린 뒤 같은 무관심, 거드름피우는 태도, 틈 사이 바람에 마음을 쓰는 것까지 여전했다. 모든 것이 리머스가 경험하고 온 세계와는 몇 마일이나 동떨어진 형식주의에 싸여 있었다. 맥빠진 미소, 일부러 보이기 위해 꾸민 듯한 조심성, 속으로는 귀찮게 생각하면서도 겉으로는 나도 신사이니 예절바르게 행동해야지 하고 그럴싸하게 꾸미는 속물 타입.

그는 책상에서 담뱃갑을 하나 꺼내 리머스에게 주었다.

"앞으로 자네는 이런 담배도 귀하게 느끼게 될 걸세."

그의 말에 리머스는 순순히 고개를 끄덕이며 담뱃갑을 주머니에 집어넣었다. 관리관도 앉았다. 잠깐 사이를 두었다가 리머스가 입을 열었다.

"칼이 죽었습니다."

"그렇다더군." 마치 리머스가 말을 잘 꺼냈다는 듯한 표정으로 관리관이 말했다. "불행한 일이지. 정말 유감스럽기 짝이 없네. 아마 여자에게 밀고당한 모양이야. 엘비라에게 말일세."

"나도 그렇게 생각합니다."

관리관이 어떻게 엘비라를 알고 있는지 리머스는 이상하게 여겨졌
으나 물어보지는 않았다.

갑자기 관리관이 덧붙여 말했다.

"문트가 사살시켰을 걸세."

"그렇습니다."

관리관은 자리에서 일어나 재떨이를 찾는 듯 방 안을 돌아다녔다.
찾아내자 그는 어색한 동작으로 두 개의 의자 사이에 재떨이를 놓았
다.

"그때 자네는 어떤 기분이 들던가? 칼이 사살당할 때 말일세. 물
론 보고 있었겠지?"

리머스는 어깨를 으쓱하며 대답했다.

"몹시 화가 나더군요."

관리관은 목을 움츠리고 반쯤 눈을 감으며 말했다.

"그 정도가 아니었겠지. 당황하지 않았나? 그것이 당연할 텐데…
…."

"그야 물론 당황했지요."

"자네는 칼에게 호감을 가지고 있었나? 인간적인 면에서."

"그런 것 같습니다." 리머스는 애매하게 대답했다. "하지만 그것
은 문제삼을 일이 아닐 텐데요."

"그날 밤 자네는 나머지 시간을 어떻게 보냈나? 칼이 사살당한 뒤
말일세."

"무슨 말씀입니까?" 리머스는 목소리에 열기가 어리었다. "무엇
을 알고 싶으신 거지요?"

"칼이 마지막이었네. 그 일련의 죽음의 마지막 사람이었단 말일세.

나의 기억이 맞는다면, 영화관 밖에서 사살당한 여자에서부터 시작하여 드레스덴의 급사가 죽음을 당했고, 이어서 예나에서의 체포……. '열 명의 흑인 아이'는 아니지만 파울, 빌렉, 렌드저, 모두 죽었네. 그리고 마지막으로 칼이 사살당했지." 관리관은 억울한 듯한 표정을 지었다. "우리로서는 엄청난 손실일세. 자네가 손을 들지 않았을까 걱정하고 있던 참이었다네."

"손을 들다니요?"

"진절머리를 내지 않았을까 생각했단 말일세. 기진맥진해서……."

"오히려 당신이 그런 것 같군요." 리머스가 말했다.

"우리들의 일에서 온정은 금물일세. 물론 무리라는 것은 알고 있네. 하지만 상대가 비정한 수단으로 나오면 이쪽도 강경한 수단을 쓰지 않을 수 없지. 물론 우리가 그러기를 좋아한다는 이야기는 아닐세. 그래서…… 누구나 그런 곳에 오래 얼굴을 내밀고 있을 수 없네. 때로는 추운 곳에서 돌아올 필요가 있어…… 알겠나, 내 말을?"

리머스는 보았다. 로테르담 교외의 길다란 길을. 모래언덕 옆을 일직선으로 달리고 있는 길다란 길. 피난민의 흐름이 줄을 잇고 있었다. 몇 마일 앞에 비행기의 모습이 조그맣게 보였다. 행렬이 멎었다. 모든 사람이 일제히 그쪽으로 눈길을 주었다. 비행기가 이쪽으로 다가왔다. 모래언덕 위에 이르렀을 때 갑자기 큰 혼란이 일었다. 뜻밖에도 지옥이──폭탄이 떨어진 것이다.

"관리관님……." 리머스는 말했다. "에둘러서 하는 말씀은 이제 그만두시지요. 나더러 어떡하란 말씀입니까?"

"무리한 일인 줄은 아네만, 조금 더 추운 곳에 머물러 있어달라는 말일세."

리머스는 아무 대답도 하지 않았다. 그러자 관리관이 말을 계속했다. "우리가 하고 있는 일의 윤리는 내가 아는 한 오직 하나의 가정 위에 성립되어 있네. 우리는 침략자로서 행동하고 있는 것이 아니라는 사실 말일세. 자네도 이 점은 옳다고 생각하겠지?"

리머스는 고개를 끄덕였다. 무언가가 그의 입을 봉하고 있었다.

"우리는 때로는 비정한 행동을 취할 때가 있지. 하지만 그것은 방어하기 위해서일세. 따라서 그것은 정당한 행위라고 믿고 있네. 우리가 불쾌한 일을 하는 것은 서로 양쪽 국민이 편안히 잠잘 수 있도록 해주기 위해서가 아니겠나? 지나치게 로맨틱하다고 생각하나? 물론 우리도 가끔 몹시 악착스러운 행동을 할 때가 있긴 하지." 그는 초등학생처럼 싱긋이 웃었다. "윤리성을 강조하느라고 무리한 비교론을 펼친 것 같군. 사실 이쪽의 이상과 상대방의 수단을 비교하는 것은 옳은 이론이라고 할 수 없네. 하지만……."

리머스는 초조해지기 시작했다. 칼을 내리치기 전에 일부러 두서없는 말을 지껄이는 경우를 가끔 보아오긴 했지만 이처럼 장황하게 듣는 것은 처음이었다.

"다시 말해서 수단에는 수단을, 이상에는 이상을 비교해야 한다는 것일세. 2차 대전 이후 우리의 수단은——'우리'란 우리와 적, 양쪽을 뜻하네——두 쪽 모두 별 차이가 없게 되었지. 우리 정부가 온건 정책을 취하고 있다고 해서 그 이유만으로 우리의 움직임이 적들에게 비정해서는 안된다는 이론은 성립되지 않네." 그는 혼자 조용히 웃었다. "절대로 성립되지 않는다고 생각하네."

'아니, 왜 저럴까?' 하고 리머스는 생각했다. '목사를 상대로 지껄이고 있는 것 같군. 무슨 말을 하려는 것일까?'

"그런 이유 때문에 우리는 어떤 수단을 써서든 문트를 없애야겠다고 생각하고 있네. 사실……."

관리관은 갑자기 초조한 듯 문 쪽을 보았다.

"커피는 어떻게 된 거지?"

관리관은 문 쪽으로 다가가서 머리를 내밀었다. 리머스에게는 보이지 않았으나, 그는 사무실의 여자에게 뭐라고 말한 다음 뒤돌아서서 다시 이야기를 계속했다.

"사실 나는 절실히 느끼고 있다네. 어떻게 해서든 문트를 없애야 한다고 말일세."

"어떻게 없애지요? 현재 동독에는 거점이 하나도 남아 있지 않습니다. 모조리 잃었습니다. 당신도 말씀하셨지요, 칼이 마지막이었다고."

관리관은 앉아서 잠시 동안 자기의 두 손을 내려다보더니 이윽고 입을 열었다.

"반드시 그렇지만은 않네. 하지만 지금 여기서 자세한 이야기를 할 필요는 없겠지."

리머스는 어깨를 치켜올렸다. 관리관이 다시 말을 이었다.

"그럼, 묻겠는데, 자네는 스파이 일에 싫증나지 않았나? 같은 질문을 되풀이해서 미안하네만, 아무튼 지금도 말했듯이 사정이 이러니만큼 어쩔 수 없네. 항공기 설계자가 말하는 금속 피로점이라는 것——틀림없이 그런 용어였지——자네도 그런 상태에 빠져 있지 않나 걱정이 되네. 어떤가? 그렇다면 지금 이 자리에서 똑똑히 말해 주기 바라네."

리머스는 아침에 귀국했을 때의 상황을 그려보며 그 말의 뜻을 생각해 보았다.

"자네가 만일 그런 상태에 빠져 있다면, 우리는 문트를 없애는 데 있어 다른 수단을 생각해 보겠네. 지금의 계획은 조금 색다른 방법이지만."

여사무원이 커피를 가져왔다. 접시를 책상 위에 놓고 두 개의 잔에 커피를 가득 따랐다. 관리관은 잠자코 있다가 그녀가 방에서 나가자 혼잣말처럼 중얼거렸다.

"도무지 눈치가 없는 여자야. 좀 더 나은 여자가 있을 법도 한데 말이야. 지니에게 너무 자주 휴가를 얻지 말라고 해야겠군."

그리고 관리관은 잠시 생각에 잠기며 커피를 젓고 있었다.

"무엇보다도 문트를 실각시켜야 하네. 옳아, 자네는 술이 꽤 세었지. 위스키든 무엇이든."

리머스는 오래 전부터 그렇게 생각하고 있었지만, 그는 이와 같이 관리관이라는 이름에 어울리는 사나이였다.

"네, 조금쯤. 아니, 꽤 마신다고 할 수 있지요."

관리관은 알고 있다는 듯이 고개를 끄덕였다.

"문트에 대해 어느 정도 알고 있나?"

"그는 살인자입니다. 런던에도 1, 2년 동안 동독 철강 조사단과 함께 머물렀습니다. 그 무렵 우리 본부에서는 마스턴이 관리관으로 있었지요."

"그랬지."

"문트는 스파이를 쓰고 있었습니다. 외무부 직원의 아내가 그의 스파이였는데, 그는 그녀를 죽였지요."

"조지 스마일리도 죽을 뻔했지. 물론 그녀의 남편은 사살되었고, 문트만큼 불쾌한 사나이는 또 없을 걸세. 히틀러 유겐트 출신의 공산주의자인데 이론가나 지적인 분자다운 데는 조금도 없는, 말하자면 냉전용 전투원이라고 할 수 있을 걸세."

"우리도 마찬가지겠지요." 리머스가 무뚝뚝하게 말했다.

관리관은 웃지 않았다. 그는 이야기를 이었다.

"그 사건은 조지 스마일리가 자세히 알고 있지. 그는 지금 우리와 함께 있지 않지만, 찾아가서 그의 말을 들어두는 것이 좋을 걸세.

그는 17세기 독일 문화를 연구하며 첼시에 살고 있네. 슬로운 스퀘어 뒤쪽에 있지. 바이워터 거리를 자네는 알고 있겠지?"

"네."

"그리고 길럼 역시 그 사건에 대해 자세히 알고 있다네. 길럼은 지금 위성 4호의 일을 하고 있는데, 그의 방은 이 건물 아래층에 있다네. 이곳도 자네가 있을 때와는 아주 많이 달라졌지."

"네, 그렇더군요."

"그들과 함께 하루 이틀 지내 보게. 두 사람 모두 나의 계획을 알고 있네. 그리고 어떤가, 이번 주말에 우리 집에 오지 않겠나?" 그는 재빨리 덧붙여 말했다. "아내는 친정에 가기 때문에 아마 없을 걸세. 자네와 단둘이 있을 수 있으리라고 생각하네."

"기꺼이 방문하겠습니다."

"그때 마음 놓고 이야기해 보세. 무척 유쾌할 걸세. 그리고 자네는 이번 일을 맡으면 꽤 큰돈을 만질 수 있을 거야. 하고 싶은 일을 다 할 수 있을 만큼 큰돈을."

"고맙습니다."

"하지만 이것은 자네가 기꺼이 하겠다는 전제 아래에서 하는 말이네…… 다시 말해서 그 금속 피로점에 이르러 있지 않은 경우에 한해서."

"문트를 처치하기 위해서라면 기꺼이 해보겠습니다."

"정말 그렇게 하겠나?"

관리관의 목소리는 조용했다. 그는 잠시 리머스의 얼굴을 뚫어지게 쳐다보다가 이윽고 타이르듯 말했다.

"자네가 그렇게 생각하리라는 것은 나도 알고 있었네. 하지만 너무 그런 기분에 치우치는 것은 좋지 않아. 우리의 세계에서는 무엇보다도 애증의 감정을 초월해야 하네. 티끌만한 감정이라도 말일세.

그렇지 않으면 결국 구토증을 맛보게 될 뿐이므로 두 번 다시 그런 것 때문에 괴로움을 당하지 않도록 해야지. 너무 말이 지나쳤다면 용서해 주게. 칼 리메크가 사살당했을 때 자네는 상당히 괴로웠을 걸세. 문트에 대한 증오도 아니고 칼에 대한 애정도 아닌, 꼼짝할 수 없는 육체에 타격을 주는 듯한 불쾌감. 자네는 그런 감정을 맛보았을 걸세…… 듣자하니 자네는 그날 밤 밤새도록 거리를 헤매다녔다고 하더군. 베를린의 밤거리를 계속 걸어다녔다는데, 그게 정말인가?"

"그렇습니다. 밤새도록 쏘다녔습니다."

"밤새도록?"

"네."

"엘비라는 어떻게 되었나?"

"모르겠습니다. 어쨌든 나는 문트의 목을 죄어주고 싶습니다."

"좋아…… 좋아. 그건 그렇고, 옛동료들을 만나더라도 당분간 이 이야기는 하지 말게. 어쩌면……" 하고 관리관은 잠깐 말을 끊었다가 다시 이었다. "나중에 그들이 자네를 놀릴지도 모르지만, 사실을 말해 줄 필요는 없네. 우리가 자네를 지독히 불친절하게 다루고 있다고 생각하도록 만들면 돼. 계획을 세운 이상 시작이 중요하니까."

전락

리머스가 파면당했다는 말을 들어도 놀라는 사람은 없었다. 지난
몇 년 동안 베를린에서 첩보활동은 거의 실패의 연속이었으므로 누군
가가 그 책임을 져야 한다고 보고 있었기 때문이다. 그리고 그는 첩
보부원으로서 이미 나이가 너무 많았다. 이 일에는 프로 테니스 선수
못지않은 반사 신경이 필요하다. 그가 전쟁 동안 뛰어나게 일을 잘했
다는 사실은 누구나 다 아는 바였다. 특히 노르웨이와 네덜란드에서
공적은 눈부신 것이어서, 전쟁이 끝나자 훈장을 수여받았다. 그리고
그는 ㄱ 직책에서 물러났다. 그러나 본부에서는 지체 없이 다시 그를
끌어들였다. 이것이 그의 연금(年金)을 위해서는 결정적인 불행을
가져다주었다. 경리과는 엘시의 입을 통해서 그 경위를 밝혔다. 관청
안의 매점에서 엘시가 지껄인 바에 의하면, 가엾은 알렉 리머스는 근
속 연한의 중간에 공백기간이 있기 때문에 겨우 4백 파운드의 연금밖
에 지급받지 못한다는 것이었다. 엘시는 이런 규칙은 당연히 개정되
어야 한다고 생각하고 있었다. 리머스는 오랫동안 계속 근무했으나
예전과는 달리 재무부가 까다롭게 굴어 첩보부로서도 어떻게 할 수가

없다. 마스턴이 지배하고 있던 최악의 시대에도 이보다 나은 조치가 취해졌었는데, 라고.

새 부원은 리머스를 구파 부원의 대표로 알고 있었다. 그 자격으로는 피와 용기와 크리켓과 프랑스어 실력이 필요했으므로, 리머스의 경우 꼭 여기에 해당되는 것은 아니었다. 독일어는 모국어만큼 했고 네덜란드어도 잘했으나, 크리켓은 좋아하지 않았다. 그리고 학위를 따지 않은 것도 사실이었다.

리머스의 임기는 아직 몇 달 남아 있었으므로 그동안 은행과(銀行課)에 나가게 되었다. 은행과는 경리과와는 달리 부원과 그 작전행동의 경비를 해외로 송금하는 사무를 맡아하고 있었다. 극비에 붙여야할 일 외에는 거의 급사의 손으로도 처리할 수 있을 만한 일로서 조만간 퇴직당할 부원을 임시로 배치해 두는 과라고 할 수 있었다. 리머스는 전락하고 있었다.

전락의 과정은 대개 서서히 밟게 되는 법인데, 리머스의 경우는 달랐다. 동료들 모두가 보는 앞에서 극진한 존경을 받던 존재가 불평투성이의 주정뱅이로 바뀌어갔다. 그것도 불과 몇 달 동안에. 술주정뱅이의 특징은 멍청히 있는 순간이 많다는 것이다. 특히 술을 마시지 않았을 때 그런 징후가 뚜렷하다. 이것을 정신의 허탈상태라고 간단하게 해석할 수 있는데, 그는 급속히 그런 상태에 빠져들어 갔다. 마침내 어지간히 뻔뻔스러운 일을 아무렇지도 않게 해치우게 되었고, 사무원들로부터 푼돈을 빌려 쓰고도 갚을 생각을 하지 않았다. 지각과 조퇴를 예사롭게 했고, 무슨 뜻인지도 알 수 없는 변명을 늘어놓는 것이었다. 처음 얼마 동안은 너그럽게 보아주던 동료들도 차츰 그를 멀리하게 되었다. 불구자나 거지나 병자 등을 보면 언제 자기도 그와 비슷한 처지에 놓일지 모른다는 생각에서 두려워하는 것과 같았다. 그러한 게으름에 이어 상식에 어긋나며 악의에 가득 차고 도리에 벗어난 행동이 거듭되자 마침내 아무도 그를 상대하지 않게 되었다.

그 가운데에서도 모두들을 가장 놀라게 한 것은, 그 자신이 파면을 전혀 개의치 않고 있다는 점이었다. 갑자기 의지력이 좌절되어 버린 듯이 보였다. 새로 들어온 서기들은 처음부터 이 비밀첩보부에 상식적인 사람들이 모인 곳이라고는 생각하지 않았으나, 리머스가 결정적으로 전락해 가는 것을 보자 크게 놀랐다. 옷차림에 전혀 신경을 쓰지 않았으며 주위 사람들이 어떻게 생각하든 아랑곳하지 않았다. 구내식당은 본디 젊은 부원들의 영역으로 되어 있는데, 그는 그곳에 시치미를 떼고 기어들어가 식사를 했으며, 소문에 의하면 술까지 마신다는 것이었다. 그는 당연히 고독해질 수밖에 없었다. 활동적인 인간이 너무 일찍 활동의 기회를 빼앗긴 비극. 물에서 추방당한 수영선수. 무대에서 쫓겨난 연극배우.

어떤 사람은 그가 베를린에서 크게 실수하여 그 때문에 그 지역의 첩보망이 파괴되었다고 말했다. 진상은 어둠에 묻혀 알 수 없었으나 그가 몹시 가혹한 대우를 받고 있다는 건 누구나 느낄 수 있었고, 박애정신과는 인연이 먼 인사과 직원들도 그 점에는 동의했다. 그가 지나가면 지난날의 스타플레이어를 보듯 모두 슬그머니 뒤에서 손가락질했다.

"저 사람이 리머스인데 베를린에서 업무상 큰 실수를 저지른 모양이야. 그래서 그 자리에서 쫓겨났대."

그러던 어느 날 그의 모습이 보이지 않았다. 누구에게도 작별인사 한 마디 없었고, 관리관에게도 겉으로는 아무런 인사도 없었다. 이것은 그다지 신기한 사실도 아니며, 첩보부 일의 성격상 부원이 이곳을 떠날 때 송별회를 열거나 금시계를 선물하는 일은 없었지만, 그래도 리머스의 퇴직은 너무나 갑작스러웠다. 그의 퇴직이 규칙에 의한 임용기간이 끝나기 전에 이루어졌다는 점에 대하여 경리과의 엘시가 짤막한 정보를 두세 가지 전해 주었다. 리머스는 가불을 하고 있었으며, 엘시가 보건대 아마도 은행과에서 무언가 말썽을 일으켰음에 틀림없다는 것이었다. "달이 바뀌면 퇴직금이 지불될 텐데. 구체적인 액수까지 말할 수는 없지만, 천 단위에 미치지 못함은 확실하니 가엾은 사람이지. 국민건강보험증은 이미 발송되었고, 인사과에는 그의 주소가 기록되어 있어" 라고 말하며 엘시는 코를 쿵 울렸다. 그것은 물론, 이 이야기는 비밀이므로 결코 아무에게도 말해서는 안된다는 것이었다.

그리고 돈 이야기도 자연히 소문에 올랐다. 소문의 출처는 물론 알 수 없으나 리머스의 갑작스러운 퇴직은 은행과의 수지 계산에 부정이 발견되어 그 사건과 관련이 있기 때문이라는 것이었다. 상당한 금액이 비었는데 교환실에서 일하고 있는 푸른 머리 여자의 말에 의하면, 숫자는 백 단위가 아니라 천 단위라고 했다. 그 부분은 회수되었으며, 나머지는 그의 연금에서 빼기로 했다는 것이었다. 그러나 어떤 사람들은 도저히 믿을 수가 없는 일이라고 말했다. 만일 리머스가 돈을 갖고 싶은 마음이 있었다면 본부의 자금에 손대는 것보다 훨씬 간단히 해치울 방법을 알고 있을 터이므로 그렇게 했을 것이다. 그는 그럴 만한 사람이며, 아마 효과적으로 했을 것임에 틀림없다는 것이었다. 리머스의 범죄적 경향을 그 정도까지 시인하지 않는 사람들도 그가 마시는 막대한 알코올 양, 먼 곳에 부양가족이 있기 때문에 지출해야 하는 돈, 파견지에서 받았던 것과 본국에서 받는 급료의 격심한 차이, 그리고 무엇보다도 거액의 돈을 만지던 사람이 머지않아 파면되리라는 것을 알았을 때 느낄 유혹을 지적했다. 그리하여 모두들의 의견의 일치점은 어쨌든 리머스가 관청의 돈에 손을 댔다면 그의 일생은 파멸한 거나 다를 바 없다는 것이었다. 실업자 구제기관에서 그를 거들떠볼 리도 없고 인사과 역시 추천장을 써주려 하지 않을 것이다. 고작해야 어떤 고용주라도 대번에 뒷걸음질칠 정도의 냉혹한 추천장을 써줄는지 모른다. 공금횡령죄는 인사과로서는 용납할 수 없는 일이며, 인사과 직원들 자신도 결코 잊지 못할 것이다. 리머스가 본부의 돈에 손을 댔다는 사실이 정말이라면, 그는 인사과의 미움을 한 몸에 짊어지고 무덤까지 가야 할 것이다. 게다가 인사과는 수의 (壽衣)를 위해 돈을 지불하는 곳은 아닌 것이다.

그의 모습이 사라지자 한두 주일 동안은 궁금해 하는 동료도 몇몇 있었다. 그러나 옛 친구들은 이미 오래 전에 그를 멀리하고 있었다. 몹시 신경질적이 되어버린 리머스는 무슨 일이 있을 때마다 첩보부와 그 운영방법을 비난했고, 그들이 이른바 기병(騎兵)들은 연대클럽이나 그 비슷하게 생각하며 관청일을 보고 있다고 비웃었다. 그리고 미국 정부와 그 중앙정보부도 빼놓지 않고 비난했다. 마치 동독 첩보부보다 더 싫어하고 있는 듯했다. 동독 첩보부에 대해서는 한 마디도 비난한 적이 없었으며, 그의 첩보망을 파멸시킨 죄는 주로 미국 비밀 정보부원에게 있다고 강조하는 것이었다. 그는 이러한 고정관념에 사로잡혀 있었다. 그 결과 오래 전부터 알고 지냈으며 진심으로 그에게 호감을 가지고 있던 사람들마저 그를 전적으로 멀리하게 되었다. 아무튼 리머스의 모습이 사라진 것은 수면에 일어난 작은 물결에 지나지 않았다. 새로운 바람이 불고 계절이 바뀌자 그것은 어느덧 잊혀지고 말았다.

그가 쓰고 있는 방은 아주 작고 보잘것없었다. 벽에는 갈색 페인트가 칠해져 있고 클로브리 어촌의 풍경 사진이 걸려 있었다. 정면은 세 채나 나란히 서 있는 돌로 지은 창고의 뒤쪽인데, 창문이 언제나 닫혀 있어 심미적인 면이나 위생적인 면으로 보아 오히려 다행이었다. 창고 2층에는 이탈리아계 부부가 살고 있는데, 밤에는 싸우고 아침에는 다시 힘차게 융단을 털었다. 리머스는 방 안을 장식할 만한 것이 없었다. 전구를 씌울 갓과 집주인이 준 거친 즈크 천 대신 덮을 부드러운 시트를 두장 사왔을 뿐, 그밖에는 모두 그대로였다. 레이스 장식이 없는 커튼, 닳아빠진 갈색 융단, 보기흉한 짙은 빛깔의 가구, 모든 것이 선원숙박소 비슷했다. 덜컹거리는 더운 물통에 1실링을 넣으면 뜨거운 물이 나오는 점까지.

직업이 필요했다. 저금이 바닥났기 때문이다. 이 점으로 볼 때 공금횡령죄로 파면당했다는 소문은 사실이었는지도 모르겠다. 첩보부가 소개해 준 인보(隣保) 사업에서 제공한 직책은 임시적인 것에 지나지 않았고, 더구나 그에게는 잘 맞지도 않았다. 처음에 그는 실업계의 부지배인이나 인사과에서 일하기를 희망했다. 그러자 공업용 접착제 제조회사에서 흥미를 표시해 왔다. 첩보부에서 써준 추천장은 대수로운 것이 아니었으나, 그 점을 알면서도 자격증명서도 요구하지 않고 연봉 6백 파운드의 자리를 제공했다. 그러나 1주일 동안 출근하자 썩은 물고기 기름 냄새가 옷에서 머리카락에까지 배어 송장 냄새처럼 그의 코에서 떠나지 않았다. 아무리 씻어도 없앨 수가 없었다. 그래서 1주일 뒤 리머스는 머리를 박박 깎고 가장 좋은 양복 두 벌을 희생시키고 퇴직했다.

다음 1주일은 교외 주택지를 돌아다니며 주부들에게 백과사전을 파는 일을 했다. 그러나 그는 본디부터 부인들의 호감을 사고 친숙해지는 타입이 아니었다. 환영도 하지 않는 그녀들이 백과사전을 살 리가 없다. 다음날도 또 그 다음날도 터무니없이 큰 샘플을 끌어안고 지친 몸으로 하숙에 돌아왔다. 1주일이 지나자 그는 회사에 전화를 걸어 한권도 팔지 못했다고 보고했다. 회사에서는 뜻밖이라는 말하나 없이, 판매를 단념할 생각이라면 샘플을 돌려주기 바란다고 말하며 전화를 끊었다. 리머스는 화가 나서 샘플을 전화 박스에 놓아둔 채

나와 버렸다.

술집에 가서 실컷 마셨다. 계산은 25실링이었는데, 가진 돈이 없었다. 그들은 그를 밀어냈고, 부축하여 일으켜주려는 여자에게도 욕지거리를 퍼부었다. 두 번 다시 오지 말라고 고함질렀으나 1주일 뒤에 그들은 그 일을 깡그리 잊어버렸다. 리머스는 그 뒤 그 술집의 단골이 되었다.

다른 곳에서도 그의 모습이 사람의 눈에 띄기 시작했다. 비틀거리며 술집에서 나오는 초라한 그의 모습이. 한 마디 지껄이지도 않고 친구도 없었으며 여자나 개를 데리고 다니는 일도 없었다. 세상 사람들은 그를 아내에게서 도망쳐 나온 사나이라고 상상했다. 물건값을 모를 뿐만 아니라 가르쳐 주어도 기억하려 하지 않았다. 잔돈이 필요한 때는 주머니를 모조리 뒤졌다. 바구니를 들고 나오는 것을 잊었는지 그때마다 쇼핑백을 샀다. 거리에서 만나는 사람마다 그를 보면 얼굴을 찌푸렸으나, 모두 다 동정심만은 느끼고 있었다.

무엇보다도 그는 너무 더러웠다. 주말에도 수염을 깎는 법이 없고, 와이셔츠는 깨끗한 것이 한 벌도 없었다. 서드벨리 거리의 맥케어드 부인이 1주일에 한 번씩 세탁하러 왔지만, 한 번도 그의 입에서 수고했다는 상냥한 말을 들은 적이 없었다. 이 여자가 주로 거리에 정보를 제공했다. 상인들은 이런 정보를 서로 주고받아 손님들이 외상을 청할 때 적절히 대답할 수 있도록 대비하는데, 맥케어드 부인의 정보는 리머스에게 불리한 것뿐이었다. 그녀의 말에 의하면 그는 아직 편지 한 통 받은 적이 없다는 것이었다. 이 점을 상인들은 중요시했다.

그는 또한 그림 한 장 가지고 있지 않았으며, 있는 것이라고는 몇 권의 책뿐이었다. 그녀는 그것도 야비한 책이리라고 생각했으나, 공교롭게도 외국어여서 확실한 말은 할 수 없었다. 지금도 조금쯤은 있겠지만, 거의 바닥이 나 간다는 것이었다. 그리고 그가 목요일마다

실업보험금을 받고 있다는 사실도 그녀의 입을 통해 밝혀졌다. 이것
역시 베이즈워터 상인들에게 경고하는 결과가 되었다. 맥케어드 부인
의 입을 통해 그가 물고기처럼 술을 퍼마신다는 말이 퍼졌고, 술집주
인이 그 사실을 확인했다. 술집주인과 청소부는 현금만 받는 장사꾼
이지만, 이런 정보는 신용거래를 하는 장사꾼들에게 있어 귀중한 것
이었다.

리즈

마지막으로 그는 도서관에서 일자리를 얻었다. 목요일마다 오전 중에 직업안정소까지 실업보험금을 받으러 가면 새 취직자리를 지시받았지만 그때마다 그는 거절했다.

"당신의 분야는 아니지만," 피트 씨는 말했다. "월급이 꽤 되고 교육을 받은 사람이라면 그리 어렵지 않을 겁니다."

"어떤 도서관입니까?" 리머스가 물었다.

"베이즈워터 심령연구도서관이라는 이름의 재단 소유입니다. 도서는 몇 천권이나 되는데 모두 기탁받은 것이지요. 그곳에서 도와줄 사람이 필요하다고 합니다."

그는 급여금과 전표를 받았다.

"임시직업이긴 해도 일단 가면 실업자라는 낙인을 지워버릴 수 있지요. 직업이 없으면 앞으로 성가시게 될 겁니다."

임시직업은 오히려 피트 쪽이 아닐까. 리머스는 이 사나이를 어디서인지 틀림없이 본적이 있다고 생각했다. 전쟁 중에 첩보 본부에서 보았던 것일까.

도서관 안은 교회처럼 몹시 썰렁했다. 양쪽에 검은 칠을 한 석유난로가 있어, 파라핀유 냄새를 풍기고 있었다. 한가운데 법정의 증인석 같이 칸막이가 되어 있고 그 안쪽에 사서(司書) 크레일 양이 앉아 있었다.

리머스는 그때까지 설마 여자의 지휘 아래 일하게 되리라고는 상상도 하지 못했었다. 직업안정소에서는 아무도 그 점을 가르쳐주지 않았던 것이다.

"새로 도와드리려고 왔습니다." 그는 말했다. "이름은 리머스입니다."

크레일 양은 색인 카드에서 얼굴을 들고 거친 말이라도 들은 듯 날카로운 눈길을 그에게 던졌다.

"도와준다고요? 그게 무슨 뜻이지요?"

"조수지요, 직업안정소의 피트 씨가 보냈습니다."

리머스는 비스듬한 글씨체로 쓴 이력서의 사본을 카운터 위에 놓았다. 크레일 양은 그것을 집어들고 들여다보았다.

"당신이 리머스 씨……."

질문 형식이 부드러웠으나 끈질기게 사실을 파헤치려는 조사의 첫 단계였다.

"직업안정소에서 보냈다고요?"

"네, 여기서 조수가 필요하다고 하기에……."

"알았어요."

그녀의 얼굴에 돌처럼 차가운 미소가 떠올랐다.

전화벨이 울렸다. 크레일 양은 수화기를 들더니 느닷없이 누군가와 말다툼하기 시작했다. 인사말도 아무것도 없이 처음부터 말다툼을 하기 시작하는 것이었다. 아마도 음악회의 입장권이 원인인 듯 목소리를 한층 높여가며 다투었다. 리머스는 잠시 동안 듣고 있다가 마침내 그 자리를 떠나 책장 쪽으로 걸어갔다. 책장과 책장 사이의 쑥 들어간 곳에 젊은 여자의 모습이 보였다. 사다리 위에 올라서서 수많은 책을 분류하고 있었다.

"오늘부터 여기서 새로 일하게 된 리머스입니다."

여자는 사다리에서 내려와 형식적으로 악수를 하며 말했다.

"처음 뵙겠습니다. 나는 리즈 골드라고 합니다. 크레일 양을 만나 보셨어요?"

"네, 만나보긴 했습니다만 지금 전화기를 붙잡고……."

"아마 틀림없이 또 어머니와 다투고 있을 거예요. 당신은 무슨 일을 하게 되었지요?"

"모르겠습니다. 아직은."

"우리는 책을 분류하고 있어요. 크레일 양이 새로 색인을 만든다는 군요."

허리도 길고 다리도 긴 보기 흉할 만큼 키가 큰 여자였다. 키를 작게 보이도록 하기 위해 굽이 없는 무용화를 신고 있었다. 얼굴 생김 새도 몸과 마찬가지로 너무 큼직해서 추함과 아름다움 사이를 오가고 있는 듯한 느낌이 들었다. 나이는 22, 3세쯤 되어보였다. 유대계이다.

"나는 지금 이 책장의 책을 모두 체크하는 일을 하고 있어요. 이것이 그 목록이에요. 체크하면 연필로 세로 표시하고 색인 기드에 옮겨 적어야 하지요."

"그리고?"

"나중에 잉크로 목록에 적는 일은 크레일 양만이 할 수 있어요. 그것이 이곳의 규칙이예요."

"누가 정한 규칙이지요?"

"크레일 양이지요. 당신은 고고학부터 시작하세요."

리머스는 고개를 끄덕이며 키 큰 여자와 함께 다음 책장으로 걸어 갔다. 바닥에 색인 카드가 가득 채워진 구두상자가 놓여 있었다.

"전에도 이런 일을 해본 적이 있으세요?"

"처음이오."

그는 몸을 굽혀 카드를 한 웅큼 집어들어 섞었다.

"피트 씨가 보냈소, 직업안정소의."

그는 다시 카드를 제자리에 놓았다.

"색인 카드에 잉크로 적어넣는 일도 크레일 양만이 할 수 있소?"

"네."

리즈는 그를 남겨놓고 갔다. 그는 잠시 머뭇거리다가 책을 한 권 집어 들고 면지(面紙)를 보았다. '소아시아에서의 고고학상 발견 4 부'라고 씌어 있었다. 이곳에는 4권밖에 없는 듯했다.

1시가 되자 리머스는 시장기를 느꼈으므로 리즈 골드가 일하고 있 는 곳으로 갔다.

"점심식사는 어떻게 하지요?"

"나는 샌드위치를 가지고 왔어요." 리즈는 조금 멋쩍은 듯한 얼굴 을 지었다. "괜찮으시다면 내 것을 잡수세요. 여러 마일을 걸어가지 않으면 커피 파는 가게도 없는 곳이랍니다."

리머스는 고개를 저었다.

"호의는 고맙지만 나는 나가보겠소. 사야 할 물건도 있으니까요."

그는 리즈가 보고 있는 앞에서 문을 열고 나갔다.

그가 돌아온 것은 2시 30분이 지나서였다. 위스키 냄새를 풍기며 물건 꾸러미를 2개 들고 있었다. 하나는 야채가 가득, 또 하나는 식 료품이었다. 그는 그것을 책장 사이의 쑥 들어간 곳에 넣어두고 다시 거친 동작으로 고고학 부문의 분류를 하기 시작했다. 10분쯤 일하고 있다가 그는 문득 크레일 양이 자기를 지켜보고 있는 것을 알아차렸다.

그는 사다리를 올라가다 말고 돌아보았다.

"왜 그러십니까?"

"이 2개의 물건 꾸러미가 누구의 것인지 아세요?"

"내 것입니다."

"그래요? 당신 것이었군요……."

리머스는 잠자코 있었다.

크레일 양이 말을 계속했다.

"안됐지만, 이 도서관 안에 물건 꾸러미를 가지고 들어와서는 안돼요."

"어디다 놓으면 좋을까요? 놓아둘 만한 곳이 없군요."

"아무튼 도서관 안은 안됩니다."

그러나 리머스는 크레일 양의 대답을 무시하고 고고학 부문으로 눈길을 옮겼다.

크레일 양이 계속 말했다.

"점심식사 시간을 규칙대로 지킨다면 물건을 사러 나갈 만한 시간이 없을 거예요. 우리는 그런 짓을 하지 않아요. 골드 양도 나도 말이에요. 물건을 사러 나갈 시간이 없단 말이에요."

"그럼, 점심시간을 30분 더 늘리면 될 게 아닙니까." 리머스가 말했다. "그렇게 하면 당신들도 여유가 생길 테지요. 작업시간이 모자라면 퇴근시간을 30분 늦추면 됩니다. 꼭 그렇게 해야 할 경우라면 말입니다."

크레일 양은 잠시 아무 말도 하지 않았다. 그러나 그를 뚫어지게 노려보고 있는 것으로 보아 무언가 한 마디 해주려고 생각하고 있는 것이 틀림없었다.

"그런 문제는 아이언사이드 씨와 의논해야 합니다."

마침내 그녀는 조용히 한 마디 하고 나서 자기 자리로 돌아갔다.

5시 30분 정각에 크레일 양이 코트를 입고 나가며 말했다.

"먼저 갑니다. 골드 양."

아무래도 그녀는 오후 내내 물건 꾸러미 생각만 하고 있었던 게 틀림없었다. 리머스는 그런 생각을 하며 다음 책장으로 가보았다. 골드 양은 사다리 맨 아랫단에 걸터앉아 어떤 책을 열심히 읽고 있었다. 리머스가 다가가자 그녀는 나쁜 짓이라도 하다가 들킨 것처럼 재빨리 책을 핸드백 속에 집어넣으면서 일어섰다.

리머스가 물었다.

"아이언사이드 씨가 누구입니까?"

"그런 사람이 정말 있는지 어떤지 모르겠어요." 골드 양이 대답했다. "크레일 양은 대답이 막히면 언제나 그 이름을 들먹인답니다. 요전에 한 번 어떤 사람이냐고 물어보았었지요. 그러자 그녀는 우물쭈물하며 당신이 알 바 아니라고 대답하는 거였어요. 실재인물이 아닐 거예요."

"크레일 양 자신일지도 모르겠군."

리머스와 리즈 골드는 함께 웃었다.

6시가 되자 골드 양은 문단속을 하고 열쇠를 관리인에게 맡겼다. 그는 몹시 늙었으며, 리즈의 말에 의하면 제1차 세계대전 때 심한 전쟁 공포증에 걸린 적이 있었고 이번 전쟁에도 독일 공군의 반격이 있었던 날 밤에 밤새도록 한숨도 못 자고 꼬박 새웠다는 것이었다.

"당신 집은 멉니까?" 리머스가 물었다.

"20분쯤 걸어가면 돼요. 나는 언제나 걸어 다니지요. 당신은?"

"그다지 멀지 않습니다. 그럼, 안녕히 가십시오."

리머스는 천천히 걸어서 하숙으로 돌아갔다. 방으로 들어가자 곧 전등 스위치를 눌렀다. 아무 일도 없었다. 좁은 부엌의 전등도 켜고 마지막에는 침대의 전기 히터 플러그를 꽂았다. 문 앞 깔개 위에 편지 한 통이 떨어져 있었다. 집어들어 층계의 노란 등불 아래에서 겉봉을 뜯어보았다. 전기회사에서 보낸 것으로 미납금 9파운드 4실링 8펜스를 지불하지 않으면 유감스럽지만 단전하겠다고 씌어 있었다.

리머스는 크레일 양의 적이 되었다. 적이야말로 크레일 양으로서는 무엇보다도 좋아하는 존재였다. 그를 노려보거나 무시해 버리기도 하는 등 어쨌든 그가 다가가면 그 순간부터 그녀는 몸서리를 쳤다. 양 옆을 살펴보는 것은 방어물을 찾고 있거나 달아날 수단을 찾고 있는 증거이다. 때로는 심한 노여움을 드러낼 때도 있었다. 이를테면 그가 그녀의 옷걸이에 레인코트를 걸자 크레일 양은 꼬박 5분 동안 그 앞에 꼼짝 않고 서서 온 몸을 떨고 있었다. 리즈가 그런 눈치를 알아차리고 리머스에서 주의를 주었다.

그러자 리머스는 그녀 옆으로 다가가서 물었다.

"왜 그러십니까, 크레일 양?"

"아무것도 아니에요"

그녀는 숨을 몰아쉬며 짤막하게 대답했다.

"나의 레인코트가 어떻게 됐습니까?"

"아니요, 아무것도 아니에요."

"그럼, 괜찮은 거지요?"

그리고 나서 리머스는 그대로 담당하고 있는 책장 앞으로 갔다. 크레일 양은 그날 하루 종일 몸을 떨고 있었다. 오전 중의 절반 내내 전화기에 매달려 꾸며낸 듯 속삭이는 목소리로 누군가와 이야기를 주고받았다.

리즈가 말했다.

"어머니에게 보고하고 있는 거예요, 늘 어머니와 저렇게 이야기한답니다. 나에 대해서도 마찬가지로 저렇게 보고하곤 해요."

리머스에 대한 크레일 양의 증오는 날이 갈수록 심해져서 마침내 서로 말도 하지 않는 상태가 되었다. 급료를 받는 날 점심식사를 하고 돌아와보니 사다리의 셋째 단에 봉투가 놓여 있었다. 겉봉에 씌어진 그의 이름은 철자가 틀려 있었다. 리머스는 그 돈을 봉투와 함께 크레일 양에게로 가지고 갔다.

"L E A입니다, 크레일 양. 그리고 S는 하나만 써야 합니다."

이 말을 듣고 크레일 양은 완전히 마비상태에 빠졌다. 눈을 크게 뜨고 리머스가 사라질 때까지 어색한 손짓으로 연필을 만지작거리고 있을 뿐이었다. 그 다음 몇 시간 동안 내내 전화기에 매달려 있었다.

리머스가 도서관에서 일을 시작한 지 3주일쯤 지났을 무렵 리즈가 그를 저녁식사에 초대했다. 그녀는 갑자기 생각난 듯한 얼굴로 그날 저녁 5시에 말을 꺼냈다. 내일이니 그 다음날이니 하고 말하면 그가 잊어버리거나 가고 싶은 마음이 없어졌다고 말할는지도 모른다고 생각하여 그날 5시에 갑자기 말을 꺼냈던 것이다. 리머스는 그다지 마음 내키지 않는 듯했으나 결국 받아들였다.

두 사람은 빗속을 걸어서 리즈의 아파트로 갔다. 그들로서는 장소야 아무데건 상관없었다. 베를린이든 런던이든 그 밖의 어느 곳이든. 저녁 무렵부터 내린 비 때문에 보도는 빛의 바다로 변했고, 젖은 거리를 자동차들이 힘없이 달리고 있었다.

그날 밤 이후로 리머스는 가끔 그녀의 방에서 식사를 하게 되었다. 권하면 언제나 따라갔고, 리즈는 자주 권했다. 그는 거의 아무 말도 하지 않았다. 리즈는 그가 오는 날은 그날 아침 도서관으로 가기 전에 미리 식사준비를 해놓았다. 야채류도 마련해 놓고 식탁 위에 양초를 갖다놓기도 했다. 촛불은 그녀가 좋아하는 취미였다. 리즈는 이미 짐작하고 있었다. 이 리머스라는 사나이에게는 무언가 복잡한 사정이 있다. 어느 날 갑자기 그녀가 알지 못하는 어떤 이유로 모습을 감출 것이다. 그리고 두 번 다시 그녀 앞에 나타나지 않을 것이다——라는 것을. 리즈는 자기가 생각하고 있는 사실을 그에게 말하고 싶었다.

어느 날 밤 리즈는 마침내 말을 꺼냈다.

"알렉, 언젠가는 당신이 가버리겠지요. 하지만 나는 뒤쫓아 가거나 하지 않겠어요."

리머스의 갈색 눈동자가 잠깐 그녀를 뚫어지게 쳐다보았다. 그는 대답했다.

"그때 되면 가르쳐주지."

그녀가 빌려 쓰고 있는 아파트는 침대가 놓인 거실과 부엌뿐이었다. 거실에는 팔걸이의자 두 개와 긴 의자 대신으로도 쓰이는 침대와 책장이 있었는데, 이 책장에는 페이퍼백의 책이 가득 꽂혀 있었다. 그 대부분이 고전으로 그녀 자신은 읽어보려고 하지도 않았다.

식사가 끝나면 주로 리즈가 이야기를 했고 그는 다만 긴 의자에 다리를 뻗고 앉아 담배를 피울 뿐이었다. 어느 정도 이야기를 듣고 있는지 그녀는 알 수 없었으며 알려고 하지도 않았다. 침대 옆에 무릎 꿇고 앉아서 그의 손을 잡아 볼에 대고 이야기하는 것이었다.

어느 날 밤 리즈는 이런 말을 했다.

"알렉, 당신은 무엇을 믿고 있지요? 웃지 말고 말해 보세요."

그녀가 대답을 기다리고 있었으므로 리머스는 말했다.

"11시 버스를 타면 해머스미드로 갈 수 있다는 것을 믿고 있소. 그리고 그것을 운전하고 있는 사람이 산타클로스가 아니라는 것도 믿고 있소."

리즈는 그 말을 듣고 생각에 잠기는 듯했다. 잠시 뒤 그녀는 또다시 물었다.

"하지만 당신은 무언가 믿고 있지요?"

리머스는 어깨를 으쓱할 뿐이었다.

"아니에요. 무언가 믿고 있는 것이 틀림없어요." 그녀는 우겨댔다.

"하느님 같은 것을——나는 알아요, 알렉. 당신은 이따금 그런 표정을 짓거든요. 어떤 특별한 일을 하고 있는 듯한 …… 사제(司祭)같은 표정을 지어요. 어머나, 알렉, 웃지 말아요. 정말 그렇게 보인단 말이에요."

리머스는 고개를 저었다.

"미안하지만 리즈, 당신이 틀렸어. 나는 미국 사람이므로 규격 교육 같은 것을 싫어하오. 군대 행진이니 군인 행세를 하는 사람을 아주 싫어한단 말이오." 그는 웃지도 않고 덧붙여 말했다. "인생이 어쩌니 하는 이야기는 하고 싶지 않소."

"하지만 알렉, 당신이 그런 식으로 말하는 것은……."

리머스는 리즈의 말을 가로막았다.

"나에게 '생각하라'고 말하는 사람을 나는 모두 싫어하오."

리즈는 그가 언짢아하는 것을 알았지만 물러서지 않았다.

"그것은 당신이 생각하고 싶지 않기 때문이에요. 그럴 용기가 없는 거지요. 당신 마음에는 독기가 서려 있어요. 그 무엇에 대한 증오가! 당신은 광신자에요, 알렉. 맞아요, 나는 알고 있어요. 다만 무엇을 광신하고 있는지 모를 뿐이지요. 상대방을 개종(改宗)시키려 하지 않는 광신자. 끔찍한 일이에요. 복수며 그와 같은 것으로 머리가 가득 차 있는 사람……."

리머스의 갈색 눈이 그녀에게서 떼어지지 않았다. 입을 열자 그의 목소리에 담겨 있는 증오가 그녀를 오싹하게 만들었다. 그는 거칠게 말했다.

"내가 당신이라면 쓸데없는 참견은 하지 않겠어."

그는 웃음 지었다. 장난기 어린 우스꽝스러운 웃음이었다. 리머스는 이제까지 한 번도 그런 웃음을 지어본 적이 없었다. 그녀는 리머스가 일부러 그런다는 것을 알았다.

"리즈, 당신은 무엇을 믿고 있지?"

리머스가 묻자 그녀가 대답했다.

"나는 그렇게 간단히 믿지 못해요, 알렉."

그날 밤 얼마 뒤에 두 사람은 다시 그 화제로 돌아갔다. 리머스 쪽에서 그녀에게 종교심이 있느냐고 물었다.

"오해하고 있군요." 리즈는 말했다. "나는 하느님 따위는 믿지 않아요."

"그럼, 무엇을 믿고 있지?"

"역사."

리머스는 깜짝 놀라며 그녀를 보았다. 이윽고 그는 웃음을 터뜨리며 말했다.

"리즈, 놀랍군. 설마 당신이 공산주의자이리라고는 생각하지 못했소."

리즈는 고개를 끄덕였다. 그의 웃음 앞에서 그녀는 소녀같이 얼굴을 붉혔으나 화난 것 같기도 했다. 그가 대수롭지 않게 생각하는 것을 보고는 마음 놓은 듯한 표정으로 돌아갔다.

그날 밤 리즈는 그를 재워주었고 두 사람은 애인이 되었다. 새벽 5시에 사나이는 돌아갔다. 어째서 그렇게 되었는지 그녀로서는 알 수가 없었다. 그녀는 자랑스러웠으나 사나이 쪽은 부끄럽게 생각하고 있는 듯했다.

리머스는 리즈의 아파트에서 나오자 인기척 없는 거리를 공원을 향해 걸어가기 시작했다. 짙은 안개 속, 길 양쪽——그다지 멀지 않은 20야드쯤 양쪽——에 레인코트 차림의 키가 작고 통통한 사나이가 서 있었다. 공원의 철책에 기대어서서 흐르는 안개 속에 검은 그림자를 떠올리고 있었다. 리머스가 다가가자 안개는 더욱 짙어져 사나이의 그림자를 뒤덮었다. 이윽고 안개가 걷혔을 때 이미 그 사나이의 모습은 보이지 않았다.

외상

그로부터 1주일쯤 지난 어느 날 리머스는 도서관에 나오지 않았다. 크레일 양은 기뻐하며 그 사실을 어머니에게 알렸다. 리즈가 점심식사를 끝내고 돌아와 보니 그동안 죽 리머스가 담당하고 있던 고고학 책장 앞에 크레일 양이 서 있었다. 그녀는 연극을 하는 듯한 몸짓으로 책들을 둘러보고 있었다. 리머스가 훔쳐간 책이 없나 살펴보고 있는 것이 틀림없었다.

그날 하루 리즈는 그녀를 완전히 무시하고 지냈다. 말을 걸어와도 대답조차 하지 않았다. 곁눈질도 하지 않고 열심히 일을 하고는 저녁 때 걸어서 집으로 돌아와 울면서 잠들었다.

다음날 아침 리즈는 일찍 출근했다. 조금이라도 빨리 출근하면 그만큼 빨리 리머스를 만날 수 있을 것 같았기 때문이었다. 그러나 오전 시간이 느릿느릿 지나가는 동안 그녀의 희망은 차츰 엷어져갔다. 그녀는 리머스가 다시는 출근하지 않으리라는 것을 깨달았던 것이다. 그 날은 샌드위치를 가져오지 않았으므로 버스를 타고 베이즈워터 거리로 나가 간이식당에서 점심식사를 하기로 했다. 기분이 언짢고 마음이 텅 빈 듯했으며 시장기도 느껴지지 않았다. 만나러 가는 것이 좋지 않을까? 뒤쫓아 가지 않겠다고 약속했지만 그 역시 떠날 때는 미리 알려주겠다고 약속했었다. 찾아가보는 것이 좋지 않을까? 그녀는 택시를 잡아타고 리머스의 주소를 댔다.

그을리고 더러운 층계를 올라가 그의 방 앞에서 초인종을 눌렀으나 초인종이 망가졌는지 소리가 나지 않았다. 매트 위에 우유병 세 개와 전기회사에서 보낸 편지가 놓여 있었다. 그녀는 조금 망설이다가 문을 두드려보았다. 희미하게 신음하는 듯한 남자의 목소리가 들려왔다. 리즈는 층계를 달려 내려가 아래층 방의 문을 두드리고 초인종을 눌렀다. 대답이 없으므로 또 한 층 달려 내려가자 그곳은 식료품가게의 안방이었다. 한쪽 구석의 흔들의자에 노파가 앉아 앞뒤로 몸을 흔들고 있었다.

리즈는 외치다시피 말했다.

"맨 위층 방에 앓는 사람이 있어요. 몹시 심한 것 같은데, 누가 열쇠를 가지고 있지요?"

노파는 그녀를 흘끗 쳐다보고 나서 가게로 되어 있는 바깥쪽 방에다 대고 소리쳤다.

"아더, 이리 좀 와 봐라. 젊은 아가씨가 찾아왔다."

갈색 작업복에 회색 펠트 모자를 쓴 남자가 문 쪽을 보며 대답했다.

"젊은 아가씨?"

리즈가 말했다.

"맨 위층 방에 앓는 사람이 있어요. 너무 심해서 문도 열어주지 못하나 봐요. 혹시 열쇠를 가지고 있나요?"

식료품가게 주인이 대답했다.

"열쇠는 없지만 망치가 있습니다."

두 사람은 함께 층계를 뛰어올라갔다. 식료품가게 주인은 여전히 펠트 모자를 쓰고 있었으며 큰 드라이버와 망치를 들고 있었다. 힘차게 문을 두드리고는 숨을 죽여 대답을 기다렸다. 그러나 대답이 없었다.

리즈가 속삭이듯 말했다.

"아까 신음 소리가 들렸어요. 정말이에요."

"문을 부숴도 좋지만 변상해 주겠소?"

"좋아요."

사나이는 망치로 힘껏 두드렸다. 세 번 두드린 다음 드라이버로 테를 뜯자 자물쇠가 함께 떨어져나갔다. 리즈가 앞장서서 들어가고 가게 주인이 뒤따라 들어왔다. 방 안은 몹시 춥고 어두웠다. 방 한구석에 놓인 침대 위에 사람이 누워 있는 것 같았다.

어쩌면! 늦었을까. 리즈는 마음속으로 생각했다. 죽었다면 나는 만질 수도 없어.

그러나 가까이 가보니 죽어 있지는 않았다. 리즈는 커튼을 걷고 침대 옆에 꿇어앉았다. 그녀는 돌아다보지도 않고 말했다.

"일이 있으면 다시 부르겠어요. 고마워요."

그러자 가게 주인은 고개를 끄덕이며 아래층으로 내려갔다.

"알렉, 웬일이에요? 아파요? 어디가 아픈 거예요?"

리머스는 베게 위에서 머리를 움직였다. 움푹 들어간 눈이 감겨 있고 핏기 없는 얼굴에 시커먼 수염만이 돋보였다.

"알렉, 어떻게 된 일이에요! 말 좀 해보세요!"

그녀는 리머스의 손을 꼭 쥐었다. 눈물이 빰을 흘러내렸다. 어떻게 하면 좋을까 열심히 생각하다가 그녀는 일어나 좁은 부엌으로 가서 주전자를 가스불 위에 얹었다. 어떻게 해야 할지 그녀 자신도 몰랐으나 움직이고 있으니 마음이 가라앉는 듯했다. 그녀는 핸드백과 침대 옆 탁자 위에 놓인 리머스의 방 열쇠를 집어들었다. 4층에서 단숨에 층계를 달려 내려가 한길로 나서자 길 건너 드러그스토어로 뛰어 들어갔다. 송아지족발 젤리와 쇠고기 엑스, 그리고 아스피린을 한 병 샀다. 문을 열고 밖으로 나왔다가 다시 들어가서 비스킷을 한 봉지 더 샀다. 모두 합쳐 16실링. 핸드백 속의 4실링과 우편저금 통장의 11파운드가 그녀에게 남은 전 재산이었다. 예금은 어차피 내일까지 찾을 수 없다. 방으로 돌아와보니 주전자의 물이 끓고 있었다.

어머니가 만들고 있는 것을 보았을 때처럼 비프 티를 만들었다. 컵 속을 티스푼으로 휘저어 금이 가는 것을 막았다.

리즈는 그 동안에도 내내 그에게서 눈길을 떼지 않았다. 보지 않고 있으면 죽어버릴 것만 같은 생각이 들었던 것이다.

비프 티를 먹이기 위해서는 그의 몸을 받쳐주어야 했다. 베개는 하나뿐이고 쿠션 같은 것도 보이지 않았다. 그래서 문 뒤에 걸려 있는 그의 외투를 둥글게 뭉쳐 베개 밑에 넣었다. 그의 몸에 손을 대보고 짧게 깎은 희끗희끗한 머리까지 땀으로 젖어 있는 것을 알고 깜짝 놀랐다.

컵은 침대 옆에 놓고 한 손으로 그의 머리를 받치고 다른 한 손으로 티를 입가에 가져갔다. 스푼으로 떠서 조금 먹인 다음 아스피린을 두 알 으깨어 역시 스푼으로 입에 넣어주었다.

그러는 동안 그녀는 침대 가에 걸터앉아 그를 들여다보며 어린아이에게 말을 걸듯이 계속 중얼거렸다. 이따금 그의 머리와 얼굴을 만져보며 나직한 목소리로 그의 이름을 불렀다.

"알렉, 알렉……."

그의 숨결이 차츰 정상으로 돌아왔다. 몸도 편안해졌는지 높은 열 때문에 받는 고통도 잊은 듯 곤히 잠들고 있었다. 리즈는 최악의 사태가 사라졌음을 알았다. 그리고 갑자기 밤이 되어 있음을 깨달았다.

　리즈는 갑자기 부끄러워졌다. 조금 더 일찍 빨래며 청소를 했어야 했다. 그녀는 벌떡 일어나 부엌에서 융단 청소기와 먼지떨이를 들고 나와 정신없이 청소하기 시작했다. 새로 빨아놓은 식탁보가 눈에 띄자 침대 옆 식탁에 씌웠다. 부엌에 아무렇게나 내던져져 있는 컵이며 접시를 씻었다. 그 일을 끝내고 시계를 보자 8시 30분이었다. 주전자를 다시 가스불에 얹고 침대 옆으로 돌아갔다. 리머스가 그녀를 바라보고 있었다.

　"알렉, 화내지 말아요. 화내면 안돼요. 이제 곧 갈게요. 하지만 식사를 만들게 해주세요. 당신은 병이 걸렸어요. 혼자서 이렇게 하고 있으면 안돼요. 당신은……. 알렉."

　리즈는 갑자기 그 자리에 주저앉았다. 얼굴을 가린 두 손에서 눈물이 손가락 사이로 흘러내렸다. 리머스는 그녀가 울게 내버려두었다. 그의 갈색 눈은 그녀를 물끄러미 보고 있었고 두 손은 시트를 움켜쥐고 있었다.

　리즈는 리머스가 세수하고 수염 깎는 것을 도와주었다. 그리고 새로 빨아놓은 시트를 찾아내어 갈아 끼우고 송아지족발 젤리를 먹인 다음 가게에서 사온 병아리 가슴고기도 먹였다. 그녀는 침대 가에 걸터앉아 열심히 먹고 있는 그의 모습을 바라보며 비로소 행복을 맛보았다.

　이윽고 그가 잠들자 어깨까지 담요를 덮어주고 창가로 갔다. 낡아빠진 커튼을 젖히고 창문을 열어 밖을 내다보았다. 안뜰을 향해 난 두 개의 창문에서 불빛이 새어나오고 있었다. 그 하나에서 텔레비전 스크린의 푸른빛이 어른거리고 있고, 몇몇 남녀가 꼼짝 않고 그것을 보고 있었다. 또 하나의 창문에서는 열심히 머리손질을 하고 있는 젊은 여자가 보였다. 리즈는 그들의 모습에서 어쩔 수 없는 공허감을 느끼고 울고 싶은 마음에 사로잡혔다.

리즈는 팔걸이의자에 앉아 잠들어버렸다. 새벽녘이 다가와 몸이 꼿꼿해지며 추위를 느낄 때까지 잠에서 깨어나지 않았다. 그녀는 일어나자마자 침대로 달려갔다. 들여다보니 리머스가 몸을 움직였으므로 손가락 끝으로 그 입술을 만져보았다. 리머스는 눈을 감은 채 살며시 그녀의 손을 잡아 침대로 끌어당겼다. 갑자기 그녀는 그를 강렬하게 원했다. 모든 것을 잊고 한없이 키스를 되풀이했다. 그 역시 미소 짓고 있는 듯했다.

엿새 동안 그녀는 날마다 찾아왔다. 그가 먼저 말을 거는 일은 없었다. 그녀가 사랑하느냐고 물었을 때도 옛날이야기를 믿을 수는 없다고 대답했을 뿐이었다. 그녀는 언제나 그의 침대 속으로 들어가 머리를 그의 가슴에 맡겼다. 이따금 그는 굵은 손가락을 그녀의 머리 속에 파묻고 힘껏 죄기도 했다. 리즈는 크게 웃으며 아프다고 소리쳤다.

금요일 저녁 그의 방에 들어가 보니, 그는 옷을 갈아입고 있었다. 그러나 수염은 깎지 않았다. 어째서 수염을 깎지 않았을까? 그녀는 수상쩍게 여기다가 문득 어떤 일에 생각이 미쳤다. 자질구레한 것이 방 안에서 차츰 모습을 감추고 있었던 것이다. 시계와 탁자 위에 놓여 있었던 싸구려 포터블 라디오. 이유를 물으려 했으나 그럴 용기가 나지 않았다. 달걀과 햄을 사왔으므로 저녁준비를 하기 시작했다. 그동안 리머스는 침대에 걸터앉아 잇달아 담배만 피웠다. 저녁상이 차려지자 그는 부엌으로 가서 붉은 포도주 병을 들고 돌아왔다.

식사하는 동안 그는 거의 말을 하지 않았다. 리즈는 문득 불안을 느끼기 시작하여 마침내는 큰소리로 외쳤다.

"알렉…… 알렉…… 왜 그러세요? 이것으로 작별인가요?"

리머스는 식탁에서 일어나 그녀의 손을 잡고 지금까지 보인 적이 없었던 뜨거운 키스를 했다. 그리고 긴 시간 동안 다정에게 타일렀다. 막연하게나마 그녀가 두려워하고 있었던 일이 일어난 것이다. 드디어 마지막이 왔다는 것을 그녀는 깨달았다.

"잘 가오, 리즈, 잘 가구료." 그는 덧붙여 말했다. "뒤쫓아 오면 안 되오, 절대로."

리즈는 고개를 끄덕이며 나직이 말했다.

"드디어 그때가 왔군요."

밖으로 나오자 그녀는 쏘는 듯한 추위와 밤의 어둠에 감사했다. 그것이 눈물을 감추어주었기 때문이있다.

다음날인 토요일 아침, 새로운 사건이 일어났다. 리머스는 식료품 가게로 내려가 외상으로 물건을 달라고 말했다. 그럴 듯한 이유를 말하는 것도 아니고 정확하게 계산을 하여 말하는 것 같지도 않았다. 그저 아무렇게나 반 다스쯤 되는 물건을 주문하고——모두 합해서 1파운드를 넘는 액수도 아니었지만——점원이 포장을 끝내자 물건을 바구니에 집어넣으며 그는 급히 말했다.

"나중에 계산서를 보내 주시오."

식료품가게 주인은 언짢은 미소를 지으며 말했다.

"그럴 수는 없는데요."

가게 주인은 그 말끝에 나리라는 말을 붙이지도 않았다.

"어째서지요?"

리머스가 말하자 그의 등 뒤에 서 있던 손님들이 술렁거렸다.

주인이 대답했다.

"모르는 손님이니까요."

"그런 말 마시오. 이 가게와 넉 달이나 거래했잖소."

주인의 표정이 굳어졌다.

"외상 손님에게는 은행의 보증서를 받게 되어 있습니다."

갑자기 리머스가 소리쳤다.

"공연한 소리 마시오. 이 가게 손님의 절반은 은행과 거래가 없는 사람들이오. 돈 있는 녀석들이 이런 가게에 올 것 같소?"

그것이 사실이니만큼 더욱 더 그 말을 용서할 수 없었다.

"모르는 손님에게는 팔지 않아도 좋습니다. 어서 썩 나가시오."

가게 주인은 말을 더듬으며 거듭 소리치고 리머스의 손에 들려 있는 꾸러미를 빼앗으려고 했다.

그 다음에 일어난 일에 대하여는 사람마다 말이 달랐다. 물건 꾸러미를 빼앗기 위해 주인이 리머스를 밀어붙였다고 말하는 이도 있고 그런 짓은 하지 않았다고 말하는 이도 있었다.

그건 그렇다 치고, 어쨌든 리머스는 주인을 때렸다. 나중에 사람들의 말에 의하면 오른손에 물건을 움켜쥐고 있었으므로 때린 것은 왼손이었다고 한다. 그것도 주먹으로 때린 것이 아니라 손바닥으로 친 듯했는데, 그리고 나서 재빠른 동작으로 오른쪽 팔꿈치를 날리자 식료품가게 주인은 벌렁 뒤로 나동그라지더니 돌처럼 꼼짝하지 않았다.

뒷날 법정에서 주장되고 피고도 굳이 반대하려고 하지 않았듯이 식료품가게 주인은 두 군데에 부상을 입었다. 맨 처음 일격으로 광대뼈가 부러지고 두 번째 타격으로 턱뼈가 빠졌다. 신문은 꽤 자세히 다루었으나 크게 문제삼으려는 기색은 없는 듯했다.

스파이

　밤에는 침대에 누워 죄수들이 질러대는 시끄러운 소리에 귀를 기울였다. 흐느껴 우는 소년이 있었다. 음식을 담는 양철접시로 박자를 맞춰가며 큰소리로 노래 부르는 죄수도 있었다. 한 구절마다 간수가 욕을 퍼부었다.

　"시끄럽다, 조지. 이 얼간이 같은 녀석아."

　그러나 아무도 들은 척하지 않았다. 공화국군의 노래만 부르는 아일랜드 사람이 있는데 실은 강간죄로 갇혀 있는 것이었다. 리머스는 낮 동안에 되도록 운동을 해서 밤에 잠을 잘 수 있도록 애썼으나 거의 효과가 없었다. 밤은 감옥에 있다는 사실이 뼈저리게 느껴지는 때이다. 밤에는 모든 것이 사라진다. 형무소 안의 구역질나는 환상을 일시적이나마 잊어버리기 위한 자기 기만은 해가 기울어져감에 따라 그 힘을 잃는다. 감옥의 맛없는 식사, 냄새나는 죄수복, 온갖 곳에 스며있는 소독약, 죄수들의 술렁임, 그러한 것에서 벗어날 수 없는 갇힌 몸의 괴로움을 참을 수 없으리만큼 뼈저리게 느끼게 하는 것도 밤이다. 리머스는 밤마다 런던 공원의 해맑은 햇살을 그리워했다. 자기를 가두고 있는 징그러운 쇠창살을 미워하는 것도 바로 이때였고, 주먹으로 철창을 때려 부수고 간수들의 머리를 박살낸 다음 자유의 거리 런던으로 뛰어나가고 싶은 격정을 누르기 위해 무진 애를 써야 하는 것도 이때였다. 때로는 리즈의 생각도 났다. 카메라 셔터를 누르듯 마음이 번쩍 하고 그녀에게로 간다. 순간적으로 키 큰 그녀 몸의 부드럽고 딱딱한 감촉이 떠오른다. 그러나 그것도 곧 추억 속에서 털어내버린다. 리머스는 본디 꿈을 꾸며 사는 일에 익숙한 사나이가 아니었던 것이다.

그는 같은 죄수들을 경멸했고 그들은 그를 미워했다. 그들이 그를 미워한 것은, 누구나 모두 마음속으로 그렇게 되기를 바라는 인물이 바로 그였기 때문이다. 이상한 사나이! 그는 그 개성의 두드러진 부분이 집단 속에서 지워지지 않도록 지켜왔다. 아무리 감상적인 순간이라 하더라도 그의 입에서 여자며 가족이며 아이들의 이야기를 끌어낼 수는 없었다. 그들은 리머스에 대하여 아무것도 몰랐다. 기회를 기다렸으나 그 쪽에서 다가오려는 기색은 조금도 없었다.

새로 들어오는 죄수는 대체적으로 두 종류로 나누어진다. 그 하나는 형무소 생활에 익숙해지기 위해 심한 단련을 받아야 할 때가 드디어 왔다는 생각 때문에 두려움과 부끄러움과 충격을 받아 자기 자신을 잃는 상태에 빠지는 무리. 또 한 종류는 자기들이 저질렀던 못된 짓을 떠벌림으로써 이 사회의 고참자로부터 관심을 모으려는 무리. 리머스는 그 어느 쪽도 아니었다. 같은 죄수들을 무시함으로써 오히려 즐거움마저 느끼고 있는 듯했다. 외부세계에서 본디부터 소외당해 왔던 죄수들은 여기서 또다시 자기들을 필요로 하지 않는 사나이를 발견하고 그를 몹시 미워했다. 그가 형무소에 들어온 지 열흘 만에 사정은 뚜렷이 드러났다. 두목 격인 죄수에게는 경의를 표하지 않았고 조무래기들에게는 위로의 말을 하지 않았다. 그래서 그들은 식사를 받기 위해 줄지어 섰을 때를 이용하여 그에게 밀치락달치락하는 공세를 취하기로 했다. 밀치락달치락하는 일은 형무소 안의 행사 가운데 하나로 18세기의 조슬링과 비슷했다. 표면적으로는 우발적인 사고 형식을 취하여, 피해자가 손에 들고 있는 양철접시를 뒤엎어 흘린 음식으로 죄수복을 더럽게 하는 것이었다. 처음에 오른편에 있던 사나이가 리머스에게 부딪쳐왔다. 그와 동시에 왼쪽에 있던 사나이가 슬쩍 그의 팔을 잡았다. 이어서 그 동작이 시작되었던 것이다. 리머스는 소리 지르지 않았다. 두 사나이를 노려볼 뿐 거칠게 퍼부어대는 간수의 욕을 말없이 받아들였다. 간수도 무슨 일이 일어나고 있는지 충분히 알고 있었다.

사흘 뒤 형무소 안의 꽃밭에서 작업하고 있을 때 리머스는 걸려서 넘어질 뻔했다. 두 손으로 가래를 비스듬히 쥐고 있었으므로 손잡이 끝이 6인치쯤 오른손에서 튀어나와 있었다. 겨우 몸의 균형을 되찾을 때 오른쪽에 있던 사나이가 고통스러운 듯 신음 소리를 지르며 배를 움켜잡고 그 자리에 주저앉아 버렸다.

그 뒤부터 두 번 다시 그에게 밀치락달치락하는 작전을 하는 녀석은 없게 되었다.

형무소에서의 가장 기묘한 사실이라고 하면 출감할 때 내주는 갈색 종이 꾸러미를 대표적으로 꼽을 수 있으리라. 그것은 이상하리만큼 결혼식 장면을 연상케 한다. 이 반지로서 당신을 아내로 삼겠습니다, 라고 말하듯. 이 종이 꾸러미로서 형무소는 죄수를 사회에 돌려보내는 것이다. 형무소 직원은 그것을 그의 손에 넘겨주며 서명하도록 시켰다. 그것만이 그의 소유물 모두이다. 그밖에 이 세상에 그의 것이라고는 하나도 없다. 리머스는 그것을 지난 석 달 동안에 가장 굴욕적인 순간으로 느꼈다. 형무소 문을 나가면 되도록 빨리 그 종이 꾸러미를 내던져 버려야겠다고 마음먹었다.

그는 얌전한 죄수로 인정받고 있었다. 그는 불평 한 마디 한 적이 없었다. 소장은 리머스 사건에 막연하나마 흥미를 느끼고 있었다. 그는 마음속으로 리머스의 몸에 아일랜드의 피가 흐르고 있기 때문이라고 생각했다.

"여기서 나가면 무엇을 할 작정인가?" 소장이 그에게 물었다.

리머스는 미소 짓지도 않으며 새로운 인생을 시작할 작정이라고 대답했다. 소장은 아주 좋은 생각이라고 말하며 덧붙였다.

"가족과의 관계는 어떤가? 부인과의 사이가 좋지 않소?"

"최선을 다했습니다만," 리머스는 무관심하게 대답했다. "그녀는 지금 재혼하여……."

보호책임자가 버킹엄의 정신병원에서 간호원으로 일하지 않겠느냐고 권하자 리머스는 곧 승낙했다. 병원의 소재지를 적고 말래러번에서 떠나는 기차 시간표도 적었다.

"그 노선은 그레이트 미센든까지 전철화되어 있다네."

보호책임자가 설명해 주자 리머스는 다행이라고 말했다. 종이 꾸러미를 받아들고 그는 형무소를 나왔다. 버스를 타고 마블 아치까지 가서 거기서부터 걸었다. 주머니에 얼마쯤 돈이 있었으므로 간단하게 식사를 해야겠다고 생각했다. 하이드 파크에서 피커딜리로 빠져나가 거기서 그린 파크를 거쳐 센트 제임즈 공원을 지나가면 국회 앞에 이르고, 그 다음은 화이트홀을 거쳐 스트랜드로 나가면 체링 크로스 역 가까이 있는 큰 식당으로 갈 수 있으며, 6실링만 내면 꽤 큰 스테이크를 먹을 수 있다.

그날 런던은 맑게 개어 있었다. 봄이 한창이어서 어느 공원에나 크로커스와 수선화가 활짝 피어 있었다. 서늘한 바람이 남쪽에서 불어와 하루 종일 걸어도 힘들지 않았다. 다만 무엇보다 먼저 손에 들고 있는 종이 꾸러미를 처분하고 싶었다. 공원의 쓰레기통은 너무 작아

쑤셔 넣기가 힘들었다. 안에 있는 것을 조금 꺼내야만 할 것이다. 보고 싶지 않은 서류가 들어 있었다. 건강보험증, 운전면허증, 갈색 봉투에 넣은 신분증명서. 그러나 그는 갑자기 깨달았다. 그다지 머리를 짜낼 필요도 없는 일이다. 벤치에 앉아 종이 꾸러미를 좀 멀찍이 밀어놓고 몸을 조금 옆으로 뺐다. 2분쯤 지나자 꾸러미를 그 자리에 놓고 오던 길을 되돌아가기 시작했다. 오솔길에 이르렀을 때 뒤에서 부르는 소리가 들려왔다. 그는 돌아보았다. 좀 날카로운 몸짓으로, 돌아다보니 군대용 방수외투를 입은 사나이가 그를 보며 손짓하고 있었다. 한쪽 손에 그 갈색 꾸러미를 들고 있었다.

리머스가 두 손을 주머니에 찌른 채 방수외투를 입은 사나이를 바라보자 그는 주춤했다. 리머스가 되돌아오든지 관심을 보이리라고 생각했는데 그는 이무런 반응도 나타내지 않는 것이다. 그 내신 어깨를 움찔하더니 그대로 걸어가기 시작했다. 다시 한 번 부르는 소리가 들렸으나 리머스는 무시했다. 자갈을 밟으며 뒤쫓아 오는 발소리가 들려왔다. 사나이는 숨을 헐떡거리며 재빨리 다가오더니 조금 화난 듯이 말했다.

"부르는데 왜 그냥 가시오?"

뒤쫓아 왔으므로 리머스는 걸음을 멈추고 돌아다보았다.

"무슨 일이오?"

"당신 꾸러미가 여기 있소, 벤치에 놓고 잊은 채 그냥 가기에 불렀는데 어째서 대답도 하지 않지요?"

키가 훤칠하고 굽슬거리는 갈색 머리의 사나이였다. 오렌지 빛 넥타이에 연푸른 와이셔츠를 입고 있다. 조금 성급해 보였으며 얼마쯤 해사해보이기도 했다. 런던 상업학교 출신의 교사나 그런 직업에 종사하는 사나이인 듯했다. 마음이 약해 보이는 눈.

"필요 없는 물건이니 내버려두시오."

사나이는 얼굴을 붉혔다.

"그럴 수는 없소. 그렇다면 쓰레기통에 넣으십시오."

"그건 그렇지만, 누군가가 필요할지도 모르니까요."

그리고 나서 리머스는 그대로 걸어가려고 했으나 사나이는 두 손으로 어린아기를 안 듯이 종이 꾸러미를 안고 그의 앞을 가로막았다.

"방해하지 말고 비키시오."

"놀랍군요." 사나이의 목소리가 한 옥타브 높아졌다.

"당신을 위해서 이러는데, 왜 그렇게 쌀쌀맞지요?"

"나를 위해서라고? 그래서 30분이나 뒤쫓아 왔단 말이오?"

이 녀석, 보기보다 끈질긴 데가 있군, 하고 리머스는 생각했다. 주춤거리는 기색도 없었다. 몸을 긴장시키고 있는 것만은 확실했지만.

"베를린에서 한 번 만난 적이 있는 사람과 비슷해서……."

"그래서 30분 동안이나 뒤쫓아 왔단 말이오?"

리머스의 목소리에는 가시가 돋쳐 있었다. 다갈색 눈이 상대방의 얼굴에서 떠나지 않았다.

"30분이라니요? 그렇지 않습니다. 마블 아치에서 보았을 때 알렉 리머스 씨인 것 같아서…… 당신에게서 빌려 쓴 돈이 있었거든요. 영국방송협회의 베를린 지국으로 출장가 있을 때였는데, 얼마쯤 당신에게서 빌려 쓴 돈이 있습니다. 이래봬도 나는 양심적인 사람이어서 뒤쫓아 왔던 것입니다. 확인해 보려고 말입니다."

리머스는 아무 말도 않고 상대방의 얼굴을 뚫어지게 보았다. 이 녀석, 그럴싸하게 꾸며대는군, 만점이라고까지는 할 수 없어도, 하긴 주워대는 말이 조금 수상쩍긴 하지만…… 그것은 지금 문제가 아니다. 처음의 매우 고풍스러운 접근이 실패하자 지체 없이 새로운 이유를 펼쳐 보이는 재치는 확실히 훌륭하다. 그가 이윽고 말했다.

"과연 나는 리머스지만, 당신은 대체 누구요?"

사나이는 애쉬라고 말하며 어미(語尾)에 'E'가 붙는다고 덧붙여 말했다. 엉터리로 주위대는 이름임을 리머스는 곧 알아차렸다. 상대방의 연기는 그대로 계속되었다. 과연 이 사람이 진짜 리머스일까 하고 반신반의하는 태도를 꾸미는 것이었다. 결국 점심식사를 들며 종이 꾸러미 속의 국민건강보험증을 확인해 보기로 결말지었다. 마치 한가한 두 사람이 더러워진 그림엽서라도 들여다보고 있는 듯하군, 하고 생각하며 리머스는 마음속으로 웃었다. 애쉬는 값에 구애받지 않고 식사를 주문하고는 지난날의 추억이라고 말하며 라인 포도주도 주문했다.

그는 리머스가 당신 얼굴은 아무리 생각해도 기억에 떠오르지 않는다고 말하자 자존심 상한 듯한 표정을 지으며 뜻밖이라고 되풀이해 말했다. 우리가 만난 것은 파티에서였다고 그는 설명했다.

"생각나지 않소? 클르필스텐덤 거리 모퉁이에 델렉 윌리엄즈가 아파트를 빌고 있었지요(이 점은 거짓말이 아니다). 그 집에서 열린 파티에 신문기자들이 많이 갔었지요. 어떻소? 생각납니까?"

리머스는 기억나지 않았다. 〈옵저버〉의 특파원이었던 델렉 윌리엄즈라는 사나이는 기억하고 있었다. 가끔 화려한 파티를 열었던 재미있는 사나이였다. 대체적으로 리머스는 제대로 이름을 기억하지 못하는 편이었고 더욱이 이야기는 1954년으로 거슬러 올라가야 하니만큼 전혀 생각해 낼 수가 없었는데…… 애쉬의 기억력은 대단했다. 지금도 그 무렵에 있었던 일을 지질구레한 겁까지 기억하고 있었다. 하이볼, 브랜디, 클레임 드 망트, 출석했던 남녀 모두가 술에 취해 있었다. 델렉은 마르카스텐의 카바레에서 여자들을 절반이나 데리고 왔었다. 모두 굉장한 육체파 미인들이었다.

"어떻소, 알렉, 생각납니까?"

마침내 리머스도 애쉬의 이야기가 조금 더 계속되면 기억이 되살아

날 것 같은 착각을 느꼈다. 애쉬는 계속했다. 멋대로 꾸며대는 말이라는 것을 알고 있었으나 그래도 훌륭했다. 섹스를 덧붙이는 것도 잊지 않았다. 마지막에는 세 여자와 함께 나이트클럽을 들어가는 대목에 이르렀다. 정치문단의 한 사람인 알렉과 BBC 방송국원인 애쉬. 애쉬는 공교롭게도 가진 돈이 없어서 망신할 뻔했는데 알렉이 물어주었다는 것이었다. 애쉬가 여자 하나를 아파트로 데려가고 싶다고 하자 알렉은 10파운드를 더 빌려 주었다.

"아아, 맞소!" 리머스가 말했다. "생각납니다, 정말 그랬었지요."

"틀림없이 기억해 내리라고 생각했습니다." 애쉬는 기쁜 듯 안경 너머로 리머스를 보며 고개를 끄덕였다. "그런 뜻에서 한잔 더 합시다. 오늘처럼 유쾌한 날은 없습니다."

모든 행동을 상대방이 어떻게 나오느냐에 따라 결정짓는 사람이 있는데, 애쉬가 바로 그런 사람이었다. 상대방이 약하다는 생각이 들면 마구 몰아붙이고 조금이라도 저항을 느끼면 재치있게 후퇴한다. 자기 자신의 견해며 취미는 조금도 드러내지 않고 무슨 일이든 상대방을 따라간다. 포트넘에서 차를 마시고 '프러스펙트 오브 위트비'바에서 맥주를 마시는 것도 좋다. 센트 제임스 공원의 군악대 연주를 즐기는가 하면 콤프턴 거리의 지하실에서 재즈 음악에 귀를 기울이기도 한다. 샤프빌에 대해 말할 때에는 동정심으로 목소리마저 떨렸고, 영국의 흑인 인구 증가 문제를 토론할 때에는 분노로 얼굴을 붉힌다. 이처럼 철저한 수동적인 태도는 당연한 일이지만 리머스의 반발을 일으켰다.

약한 사람을 골려주고 싶은 기분이 있었던 것이다. 상대방을 그가 놓여 있던 위치까지 서서히 끌어들이고 그 자신은 살짝 뒤로 물러서려고 했으나 애쉬 역시 리머스에게 끌려 들어갔던 막다른 골목에서 재빠르게 빠져나와버리는 것이었다. 그날 오후만 하더라도 리머스가 심술궂은 태도를 보인 적이 몇 번 있었다. 애쉬로 하여금 무리한 대화를 그만두는 편이 현명하다고 생각하게끔 만들려고 했던 것이다. 애쉬가 그 건방진 행위에 대한 충분한 보복을 받고 있기 때문이 아니라 무슨 말을 하든 아무렇지도 않은 얼굴을 했기 때문이었다. 옆 테이블에서 안경을 낀 침울하게 생긴 사나이 하나가 베어링 공작법 책을 열심히 읽고 있었다.

만일 이 사나이가 그들의 대화를 듣고 있었다면 아마도 리머스를 기학적(嗜虐的) 성격의 소유자로 판단했을 것이다. 만일 이 사나이가 특별히 치밀한 머리의 소유자였다면 리머스가 이러한 태도로 나오는 것은 상대방 사나이의 가슴 속에 깊은 비밀의 목적이 담겨 있다는 것을 알았기 때문이라고 판단했을 것이다. 그렇지 않다면 그토록 악착스러운 태도를 취할 수 없을 것이며 상대방 역시 이토록 참을성 있게 견뎌낼 수 없으리라고 생각했을 것이다.

4시가 거의 다 되어서야 비로소 그들은 계산서를 가져오라고 말했다. 리머스가 자기 몫은 자신이 치르겠다고 우겼으나 애쉬는 한사코 모두 지불하겠다고 내세웠으며, 독일에 있을 때의 빚도 갚겠다고 말하면서 수표장을 꺼냈다.

"20파운드면 되겠지요 ? "

애쉬는 수표에 날짜를 적고는 얼굴을 들어 리머스를 보았다. 밝고 호인다운 눈동자였다.

"수표도 괜찮겠지요 ? "

리머스는 조금 얼굴을 붉혔다.

"나는 지금 은행과 거래가 없소. 해외에서 돌아온 지 얼마 안 되어 어느 은행으로 할지 몰라 망설이고 있는 참이지요. 아무튼 수표라도 좋소. 당신의 거래 은행에서 현금으로 바꾸면 될 테니까."

"그러시군요, 그 점까지는 미처 생각이 미치지 못했소! 이것을 현금으로 바꾸기 위해 로더하이드까지 가려면 큰일일 텐데."

리머스가 어깨를 움찔하자 애쉬는 웃었다. 그는 리머스에게 다음날 1시 바로 이 자리에서 만나주겠다면 그때까지 현금으로 바꾸어오겠다고 약속했다.

애쉬는 콤프턴 거리 모퉁이에서 택시를 잡았다. 택시가 보이지 않을 때까지 리머스는 손을 흔들었다. 시계를 보니 4시였다. 계속 미행당하고 있을지도 모르므로 프리트 거리까지 걸어가 '블랙 앤드 화이트'에서 커피를 마셨다. 책방 몇 군데를 들여다보고 신문사의 쇼윈도에 진열되어 있는 신문을 읽기도 하다가 갑자기 생각난 일이 있는 듯한 태도로 느닷없이 버스에 올라탔다. 버스는 래드게이트 힐까지 가더니 지하철 부근의 북새통에서 멈추어 섰다. 그는 뛰어내려 지하철로 갈아탔다. 6펜스짜리 차표를 사가지고 맨 뒤 칸에 올라탔다가 다음 역에서 내려 유스턴으로 가는 지하철로 갈아타고 체링 크로스로 되돌아왔다. 정거장에 도착한 것은 9시. 바깥은 으스스 추웠다. 역전 광장에 손님을 기다리는 택시가 한 대 있었다. 운전수가 졸고 있었는데, 리머스는 차번호를 확인한 다음 다가가서 창문 너머로 말을 걸었다.

"클레멘트에서 왔소?"

"토머스 씨입니까?" 운전수는 움찔하며 눈을 뜨고 물었다.

"아니오." 리머스는 대답했다. "토머스는 오지 못했소. 나는 하운즈로우의 에이미즈란 사람이오."

"타십시오, 에이미즈 씨."

운전수가 문을 열어주었다. 자동차는 서쪽으로 달려 킹스 거리로 향했다. 운전수는 말하지 않아도 행선지를 알고 있었다.

관리관이 문을 열었다.

"조지 스마일 리가 먼 곳에 가 있어서 당분간 내가 이곳을 빌기로 했다네. 자, 어서 들어오게."

리머스를 안으로 들이고 현관문을 닫을 때까지 관리관은 홀의 전등을 켜지 않았다.

"점심때부터 내내 미행을 당했습니다." 리머스가 말했다.

두 사람은 응접실로 들어갔다. 방 여기저기에 책이 놓여 있었다. 아담했으며 천장이 높았다. 18세기풍의 둥근 천장, 커다란 창문, 호화스러운 벽난로.

"오늘 아침에 그들은 나를 붙잡았습니다. 애쉬라는 해사한 사나이였습니다." 리머스는 담배에 불을 붙였다. "내일 다시 만나기로 약속했습니다."

관리관은 리머스의 이야기에 귀를 기울였다. 식료품가게 주인 포드를 때린 날부터 오늘 아침 애쉬를 만난 때까지의 경과를 순서대로 듣고 있었다.

"형무소는 어떻던가?"

관리관의 질문은 리머스가 휴식기간을 유쾌하게 보낼 수 있었느냐는 뜻이었다.

"참으로 미안하게 됐네. 어떻게 해서든지 자네의 처우를 낮게 하여 재미있게 지내도록 해주고 싶었으나 몹시 위험한 일이어서 말일세."

"물론 그럴 수 없겠지요."

"행동은 시종일관해야 하거든. 언제나 예외 없이 앞뒤가 잘 맞아야 한단 말일세. 엉거주춤한 행동은 곧잘 실패의 원인이 되지. 그리고 자네는 병에 걸렸었다면서? 안됐군. 무슨 병이었나?"

"열이 났을 뿐입니다. "

"얼마 동안 누워 있었나 ? "

"열흘쯤이었습니다. "

"혼났겠군. 물론 간호해 주는 사람도 없었겠지. "

긴 침묵이 계속되었다.

"그 여자가 당원이라는 사실을 알고 있었겠지 ? "

관리관이 물었다.

"네. " 리머스가 대답했다.

다시 침묵이 이어졌다.

"나는 그녀를 이 일에 끌어들이고 싶지 않습니다. "

"무엇 때문에 끌려 들어오게 되었나 ? "

관리관의 질문은 날카로웠다. 그러나 순간——짧은 한순간이었지만——관리관의 쌀쌀맞은 태도가 무너지는 듯했다.

"그녀가 이 사건에 얽혀든다고 말하는 사람이 있던가?."

"아무도 없었습니다. " 리머스가 대답했다. "문제를 뚜렷하게 해놓고 싶었을 뿐입니다. 나는 이 일이 어떤 경로를 밟아나갈 것인지 알고 있습니다. 이 공격작전이 말입니다. 그러는 동안 여러 가지 일이 일어날 테고 예상하지 않았던 진전을 볼 수도 있겠지요. 잡았다고 생각한 물고기가 전혀 다른 물고기일 수도 있을 겁니다. 나는 그녀를 끌어들이고 싶지 않습니다. "

"알았네, 알았어. "

"직업안정소의 사나이는 누구입니까 ? 피트라는 인물 말입니다. 전쟁 중에 첩보부에 있었지요, 아마 ? "

"그런 이름의 사나이는 모르겠는걸. 피트라고 ? "

"네. "

"모르겠어. 처음 듣는 이름일세. 직업안정소에 있던가 ? "

"모르다니, 놀랍군요." 리머스는 들으라는 듯이 중얼거렸다.

관리관이 일어서며 말했다.

"이거 참, 미안하이. 손님 대접을 잊고 있었으니. 물론 자네는 한 잔하겠지?"

"아니오, 사양하겠습니다. 오늘 밤에는 이만 돌아가겠습니다. 교외로 나가 운동을 좀 해야겠습니다. '집'은 비어 있겠지요?"

"자동차는 준비되어 있네." 관리관이 말했다.

"내일 애쉬와 몇 시에 만나기로 약속했나? 1시인가?"

"네."

"핼딩을 불러 스카치라도 가져오라고 하게. 내일은 의사에게 진찰을 받아보게나. 열이 났다니 말일세."

"의사는 필요없습니다."

"그럼, 마음대로 하게."

관리관은 자기 잔에 위스키를 따르고 나더니 그다지 내키지 않는 듯 스마일리의 책장을 바라보기 시작했다.

"스마일리는 어디 갔습니까?" 리머스가 물었다.

"그는 일에 싫증이 난 모양이야."

관리관의 대답은 무뚝뚝했다.

"불쾌한 일이라는 생각이 들기 시작한 거지. 필요한 일이라고는 인정하지만 자기가 나서는 것은 싫은 모양일세. 그것이 바로 그의 병이지."

관리관은 쓴웃음을 지었다.

"그는 주기적으로 이 열병에 걸린다네."

"확실히 나를 따뜻하게 맞아주지 않더군요."

"그랬겠지. 그는 이번 일과 관련을 맺고 싶어 하지 않으니까. 그러나 문트에 대하여는 그가 설명해 주었을 텐데. 이 일의 배경에 대해 말해 주지 않던가?"

"네."

"문트는 무서운 상대일세. 그 점을 잊어서는 안 되네. 첩보원으로 서 그만큼 우수한 사람은 달리 없으니까."

"스마일리는 이 작전의 이유를 알고 있습니까? 특별한 의미가 있 다는 것을?"

관리관은 고개를 끄덕이며 위스키를 홀짝거렸다.

"그런데도 그는 싫다고 하는 겁니까?"

"그가 싫어하는 것은 윤리상의 문제가 아니라 피에 싫증이 났기 때 문일세. 다른 부원에게 맡겨놓고 만족하고 있다네."

"물어보고 싶은 게 있습니다." 리머스가 말했다. "이 작전에서 우 리의 목적이 달성된다는 확신이 있습니까? 체코나 소비에트가 아니 라 틀림없이 동독이 관계된 것이라는 점을 어떻게 확신합니까?

"안심해도 좋네." 관리관이 의기양양하게 말했다. "그 점은 충분 히 생각했으니까."

두 사람은 문 쪽으로 걸어갔다. 문 앞에서 관리관은 리머스의 어깨 에 가볍게 손을 얹으며 말했다.

"이것이 자네의 마지막 일일세. 일이 끝나면 이제 두 번 다시 추운 곳으로 가지 않아도 되네. 그런데 그 아가씨에게 뭐 해주고 싶은 게 없나? 돈이라든가 그 밖의 것을?"

"그것은 일이 끝난 다음 내가 생각해 보겠습니다."

"하긴 그렇군. 지금 이러한 때에 무언가 해준다는 것은 위험한 일 이니까."

"가만히 놓아두고 싶을 따름입니다." 리머스는 힘주어 말했다. "비 참한 꼴을 당하지 않게 하고, 직장을 잃지 않게 하고, 나를 잊어버 리게 해주고 싶을 따름입니다."

그는 관리관에게 인사하고 밤의 차가운 공기 속으로 조용히 나갔다. 추운 바람이 부는 곳으로.

키버

다음날 리머스는 애쉬와 약속한 식당으로 20분 늦게 갔다. 애쉬는 이미 위스키 냄새를 풍기고 있었다. 하지만 그렇다고 해서 그의 얼굴을 보았을 때의 애쉬의 기쁨이 조금이라도 사그라진 것은 아니었다. 애쉬는 은행에 조금 늦게 갔으므로 이곳에 온 지 얼마 안되었다고 말하면서 리머스에게 봉투를 건네주었다.

"모두 1파운드 지폐로 바꾸었소, 그것이 좋을 것 같아서 말이오."

"미안하오." 리머스가 대답했다. "그럼, 이제 술이나 들까요."

리머스는 수염도 깎지 않았고 와이셔츠도 더러웠다. 웨이터를 불러 그는 위스키를 더블로, 애쉬는 핑크 진을 주문했다. 술이 나오자 리머스는 술잔에 소다수를 따랐는데 손이 떨려 거의 쏟아지고 말았다.

두 사람 모두 많이 먹고 많이 마셨다. 거의 애쉬 혼자서 지껄였다. 리머스가 예상했던 대로 그는 처음에 자기 자신의 이야기를 했다. 낡은 수법이지만 그럴 듯한 이야기였다.

"요즈음 나는 재미있는 일을 하고 있습니다. 프리랜서 기자로 외국의 신문사에 영국 뉴스를 팔아넘기는 일이지요. 베를린에서 돌아왔을 때는 무엇을 해도 실패만 거듭했었습니다. 그래서 방송국에서는 계약 갱신을 해주지 않더군요. 별수 없이 60살 이상의 남자를 상대로 하는 오락지——빈약한 주간지입니다만——의 편집일을 했지요. 그것은 상상도 할 수 없을 만큼 초라한 일로서 결국 전쟁 첫 무렵 출판파업으로 망하고 말았습니다. 그렇게 되자 오히려 무거운 짐을 덜어놓은 듯한 기분이 들더군요. 그리고 얼마 동안은 첼트넘에 있는 어머니 집에서 함께 살았습니다. 어머니는 골동품상을 하고 있었는데 장사가 잘되었답니다. 그런데 어느 날 옛 친구인 샘 키버라는 사나이로부터 편지가 날아왔습니다. 외국 신문사를 상대로 하여 영국의 사회생활을 기사로 만들어 팔아넘기는 사업을 시작했다는 것이었지요. 당신도 물론 이런 일에 대해 아시겠지요? 가장무도회의 기사를 6백 자로 쓰는 그런 일 말입니다. 그러나 샘은 이 일에 새로운 스타일을 불어넣었습니다. 미리 번역해서 팔아넘기는 겁니다. 아시겠지만 그것은 큰 차이가 있거든요. 번역자는 돈만 주면 언제나 채용할 수 있고 경우에 따라서는 우리들도 할 수 있지만, 반 칼럼 정도의 빈 난을 신문기사로 메우는 녀석들은 번역하기 위한 시간이며 비용을 몹시 아까워하거든요. 샘이 노리는 점은 편집자와 직접 연락을 취하는 데 있었고, 그 때문에 그는 집시처럼 온 유럽을 돌아다녀야만 했습니다. 한심한 이야기라고 생각하시겠지만, 그 대신 고료를 즉석에서 현금으로 받을 수 있었지요."

애쉬는 말을 그쳤다. 그렇게 하면 리머스가 자기 자신의 이야기를 하리라고 생각했기 때문인데 완전히 무시당했을 뿐이었다. 그는 다만 "그거 참, 좋았겠군요" 하고 혼잣말처럼 중얼거렸던 것이다. 애쉬는 포도주를 마시고 싶었으나 리머스는 커피가 올 때까지 위스키를 더블로 넉 잔이나 비웠다. 건강상태가 나빠서 그런지 굉장한 술꾼이어서 그런지 입술이 술잔 쪽으로 다가가는 것이었다. 그렇게 하지 않으면 손이 떨려서 술이 거의 쏟아지고 말기 때문이었다.

애쉬는 한참 동안 말없이 앉아 있다가 문득 물었다.

"당신은 샘을 모르십니까？"

"샘？"

"샘 키버. 나의 우두머리지요. 지금 이야기한 사나이 말입니다."

애쉬의 목소리에는 초조한 듯한 기색이 담겨 있었다.

"그 사람도 베를린에 있었소？"

"아니오, 독일에 대해 잘 알고 있긴 해도 베를린에 산 적은 없습니다. 하지만 본에서 일을 많이 했지요. 프리랜서 기자였으니까 당신도 만난 적이 있을 텐데요. 상당히 알려진 사나이거든요."

"만난 적이 없는 듯하오."

또다시 침묵.

"그런데 당신은 요즈음 어떤 일을 하고 있습니까？"

애쉬가 묻자 리머스는 어깨를 움찔하더니 멍청하게 엷은 웃음을 띠며 대답했다.

"파면당했소. 깨끗이 추방당했지요."

"베를린에서는 어떤 일을 하고 있었지요？ 아마 냉전의 투사로서 우리 문외한으로서는 이해하기 어려운 임무를 맡고 있지 않았습니까？"

'슬슬 시작이로군' 하고 리머스는 생각했다. 그는 말없이 있다가 갑자기 언짢은 표정을 지으며 거칠게 말했다.

"미국 놈들을 위한 심부름꾼이었지요. 우리들 모두가 그랬지만."

애쉬는 그 대답을 듣고 잠깐 생각에 잠겨 있는 듯했다.

"한 번 샘을 만나보십시오. 틀림없이 호감이 갈 겁니다."

그는 갑자기 당황한 듯한 표정을 지었다.

"그런데 알렉, 당신을 만나려면 어떻게 해야 되지요？"

"그건 어렵소." 리머스가 퉁명스럽게 대답했다.

"어째서 어렵다는 겁니까? 거기가 어딥니까?"

"주소가 일정하지 않소. 한심한 생활을 하고 있는데, 일이 없으니 별수 없지요. 녀석들은 연금도 제대로 주지 않거든요."

애쉬는 깜짝 놀란 표정을 지었다.

"그거 참, 곤란하겠군요. 그렇다면 나에게로 오시지요. 좁긴 하지만 당신 한 사람쯤 같이 있어도 될 겁니다. 하긴 야전용 침대로 참아주셔야 합니다만. 그래도 노숙보다 낫지 않겠습니까?"

"당분간은 그럭저럭 견딜 수 있소."

리머스는 봉투가 들어 있는 주머니를 두드려보았다.

"이것이 있는 동안에 일자리를 찾아야지요."

그는 뭔가 결심한 듯이 고개를 끄덕였다.

"1주일 안으로 일자리가 생길 거요."

"어떤 일을 하실 겁니까?"

"그것은 알 수 없소. 무엇이든 상관없지만⋯⋯."

"그러나 시시한 일은 하지 않아도 되지 않습니까. 당신은 독일어를 모국어만큼 할 수 있으니까요. 나는 알고 있습니다. 당신이라면 얼마든지 좋은 일거리를 잡을 수 있습니다!"

"지금까지 여러 가지 일을 해보았지요. 미국 출판사를 위해 백과사전을 팔기도 했고, 심령학도서관에서 서적을 분류하는 일도 했으며, 고약한 냄새가 나는 아교공장에서 작업표에 도장을 찍는 일도 했습니다. 이런 일 외에 무엇을 할 수 있겠소?"

리머스는 애쉬 쪽은 보지 않고 눈앞의 탁자 위에 눈길을 고정시킨 채 흥분한 입술만 바쁘게 움직였다. 애쉬 역시 그의 흥분에 말려들어 간 듯 탁자에 몸을 반쯤 기대고 앉아 지껄였다. 목소리에 힘이 주어졌으며 승리를 외치는 듯한 어조가 깃들었다.

"하지만 지금 당신에게 필요한 것은 친구입니다. 나는 당신의 지금 처지를 이해할 수 있소. 나 자신 먹느냐 굶주리느냐의 지경에서 친구의 고마움을 뼈저리게 느껴본 적이 있거든요. 당신이 베를린에서 어떤 일을 하고 있었는지는 알 수 없고 또 알고 싶은 생각도 없지만, 이럴 때 도와줄 만한 사람과 지난날 접촉이 있었다고는 생각되지 않는군요. 나도 5년 전에 포트넘에서 샘을 만났으니 다행이지 그렇지 않았더라면 여태까지 겨우 입에 풀칠이나 하고 있었을 겁니다. 해로운 말은 하지 않습니다. 나와 함께 1주일쯤 지내십시오. 샘에게 부탁해 보겠소. 그밖에 베를린에 있을 때 알게 된 신문기자도 있으니 런던에 있겠다면 부탁해 보겠습니다."

리머스가 말했다.

"하지만 나는 신문기사 같은 것은 쓸 수 없소. 그런 일은 못하오."

애쉬는 리머스의 팔에 손을 얹으며 마음을 가라앉게 하려는 듯이 말했다.

"그런 걱정은 나중에 하기로 하고 한 가지 한 가지 처리해 나가도록 합시다. 자질구레한 물건들은 어디 있습니까? 짐 말입니다. 옷이며 가방 같은 것은?"

"아무것도 없소. 조금 있었던 것은 모두 팔아치워 버렸지요. 그 종이 꾸러미를 제외하고는."

"종이 꾸러미라니요?"

"공원 벤치에 놓았던 갈색 종이 꾸러미 말이오. 그것도 버릴 생각이었소."

애쉬의 방은 돌핀 스퀘어에 있었다. 리머스가 상상했던 대로 좁았고 남의 눈을 피해서 사는 듯한 느낌이 들었다. 독일에서 서둘러 긁어모아온 듯한 것들이 놓여 있었다. 커다란 맥주잔, 농부가 쓰는 파

이프,

애쉬는 변명 비슷이 말했다.

"주말은 첼트넘의 어머니 집에 가서 보내기 때문에 이곳은 평일에만 쓰고 있습니다. 편리해서 좋지요."

좁은 응접실에 야전용 침대를 갖다놓고 나니 4시 반이 되었다.

"여기서 얼마 동안이나 살았소?"

"글쎄요, 한 1년은 더 된 것 같습니다."

"살기 좋습니까?"

"이런 아파트는 수속이 아주 간단해서 신청서에 이름만 적어두면 어느새 전화가 걸려와 방이 비어 있다고 일러준답니다."

애쉬가 차를 끓여와 두 사람은 차를 마셨다. 리머스는 여전히 마음이 차분히 가라앉지 않는 듯 찌푸린 얼굴을 하고 있었다. 애쉬마저 물든 것처럼 말수가 적어졌다. 차를 마시고 나자 애쉬가 말했다.

"가게 문이 닫히기 전에 물건을 사와야겠습니다. 그리고 나서 앞으로의 방침을 천천히 의논합시다. 샘은 밤늦게 방문해도 괜찮습니다. 하루라도 일찍 만나면 그만큼 일이 빨라지겠지요. 그전에 한잠 자두는 게 어떻겠습니까? 몹시 피곤해 보이는데."

리머스는 고개를 끄덕이며 어색한 동작을 해보였다.

"당신은 참으로 친절한 사람이로군요. 이렇게까지 해줄 줄은 정말 몰랐소."

그러자 애쉬는 가볍게 그의 어깨를 두드리더니 군대용 방수외투를 집어 들고 밖으로 나갔다.

애쉬가 건물에서 멀어져가는 것을 확인한 다음 리머스는 재빨리 방에서 나갔다. 그는 조심스럽게 문의 자물쇠를 잠그고 아래층으로 내려갔다. 가운데 홀에 전화실이 두 개 나란히 있었다. 메이더 베일에 있는 '집'의 다이얼을 돌려 토머스 씨의 비서를 불러달라고 하자 곧 젊은 여자의 목소리가 들려왔다.

"토머스 씨의 비서입니다."

리머스가 말했다.

"난 샘 키버 씨의 대리인이오. 그분은 초대를 받아들여 오늘 밤 토머스 씨와 만나시겠답니다."

"그렇게 전해 드리겠습니다. 토머스 씨는 그쪽 주소를 알고 계십니까?"

"돌핀 스퀘어." 리머스는 대답하고 번지를 댔다. "그럼, 부탁합니다."

리머스는 접수계의 책상 앞에 서서 몇 가지 질문을 한 다음 애쉬의 방으로 돌아갔다.

야전용 침대에 앉아 두 주먹을 들여다보다가 침대에 몸을 길게 눕혔다. 애쉬의 말대로 휴식을 취하는 것이 좋겠다고 생각되었기 때문이다. 눈을 감자 리즈 생각이 났다. 베이즈워터의 그 방에서 옆에 누워 있던 그녀가…… 지금 무엇을 하고 있을까? 그는 막연히 생각에 잠겼다.

애쉬가 깨우는 소리에 눈을 떴다. 또 하나 몸집이 작고 꽤 살찐 사나이가 서 있었다. 긴 잿빛 머리를 깨끗이 빗어 넘기고, 더블 양복을 입고 있었다. 중부 유럽풍의 악센트가 조금 있다. 어쩌면 독일어에서 비롯된 것인지도 모르지만 뚜렷하게 단정할 수는 없다. 키버라고 이름을 댔다, 샘 키버.

세 사람은 진을 마셨다. 말을 하는 것은 주로 애쉬였으며, 마치 베를린 시내로 돌아간 듯했다. 그는 옛 친구가 이만큼 모였으니 오늘 밤에는 파티를 열어야겠다고 떠들어댔다. 그러나 키버는 내일 할 일이 있어 늦게까지 앉아 있을 수 없다고 말했다. 그러자 애쉬는 잘 아는 중국 요리집으로 식사하러 가자고 제안했다. 라임하우스 경찰서 맞은편에 있는 요리집인데 술을 가져갈 수 있다는 것이었다. 애쉬의 부엌에는 버건디 포도주가 있었다. 그들은 그 술을 가지고 택시를 잡아탔다.

요리는 고급이었으며, 그들은 가지고 간 포도주를 두 병 모두 비웠다. 두 병째를 마시기 시작하자 키버도 조금 입이 가벼워져서 서독과 프랑스를 여행하고 돌아온 지 얼마 안되었다고 이야기하기 시작했다. 프랑스는 지금 술렁이는 상태에 있으며 드골의 세력이 뻗어나가고 있다고 말했다. 앞으로 사태가 어떤 방향으로 발전할는지 예측할 수가 없다. 10만이 넘는 식민지 주민들이 알제리아에서 철수해 오기 때문에 파시스트의 움직임이 당연히 활발해질 것으로 예상된다고 말했다.

"독일의 정세는 어떻습니까?"

애쉬가 재촉하듯 묻자 키버는 리머스를 보며 말했다.

"그건 그들이 미국을 지지하느냐 어쩌느냐에 달려 있습니다."

"그게 무슨 뜻입니까?" 리머스가 물었다.

"덜레스가 한편에서 대외정책을 밀어나가고 있는데, 또 한편에서는 케네디가 잡아떼고 있기 때문에 독일 국민은 화를 내고 있습니다."

리머스는 고개를 끄덕였다.

"과연 미국답군요."

"알렉은 우리의 우방 미국을 싫어하는 것 같습니다."

애쉬가 그럴 듯한 표정으로 말을 꺼냈으나 키버는 그다지 흥미가 없는 듯 중얼거렸다.

"호오, 그렇습니까?"

그 뒤로도 키버의 연기는 끈기 있게 계속되었다. '이 녀석 요령이 좋군' 하고 리머스는 생각했다. 말을 잘 다룰 줄 아는 사나이는 말이 스스로 다가오기를 참을성 있게 기다리는 법이다. 무리한 부탁을 해

올지도 모른다고 생각하여 조심스럽게 상대하는 사람은 말을 다루는 요령으로 다루어야 할 필요가 있음을 그는 알고 있는 것이다.

식사가 끝나자 애쉬가 말했다.

"워듀어 거리에 유쾌한 집이 있습니다. 샘, 당신은 한 번 간 적이 있지요. 어떻습니까, 차를 불러 타고 가보지 않겠소?"

"잠깐만."

리머스의 말투가 거칠었으므로 애쉬는 후다닥 그의 얼굴을 쳐다보았다.

"그보다 먼저 알아야 할 일이 있소. 여기 계산은 누가 하지요?"

애쉬가 재빨리 말했다.

"내가 하지요. 샘과 내가."

"미리 의논이 되어 있었소?"

"그렇지 않소."

"아시다시피 나는 아무것도 없는 사람이오. 이런 데서 돈을 쓸 수는 없습니다."

"알고 있소. 알렉. 지금까지도 당신 뒤를 돌봐드렸다고 생각하는데요."

"그건 그렇소." 리머스가 고개를 끄덕였다. "확실히 신세를 졌지요."

리머스는 덧붙여서 뭐라고 말하려고 했으나 마음이 달라졌는지 입을 다물었다. 눈살을 찌푸리고 있었지만 기분이 상한 것 같은 기색은 없었다. 키버는 여전히 무엇을 생각하고 있는지 알 수 없었다.

택시 안에서 리머스는 아무 말도 하지 않았다. 애쉬가 기분을 북돋아주려고 자주 말을 걸었으나 귀찮은 듯이 어깨를 으쓱할 뿐이었다. 워듀어 거리에 다다르자 세 사람은 차에서 내렸다. 리머스와 키버는 요금을 치르려고 하지 않았다. 애쉬가 앞장서서 부인잡지가 진열되어 있는 쇼윈도 앞을 지나 좁은 골목길로 들어갔다. 막다른 곳에 야한 빛깔의 네온이 반짝였는데 '갯버들 클럽. 회원제'라고 씌어 있었다. 문 양쪽에 여자의 사진이 잔뜩 걸려 있고 그 위에 활자체로 '자연연구. 회원에 한함'이라는 글이 씌어진 길다란 종이가 핀으로 꽂혀 있었다.

애쉬가 벨을 눌렀다. 곧 문이 열리고 흰 와이셔츠에 검은 바지를 입은 무시무시하게 키가 큰 사나이가 얼굴을 내밀었다.

"나는 회원이오." 애쉬가 말했다. "그리고 이 두 신사는 나의 동행이오."

"회원증을 보여 주십시오."

애쉬는 지갑에서 노란 카드를 꺼내어 사나이에게 건네주었다.

"함께 오신 분들은 1인당 임시 회원비로서 1파운드를 받습니다. 틀림없는 분들이시겠지요?"

사나이가 애쉬에게 회원증을 돌려주려고 하자 갑자기 리머스가 손을 뻗어서 낚아챘다. 그는 카드를 들여다본 다음 애쉬에게 돌려주고 나서 곧 바지 뒷주머니에서 2파운드를 꺼내어 문 앞에 서 있는 사나이의 손에 얹어 주었다.

"2파운드 여기 있소. 우리 임시 회원 두 사람 분이오."

그는 어이없어 하며 멍청히 서 있는 애쉬를 무시하고 앞장서서 들이기 기튼이 쳐져 있는 문을 통과했다. 그 인에 이두컴컴힌 복도가 뻗어 있었다. 리머스가 도어맨을 돌아다보며 말했다.

"테이블을 하나 비워주게. 그리고 스카치를 한 병. 우리들끼리 있을 수 있는 자리를 주어야 하네."

도어맨은 조금 머뭇거리다가 시키는 대로 하기로 했는지 세 사람을 지하로 안내했다. 층계를 내려가는 동안 짓누르는 듯한 음악 소리가 들려왔다.

지하의 맨 뒷줄에 자리를 잡았다. 연주하고 있는 악사는 두 사람. 여기저기에 여자들이 두셋씩 몰려 앉아 있었다. 그 가운데 두 여자가 그들이 들어오는 것을 보고 일어서자 키 큰 도어맨이 고개를 저었다.

위스키가 올 때까지 애쉬는 안절부절못하며 리머스의 얼굴을 보고 있었다. 키버는 따분한 표정을 짓고 있었다. 웨이터가 술병과 세 개의 술잔을 날라왔다. 저마다의 술잔에 위스키가 조금씩 부어지는 것을 세 사람은 말없이 바라보고 있었다. 리머스는 웨이터의 손에서 술병을 빼앗아 술잔 속의 분량을 두 배로 했다. 그리고 나서 그는 테이블 위로 몸을 내밀며 애쉬에게 말했다.

"설명해 줄 수 있겠지요, 대체 나를 어떻게 할 작정이오?"

"무엇을 말입니까?" 애쉬가 중얼거리듯 말했다. "무엇을 설명하라는 겁니까, 알렉?"

리머스는 엄숙하게 말했다.

"내가 석방되던 날 당신은 형무소 앞에서부터 나를 내내 미행해 왔소. 베를린에서 만난 적이 있다고 터무니없는 거짓말을 했고, 빌리지도 않은 돈을 빌리었다고 하며 돈을 주었소. 호화판 식사를 함께하기도 하고 당신의 아파트까지 나를 데리고 가기도 했지요."

애쉬의 얼굴빛이 달라졌다.

"그것이 마음에 들지 않았다면……."

"아무 말 마시오." 리머스는 거친 어조로 말했다. "내 말이 끝날때까지 잠자코 들어주오. 아까 내보였던 이곳 회원증에 마피라고 적혀 있었는데, 그것이 당신의 진짜 이름이오?"

"아니, 그렇지 않소."

"그렇다면 마피라는 친구에게서 빌려 온 거요?"

"아니오, 솔직히 말해서 그런 사람은 없소. 실은 나는 이따금 여자가 그리워지면 이곳에 오지요. 그래서 가명으로 이 클럽에 입회한 겁니다."

"그렇다면," 리머스는 더욱 무자비한 어조로 말을 계속했다. "당신 방을 빌어쓰는 사람의 이름이 마피라고 되어 있는 것은 무엇 때문이지요?"

갑자기 키버가 끼어들어 애쉬에게 말했다.

"자네는 그만 돌아가게. 내가 결말을 짓겠네."

여자 하나가 스트립쇼를 하기 시작했다. 젊어보였으나 닳아빠진 술집 여자 같았으며, 넓적다리에 흉터가 있었다. 마르고 크기만 한 나체 역시 에로틱한 맛이 조금도 없고 오히려 지루하기까지 했다. 재주도 없고 열성도 없었다. 느릿느릿 돌아가다가 이따금 생각난 듯이 손발을 꿈틀꿈틀 움직인다. 단편적으로 음악을 듣고 있는 듯했다. 여자는 그동안 내내 그들 쪽으로 시선을 던지고 있었는데 조숙한 아이가 어른의 세계를 넘겨다보고 있는 듯한 느낌이 들었다. 갑자기 음악이 빨라졌다. 그와 동시에 여자는 마치 휘파람 소리를 들은 개처럼 반응을 보여 갑자기 날쌔게 움직이기 시작했다. 맨 마지막에 브래지어를 떼어 머리 위로 높이 쳐들었다. 깡마르고 빈약한 몸이었다. 몸의 세 곳에서 반짝반짝 빛나는 스팽글이 늘어져 오래된 크리스마스 케익을 연상케 했다.

그들은 말없이 바라보고 있었다. 리머스와 키버 두 사람은.

"베를린에서는 조금 더 나은 춤을 보았다는 듯한 표정이로군요."

리머스가 입을 열며 키버를 보았으나 그는 여전히 화난 듯한 표정을 짓고 있었다.

"그렇게 생각하시오?" 키버는 밝은 목소리로 말했다. "나는 이따금 베를린에 가보긴 했지만 불행히도 나이트클럽에는 흥미가 없었소."

리머스는 아무 말도 하지 않았다.

"고상한 척하는 건 아니오. 내 성격이 합리적이라는 것뿐이지요. 여자가 필요할 때는 좀 더 손쉬운 방법으로 찾소. 그리고 춤추고 싶을 때에는 좀 더 나은 장소를 알고 있기 때문에……."

리머스는 듣고 있지 않는 듯했으나 이윽고 말을 꺼냈다.

"그 해사한 사나이가 무엇 때문에 나를 붙잡았는지 설명해 주시오."

키버는 고개를 끄덕이며 말했다.

"물론 설명하겠소. 그것은 내가 시켜서 한 짓이오."

"무엇 때문에?"

"당신에게 흥미를 느꼈기 때문이지요. 수지맞는 일이 있어서 의논하고 싶었던 것이오. 통신에 관한 일입니다."

잠시 동안 말이 끊겼다. 이윽고 리머스가 물었다.

"통신에 관한 일이라고요?"

"나는 통신사를 경영하고 있소. 국제적인 뉴스를 팔고 있는데, 고료는 충분히 지불하겠소, 아주 비싼 값으로. 단 내용에 흥미가 있을 때에 한해서 말입니다만."

"그것을 활자화하는 사람은 누구지요?"

"놀랄 만큼 비싼 값으로 사들이고 있소. 당신같이 경험이 풍부한 사람, 나라와 나라 사이의 움직임에 관련된 경험을 쌓은 사람이 확신할 수 있는 사실을 제공해 주기만 한다면 돈 걱정은 눈 깜짝할 사이에 해결해 드릴 수 있지요."

"그 재료를 기사로 만들어 출판하는 사람은 누굽니까, 키버 씨?"

리머스의 목소리가 날카로워졌다. 한순간, 아주 짧은 한순간이긴 했으나 불안한 그림자가 수염이 없는 키버의 얼굴을 스쳐갔다.

"거래선은 국제적이며 연락원을 파리에 두고 있기 때문에, 우리의 통신기사라면 무엇이든 팔아넘길 수 있소. 정말은 어느 출판사가 사주었는지 모를 때가 이따금 있지만 말입니다."

키버는 리머스를 안심시키려는 듯이 밝게 미소 지어 보였다.

"그런 것은 문제가 아니오. 뉴스가 재미있으면 거래선은 두말없이 큰돈을 지불합니다. 잇달아 다음 주문을 할 정도지요. 당신은 아마 짐작할 수 있겠지만 상대방은 자질구레한 일 따위를 캐내려는 사람들이 아니며, 물론 현금거래지요. 더욱이 그것을 외국 은행에 예치해 줍니다. 세금 같은 성가신 문제와 부닥치지 않아도 되게끔 말이오."

리머스는 잠자코 있었다. 술잔을 두 손으로 움켜쥔 채 들여다보며 생각에 잠겼다. 공격태세가 꽤 급하군. 그리고 지나치게 노골적이기도 하다. 리머스는 언젠가 뮤직홀에서 들은 농담이 생각났다. '명예로운 숙녀가 받아들일 만한 신청은 아니지만——그러나 해보지 않고서는 받아들일 값어치가 있는 것인지 어떤지 알 수 없는' 것이로군. 전술적으로는 이러한 성급함이 올바른 공격법이라고 할 수 있을 것이다. 지금의 그는 당장에라도 손을 내밀고 싶을 만큼 돈이 필요한 사람이다. 형무소에서의 경험이 아직 생생하고, 사회에 대한 노여움도 더할 나위 없이 크다. 그리고 그만큼 노련한 사람은 새삼스럽게 훈련받아야 할 필요도 없고, 지금의 상태로는 영국 신사로서의 명예를 손상했다고 체면을 내세울 필요도 없다. 그러나 그와 동시에 현실적인 견지에서 그는 깨끗이 거절할 수도 있다. 그가 이런 일에 두려움을 품는 것은 당연하다. 왜냐하면 첩보부가 배신자를 그냥 내버려두지는 않을 것이기 때문이다. 사막을 넘어 카인을 뒤쫓아 온 신의 눈처럼 그들이 그를 뒤쫓아 오리라는 것을 각오해야만 하기 때문이다.

요컨대 이것은 그들로서 크나큰 도박이다. 이것저것 생각할 필요

없이 운을 하늘에 맡기고 달려들었다고 보는 것이 옳으리라. 우물쭈물하여 결단내리지 못하면 아무리 용의주도하게 스파이 작전을 폈다 하더라도 결국은 헛된 계획으로 그치고 말 것이다. 신사들은 뜻밖에도 관청의 매점에서 팔고 있는 양배추 샐러드 한 접시쯤으로도 무서운 반역죄를 저질 수 있지만, 이것이 사기꾼이나 거짓말쟁이나 범죄자에 이르면 어떤 아첨이나 알랑거림에도 쉽사리 움직이지 않는 수가 있다.

이윽고 리머스가 중얼거리듯 말했다.

"하지만 어지간히 많은 돈을 받지 않고서는……."

그러자 키버가 위스키를 따라주며 말했다.

"1만 5천 파운드, 현금으로 선불하겠소. 돈은 이미 베른의 지방은행에다 예금해 두었소. 적당한 증명서류만 내밀면 언제든지 찾을 수 있소. 증명서류도 우리의 거래선이 준비해 놓았지요. 다만 거래선은 앞으로 1년 동안 잇달아 계속 질문을 할 수 있는 권리를 갖게 되는 거요. 그 대신 그것에 대하여는 5천 파운드를 더 드리겠소. 앞으로 당신이 취직해야 할 필요가 생겼을 경우에 충분히 고려해 두겠소."

"언제까지 대답하면 되지요?"

"지금 이 자리에서 해야 하오. 당신은 머릿속에 있는 것을 지껄이기만 하면 됩니다. 손수 쓸 필요는 없소. 우리의 거래선과 만나게 되면 당신이 이야기하는 것을 옆에서 써주는 사람이 대기하고 있을 겁니다."

"만나는 장소는?"

"서로를 위해 영국 이외의 곳에서 만나는 것이 좋을 겁니다. 우리의 거래선은 네덜란드가 어떻겠느냐고 하오."

리머스가 내키지 않는 듯이 말했다.

"여권이 없는데요."

"그럴 것 같아서 당신을 위해 여권을 만들어 놓았지요."

키버의 어조는 비위를 맞추는 듯한 말투로 바뀌었다. 그 목소리와 동작도 차분했으며, 사업상의 당연한 조치를 취했을 뿐이라는 듯한 태도였다.

"내일 오전 9시 45분 발 여객기로 헤이그를 향해 떠날 수 있도록 준비해 놓았소. 나의 아파트로 가서 자세한 점에 대한 타협을 보지 않겠소?"

계산은 키버가 했고, 두 사람은 택시를 잡아탔다. 행선지는 센트 제임즈 공원에서 그리 멀지 않은 곳이었다.

키버의 방은 굉장히 호화스러웠는데, 다만 그 가구들이 값진 것이 기는 해도 몹시 서둘러서 사들인 듯한 인상을 주었다. 런던에는 책을 야드 단위로 파는 서점이 있으며, 그림에 맞추어 벽의 빛깔을 배합하는 실내장식가도 있다고 한다. 특별히 섬세한 신경을 지니지 못한 리머스로서도 이 집이 호텔이 아니라 개인주택의 한 방이라고 선뜻 느낄 수가 없었다. 키버가 방으로 안내하자 창 밖은 너저분한 안뜰로, 한길을 향하고 있지 않았다. 리머스가 물어보았다.

"여기서 얼마나 사셨습니까?"

키버는 밝은 목소리로 대답했다.

"그리 오래되진 않았소. 겨우 몇 달 살았지요."

"유지비가 많이 들 것 같군요. 물론 당신은 이런 집에 살 만한 가치가 충분히 있지만."

"고맙소."

스카치 병과 소다 사이펀이 은쟁반 위에 얹혀 있었다. 커튼으로 칸막이된 저쪽은 욕실인 듯했다.

"여자를 거느리고 살 만한 방인데, 그 비용을 모두 노동자의 나라에서 대주고 있소?"

"쓸데없는 말은 하지 마시오." 키버는 거칠게 말한 다음 덧붙였다. "용건이 있으면 내 방과 이 방 사이에 있는 전용 전화로 부르시오. 언제든지 일어나겠소."

"옷을 갈아입는 것쯤은 혼자서도 할 수 있소."

"그럼, 편히 쉬시오." 키버는 짤막하게 말하고 방에서 나갔다.

신경이 날카로워진 모양이라고 리머스는 생각했다.

침대 옆에 있는 전화벨 소리에 잠이 깼다.

"6시요." 키버가 말했다. "30분 뒤에 식사합시다."

"알았소."

리머스는 수화기를 놓았다. 머리가 몹시 아팠다.

키버가 미리 전화로 택시를 불러놓았는지 7시에 현관 초인종이 울렸다.

키버가 말했다.

"준비는 다 됐소?"

"짐은 없소." 리머스가 대답했다. "가지고 갈 것이라고는 칫솔과 전기면도기뿐이오."

"그런 것은 모두 준비되어 있소. 다른 준비는 없소?"

리머스는 어깨를 움츠렸다.

"다 된 것 같소. 담배는?"

키버가 대답했다.

"그건 비행기에서 얻을 수 있을 거요. 그보다도 이것을 한 번 읽어 두는 게 좋겠소."

키버는 리머스에게 영국 정부의 여권을 건네주었다. 리머스 이름으로 만들어진 것이었으며 사진도 붙어 있었다. 왼쪽 구석에 외무부의 도장까지 찍혀 있고, 너무 낡지도 너무 새롭지도 않았다. 신분은 회원이며 독신으로 되어 있었다. 그 여권을 받아들고 처음에 리머스는 조금 동요했다. 언젠가는 결혼할 날이 온다는 이야기인 셈인데 그렇다면 앞으로 그의 인생이 전과 같이 계속되지 못할 것은 뻔하다.

리머스가 말했다.

"돈이 없는데……."

"그런 것은 필요 없소, 회사에 있으니까."

르 밀러쥬 산장

그날 아침은 싸늘했다. 엷은 잿빛 안개가 축축히 살에 스며들었다. 공항은 리머스에게 전쟁 무렵을 회상시켰다. 몇 대의 여객기가 저마다 주인이 오기를 참을성 있게 기다리고 있었다. 말소리가 메아리친다. 갑자기 날카로운 목소리가 들리며 장소에 어울리지 않는 하이힐 소리가 돌바닥에 울려 퍼졌다. 여자 하나가 달려간 모양이었다. 그와 동시에 바로 옆에서 엔진 소리가 나기 시작했다. 모여 있는 사람들 사이에서는 함께 비밀을 간직하고 있는 듯한 느낌이 흘러넘치고 있었다. 우월감이라는 표현이 더욱 적절하지 않을는지. 동이 트기 전에 일어난 사람들에게는 별로 신기하지도 않은 기분이다. 밤이 사라지고 새벽이 찾아오는 것을 함께 맞아들인 경험이 낳는 것이리라. 종업원들도 동틀녘의 신비감에 충만했고, 추위로 생기를 되찾은 듯한 얼굴로 여객들이며 그 짐을 전선(前線)에서 돌아온 사람같이 무뚝뚝하게 다루고 있다. 오늘 아침 그들은 일반 시민들 따위는 안중에도 없는 모양이었다.

키버가 리머스에게 짐을 들려주었다. 과연 용의주도하다고 생각하며 리머스는 감탄했다. 짐이 없는 여객은 틀림없이 주의를 끌 것이다. 키버의 계획에는 빈틈이 없었다. 항공회사의 책상 앞에 가서 패스포트에 서명을 받아야만 한다. 가다가 이상한 일이 일어났다. 키버가 흥분하여 포터를 야단쳤던 것이다. 리머스는 마음속으로 웃었다. 키버 녀석, 역시 패스포트에 불안을 느끼는 모양이로군. 그럴 필요는 없는데, 어디 하나 흠잡을 데가 없지 않은가.

패스포트 담당관은 꽤 젊어 보이는 키 작은 사나이로, 정보부 넥타이를 매었으며 무슨 뜻인지 알 수 없는 배지를 여러 개 달고 있었다. 생강빛 콧수염과 북유럽 풍의 악센트, 이것만큼은 평생 없애지 못하리라.

담당관이 리머스에게 물었다.

"여행은 얼마 동안 하십니까?"

"2주일." 리머스가 대답했다.

"그러시다면 패스포트의 갱신 날짜를 어기지 않도록 해야겠습니다. 31일로 되어 있습니다."

"알고 있소."

이윽고 리머스는 키버와 나란히 여객 대합실을 걸어가기 시작했다.

"키버, 당신은 꽤 의심이 많은 사람이구료."

키버는 히죽이 웃었다.

"그대로 내버려둘 수는 없지 않소. 계약과는 관계없는 일이지만."

그들은 20분이나 더 기다려야 했다. 테이블에 앉아 커피를 시켰다. 키버는 종업원에게 덧붙여 말했다.

"이것도 치워주게."

그는 종업원에게 먼저 손님이 쓴 컵이며 접시며 재떨이 등이 널려 있는 테이블 위를 가리켜 보였다.

"이제 곧 손수레가 옵니다."

종업원이 대답하자 키버는 화를 내며 되풀이했다.

"어서 빨리 치우라니까. 이렇게 지저분한 것이 눈앞에 있으면 불쾌하단 말일세."

종업원은 잠자코 가버렸다. 카운터로 가지 않았으니 그들이 주문한 커피를 시키지도 않은 것이 뻔하다. 키버는 새파랗게 질려 화를 냈다.

"그만두시오." 리머스가 나직이 말했다. "놔둡시다. 인생은 짧으니까."

"대체 어떻게 돼먹은 녀석이지, 건방지게시리."

"그만하시오. 떠들 자리가 아니오. 우리가 여기 있었다는 것을 저들의 인상에 남게 할 따름이니까."

헤이그 공항에서 수속은 문제없이 끝났다. 키버도 불안감에서 벗어난 듯 여객기에서 세관 사무실까지 짧은 거리를 걷는 동안 명랑하게 지껄여댔다. 네덜란드인인 젊은 세관 관리는 수하물과 패스포트에 형식적인 시선을 던졌을 뿐, 그 다음은 서투른 영어로 말을 걸었다.

"우리나라에서 유쾌한 여행을 하시기 바랍니다."

"고맙소." 키버는 진심으로 기쁜 듯했다. "정말 고맙소."

두 사람은 세관 사무실을 나와 복도를 따라 걸어가서 공항 빌딩 건너편에 있는 홀로 들어갔다. 거기부터 키버가 앞장서서 진열대의 향수며 카메라며 과일 등을 구경하고 있는 여행자 무리 속을 지나 가운데 출구로 갔다. 유리 회전문을 열고 밖으로 나가며 리머스는 문득 돌아다보았다.

신문판매대 옆의 '콘티넨탈 데일리 메일'이 쌓여 있는 뒤에 안경을 낀 사나이가 서 있었다. 개구리를 연상케 하는 작은 사나이로 몹시 안절부절못하면서 진지한 표정을 짓고 있었는데 겉보기에는 공무원

같은 인상이었다. 어쨌든 그런 종류의 사람이리라.

　주차장에 자동차 한 대가 그들을 기다리고 있었다. 네덜란드의 번
호판을 붙인 폴크스바겐으로 운전석에 여자가 앉아 있었는데 그들을
전적으로 무시하고 있었다. 운전 솜씨는 꽤 여유가 있었고 교통신호
가 노란색이 되면 틀림없이 차를 세웠다. 행선지는 미리 지정되어 있
는 모양이었다. 그리고 다른 자동차가 미행하고 있는 것도 리머스는
상상할 수 있었다. 옆거울을 통해 어떤 자동차인지 보려 했으나 성공
하지 못했다. 한 번은 방위부의 번호가 붙은 검은 자동차를 언뜻 보
았는데, 모퉁이를 돌 때는 가구점 트럭이 비칠 따름이었다. 그는 전
쟁 때 헤이그의 지리를 자세히 익혔으므로 자동차가 지금 어느 방향
으로 달리고 있는지 생각해 보았나. 북서쪽으로 달리고 있는 것으로
보아 세브닝겐으로 향하고 있는 듯했다. 이윽고 길은 교외를 벗어나
바다 앞에 모래언덕을 따라 줄지어 서 있는 방갈로 부근에 이르렀다.
　거기서 자동차가 멈추었다. 여자는 그들을 남겨둔 채 차에서 내려
가장 가까이 있는 작은 크림 빛 방갈로를 향해 걸어갔다. 현관 벨을
눌렀다. 포치에 걸린 놋쇠 간판에 '르 밀러쥬 산장'이라는 연푸른색
고딕체 글씨가 떠올라 있었다.
　문이 열리며 친절해 보이는 통통한 여자가 여자운전수 어깨 너머로
자동차 쪽을 보더니 웃음지은 얼굴로 다가왔다.
　그 모습을 보고 리머스는 문득 큰어머니 생각이 났다. 하찮은 일로
걸핏하면 매를 맞았었지만 그리운 추억이었다.
　"참으로 잘 오셨습니다." 그녀는 말했다. "정말 이렇게 기쁠 수가
없어요!"
　두 사람은 그녀 뒤를 따라 방갈로로 들어갔다.
　키버가 앞장섰다. 운전수는 자동차로 돌아갔다. 리머스는 지금 온

길을 돌아다보았다. 3백 야드쯤 뒤에 검은색 자동차가 멈춰 서 있다. 피아트인 듯했다. 어쩌면 푸조일지도 모른다. 레인코트 차림의 사나이가 내렸다.

홀로 들어가자 여자는 리머스의 손을 정답게 잡았다.

"이렇게 와주셔서 밀러쥬 산장으로서는 크나큰 기쁨입니다. 여행은 즐거우셨습니까?"

리머스가 대답했다.

"네, 즐거운 여행이었습니다."

"비행기? 아니면 배?"

키버가 대신 대답했다.

"여객기였소. 아주 편안한 여행이었지요."

비행기 회사의 경영자 같은 말투였다.

"나는 식사준비를 해야겠어요. 특별요리를 말이에요. 솜씨를 한껏 부려봐야겠습니다. 무엇을 좋아하십니까?"

"그런 것은 신경 쓰지 말고……."

리머스가 중얼거리듯 입을 여는데 초인종이 울렸다. 여자는 재빨리 식당 쪽으로 갔다. 키버가 현관문을 열었다.

사나이는 가죽단추가 달린 방수외투를 입고 있었다. 키는 리머스와 비슷했고 나이는 조금 위인 듯했으며 잿빛 피부의 엄격해 보이는 얼굴에 깊은 주름이 잡혀 있었다. 아마도 군대에 몸담고 있었던 것 같았다. 그는 손을 내밀며 말했다.

"피터즈라고 합니다."

가느다란 손가락은 손질이 잘되어 있었다.

"여행은 상쾌했습니까?"

"네." 키버가 재빨리 대답했다. "아주 안전했습니다."

"리머스 씨와 타합 지을 일이 꽤 많으니 당신은 저 폴크스바겐으로 그만 돌아가시오."

키버는 미소 지었다. 그 미소에 마음 놓은 듯한 기색이 담겨 있는 것을 리머스는 놓치지 않고 보았다.

"그럼, 리머스, 이제 그만 작별해야겠소." 키버의 목소리는 아주 밝았다. "행운을 빌겠소."

리머스는 고개를 끄덕였으나 키버의 악수를 받아들이지 않았다.

키버는 다시 한 번 작별인사를 한 다음 조용히 밖으로 나갔다.

리머스는 피터즈의 뒤를 따라 안쪽 방으로 들어갔다. 무거운 레이스 커튼이 드리워져 있었다. 술 장식이 달린 화려한 것이었다. 창가에 화분이 놓여 있었다. 커다란 선인장, 담배나무, 그밖에 고무나무 비슷한 넓은 잎을 가진 것 등 신기한 종류뿐이었다. 가구들 또한 무게 있고 고풍스러웠으며 방 한가운데에 탁자가 하나 그리고 조각이 새겨진 의자가 두 개 놓여 있었다. 탁자를 덮고 있는 적갈색 천은 테이블보라기보다 융단에 가까웠다. 두 개의 의자 앞에 메모용지와 연필이 놓여 있었다. 식기장에 위스키와 소다수가 보인다. 피터즈가 식기장 앞으로 다가가 마실 것을 두 사람 분 만들었다.

리머스가 갑자기 말했다.

"앞으로 내 행동에는 선의가 조금도 없소. 아시겠지요, 내가 말하는 뜻을? 나도 당신도 무엇 때문에 이런 짓을 하고 있는지 잘 알고 있소. 우리는 둘 다 전문가이니까. 당신은 돈에 눈이 먼 배신자를 사들였으니 운이 좋았다고 할 수 있을 거요. 제발 내가 마음에 들었다는 그런 말은 하지 마시오."

그의 목소리는 초조했으며 침착성을 잃고 있었다.

피터즈는 고개를 끄덕였다.

"당신이 자존심이 대단하다는 것은 키버에게서 들었소."

조금도 감정이 섞이지 않은 말투였다. 그는 미소 짓지 않은 채 덧붙여 말했다.

"그렇지 않다면 그 가게 주인을 때리거나 하지 않았을 테니까."

'소비에트 사람이로군' 하고 리머스는 생각했다. 그러나 확실한 것은 알 수 없다. 그의 영어는 거의 완벽했다. 오랜 동안 문명의 쾌락을 맛본 사람의 평온함과 여유마저 깃들어 있었다.

탁자에 마주앉자 피터즈가 물어보기 시작했다.

"키버는 내가 얼마를 제공한다고 했지요?"

"베른의 은행에서 1만 5천 파운드 끌어낼 수 있다고 말했소."

"그 말이 맞소."

"그리고 그 뒤 1년 동안 잇달아 질문할 권리를 가질 수 있고 그렇게 될 경우 5천 파운드를 더 내놓을 수 있다고 말했소."

피터즈가 고개를 끄덕였다. 리머스는 계속 말했다.

"그러나 그 조건을 받아들인 것은 아니오. 당신도 나와 마찬가지로 그런 결정이 아무런 뜻도 없다는 것쯤 잘 알고 있소. 1만 5천 파운드를 은행에서 끌어내면 나로서는 당장에 모습을 감추고 싶소. 나라를 판 녀석이 어떤 식으로 다루어지는지, 어느 나라나 모두 마찬가지일 거요.

여기서 털어놓은 첩보망이 당신들 손에 의해 걷혀지는 것을 상모리츠 산장 저쪽에서 멍청히 바라보고만 있다고 생각하지 마시오. 그들도 그처럼 어리석지는 않으니까. 누구를 잡아야 하는지 잘 알고 있지요. 어쩌면 지금 이 순간에도 우리를 뒤쫓고 있는지 모르오."

피터즈는 고개를 끄덕였다.

"물론 당신이 어디 안전한 장소에 숨을 수 있도록 해드려야겠지요."

"철의 장막 저쪽에?"

"말하자면 그렇소."

리머스는 고개를 저으며 말했다.

"당신은 아마도 예비적인 질문을 하기 위해서 사흘 동안쯤 소비할 거요. 그것을 보고해야만 자세한 지령을 받을 수 있겠지요?"

피터즈가 대답했다.

"그럴 필요는 없고."

리머스는 흥미를 느끼며 그를 바라보았다.

"호오, 처음부터 전문가를 파견한 모양이로군요. 아니면 모스크바 본부는 이 일에 관여하고 있지 않는 게 아니오?"

피터즈는 잠자코 있었다. 리머스는 그를 뚫어지게 바라보고 있었다. 이윽고 피티즈가 앞에 놓여 있는 연필을 집어들면서 말했다.

"당신이 전쟁 때 맡았던 임무부터 이야기하시오."

리머스는 어깨를 으쓱했다.

"알고 있을 텐데요."

"그건 그렇소. 하지만 거기부터 시작하고 싶소. 설명해 주시오."

"나는 1939년에 기술 장교로서 소집을 받았소. 훈련을 마쳤을 때 어학에 뛰어나고 해외의 특수임무를 희망하는 자를 모집하는 광고가 났소. 나는 군대에 싫증이 난데다 네덜란드어와 독일어를 그 나라 사람만큼 했고, 프랑스어도 상당히 잘하는 편이었으므로 곧 응모했지요. 네덜란드는 그전부디 일고 있었소. 아버지가 라이텐에 기계공장을 가지고 있어 9년쯤 살았으니까요. 형식적인 면접이 끝나자 옥스퍼드 부근의 학교로 보내져 그 테크닉을 배우게 되었소."

"그 시설을 맡고 있던 사람은?"

"훨씬 뒤에야 알았지요. 하나는 스티드 애스플레이, 또 하나는 필딩이라는 옥스퍼드 대학의 지도교수. 이 두 사람이 시설 책임자였소. 1941년에 나는 네덜란드로 보내져 거기서 2년 가까이 머물러 있었소. 그 무렵에는 첩보부원이라는 사실이 알려지기만 하면 그 다음 순간에는 모습을 볼 수 없게 되는 무서운 상태였지요. 그리고 이 네덜란드만큼 그런 종류의 일을 하기 힘든 나라도 달리 없을 거요. 어디를 가건 차분히 가라앉아 있어 사람의 눈에 띄지 않게 본부를 설치할 곳도, 라디오 세트를 설치할 곳도 없었지요. 끊임없이 움직이고 있어야만 했으므로 더욱 더 고생스러웠소. 1943년 이곳을 탈출하여 영국 본토로 가서 두 달쯤 머물러 있다가 노르웨이에서 한바탕 일을 했지요. 그 일은 네덜란드에 비하면 피크닉이라도 간 듯한 정도에 지나지 않았소. 1945년에 임무에서 풀려나 다시 이 네덜란드로 돌아왔는데, 죽은 아버지의 공장을 경영해 보려고 마음먹었기 때문이었소. 그러나 계획대로 잘되지 않아 전에 사귀던 친구로 브리스틀에서 여행사를 차리고 있는 사람과 공동으로 그 일을 하게 되었지요. 18개월 동안 해보았으나 결국 팔아넘기지 않을 수 없는 지경에 빠지고 말았소. 그때 느닷없이 본부에서 보낸 편지를 받았지요. 귀국할 생각이 없느냐는 것이었는데, 그때는 일에 지쳐 있었으므로 몹시 망설인 끝에 조금 생각할 여유를 달라는 답장을 보내고 랜디 섬에 별장을 하나 빌었지요. 거기서 1년쯤 상황을 살펴가며 지냈는데 그것도 싫증이 났으므로 본부에 편지를 보냈소. 결국 1949년 끝 무렵에 다시 부원으로 되돌아갔지요. 그러나 이것 역시 실패로 돌아가 은급의 권리가 삭감되고 비참한 생활을 맛보아야만 하게 됐소. 어떻소, 이야기하는 속도가 너무 빠르지 않소?"

"아니, 그렇지 않소." 피터즈는 대답하며 위스키를 따랐다. "결국 나중에 다시 한 번 이름이며 날짜를 확실히 말해 주어야 할 테니까."

문을 두드리는 소리가 나더니 아까 그 여자가 음식을 차려가지고 들어왔다. 냉육(冷肉)을 산더미만큼, 그리고 빵과 스프. 피터즈가 메

모지를 치우자 두 사람은 말없이 먹기 시작했다. 이런 식으로 질문은
계속되었다.

식사가 끝나자 피터즈가 말했다.

"그래서 당신은 서커스(첩보부)로 돌아갔단 말이군요."

"그렇소. 얼마 동안 사무직에서 일을 했지요. 보고서를 검토하고,
철의 장막에 싸인 나라들의 군사력을 확인하고 부대의 주둔지 같은
곳을 밝혀내는 일이었소."

"소속은?"

"위성 4호. 나는 거기서 1950년 2월부터 1951년 5월까지 일했
소."

"함께 일한 사람은?"

"피터 길럼, 블라이언 드 글레이, 조지 스마일리. 1951년 스마일리
는 우리와 헤어져 대적 첩보부로 옮겨갔소. 1951년 5월에 나는
DCA로 서베를린에 파견되었소. DCA란 현지 관리관 차장을 말하
며 작전행동의 전면적인 관리를 하지요."

"당신 밑에서 일하고 있던 사람은?"

피터즈는 재빨리 연필을 움직여나갔다. 자기 방식대로 속기법을 쓰
고 있는 듯했다.

"허게트, 샐로우, 데 폰이었소. 데 폰은 1959년에 교통사고로 죽었
지요. 살해당한 것 같았지만 증명할 방법이 없었소. 그런 사람들로
첩보망을 조직했고 내가 그 책임자였소. 더 자세히 알고 싶소?"

리머스의 말투는 아주 냉정했다.

"물론이오. 하지만 그것은 나중에 들어도 상관없소. 계속하시오."

"1954년 끝무렵에 비로소 베를린에서 거물과 손이 닿았소. 독일
민주공화국(이른바 동독) 국방부차관 프리츠 페거였지요. 그때까

지는 일이 잘되지 않았으나 1954년 11월에 우리는 프리츠를 연락 상대로 삼을 수 있게 되었소. 그 뒤 만 2년 동안 그와 연락이 계속되었는데 어느 날 갑자기 그의 모습이 사라졌고 그로부터 한 번도 소식을 들어보지 못했소. 소문에 의하면 감옥에서 죽었다고 하오. 다음의 연락 상대를 만날 때까지 3년이 걸렸소. 1959년에 칼 리메크가 나타났소. 칼은 동독 공산당 최고회의 멤버로 우리가 아는 한 첩보부원으로서는 가장 뛰어난 존재였소."

피터즈가 말했다.

"그도 지금은 죽었지요."

부끄러운 듯한 표정이 리머스의 얼굴을 스쳐갔다. 그는 나직한 목소리로 중얼거리듯 말했다.

"그가 사살될 때 나도 그 자리에 있었소. 그에게는 여자가 있었는데 그녀가 아마도 그를 배신한 모양이오. 그가 그녀에게 모든 것을 말했기 때문에 그녀는 첩보망의 전모를 알아버렸지요. 칼이 말살당한 것은 당연한 일이라고 생각하오."

"나중에 당신도 베를린에 가야 할 것이며, 그때 다시 한 번 자세한 것을 들려 주시오. 칼이 죽자 당신은 항공기로 런던으로 돌아갔지요. 그리고 그 뒤 한 번도 런던을 떠난 적이 없었겠지요?"

"그렇소."

"런던에서는 무슨 일을 했소?"

"은행과에 있었지요. 부원의 월급 따위를 감사(監査)하는 일과 비밀 목적을 위한 해외송금을 관리하는 일을 다루었소. 아이들이라도 할 수 있는 일로서 지시를 받고 지불명령서에 서명만 하면 그만이지요. 때로는 너무 편안해서 두통이 일어나곤 했소."

"부원들과는 직접 연락을 취했소?"

"그럴 수는 없지요. 각 나라에 있는 주재원이 청구서를 보냈습니다. 이것을 상사가 체크하여 지불하기로 결정지은 다음 우리에게로 돌리지요. 대부분의 경우 우리의 손으로 적당한 외국 은행에 그 금액을 불입합니다. 그쪽에서는 주재원 자신이 돈을 찾아 부원에게 건네주는 방식을 취하오."

"부원은 어떤 방법으로 표시됩니까?"

"숫자로 표시되지요. 첩보부에서는 그들을 부를 때 짝을 맞추는 글자를 씁니다. 각 첩보망마다 짝을 맞추는 글자가 정해져 있으며 그 꼬리에 숫자를 붙이면 각 부원이 되지요. 칼의 경우는 8A이므로 그 뒤에 1을 덧붙이면 됩니다."

리머스는 땀을 흘리고 있었다. 한편 피터즈는 그를 상습도박사의 눈으로, 차가운 시선으로 바라보고 있었다. 이 리머스는 어느 정도 쓸모있는 시니이일까? 이 사나이에게 나라를 팔게 한 것은 무엇일까? 무엇이 그를 유혹했고 무엇이 그를 두려워하게 했을까? 그가 미워하는 것은? 그리고 이 사나이가 알고 있는 것은 무엇일까? 최상의 비밀을 마지막까지 숨겨두었다가 되도록 비싼 값으로 팔아넘기려는 속셈은 아닐까?

그러나 피터즈는 자신이 있었다. 리머스는 이미 마음의 평정을 잃고 있다. 흥정을 할만한 상태에 있지 않다. 지금 그는 자기 자신과 싸우고 있는 사람——인생을 알고, 고백을 알고, 게다가 그 두 가지 모두를 배신한 사람이다. 피터즈는 전에도 이러한 사람을 본 적이 없었다. 이데올로기이 완전한 전향지, 님이 모르는 밤 시산에 새로운 신조를 발견한 사람. 내면에서 솟아오르는 확신의 힘에 의해 그 임무와 가족과 조국을 팔아버린 사람. 새로운 목적에 가득 차 있으며 새로운 희망에 불타고 있긴 하나 또한 배신의 낙인과 싸워야만 하는 사람. 절대로 입을 열어서는 안된다고 되풀이하여 다짐받은 사실을 털어놓을 때에는 육체적이라고도 할 수 있는 고뇌와 격투해야 하는 사람. 십자가를 불태우는 것을 두려워하는 배교자(背敎者)처럼 본능과 물욕 사이를 배회하고 있는 것이 바로 이 사람이다.

피터즈 역시 그 양극성에 사로잡혀 있으면서도 그의 임무는 상대방을 위로해줌으로써 그 자부심을 부수어버리는 데 있다. 그것은 이러한 정세 아래에 있는 두 사람이 모두 잘 알고 있는 사실이다. 그러므로 리머스는 피터즈와의 사이에 인간적인 유대가 생기는 것을 단호하게 거부한다. 자부심이 그것을 용납하지 않기 때문이다. 피터즈 역시 몇 가지 이유로 리머스가 진실을 말하고 있지 않음을 알았다. 생략이라는 수단에 의한 거짓말인지도 모르나 아무튼 거짓말임에는 틀림없다. 자부심을 위한, 반항을 위한, 또는 순전히 직업상의 옹고집을 위한 것인지도 모르지만 그 거짓말을 캐내는 것이 피터즈의 임무라고 할 수 있다.

그는 또한 리머스가 직업 스파이니만큼 이 심문이 얼마나 힘든 것인지를 잘 알고 있었다. 피터즈가 선택을 허용하지 않는 곳에서 리머스는 선택하려고 한다. 리머스는 물론 피터즈가 바라는 정보의 종류를 짐작하고 있다. 거기에 응하는 형식을 취하여 슬쩍 통과해 버리는 대목이야말로 볼 줄 아는 사람의 눈으로 볼 때 가장 중요한 뜻이 있다고 할 수 있다. 여기에다 알코올로 몸을 망친 사나이 특유의 변덕스러운 허영심마저 곁들여져 있는 것이다.

"그럼," 피터즈는 말했다. "베를린에서의 당신 임무를 조금 자세하게 설명해 주시오, 1951년 5월에서 1961년 3월까지에 있었던 일을, 그전에 한잔 더 하겠소?"

리머스는 피터즈가 탁자 위의 상자에서 담배를 한 대 꺼내어 불을 붙이는 것을 바라보다가 두 가지 사실을 알았다. 담배상자가 있는데도 피터즈는 좀처럼 손대려고 하지 않는다는 사실, 막상 입에 갖다댈

때에는 반드시 제조회사 이름이 새겨져 있는 쪽에 불을 붙여 그 부분을 먼저 재로 만들어버린다는 사실, 그러한 동작이 리머스를 만족시켰다. 피터즈 역시 그와 마찬가지로 쫓긴 적이 있는 몸임에 틀림없는 것이다.

피터즈는 이상한 용모의 소유자였다. 표정이 없는 잿빛 얼굴은 오래 전에 핏기를 잃은 듯했다. 아마도 혁명 초기에 어느 감옥에서 잃었을지도 모른다. 지금은 다른 얼굴이 되어버렸으며 그 얼굴을 죽을 때까지 지니게 될지도 모르겠다. 뻣뻣한 잿빛 머리는 하얗게 변하겠지만 얼굴 자체에는 변화가 없으리라. 리머스는 막연히 생각해 보았다. 이 사나이의 진짜 이름은 무엇일까? 결혼한 사람일까? 그의 신변에는 무언가 정통적(正統的)인 것이 감돌고 있었다. 그것 역시 리머스가 좋아하는 바이다. 권력과 확신의 정통성. 피터즈의 입에서 거짓말이 나올 때는 그만한 이유가 있기 때문이며 그 거짓말은 이미 계획된 것, 그리고 필요한 거짓말이다. 애쉬의 경우같이 어설픈 거짓말과는 전혀 다른 것이다.

애쉬, 키버, 피터즈——이 사나이들 사이에는 인간으로서의, 신분으로서의 관계가 있었다. 첩보기관에 절대적인 계급조직이 필요하다는 것은 리머스 역시 철칙으로 여기고 있다. 그리고 그가 생각하건대 이것은 또한 이데올로기의 단체이기도 했다. 애쉬는 돈이 필요해서 움직이는 조무래기, 키버는 동조자, 그리고 이 피터즈에게는 목적과 수단이 하나를 이루고 있는 것이다.

리머스는 베를린에 있을 때의 일을 이야기하기 시작했다. 피터즈는 거의 입을 열지 않았다. 어쩌다 한 번씩 질문을 하고 의견을 내놓기도 했으나 그것은 반드시 기술적인 면에 흥미를 느꼈을 때뿐이었고 리머스 자신의 기질에도 꼭 맞는 전문지식을 말하는 것이었다. 어느덧 리머스도 질문자의 냉혹한 전문가 의식에 응답하는 자세로 되어갔다. 왜냐하면 그들 두 사람 사이에 공통적인 것이 있음을 알았기 때문이었다.

베를린에서 동구(東歐) 첩보망을 조직하기 위해 상당한 시간이 필요했었다고 리머스는 말했다. 그 무렵 그 도시에는 이류 스파이들이 몰려 있어 수집해 오는 정보를 전적으로 신용할 수가 없었다. 베를린에서는 매일 칵테일 파티에서 새 부원을 보충했고 만찬의 자리에서 지령을 내리면 아침 식탁에서는 볼 수 없게 되는 그런 상태였었다. 그들 전문가에게는 악몽이라고 할 수밖에 없었다. 몇 십 명이나 되는 부원들은 서로가 상대방에게 자기의 정체를 드러내고 있는 상태여서 일이 마구 엉키고 하찮은 정보만이 들끓어, 확실한 근거와 활동의 장소가 너무 적었다. 물론 1954년에는 페거를 확보할 수 있었다. 그러나 각국의 첩보부가 보다 고도의 스파이 활동을 필요로 하고 있었던 1956년에는 그들의 힘만으로는 움직일 수가 없게 되었다. 페거의 출현이 그들의 능력을 잃게 했고 신문기사와 별 차이 없는 이류 정보만을 수집해 오는 존재로 타락시키고 말았다. 진실된 것이 필요했다. 그리고 그것을 입수하기 위해 3년은 더 걸렸던 것이다.

어느 날 데 폰이 동베를린 교외에 있는 소나무 숲으로 피크닉을 갔다. 자동차에는 영국 주둔군 번호판이 붙어 있었다. 그는 운하를 옆으로 끼고 죽 뚫려 있는 도로에 자동차를 세우고 자물쇠를 잠갔다. 식사를 끝마치고 텅 빈 바구니를 넣어두기 위해 자동차 쪽으로 갔다. 그의 아이들이 앞장서서 달려갔다. 아이들이 자동차 앞에 이르자 움찔하며 멈추어 서서 당황해 했다. 아이들은 바구니를 그 자리에 떨어뜨린 채 다시 달려왔다. 누군가가 자동차문을 비틀어 열었던 것이다. 핸들이 부러지고 문이 조금 열려 있었다. 데 폰은 자질구레한 것을 넣어두는 칸에 카메라를 놓아둔 생각이 났다. 재빨리 달려가 자동차 안을 살펴보았다. 틀림없이 핸들이 비틀려져 있었다. 소매 속에 숨길 수 있을 정도의 강철 파이프 같은 것을 쓴 듯했다. 그러나 카메라는 없어지지 않았다. 코트도 있고 아내의 것인 종이 꾸러미도 그대로 있었다. 운전석에 담뱃재를 터는 깡통이 놓여 있었고 그 통 속에 니켈로 된 작은 두루마리가 있다. 그 속에 들어 있는 것이 무엇인지 데 폰은 짐작했다. 미녹스라는 초소형 카메라의 필름일 것이다.

집에 돌아와서 데 폰은 필름을 현상해 보았다. 그것은 최근에 있었던 동독의 공산당인 사회주의 통일당 최고회의 의사록이었다. 기묘한 우연이긴 해도 그 무렵 다른 루트에서 입수한 방증(傍證)과 대조해 보고 그 사진이 진짜임을 알았다.

리머스가 이 사건을 담당했다. 그는 무슨 일이 있어도 이 사건을 해결해야 할 필요가 있었다. 베를린에 부임한 이래 이렇다할 공적을 세우지 못했으며, 상임 파견원으로서의 정년에 이르고 있기 때문이기도 했다. 그로부터 1주일 뒤에 그는 데 폰의 자동차를 같은 자리에 세워놓고 그 부근을 돌아다녀보았다.

데 폰이 피크닉으로 고른 지점은 마을에서 떨어진 곳이었다. 앞쪽에 운하가 있고 폭파된 토치카 진지의 잔해가 두 군데 있었다. 뒤쪽은 운하를 따라 나 있는 자갈길에서 바짝 마른 모래땅이 2백 야드쯤 이어져 있고 동쪽 끝에는 빈약한 소나무 숲이 있었다. 그곳은 사람들이 없다는 장점이 있어——베를린에서는 신기한 일이었다——감시 받을 우려가 없었다. 리머스는 나무숲 사이를 산책했다. 자동차는 보려고 하지도 않았다. 누가 어느 방향에서 나타나는지 짐작도 할 수 없었기 때문이다. 나무숲 사이에서 자동차를 지켜보고 있다는 것이 알려지면 밀고자의 믿음을 유지할 기회를 잃고 만다. 그는 그럴 필요까지는 없다고 생각했다.

돌아와보니 자동차는 달라진 점이 아무것도 없었다. 그래서 그는 쓸데없는 일을 했다고 마음속으로 혀를 차며 서베를린으로 돌아갔다.

최고회의는 앞으로 2주일 안에 열릴 예정이 없었다. 3주일 지난 다음 그는 다시 데 폰의 자동차를 빌어 타고 20달러짜리 지폐로 1천 달러를 피크닉용 가방에 넣어가지고 갔다. 그리고 자동차에 자물쇠를 잠그지 않고 두 시간쯤 그대로 놓아두었다. 돌아와보니 자질구레한 물건을 넣어두는 칸에 담배 깡통이 들어 있었다. 피크닉용 가방은 없어졌다.

담배 깡통 속의 필름은 기록사진으로서 일류급이라고 할 수 있었다. 그 뒤 6주일 동안에 그는 그 일을 두 번 되풀이했고 두 번 다 똑같은 결과를 얻었다.

리머스는 마침내 금광을 찾아냈음을 알았다. 이 정보원(情報源)을 '메이페어'라고 이름 붙였으며 런던에는 오히려 비관적인 보고서를 보냈다. 절반 정도의 실마리만 가르쳐 주어도 본부에서는 당장에 직접 관리하겠다고 나설 것임에 틀림없었기 때문이다. 리머스는 무엇보다도 그런 것을 싫어했고, 더욱이 이것이야말로 그를 쓸모없는 사람의 대열에서 빠져나갈 수 있게 하는 유일한 기회일지도 모르는 것이다. 그러니만큼 런던의 본부는 틀림없이 직접 담당하겠다고 말할 것이며, 비록 그들이 손을 대지 못하도록 해놓았다 하더라도 첩보본부가 이유를 붙여 방침을 정하고, 주의를 주고, 작전을 지시해 올는지도 모른다. 본부의 희망이 새로운 달러 지폐의 힘을 빌어서 정보사진을 촬영시키고 그 필름을 본국으로 보냄과 동시에 밀고자의 정체를 알아내는 작전을 세워 그 성과를 보고시키려는 것임은 두말할 나위도 없다. 무엇보다도 그들이 바라는 것은 국방부에 대하여 공을 세웠다고 자랑할 수 있는 일이다. 그렇게 되면 리머스의 소망은 물거품으로 돌아간다.

그는 3주일 동안 미친 듯이 일했다. 최고회의 멤버의 리스트를 들여다보며 한 사람 한 사람씩 검토해 나갔다. 의사록에 손을 댈 수 있는 서기국 직원에 대해서도 한 사람도 빠짐없이 명부를 작성했다. 그리고 위원 및 서기국 직원 속에서 밀고해 줄 가능성이 있는 사람을 31명으로 좁혀 리스트 맨 마지막 페이지에 적어 넣었다.

31명을 뽑아내보긴 했으나 불완전한 그 경력에서 밀고자를 결정하기란 거의 불가능한 일이었다. 그래서 리머스는 다시 본디의 그 재료를 검토해 보기로 했다. 이것이 마땅히 맨 먼저 취해야 할 수단이었으나, 그 작업을 함으로써 그는 지금까지 받은 의사록의 사진 복사에 페이지도 적혀 있지 않고 장(章)으로 나뉘어 있지도 않았음을 알았다. 두 번째와 네 번째 것에는 몇 개의 글자가 연필이나 크레용으로 지워져 있었다. 그것은 이 복사가 의사록 자체에 의한 것이 아니라 초고를 베꼈다는 사실을 가르쳐 주고 있었다. 그래서 수사범위를 서기국 안으로 한정시킬 수 있었다. 서기국 직원은 몇 명 되지 않는다. 의사록 초고는 명확하고 주의 깊게 사진으로 찍혀 있었다. 그래서 사진을 찍은 사람은 시간적인 여유가 있으며 자기 방을 가지고 있다고 상상할 수 있었다.

리머스는 각 개인의 경력표를 다시 더듬어보았다. 서기국 직원 가운데 칼 리메크라는 사나이가 있었다. 본디는 위생부대의 하사로 영국에서 2년 동안 포로생활로 보냈다. 누이동생은 포멜라니아(폴랜드의 북서부. 본디는 독일의 영토, 옛 이름은 프러시아)에 살고 있었는데 러시아군이 침입한 다음부터 소식을 알 수 없었다. 리메크에게는 아내가 있고 카르라라는 딸이 있었다.

리머스는 과감한 수단을 취하기로 마음먹었다. 런던에 조회하여 리메크의 포로 번호가 29012였으며 1945년 11월 10일에 석방되었다는 사실을 알았다. 그는 동독의 어린이용 과학소설을 한 권 사서 첫 페이지에 어린이 같은 글씨로 다음의 글을 독일어로 썼다.

이 책의 소유자는 1945년 12월 10일 노드 데본 비드포드에서 태어난 카르라 리메크임——달세계 우주 여비행사 29012호(서명).

그리고 다음과 같이 덧붙여 썼다.

우주비행을 희망하는 사람은 직접 C. 리메크를 만나서 지시를 받을 것. 응모용지를 동봉함. 민주적 우주 인민공화국 만세!

다른 편지지에 이름과 주소와 나이를 쓰는 난을 만들고 그 옆에 다음의 글을 써넣었다.

　응모자는 모두 면접을 해야 함. 희망 날짜와 장소를 적을 것. 채용된 사람은 1주일 안으로 통지함.

C.R.

이 편지지를 책 속에 끼워 넣었다. 리머스는 다시 데 폰의 자동차를 타고서 그 장소로 가서 책뚜껑 다음 페이지에 낡아빠진 1백 달러 지폐를 다섯 장 끼워 좌석에 놓아두었다 돌아와보니 책은 담배 깡통으로 바뀌어 있었다. 그 통 속에 두루마리 필름이 세 개 들어 있었다. 그날 밤 리머스는 현상을 했다. 그중 하나는 역시 최고회의 최근 의사록이었고 두 번째 것은 동구 경제상호원조회의와 동독과의 관계 수정 초안이었으며, 세 번째 것은 동독 첩보기관 조직의 명세서와 각 부분의 기능과 부원에 대해 자세히 적은 것이었다.

피터즈가 말을 가로막았다.
"잠깐만, 그 보도가 모두 리메크 혼자의 손에 의해 흘러나왔단 말이오?"

"그렇지 않으리라고 확신하는 까닭이라도 있소? 그가 그 일을 자세히 알고 있다는 사실은 당신들도 인정할 텐데요."

"그럴 리가 없소." 피터즈는 자기 자신에게 타이르듯 말했다.

"틀림없이 공범자가 있었다고 생각하오."

"나중에 알고 보니 있긴 있었소. 그것은 나중에 이야기하겠소."

"무엇을 말하려는지 나는 알고 있소. 그런데 그가 그 뒤 한패로 끌어들인 부원 외에 상층부에서 보내는 원조를 받고 있는 듯한 기색은 없었소?"

"아니, 그런 기색은 없었소. 조금도 그런 기색을 느낄 수 없었지요."

"돌이켜보아도 그런 기색은 없었다고 잘라 말할 수 있겠소?"

"글쎄요……."

"당신이 그 자료를 첩보부로 넘겼을 때 아무리 리메크가 그런 자리에 있다 해도 정보가 너무 완벽하다는 말을 듣지 않았소?"

"그런 일은 없었소."

"리메크가 카메라를 어디서 입수했느냐는 질문은 받지 않았소? 누군가의 지시에 의해 그것을 촬영하지 않았느냐는 뜻의 질문 말이오."

리머스는 주저했다.

"아니오…… 그런 질문은 받지 않았소."

"이상한데." 피터즈는 쌀쌀맞게 말했다. "아아, 실례했소. 계속하시오. 당신의 설명에 대해 이러니저러니 트집잡을 생각은 없소."

리머스는 이야기를 계속했다. ……정확하게 1주일 뒤에 그는 다시 운하를 향해 자동차를 몰았다. 이번에는 그도 신경질적이 되어 있었다. 포장이 안 된 도로로 접어들자 풀숲에 자전거가 세 대 내던져 있고 2백 야드 아래쪽의 하류에서 세 사나이가 낚싯줄을 늘어뜨리고 있었다. 그는 언제나처럼 차에서 내리자 모래땅 어귀의 나무숲으로 갔다. 20야드쯤 갔을 때 큰소리로 부르는 사람이 있었다. 돌아보니 세 사람 가운데 하나가 그에게 손짓하고 있었다. 다른 두 사람도 이쪽을 향해 서서 그를 바라보고 있었다. 리머스는 그때 낡아빠진 방수외투 주머니에 두 손을 찌르고 있었는데 빼내기에는 이미 때가 늦었다. 상대방 세 사람은 이미 그를 가운데 놓고 재빠르게 공격 태세를 취하고 있었다. 그가 두 손을 주머니에서 꺼내면 그 순간 총을 쏠 것이다. 그의 주머니에 권총이 들어 있다는 것을 그들도 짐작하고 있으리라. 리머스는 가운데 선 사나이로부터 10야드 앞에서 걸음을 멈추어 서며 물었다.

"왜들 이러시오?"

"당신이 리머스요?"

그 사나이는 통통하게 살이 찌고 몸집이 작았으며 아주 단단하게 보이는 타입으로서, 영어로 말했다.

"그렇소."

"영국 국적 증명서의 번호는?"

"PRT——L 58003——1이오."

"대일(對日) 전승 기념일 밤에는 어디 있었소?"

"네덜란드의 라이덴, 아버지의 공장에서 몇 명의 네덜란드 친구와 함께 있었소."

"잠깐 걸읍시다, 리머스 씨. 그 방수외투는 거추장스러울 것 같으니 당신이 서 있는 그 자리에 벗어 놓으시오, 나의 친구가 봐드릴 테니까."

리머스는 조금 망설였으나 어깨를 움찔하며 외투를 벗었다. 이윽고 그들은 잰걸음으로 소나무 숲을 향해 걸어갔다.

리머스는 피곤한 듯한 표정으로 이야기를 계속했다.

"그가 누구인지 당신도 알고 있겠지요? 내무부에서는 제3석, 동독 사회주의 통일당 최고회의 서기국원, 인민보호 공동위원회 위원장. 이것이 그 사람의 지위였소. 그가 나와 데 폰을 알고 있었던 것은 그런 자리에 있었기 때문이었으며, 틀림없이 첩보부의 대적 정보서류철을 보았을 테지요. 그의 정보 입수 경로는 세 가지인데 최고회의, 국내의 정치경제 관계보고서, 또 한 가지는 동독 방위기관의 서류철을 들여다보는 것이었소."

"그러나 방위기관일 경우에는 한도가 있소. 부원 외에는 어떤 사람이건 서류철을 이용할 수 없게 되어 있으니까요."

리머스는 어깨를 치켜올렸다.

"그런데 그것이 허용되었단 말입니다."

"그는 그 돈을 어떻게 했지요?"

"그날 이후부터 돈을 건네주는 것이 나의 일부가 아니게 되었습니다. 첩보부가 직접 처리하는 대신 서독 은행에 불입하게 되었지요. 그는 그전에 나에게서 받은 돈마저 되돌려 보낼 정도였소. 런던에서는 그를 위해 그 전액을 송금해 왔지요."

"런던에는 어느 정도로 보고했소?"

"그때 이후 빠짐없이 보고하기로 했었소. 하지 않을 수 없었으니까요. 그것을 첩보부는 그대로 국방부에 보고했지요." 리머스는 독기어린 어조로 덧붙여 말했다. "그런 비참한 결말이 온다는 것은 결국 시간문제였소. 국방부의 위력을 믿고 런던은 더욱 더 욕심을 부렸지요. 우리를 다그치기 시작한 거요. 그에게 돈을 더 주어 더 많은 정보를 얻으려고 했지요. 마지막에는 우리를 시켜서 리메크에게 동료를 새로 확보하고 정보망을 넓히지 않으면 일하기 힘들 것이며, 단독행위로는 이쪽에서 요구하는 만큼의 정보를 수집할 수 없으리라는 것을 주의

주게끔 만들었소. 생각해 보면 어리석은 일이지요. 그것이 리메크에게 긴장을 강요하여 위험을 무릅쓰게 만들었으며, 결국 우리에 대한 그의 믿음이 엷어지는 결과를 가져오게 했소. 말하자면 파국의 시초였지요."

"그럼, 그에게서 어느 만큼 끌어냈소?"

리머스는 또다시 망설였다.

"어느 만큼이냐고 하지만 뭐라고 대답할 수가 없군요. 어쨌든 예상외로 오래 계속되었다는 것만은 사실이오. 하긴 파국이 오기 훨씬 이전에 이미 밀고했을 것이라는 생각이 들지만. 마지막 몇 달 동안은 정보의 내용이 몹시 시시해지더군요. 당국의 의심을 받아 좋은 재료를 얻을 수 없었던 것이겠지요."

"대체적으로 어떤 내용을 알려주었지요?"

리머스는 칼 리메크가 가져다준 정보를 거의 모두 말했다. 그의 기억은 피터즈도 인정했지만 놀랄 만큼 정확했다. 상당한 양의 알코올이 들어갔는데도 그다지 영향이 없는 듯 날짜와 이름을 정확하게 말했으며 런던에서의 반응을 설명하고 그 진술의 올바름을 입증했다. 제공된 돈의 금액에 대해서도 요구된 액수와 지불된 액수를 정확하게 말했고 정보망에 끌어들인 그 밖의 스파이에 대해서도 그 가입 날짜까지 잊지 않고 있었다.

이윽고 피터즈가 말했다.

"하지만 도저히 믿을 수 없는 이야기로군요. 아무리 유리한 자리에 있었다 하더라도, 아무리 주의 깊게 열심히 알아냈다 하더라도 개인의 힘으로 그처럼 자세한 정보를 알아낼 수 있었다고는 생각할 수 없소. 한 걸음 양보해서 그럴 수 있었다 한들 사진까지 찍을 수는 없었을 거요."

"그는 할 수 있었소." 리머스는 갑자기 얼굴을 찌푸리며 주장했다.

"놀랄 만큼 교묘하게 해치웠단 말이오."

"그리고 영국 첩보부는 그가 그 자료를 입수한 경로며 날짜를 확인해 보라는 명령을 내리지 않았었소?"

리머스는 선뜻 대답했다.

"그런 명령은 없었소. 리메크가 그 점에 대하여 신경질적이 되어 있었으므로 런던은 정보를 입수하는 것만으로 만족하고 있었지요."

"그럴지도 모르겠군" 하고 중얼거리며 피터즈는 덧붙여 말했다.

"말이 나온 김에 묻겠는데, 당신은 그 여자에 대해서 알고 있소?"

리머스가 날카롭게 물었다.

"그 여자라니요?"

"칼 리메크의 여자 말이오. 리메크가 사살 당하던 날 밤 서베를린으로 숨어들어간 여자 말이오."

"그 여자……?"

"1주일 뒤에 시체로 발견되었소. 사살당한 것이지요. 아파트에서 나오는 것을 자동차 속에서 총으로 쏘았던 거요."

리머스는 기계적으로 말했다.

"그렇다면 내가 살고 있었던 아파트요."

피터즈가 일러주듯이 말했다.

"아마도 그 여자는 당신 이상으로 칼 리메크의 정보망을 알고 있었을 거요."

리머스가 물었다.

"그렇다면?"

피터즈는 어깨를 으쓱하며 말했다.

"이상하게도 누가 죽였는지 알 수가 없소."

칼 리메크에 대한 이야기가 끝나자 리머스는 이어서 그만큼 중요하지 않은 스파이들에 대한 이야기로 옮겨갔다. 그리고 그 다음은 그가 주관하고 있었던 베를린 사무실의 기구, 연락 방법, 부원, 그 밖의 자질구레한 점——아지트, 연락, 기록, 촬영 기구에 이르기까지 모든 자세한 부분에 걸쳐 설명했다. 진술은 끝없이 계속되어 밤이 깊었다가 이윽고 새벽이 되었다. 다음날 밤 리머스는 마침내 침대 위에 쓰러졌다. 그리하여 베를린에 있는 서구측 정보기관에 대하여 그가 알고 있는 지식을 모조리 다 털어놓았다. 그 이틀 동안에 위스키 두 병이 비워졌다.

단 한 가지 그의 마음에 걸리는 것은 피터즈가 끝까지 칼 리메크에게 공범자가 있었다는 생각을 바꾸지 않는 점이었다. 그것도 상부층 사람이 협력하고 있었음에 틀림없다고 생각하는 것이었다. 전에 관리관이 그와 똑같은 질문을 한 적이 있었다. 아직도 리머스는 그 말을 기억하고 있다. 관리관 역시 리메크의 정보 입수 경과를 단독행위에 의한 것이 아니라고 확신하고 있는 듯했다. 물론 리메크에게 몇 명의 한패가 있었다는 것은 확실하다. 예를 들어 리머스가 처음 그와 운하 앞에서 만났을 때도 두 명의 호위가 있었다. 그러나 그들은 하찮은 존재에 지나지 않았다. 칼이 그 점을 설명했던 것이다.

지금 피터즈가 또 칼이 단독행위를 하지 않았다고 주장하고 있다. 그것은 칼이 접촉할 수 있는 정보 입수 범위가 어느 정도의 것인지 알고 있기 때문이리라. 이 점에 대해 피터즈와 관리관의 의견은 똑같다.

아마도 그것은 사실일 것이다. 그밖에 또 누군가가 있었다고 보는 것이 옳다. 그리고 그 사람이야말로 관리관이 그토록 열심히 문트의 무서운 손에서 지켜주려고 한 인물이라고 생각해도 좋을 것이다. 칼 리메크는 이 인물과 협력하여 입수한 정보를 제공하고 있었음에 틀림없다. 관리관이 베를린의 리머스 아파트에서 하룻밤 칼과 단둘이 만났을 때 그 사람의 이름은 틀림없이 밝혀졌을 것이다.

어쨌든 내일이면 모든 게 뚜렷이 드러나게 되어 있다. 내일이야말로 리머스는 최후의 수단을 써볼 작정이었다.

엘비라를 누가 죽였는지 몰라 그도 몹시 답답했었다. 무엇 때문에 그녀마저 살해할 필요가 있었을까? 물론 엘비라는 리메크의 협력자를 알고 있었다. 그래서 그 인물이 죽였다고도 생각할 수 있다. 바로 여기에 이 문제를 설명할 수 있는 유일한 포인트가 있다고 할 수 있지 않을까…… 아니, 그것 역시 무리한 해석일는지도 모른다. 이 해석은 동에서 서로 숨어들어가는 것이 얼마나 어려운가 하는 점을 빠뜨리고 있는 듯하다. 엘비라는 서베를린에서 살해되었다.

그는 또 엘비라가 살해된 사실을 관리관이 자기에게 가르쳐주지 않은 사실을 이상하게 생각했다. 피터즈의 입을 통해 들었을 때 자연스러운 반응을 보이게끔 하려는 배려 때문이었을까? 그러나 그것 역시 아무런 의미가 없는 사고방식인 듯하다. 관리관에게는 자기 자신의 독자적인 이유가 있었을지도 모른다. 아마도 그 이유는 늘 그랬듯이 끔찍하리만큼 번거로운 것이어서 끝까지 추궁해 나가려면 1주일은 충분히 걸릴 각오를 할 필요가 있었겠지만.

그는 잠들며 입 속으로 중얼거렸다.

"칼은 바보였어. 그녀가 죽였어. 틀림없이 그녀가 죽게 했을 거야."

그리고 엘비라 역시 그 벌로 지금은 죽고 없다. 그는 리즈 생각이 났다.

이틀째

다음날 아침 8시 피터즈가 나타나더니 인사도 하지 않고 탁자 앞에 앉아 지체없이 질문으로 들어갔다.

"그래서 당신은 런던으로 돌아갔겠군요. 그 다음에 무엇을 했소?"

"해직당했지요. 공항에 인사과 직원이 마중 나온 것을 보고 모든 것이 끝났음을 짐작했소. 나는 곧장 관리관에게 가서 칼의 일을 보고했지요. 그는 죽었습니다, 라고——달리 이야기할 도리가 없었거든요."

"그래서 당신은 어떻게 되었소?"

"처음에는 얼마 동안 런던에서 어슬렁거리고 있기만 하면 된다, 상당한 연금을 받을 수 있는 자격이 생길 때까지 대기하고 있으면 된다고 말하더군요. 지나치게 친절한 것 같아서 나는 조금 마음이 상했을 정도요. 그래서 나는 말해 주었지요. 그렇게까지 돈을 주고 싶으면 좀더 뚜렷한 방법을 취하는 것이 어떻겠습니까, 근속기간에 중단이 있었다는 판에 박힌 듯한 말 따위는 하지 말고 그 기간 전부를 통산해서 준다면 당연히 연금을 제대로 받을 수 있을 것이 아니냐고 말이오. 그러나 그 말은 관리관을 화나게 했을 뿐 결국 내가 받은 지위는 은행과라는 시시한 것이었으며, 여자들과 함께 일을 해야만 했소. 그 무렵에 대하여는 제대로 기억하고 있지 않소. 나는 울화가 치밀어 술의 힘으로 모든 것을 잊으려고 했으며 불쾌한 나날이 계속되었지요."

리머스는 말을 끊고 담배에 불을 붙였다.

피터즈는 고개를 끄덕이고 있었다.

"그것이 파면당하는 이유가 되었소. 술을 마시는 것이 문제가 되었단 말이오."

피터즈가 독촉했다.

"은행과의 일에 대해 회상해 보시오."

"그처럼 시시한 일은 달리 없을 겁니다. 나는 본디 사무직에 어울리는 사람이 아니오. 그것은 나 자신이 잘 알고 있지요. 그래서 베를린 같은 곳에서 날뛰고 돌아다녔던 거요. 소환당했을 때 나는 좌절되었다는 것을 알았소. 하지만…… 그렇다고 해서……."

"그렇다고 해서 어떻게 되었지요?"

리머스는 어깨를 움찔했다.

"은행과 사무실에는 내 자리 뒤에 여자가 두 사람 앉아 있었소. 서스비와 랄레트라는 여자였는데 나는 서즈데이(목요일)와 프라이데이(금요일)라고 불렀지요."

그는 별로 재미없다는 듯이 웃었다. 피터즈도 동감인 모양이었다.

"일은 서류를 회부하는 것뿐이었소. 회계과에서 문서가 돌아오면 '이러이러한 사람에게 이러이러한 이유로 7백 달러 지불이 승인되었으니 수배해 주기 바람'——이런 식으로 요령만 쓰는 것이지요. 그러면 '목요일'과 '금요일'이 움직입니다. 지령서를 서류철에 철하여 스탬프를 누르면 이번에는 내가 수표를 서명하든지 은행에 송금 수속을 의뢰하는 절차를 밟게 되는 것이지요."

"은행은?"

"블래트 앤드 로드니. 시내에 있는 작은 은행이지요. 과연 첩보부다운 수속을 밟는 것이지요. 이튼 학교 출신들은 무슨 일이건 신중 제일주의를 고집하니까요."

"그래서 어쨌든 당신은 온 세계에 퍼져 있는 첩보부원의 이름을 알게 되었겠군요."

"반드시 그렇다고는 할 수 없소. 그 점 역시 그들은 빈틈이 없었으니까요. 나는 틀림없이 수표에 서명을 하고 은행에 의뢰서를 보냅니다. 그러나 수취인의 이름을 적는 난은 백지 그대로이지요. 동봉한 안내서와 그 밖의 칸에 빠짐없이 서명하고 모든 서류를 특별송달과로 보냅니다."

"그곳에서는 무슨 일을 하지요?"

"모든 부원의 기록을 보관하고 있소. 이 과에서 이름을 적고 우송합니다. 참으로 빈틈없이 짜여져 있다고 할 수 있지요."

피터즈는 실망한 표정을 보였다.

"수취인의 이름을 알아내는 방법은 없었소?"

"조직상으로 불가능했소."

"그러나 우연한 기회를 통해서라도……?"

"이따금 비밀 사항이 눈에 띌 때가 있었지요. 은행과, 회계과, 특별송달과 사이를 서성거리고 있노라면 그러한 기회에 부딪치는 수가 있었던 거요. 교묘한 조직임을 알고 있었기 때문에 이따금 특수한 자료가 눈에 띄면 환히 밝아지는 듯한 기분이 들곤 했었지요."

갑자기 리머스가 일어섰다.

"그 리스트를 만들어 놓았소. 기억에 남아 있는 대로 지불했던 상대의 이름을 적어놓았지요. 내 방에 있으니 가서 가지고 오겠소."

그는 다리를 끌다시피 하며 방을 나갔다. 네덜란드에 도착한 뒤로 그는 내내 그런 걸음걸이로 걸어 다녔다. 돌아왔을 때에는 싸구려 노트에서 찢어낸 종이 두 장을 손에 들고 있었다.

"설명할 시간을 절약하려고 어젯밤에 적어두었소."

피터즈는 그 종이를 받아들고 열심히 들여다보았다. 굉장히 충격을 받은 듯했다.

"좋소, 아주 좋소."

"그 가운데서도 가장 기억에 남아 있는 것은 '구르는 돌'이라는 이름이 붙은 녀석이었소. 나는 그 때문에 두 번이나 해외여행을 했었지요. 한 번은 코펜하겐, 또 한 번은 헬싱키였소. 그것도 다만 그곳 은행에 돈을 불입하는 일 때문이었지요."

"금액은?"

"코펜하겐에서는 1만 달러, 헬싱키에서는 4만 독일 마르크였소."

피터즈는 그것을 연필로 적었다.

"수취인은?"

"모로오. 우리는 '구르는 돌'의 외국 예금 계산을 다루고 있었을 뿐이니까요. 첩보부에서 가짜이름의 패스포트를 받고 코펜하겐의 왕실 스칸디나비아 은행과 헬싱키의 핀랜드 국립은행을 향해 떠났지요. 돈을 예입하고 공동명의로 되어 있는 예금통장을 받았소. 나도 가짜 이름으로 행세했지만 그 계좌의 공동예금자——물론 부원 가운데 한 사람이겠지만——역시 틀림없이 가짜 이름이었을 거요. 그 사람의 서명 견본은 본부에서 받았었지요. 뒷날 그 부원은 통장과 가짜 패스포트를 들고 은행에 가서 예금을 찾으면 되는 거요. 내가 알고 있는 것은 다만 그 가짜 이름뿐이오."

리머스는 자기의 이야기가 상대방을 납득시키기에 충분한 증거가 없음을 절실히 느끼는 듯했다.

"언제나 당신들은 그런 처리방법을 택했소?"

"아니오. 그것은 특별한 지불방법이며, 관여할 수 있는 것은 리스트에 있는 사람뿐이었지요."

"그래서?"

"아주 적은 수의 사람만이 알고 있는 약호(略號)로 불려지고 있었소."

"그 약호는?"

"아까도 말했듯이 '구르는 돌'이었지요. 그래서 수시로 1만 달러씩 각국의 수도에서 그 나라의 통화로 지불되었소."

"수도에 한해 있었소?"

"내가 알고 있는 바로는 그렇소. 그 과로 옮기기 전에 '구르는 돌'에게 지불한다는 사실이 서류철에 철해져 있는 것을 본 기억이 있소. 그러나 그때는 은행과는 현지의 주재원을 통해 지불하고 있었지요.

"당신이 은행과로 옮기기 전에는 어느 도시에서 지불했었지요?"

"오슬로였소. 다른 곳은 기억하지 못하겠는데요."

"수취인의 이름은 언제나 같았소?"

"아니오. 그 점에 대하여도 첩보부에서는 생각을 많이 한 것 같았소. 나중에 들은 이야기지만 그 테크닉은 소비에트에서 배웠다고 하는데, 내가 본 것 가운데서 가장 복잡한 지불방법이라고 할 수 있지요. 그 방법으로 나도 여행할 때마다 이름을 바꾸어가며 그 이름에 맞는 패스포트를 썼소."

이 진술은 피터즈를 기쁘게 한 것 같았다. 그의 조사에 빠져 있던 부분을 채워준 모양이었다.

"그 부원에게 가짜 패스포트를 주면 그가 그것으로 돈을 찾을 수 있었단 말이로군요. 그럼, 그 패스포트인데, 어떤 식으로 작성되고 또 발송됐는지 알고 있소?"

"아무것도 모르오. 다만 예금하고 있는 나라의 사증(査證)이 필요한 것만은 알고 있소. 그리고 입국 스탬프도 필요했지요."

"입국 스탬프?"

"그렇소. 가짜 패스포트를 국경에서 사용했다고 생각할 수는 없지요. 그것은 은행에서 신원증명을 하기 위해 제출할 때 사용할 뿐이오. 부원은 반드시 그 자신의 패스포트로 여행을 할 겁니다. 입국은 합법적으로 해도 은행에서만은 가짜 이름의 패스포트를 사용하는 거지요. 하지만 이것은 나의 추측입니다."

"초기의 지불은 주재원의 손으로 이루어지지만 그 다음부터의 지불은 런던에서 출장을 나가 했단 말이로군요. 그 까닭이 무엇이지요?"

"나는 그 까닭을 알고 있소. 은행과의 여자들에게 물어보았거든요. 그 '목요일'과 '금요일'에게 말입니다. 그러자 그것은 관리관이…… ."

"관리관? 그럼, 관리관이 직접 이 문제를 처리하고 있었단 말이오?"

"그렇다고 할 수 있지요. 이 처리는 관리관이 직접 하고 있었소. 덮어놓고 자꾸만 주재원을 시키면 은행의 주의를 끌 위험성이 있다고 생각한 듯하오. 그래서 나를 파발꾼 대신 쓴 거지요."

"당신은 그런 여행을 어디어디 했소?"

"6월 15일에 코펜하겐으로 갔다가 그날 밤 안으로 비행기를 타고 돌아왔지요. 헬싱키는 9월 말에 갔었는데 그때는 이틀 밤 자고 아마 28일에 돌아왔을 겁니다. 헬싱키에서는 꽤 재미있게 지냈지요."

리머스는 싱글싱글 웃었다. 피터즈는 그를 거들떠보지도 않고 물었다.

"다른 지불은? 날짜를 기억하고 있소?"

"유감스럽지만 기억나지 않소."

"하지만 그중 하나가 오슬로였다는 것은 확실하오?"

"오슬로였음에 틀림없소."

"주재원의 손을 거치는 방법을 쓰던 때와 새로운 지불방법을 쓰게 되었을 때까지 어느 만큼의 날짜가 경과되었는지 기억하고 있소?"

"뚜렷하게 기억할 수는 없으나 그다지 길지 않았소. 아마 한 달, 아니 그보다 조금 더 길었던 듯하오."

"그 부원이 돈을 받기 이전부터 상당한 기간 동안 움직인 듯한 기색은 없었소? 서류철에는 뭐라고 적혀 있었지요?"

"서류철을 보아서는 아무것도 알 수 없소. 거기에는 지불액만 기록할 뿐이니까. 첫 번째 지불이 1959년 첫무렵으로 기록되어 있을 뿐 다른 날짜는 기록되어 있지 않았소. 그것은 열람자를 한정시키고 있을 경우의 처리방법인데, 그때마다 다른 서류철이 만들어지지요. 본대의 대장(臺帳)을 가지고 있는 사람만이 종합해서 전체를 알 수 있도록 짜여져 있는 거요."

피터즈는 계속 연필을 달리고 있었다. 아마도 이 방의 어느 구석에 녹음장치가 숨겨져 있겠지만 그것만으로는 나중에 다시 옮겨 써야 할 필요가 생기게 되기 때문이리라. 피터즈가 기록한 것은 오늘밤 모스크바로 보내는 전보의 자료가 될 것이다. 그리고 헤이그의 소비에트 대사관에서 일하고 있는 여자들이 한 마디 한 마디 다시 써서 철야작업으로 발신할 것이다.

피터즈가 말했다.

"그런데 금액이 상당하고 지불방법이 복잡하다면 비용도 많이 들었을 텐데, 그것은 모두 당신 자신이 마련했소?"

"내가 마련했느냐고요? 내가 어떻게 그럴 수 있겠소. 자금은 관리관이 관리하지요. 그렇다고 증거를 본 것은 아니므로 단언할 수 없지만 어쨌든 그 방법은 마음에 들지 않았소. 너무 억압적이고 복잡하며 빈틈이 없었지요. 직접 본인을 만나 현금으로 건네주어서 안될 이유가 있을까요? 과연 그 사람은 가짜 패스포트를 주머니에 넣어두고 진짜 패스포트로 국경을 넘을 수 있었을까요? 나는 그 점에 대해서도 의심이 가오."

바야흐로 리머스는 문제를 구름으로 싸고 상대방으로 하여금 토끼를 쫓게끔 할 때가 왔던 것이다.

"그게 무슨 뜻이지요?"

"아마도 그 돈은 은행에서 꺼내지 않았으리라고 생각하오. 만일 그가 철의 장막 속에서 높은 지위를 차지하고 있는 사람이라면, 돈은 예금되어진 채 남아 있을 거요. 언제든지 찾을 수 있도록 해놓았겠지요. 이것이 나의 판단입니다. 그러나 그 이상의 것은 생각해 본적이 없소. 생각해 본들 아무 소용이 없으니까요. 복잡한 조직의 아주 작은 한 부분만을 들여다볼 수밖에 없는 것이 우리의 역할이지요. 당신도 아마 이해할 수 있을 거요."

"돈을 찾지 않는다면 패스포트의 통용기간 때문에 곤란한 문제가 생길 텐데요?"

"나는 베를린에 있을 때 칼 리메크를 위해 그러한 수배를 해주었었지요. 그가 활동할 필요가 있을 때 우리들과 연락이 닿지 않을 경우를 생각해서 말이오. 그때는 주소를 두셀돌프라고 했고, 서독의 위조 패스포트를 마련해 놓았었소. 미리 짜두었던 처리방법이었으며 그가 언제든지 돈을 찾을 수 있도록 했던 것이오. 패스포트의 기간은 끊이지 않도록 할 수 있었소. 그 기간이 끊기면 특별여행과가 사증과 함께 다시 써줍니다. 관리관은 그에게 아마 이러한 방법으로 해주었을 거요. 물론 이것은 나의 상상이지만 말이오."

"패스포트가 발행되었다는 것은 틀림없소?"

"은행과와 특별여행과 사이의 연락부에 그 기록이 실려 있었소. 특별여행과에서는 위조 패스포트와 사증을 전문적으로 다루고 있지요."

"그랬었군요."

피터즈는 고개를 끄덕이며 잠시 생각에 잠겼다. 이윽고 그는 새로운 질문으로 옮겨갔다.

"당신이 코펜하겐과 헬싱키에서 사용한 이름은?"

"로버트 랭. 더비에서 온 전기기사로 되어 있었소. 코펜하겐에서는."

"코펜하겐으로 간 것은 정확하게 언제였소."

"아까도 말했듯이 6월 15일이었소. 나는 그날 아침 11시 30분쯤 거기에 도착했소."

"어느 은행을 이용했지요?"

리머스는 갑자기 언짢은 표정을 지었다.

"놀랍군요, 벌써 잊었소? 왕실 스칸디나비아 은행이라고 적지 않았습니까?"

"그저 확인해 보고 싶었을 뿐이오."

피터즈의 대답은 매우 침착했다. 그는 계속 연필을 달리고 있었다.

"그럼, 헬싱키에서 사용한 이름은?"

"스티븐 베네트. 프리머드의 조선기사였소." 리머스는 비꼬는 듯한 어조로 덧붙여 말했다. "그곳에 간 것은 9월 말 무렵이었지요."

"도착한 그날 은행에 가보았소?"

"그렇소. 24일인지 25일인지 확실히 기억할 수는 없소. 아까 말했을 텐데요?"

"돈은 영국에서 가져갔소?"

"어떻게 그런 짓을 할 수 있겠소. 양쪽 경우 모두 미리 주재원의 예금계좌에 불입해 놓지요. 그것을 주재원이 가지고 공항으로 나와 나에게 건네줍니다. 돈은 슈트케이스에 들어 있었소. 그것을 내가 은행에 가지고 가는 거지요."

"코펜하겐 주재원의 이름은?"

"피터 젠센. 대학 구내에서 서점을 경영하고 있었소."

"비밀 부원이 사용하게 되어 있던 이름은?"

"코펜하겐에서는 홀스트 카를스돌프. 아마 틀림없을 거요. 맞소, 틀림없소. 지금 생각이 나는군요. 카를스돌프였소. 내가 여러 번 카를스홀스트라고 할 뻔했던 것이 기억납니다."

"신분은?"

"오스트레일리아의 클라겐푸르트에서 온 매니저."

"또 한 사람의 이름은 헬싱키 쪽 말이오."

"페히트맨——아돌프 페이트맨. 스위스의 센트 걸렌 사람으로, 그는——맞소. 페히트맨 박사, 공문서보관소의 직원이었소."

"알았소. 두 사람 모두 독일어를 할 수 있었소?"

"그렇소. 그 점에 대하여 나도 주의를 기울여보았었는데. 독일 사람인 것 같지는 않았소."

"어째서요?"

"나는 이래봬도 베를린에서 조직의 우두머리였소. 이런 문제에 대하여 내가 모르는 일은 별로 없을 거요. 동독 고급부원의 움직임을 베를린에서 모를 리가 없지요."

리머스는 일어나서 식기장으로 걸어가 위스키를 잔에 따랐다. 피터즈의 의향 따위는 아랑곳하지도 않았다.

"하지만 당신은 그 점에 대하여 특별한 배려가 베풀어졌다고 하지 않았소? 이 사건은 모두 특수한 수속으로 진행되었을 것이며 아마 당신에게는 알리지 않도록 했을지도 모르오."

"바보 같은 소리 마시오." 리머스는 똑똑히 말했다. "내가 모르다 니 말이 안되오."

리머스는 그가 뭐라고 하든 이 점만큼은 끝까지 주장할 생각이었 다. 상대방에게 앞으로의 진술을 믿게끔 하기 위해서는 이 점을 뚜렷 이 해두어야 할 필요가 있다. 관리관은 말했었다.

"그들은 자네의 주장과는 관계없이 멋대로 추리할 걸세. 이쪽은 자 료만 던져주고 저쪽의 결론에 대하여는 회의적인 표정을 지어보이면 되네. 그들의 지식과 자만심에 맡겨두어야 하는 걸세. 그럼으로써 그 들 사이에 의혹이 생기게 되는 거지. 바로 이 점이네, 우리가 노리는 것은."

사실 피터즈는 새삼스럽게 우울한 진상을 알았다는 듯이 크게 고개 를 끄덕이며 다시 한번 말했다.

"당신은 참으로 자존심이 강한 사람이구료, 리머스."

그리고 나서 피터즈는 방을 나갔다. 리머스에게는 쉬라고 말하고 바닷가를 따라 뻗어 있는 길을 걸어갔다. 점심식사 시간이 되어 있었 던 것이다.

사흘째

그닐 오후에도 다음날 아침에도 피터즈는 나타나지 않았다. 리머스는 방에서 연락이 오기를 기다렸다. 차츰 초조해지기 시작했으나 전 갈 한 마디 날아오지 않았다. 방갈로 여주인에게 물어보아도 살찐 어깨를 흔들며 미소 지을 뿐, 도무지 까닭을 알 수 없었다. 11시쯤 산 책하러 나갔다. 담배를 사가지고 멍청히 바다를 바라보았다.

바닷가에서 한 소녀가 갈매기에게 빵 부스러기를 던져주고 있었다. 그에게 등을 돌리고 있었는데 바닷바람이 그 검고 긴 머리를 나부끼 게 하고 코트 자락을 펄럭이게 했다. 뒤로 젖힌 몸은 마치 바다를 향 해 한껏 잡아당겨진 활 모양 같았다. 리즈가 그에게 몸을 허락했을 때 저런 모양을 하고 있었던 것이 생각났다. 영구으로 돌아가면 무엇 보다도 먼저 그녀를 찾아보고 싶다. 찾아보지 않고는 견딜 수 없을 것이다. 하찮은 것에 대한 애정——평범한 생활에 대한 믿음. 종이 봉지 속의 빵을 뜯어서 물결치는 바닷가로 다가가 갈매기에게 던져주 고 있는 순진한 소녀의 모습. 그것은 그가 한 번도 느껴보지 못했던 자그마한 것에 대한 관심이었다. 갈매기에게 던져주는 빵 부스러기이

건 또는 애정이건, 그것이 무엇이건 돌아가면 찾아내야 할 필요가 있다. 리즈도 역시 그를 찾고 있을 것이다. 1주일 뒤에는——2주일 뒤가 될는지도 모르지만——귀국할 수 있을 것이다. 관리관이 그렇게 말했었다. 그때는 그는 저금통장에 저금이 있는 몸이 될 것이다. 지나치게 충분할 정도의 돈이 들어올 것이다. 1만 5천 파운드에다 퇴직금과 연금. 관리관의 말대로 그것만 있으면 충분히 추운 나라와 헤어질 수 있는 것이다.

그는 길을 돌아서 방갈로로 돌아갔다. 그때가 12시 15분 전이었다. 여자는 아무 말 없이 그를 맞이했다. 구석방으로 들어갔을 때 여자가 수화기를 들고 다이얼을 돌리는 소리가 들렸다. 이야기는 몇 초 동안에 끝났고, 12시 30분에는 그녀가 식사를 가져왔다. 더욱이 반갑게도 영국 신문이 곁들여져 있었다. 그는 만족하여 3시까지 신문을 읽었다. 여느 때는 별로 신문을 보지 않는 편이었지만 그날만큼은 열중하여 천천히 읽었다. 자잘한 부분에 이르기까지 기억 속에 넣었고 작은 사건에 나타난 사람의 이름이며 주소까지 머리에 새겼다. 그는 그것을 그의 독자적인 기억법에 의해 거의 무의식적으로 외었다. 그러기 위하여 주의력을 온통 집중시켰다.

3시쯤 피터즈가 돌아왔다. 리머스는 그의 모습을 보고 중대한 일이 일어났음을 눈치 챘다. 두 사람 모두 앉지 않았고 피터즈는 방수외투를 벗지도 않았다. 그가 말했다.

"나쁜 소식을 가져왔소. 영국에서는 당신을 수색하고 있소. 오늘 아침에 들어온 뉴스인데 항구를 감시시키고 있다고 하오."

리머스는 감동 없는 어조로 물었다.

"그 이유는?"

"외면적인 이유는 형무소를 나와 정해진 기간 안에 경찰서에다 보고를 하지 않았다는 것이오."

"그리고 진짜 이유는?"

"국가기밀보호법에 관한 범죄. 지명수배를 당하고 있다는 소문이오. 당신의 사진이 런던의 모든 저녁신문에 실려 있소. 설명문이 막연하긴 하지만."

리머스는 우뚝 선 채 꼼짝하지 않았다.

관리관이 꾸민 일이다. 그가 수색 수속을 개시한 것이다. 달리 어떤 설명을 붙일 수 있겠는가. 애쉬나 또는 키버가 체포되어서 실토했다고도 생각할 수 있겠지만, 어쨌든 수사의 책임은 관리관에게 있다. 그는 이렇게 말했었다.

"앞으로 두 주일 안에 그들을 심문하기 위해 자네를 어디론가 끌고 갈 걸세. 어쩌면 해외일지도 모르지. 하지만 그것도 2주일이면 끝날 데니 그 다음은 진행되어 가는 것을 보고 있기만 하면 되네. 자네는 그동안 안전히 숨어 있기만 하게. 사건은 저절로 결말이 날 테니까. 나는 확신을 가지고 있네. 그러니 자네도 나를 믿어주게. 문트를 말살시킬 때까지 자네의 생활비는 작전상의 예산으로 확보하도록 수배해 놓았네. 그러는 것이 당연하니까."

그런데 지금 일이 이렇게 되고 말았다.

그와 타합 지을 때 이런 상태는 예정에 없었다. 이야기가 전혀 다르다. 그의 역할은 무엇이었는가? 그렇기는 하지만 이제 와서 물러설 수도 없다. 피터즈와 협력하는 일을 거절하면 작전을 깨뜨리는 결과가 된다. 물론 피터즈가 거짓말하고 있는 것인지도 모른다. 그를 시험하기 위해 그런 식으로 나오는 것인지도 모른다. 사태가 이렇게 되었으니만큼 동행하기를 받아들이지 않는다면 의혹을 살지도 모른다. 그러나 앞으로 폴란드, 체코슬로바키아, 그 밖의 동구 어느 나라에건 가게 된다면 두 번 다시 석방되지 않을지도 모른다. 표면상의 이유이긴 해도 그는 서구에서는 지명수배자인 것이다. 그러므로 자기

편에서 석방을 희망한다는 것은 우스운 이야기다.

관리관이 이 일을 꾸몄을 것이다. 틀림없이 그가 했을 것이다. 조건이 너무 좋았다. 그 점을 그는 처음부터 눈치채고 있었다. 그들이 많은 비용을 내던질 리가 없다. 돈을 미끼로 하지 않는 한 이용할 수 없는 경우를 빼놓고는. 관리관으로서는 뚜렷이 말하고 싶지 않았겠지만 그것은 말하자면 고통과 위험을 사기 위한 돈이었다. 그 돈 자체가 경고라는 것을 깨달았어야만 했는데…… 그는 물었다.

"어떻게 그들이 알았을까요?"

문득 그의 가슴 속에 번뜩이는 것이 있었다.

"당신의 친구 애쉬가 털어놓았다면 또 몰라도…… 그리고 키버……."

"그렇게 생각할 수도 있지요." 피터즈가 대답했다. "당신 역시 그런 일이 일어날 수 있다는 것을 알고 있었을 거요. 우리의 일은 확실성과는 인연이 머니까." 그는 초조한 듯이 덧붙였다. "어쨌든 당신을 서방측에서 찾고 있다는 것만은 사실이오."

리머스는 그 말이 귀에 들어오지 않는 듯했다.

"당신들은 나를 덫에 걸리게 했소. 안 그렇소, 피터즈? 그리고는 배를 움켜쥐며 웃고 있겠지요? 아니면 우리 편이 실토했다고 생각하오?"

그러자 피터즈는 날카로운 어조로 말했다.

"너무 으스대지 마시오. 당신은 자신을 과대평가하고 있소."

"그렇다면 어째서 나를 미행시켰소? 오늘 아침에 나는 산책하러 갔었소. 그동안 감색 양복을 입은 키 작은 사나이 둘이 20야드쯤 간격을 두고 미행하고 있었지요. 내가 돌아오자 이 집 여주인이 당신에게 전화를 걸어……."

"우리는 알고 있는 것밖에 말할 수가 없소. 당신의 상사가 어떻게 이런 사실을 알았는가 하는 것은 우리가 알 바 아니오. 요컨대 그들은 이번 일을 알고 있음에 틀림없소. 이것은 사실이오."

"런던의 저녁신문을 가지고 있소?"

"가지고 있을 리가 없잖소. 여기서 구입할 수 있는 물건이 아니니까. 우리는 런던에서 치는 전보를 받을 수 있을 뿐이오."

"그것은 거짓말이오. 당신의 전신기구는 모스크바 본부와의 연락 외에는 사용하지 못하도록 되어 있을 텐데요."

피터즈는 화난 얼굴로 말했다.

"이번만은 두 개의 외국(外局) 사이에 직접 통신할 수 있도록 허락하고 있소."

리머스는 비웃는 듯한 표정을 지었다.

"그렇다면 당신은 상당한 기물일지도 모르겠군. 아니면……." 그는 문득 새로운 생각이 떠오른 듯했다. "이 일에 모스크바가 직접 손을 대고 있소?"

피터즈는 그 질문을 무시했다.

"지금으로서 당신의 갈 길은 두 가지 중 하나뿐이오. 우리에게 몸을 맡겨 장래의 안전을 우리 손에 넘기든가 아니면 당신 자신이 지켜야 하오. 아무튼 둘 중의 하나를 택해야 하오. 결국은 체포당할지도 모르니까. 위조이건 무엇이건 신분증명서가 있는 것도 아니고 돈도 없잖소. 영국 패스포트는 앞으로 열흘이면 기한이 끝나게 되어 있소."

"세 번째 방법이 남아 있지요. 스위스의 패스포트와 돈을 나에게 주어 탈출하게 해주면 되오. 그 다음은 내 힘으로 어떻게든 하겠소."

"좋은 방법이라고 생각할 수 없소."

"그렇다면 당신의 심문은 끝나지 않았다는 말이군요. 아직은 내가 필수품이라는 말이오?"

"그렇다고 할 수 있소."

"심문이 끝나면 나를 어떻게 할 작정이오?"

피터즈는 어깨를 움찔했다.

"어떻게 해주면 좋겠소?"

"새로운 인격이 필요하오. 스칸디나비아의 패스포트가 좋겠지요. 그리고 돈도."

피터즈가 대답했다.

"아주 낡은 수법이오. 어쨌든 일단 우두머리에게 말해 보긴 하겠소. 그럼, 함께 가겠소?"

리머스는 주저하다가 조금 애매하게 웃음 지으며 말했다.

"하지만 내가 이만큼 정보를 제공하지 않을 수도 있었다는 점을 생각해 보시오. 나는 너무 많이 털어놓았다는 생각이 드는군요."

"미안하지만 그런 종류의 이야기는 확인해 볼 방법이 없으니까요. 어쨌든 우리는 오늘밤에 출발하오. 애쉬와 키버가⋯⋯." 피터즈는 어깨를 으쓱했다. "어떻게 하시겠소?"

리머스는 창가로 다가갔다. 회색으로 저물어가는 북쪽 바다 위에 강한 바람이 불기 시작하고 있었다. 낮게 드리워진 구름 아래로 갈매기 떼가 빙빙 돌고 있다. 소녀의 모습은 보이지 않았다.

"좋소." 리머스는 한참 뒤에 대답했다. "조치해 주시오."

"동구로 가는 비행기를 타려면 내일까지 기다려야 하오. 베를린으로 가려면 앞으로 한 시간밖에 남아 있지 않소. 그것을 타기로 합시다, 몹시 붐비겠지만."

지금은 상대방에게 모든 것을 맡겨야 할 처지가 된 리머스이지만 그날 밤도 역시 피터즈의 수법에 새삼스럽게 감탄했다. 패스포트는 이미 마련되어 있었다. 이것도 모스크바가 배려해 주었다고 보는 게 옳을 것이다. 이름은 해외판매원 알렉산더 스위트, 사증이며 국경 스탬프가 잔뜩 찍혀 있어 과연 여행판매를 업으로 하고 있는 사람의 패스포트다웠으며 몹시 낡아 있었다. 공항에서는 네덜란드 국경 경비원이 대뜸 고개를 끄덕이며 형식적으로 스탬프를 찍었다. 피터즈는 몇 사람 뒤에 서서 이 수속에 무관심한 척하고 있었다.

두 사람이 '여객전용'이라고 씌어진 구내로 들어갔을 때 리머스는 서적판매부에 눈길을 주었다. 그 책상에 국제적으로 읽히고 있는 주요한 신문들이 꽂혀 있었다. 〈피가로〉, 〈몬드〉, 〈노이에취리히 차이퉁〉, 〈웰트〉, 그밖에 영국의 일간지와 주간지 등이 대여섯 종류 있었는데 안에서 여점원이 나와 〈이브닝 스탠더드〉를 한 부 책장에 꽂았다. 리머스는 재빨리 다가가 그 신문을 집어 들었다.

"얼마요?"

그는 바지 주머니에 손을 넣어보고 네덜란드 통화를 하나도 가지고 있지 않다는 것을 알았다.

"30센트예요." 여점원이 대답했다.

꽤 예쁘게 생긴 검은 머리의 건강해 보이는 아가씨였다.

"영국 화폐로 2실링 있는데 여기 돈으로 1길더쯤 될 겁니다. 이것이라도 받아주겠소?"

"네, 좋아요."

리머스는 은화 2실링을 주었다. 돌아다보니 피터즈는 아직도 패스포트의 수속을 밟느라고 책상 앞에 서서 리머스에게로 등을 돌리고 있었다. 그는 재빨리 남자화장실로 뛰어 들어갔다. 거기서 신문의 각 페이지를 재빠르게, 그리고 샅샅이 들여다보았다. 이윽고 신문을 휴지통에 넣고 다시 밖으로 나왔다. 피터즈의 말에 거짓은 없었다. 그의 사진이 실려 있었고 막연한 설명문이 덧붙여져 있었다. 리즈가 그

기사를 보았을까. 그는 그런 생각을 하며 여객용 로비를 향해 걸어갔다. 10분 뒤 두 사람은 함브르크 경유 베를린 행 여객기에 몸을 담았다. 이 일에 뛰어든 이후 처음으로 리머스는 불안을 느꼈다.

리머스의 친구들

같은 날 밤 두 사나이가 리즈를 방문했다.

리즈 골드의 아파트는 베이즈워터 북쪽 끝에 있었다. 싱글베드 두 개에 가스대. 가스대는 짙은 잿빛으로 산뜻해 보이는 신형이었다. 구형은 부글부글 거품 이는 듯한 소리가 나지만 이것은 상쾌하게 색색 소리를 냈다. 리머스와 함께 있을 때는 그 불길을 그녀는 기분 좋게 바라보았었다. 어두운 방에 오직 하나의 빛이 거기서 흘러나온다. 그의 신변에 그런 일이 없었다면 지금쯤 이 방 침대에 누워 있을 텐데. 그녀의 침대에, 문에서 가장 먼 곳에 놓여진 침대에. 그녀는 그 옆에 걸터앉아 그에게 키스해 주었겠지. 아니면 얼굴과 얼굴을 마주대고 가스대의 불길을 바라보고 있었을 것이다. 그런데 지금은 되도록 그의 생각을 하지 않기로 마음먹고 있다. 그래서 어떤 얼굴이었는지도 잊혀져가고 있다. 그러나 저 먼 수평선에 눈길을 주듯 한순간 그의 생각이 가슴에 떠오르면 말투며 동작이며 사소한 행동들이 생각나는 것이었다. 그녀를 바라보는 눈길, 아니, 그보다 그녀를 무시하고 있는 듯한 태도가——그러나 그 이상은 생각지 말아야겠다. 생각해 내려 해도 재료가 하나도 없다——사진, 기념품, 아무것도 남아 있지 않다. 함께 사귀던 친구도 없다. 도서관의 크레일 양이 유일한 사람이지만, 그에 대한 그녀의 증오는 그의 실종사건으로 더욱 커졌을 뿐이었다.

리즈는 한 번 그가 살고 있던 집으로 찾아가 집주인을 만나본 적이 있었다. 어째서 그럴 마음이 들었는지 그녀 자신도 알 수 없었다. 그러나 어쨌든 그녀는 용기를 불러일으켜 찾아가보았던 것이다. 주인여자는 리머스에게 크게 호감을 가지고 있었다. 방값도 주말이 되면 신사적으로 꼬박꼬박 치렀다고 한다. 한두 주일 밀린 적이 없지도 않으나 친구라는 사람이 찾아와 군말없이 깨끗이 치르곤 했었다고 한다.

그녀는 늘 리머스를 신사라고 말하고 있었다. 앞으로도 주욱 그렇게 생각할 작정이라고 했다. 상류학교를 나왔기 때문은 아니며 그와 반대라 하더라도 그 사람은 진정한 신사였다. 그녀는 말해 주었다.

"그야 물론 그도 사람이니만큼 때로는 심술부릴 때도 있었지요. 술을 지나치게 마시는 듯했지만, 칠칠치 못한 모습으로 돌아온 적은 한 번도 없었지요. 그런데 이곳에 키 작은 남자가 찾아와——그는 조금 이상한 사나이로, 안경을 쓰고 있었으며 묘하게 쭈뼛거렸지요 ——리머스 씨가 특별히 부탁했다면서…… 맞아요, 그의 밀린 방값을 깨끗이 치러달라고 부탁했다며 돈을 놓고 갔답니다. 그토록 신사다운 행동이 또 있겠어요? 리머스 씨가 무엇을 해서 돈을 버는지 모르지만 나쁜 짓을 하지 않는 사람이라는 점만은 절대로 확실해요. 꼭 한 번 식료품가게 주인을 때린 적이 있지만 전쟁 이후 그 정도의 짓을 하지 않은 사람이 어디 있겠어요. 방 말입니까? 방은 지금 나갔답니다. 한국에서 온 신사에게 빌려주었지요. 리머스 씨가 가버리고 이틀 뒤에 그렇게 되었답니다."

이것이 리즈가 도서관 근무를 그만두지 않은 이유였다. 그 건물 안에는 아직도 그가 존재하고 있다. 사다리, 책장, 책, 색인 카드, 그의 손이 닿았던 물건들. 언젠가 이곳으로 다시 돌아올는지도 모른다. 두 번 다시 돌아오지 않겠다고 그는 말했지만 그녀는 그 말을 믿지 않았다. 그런 말을 믿으라는 것은 당신의 건강은 회복되지 않는다고 선언하는 것과 같다. 크레일 양도 그가 다시 돌아올 것이라고 생각하고 있다. 그녀는 그가 월급을 받아가지 않았다는 사실을 알고 있었던 것이다. 그녀를 괴롭히던 괴물이 괴물답지 않게 월급을 받으러 오지 않아 화가 나는 모양이었다.

리머스가 가버린 뒤 리즈는 자기 자신에게 끊임없이 하나의 질문을 던지고 있었다. 그는 어째서 식료품가게 주인인 포드를 때렸을까? 그가 신경질적이라는 것은 잘 알고 있었다. 하지만 이것은 문제가 다르다. 그는 처음부터 그럴 작정이었던 듯싶다. 몸에서 열이 내리고 병이 낫자마자 그런 계획을 세웠던 것 같다. 그렇지 않다면 그 전날 밤 그녀에게 작별의 말을 했을 리가 없다. 그는 그 다음날 포드를 때리기로 작정하고 있었음에 틀림없다. 또 한 가지 다른 해석도 할 수 있었으나 그것은 그녀 자신이 인정하고 싶지 않았다. 그녀에게 싫증이 나서 작별의 말을 했는데, 다음날 아직도 이별의 흥분이 가라앉지 않은 상태에 있을 때 가게 주인이 마음에 들지 않는 태도로 나와 때렸을 것이라는 해석이었다. 그러나 리머스가 그렇게 한 것은 그래야만 할 이유가 있었기 때문임에 틀림없다. 그 점을 그녀는 잘 알고 있었다. 처음부터 알고 있었다고 할 수 있다. 그 자신이 그런 기색을 보였던 것이다. 그러나 그 이유는 그저 상상할 수밖에 없다.

처음에 그녀는 그와 가게 주인 사이에 몇 년 전부터 뿌리 깊은 증오가 싹트고 있었다고 생각했었다. 여자와 관련된 일이나 아니면 리머스의 친척 가운데 누군가와 관련된 일로.

그러나 가게 주인을 한 번 보고 그런 생각이 옳지 않음을 알았다.

가게 주인은 전형적인 소시민적 부르주아 타입으로 소심하고 독선적이며 결코 좋아할 수 없는 성격을 가진 사나이였다. 리머스가 비록 그에게 보복할 기분이 있었다 하더라도 토요일을 택했을 리가 없다. 가게가 몹시 붐비는 주말은 여러 사람의 눈에 잘 띌 것이라는 점을 알고 있었을 테니까.

당의 직무회의 석상에서 그 날의 사건이 화제에 올랐다. 그 사건이 일어났을 때 마침 지부의 회계위원 조지 햄비가 포드의 가게 앞을 지나가고 있었다는 것이다. 사람들이 너무 많이 모여 있어 안을 들여다볼 수는 없었으나 처음부터 구경하고 있었던 사람에게 그 경위를 물어보았다고 한다. 어지간히 강한 인상을 받았는지 그는 부리나케 〈워커〉지의 편집실에 전화를 걸어 알렸다. 그래서 기자 한 사람이 공판정에 파견되었고 그 날의 〈워커〉지는 거의 한 페이지를 할애하여 이 기사를 실었다. 내용은 정면적인 항의문이었으며, 기자는 리머스의 행동에 대해 지배계급에 대한 증오심이 갑자기 사회의식을 불러일으켜 폭발한 것이라고 날카로운 필치로 썼다. 햄비에게 경위를 말한 사나이——안경을 끼고 키가 작은 사나이로 흔해빠진 화이트 칼라 족에 속하는 사람 같았다고 한다——의 말에 의하면, 이것은 틀림없는 돌발적인 사건이며, 결국은 자연발생적인 현상이라고 했다는 것이다. 요컨대 리머스 사건은 햄비에게 자본주의 사회제도가 붕괴하기 직전에 놓여 있음을 입증하는 좋은 재료를 주었다고 할 수 있었다.

햄비가 기승을 부리며 열변을 토하고 있는 동안 리즈는 침묵을 지키고 있었다. 물론 그녀와 리머스 사이를 아는 사람은 아무도 없다. 그녀는 그때 조지 햄비가 참으로 싫은 남자라는 것을 새삼스럽게 느꼈다. 무슨 일이든 과장해서 떠벌리는 아니꼬운 사나이, 냉소를 띠고 그녀를 바라보면서도 틈만 있으면 몸에 손을 대려고 노리는…….

그때 손님이 두 사람 찾아왔다.

보아하니 경찰관으로서는 조금 지나치게 멋있어 보였다. 안테나가 달린 검은 소형 자동차를 타고 왔다. 한 사람은 몸집이 작고 좀 뚱뚱한 편이었다. 안경을 쓰고 우스꽝스러우리만큼 고급 옷을 입고 있었다. 친절한 듯한 표정으로, 늘 이것저것 신경 쓰고 있는 이 사람을 리즈는 까닭 없이 믿고 싶은 마음이 들었다. 또 한 사람은 매끈매끈한 얼굴——그렇다고 수염이 없는 것은 아니지만——이 소년 같은 인상이었지만 틀림없이 40살이 넘은 듯했다. 두 사람은 특별지서에서 왔다고 하며 셀로판 케이스에 든 사진이 붙은 신분증명서를 꺼내 보였다. 주로 키가 작고 뚱뚱한 사람이 말을 했다.

"당신은 알렉 리머스와 가까이 지냈습니까?"

그녀는 불끈했으나 뚱뚱한 사나이가 너무도 진지한 태도를 보였으므로 화낼 수가 없었다.

"네, 어떻게 그것을 아셨지요?"

"어제 우연한 일로 알게 되었습니다. 그런 곳——다시 말해서 그 형무소 말입니다만——으로 면회하려 갈 때에는 가장 가까운 친척이라고 하십시오. 리머스는 친척이 하나도 없다고 말했으나 거짓말임이 밝혀졌습니다. 그가 형무소 안에서 사고가 일어났을 경우 누구에게 통지하면 좋겠느냐는 질문을 받자 당신의 이름을 대었지요."

"그래요?"

"당신이 리머스와 가까웠다는 사실을 누가 또 알고 있습니까?

"아무도 몰라요."

"공판정에는 출석했었습니까?"

"아니오."

"신문기자나 채권자 같은 사람이 찾아오지 않았었습니까?"

"네, 지금도 말씀드렸듯이 우리들에 대해 알고 있는 사람은 아무도

없어요. 나의 부모님에게도 알리지 않았을 정도지요. 아무에게도
이야기하지 않았어요. 우리는 도서관에서 함께 일하고 있었지요.
심령연구도서관이에요. 그러므로 그 도서관의 사서 크레일 양만은
알고 있다고 할 수 있겠지요. 하지만 우리 사이는 모를 거예요. 크
레일 양은 조금 색다른 사람이어서요."

리즈는 솔직하게 털어놓았다.

뚱뚱한 사나이는 잠시 동안 더욱 진지한 표정으로 그녀의 얼굴을
쳐다보고 있었다. 이윽고 그가 다시 물었다.

"리머스가 가게 주인 포드를 때렸다는 말을 들었을 때 몹시 놀랐겠
군요."

"네, 물론이지요."

"왜 그런 짓을 했다고 생각합니까?"

"모르겠어요. 포드 씨가 외상을 거절했기 때문이겠지요. 하지만 그
는 그전부터 그런 짓을 해야겠다고 마음먹고 있었는지도 몰라요."

지나치게 말을 많이 하지 않았나 하는 생각이 들었으나 지금의 그
녀는 누구에게든 그 이야기를 하지 않고는 견딜 수 없는 기분이었다.
오직 혼자라는 것이 너무나도 쓸쓸해서…… 그리고 이야기해서 나쁠
것도 없을 터이므로.

"그 사건이 일어나기 전날 밤 우리는 서로 이야기를 주고받았어요.
저녁식사를 함께 했지요. 알렉이 오늘 밤에는 특별한 만찬회를 열
자고 할 때 나는 문득 오늘이 마지막 날이로구나 하는 기분이 들었
어요. 그는 붉은 포도주를 한 병 가지고 와 혼자서 거의 다 마셔버
렸어요. 나는 포도주를 좋아하지 않거든요. 그때 나는 물었어요.
'오늘이 마지막인가요?' 이것으로 모든 것이 끝났느냐고요."

"그래, 그는 뭐라고 했습니까?"

"해야 할 일이 있다고 말했어요. 무슨 뜻인지는 모르겠지만."

긴 침묵이 이어졌다. 뚱뚱한 사나이는 아까보다 더욱 신경이 날카로워진 듯했다. 이윽고 그는 또다시 그녀에게 물었다.

"당신은 그 말을 믿었습니까?"

"모르겠어요."

그녀는 갑자기 리머스의 신변이 걱정스러워지기 시작했다. 어째서 걱정스러운지 그 까닭은 알 수 없었다. 사나이가 또 물었다.

"리머스에게는 결혼생활을 한 경력이 있고 아이가 둘 있소. 그는 그 점에 대하여 이야기하지 않았습니까?"

리즈는 대답하지 않았다.

"그런데도 그는 근친자에 대한 질문을 받았을 때 당신의 이름을 댔지요. 왜 그랬는지 짐작이 갑니까?"

뚱뚱한 사나이는 자기 질문에 스스로 당황하고 있는 듯, 자기의 두 손을 내려다보고 있었다. 무릎 위에 얹혀 있는 통통한 손을.

리즈는 얼굴을 붉히며 대답했다.

"나는 그를 사랑하고 있었어요."

"그도 당신을 사랑하고 있었습니까?"

"네, 아마도. 하지만 모르겠어요."

"당신은 지금도 사랑하고 있습니까?"

"네."

"돌아온다는 말을 했습니까?"

이것은 젊은 남자의 질문이었다.

"아니오."

뚱뚱한 사나이가 재빨리 물었다.

"그때 마지막이라고 했군요?"

그는 다시 한 번 같은 말을 따뜻한 어조로 되풀이했다.

"그의 신변에 걱정스러운 일이 일어난 건 아닙니다. 그 점만은 단언할 수 있소. 하지만 원조의 손을 뻗쳐야 할 문제가 생겼습니다. 그런데 그가 포드를 때린 까닭을 알면 그를 도와줄 수 있을 것 같소. 어떻습니까? 무심코 그가 한 말이나 사소한 동작 가운데 그런 행동을 한 까닭을 암시하는 듯한 것은 없었습니까? 있었다면 들려 주십시오. 그를 도와 주기 위해서니까요."

리즈는 고개를 저었다.

"돌아가세요. 제발 부탁이에요. 더 이상 묻지 마시고 그만 돌아가 주세요."

두 사람은 그녀가 말하는 대로 출입문을 향해 걸어가다가 나이 많은 쪽이 걸음을 멈추었다. 그는 지갑에서 '명함을 꺼내어 소리가 나는 것을 두려워하듯 가만히 탁자 위에 놓았다. 이 사람은 굉장히 소심한 성격인 모양이라고 리즈는 생각했다.

"우리의 도움이 필요하게 됐을 때——리머스 때문에 무슨 일이 생겼을 때 말입니다만——나에게 전화해 주십시오."

"당신은 누구시지요?"

"알렉 리머스의 친구입니다." 사나이는 조금 망설였다. "또 한 가지 물어볼 말이 있습니다. 이것이 마지막 질문인데, 리머스는 당신에 대해…… 당신과 당(黨)과의 관계를 알고 있었습니까?"

"네." 그녀는 절망적인 기분으로 대답했다. "내가 이야기했어요."

"당에서는 어떻습니까? 당신들에 대해 알고 있습니까?"

"아까도 말했듯이 아무에게도 말하지 않았어요." 그녀는 갑자기 얼굴을 일그러뜨리며 울기 시작했다. "그는 어디 있지요? 어디 있는지 가르쳐 주세요. 어째서 말씀해 주지 않는 거지요? 나는 그의 힘이 되어 주고 싶어요. 그를 보살피고……그래요, 미친 사람이 되어 있다 해도 상관없어요. 정말 상관없어요……형무소로 편지를 보냈었어요. 바랄 수 없는 일인 줄 알지만 언제라도 돌아와달라고 말하고 싫었기 때문이에요, 언제까지나 기다리고 있겠다고……."

그 다음 말은 눈물 때문에 끊어지고 말았다. 그녀는 흐느껴 울고 또 흐느껴 울며 눈물에 젖은 얼굴을 손으로 감싸고 방 한가운데 서 있었다.

뚱뚱한 사나이는 그녀를 바라보며 다정하게 말했다.

"그는 외국에 가 있습니다. 지금 어디에 있는지는 우리도 모릅니 다. 결코 미쳐버린 것은 아니며, 다만 자세히 이야기할 수 없는 이 유가 있습니다. 정말 안됐습니다."

그때 젊은 남자가 참견했다.

"당신은 우리가 봐드리겠소, 원하는 것이 있으면 말씀하시오, 돈이 라든가 그밖에 무엇이든지."

리즈가 다시 같은 질문을 했다.

"당신은 누구시지요?"

"리머스의 친구입니다." 젊은 남자는 되풀이 말했다. "아주 가까 운 친구입니다."

그녀는 두 사나이가 조용히 층계를 내려가는 소리를 듣고 있었다. 이윽고 발소리가 한길로 사라졌다. 창문으로 내려다보니 검은 소형 자동차는 공원 쪽으로 사라져갔다.

문득 명함이 생각나 그녀는 탁자에서 집어 들어 불빛 아래에서 보 았다. 고급 명함으로, 경찰관 정도가 쓰는 것이 아니었다. 이름이 새 겨져 있었으나, 신분도 소속하는 경찰서도 그밖에 아무것도 씌이 있 지 않았다. 이름과 주소뿐. 경찰관이 첼시 같은 곳에 산다는 이야기 를 들은 적이 있었던가?

'첼시 바이워터 거리 9번지 조지 스마일리'

그 밑에 전화번호가 적혀 있었다.

참으로 이상한 일이었다.

동독

리머스는 좌석 벨트를 늦추었다.

사형선고를 받으면 누구나 오히려 기운이 난다고 한다. 불길 속으로 뛰어드는 나방처럼 몸의 파멸과 희망의 달성이 동시에 이루어지는 셈이다. 리머스도 결심을 하자 그와 비슷한 감정이 솟아났다. 순간적인 것인 줄 알면서도 마음이 편안해짐을 느꼈다. 그러나 다시 곧 불안과 초조감이 덮쳐왔다.

그리고 차츰 기운을 잃어갔다. 관리관의 말에 거짓은 없었다.

지금과 같은 기분을 맛본 것은 칼과 교섭이 있던 무렵이었으므로 작년 봄이 된다. 칼로부터 연락이 있었는데, 좀처럼 서독에 가지 않으나 뭔가 그를 필요로 하는 특별한 임무가 생겨 칼스루에에서 개최되는 회의에 참석하게 되었다는 것이었다. 리머스는 급히 쾰른까지 비행기로 가서 거기서 자동차를 타고 달려갔다. 아직 동이 트기 전이어서 칼스루에까지 고속도로는 그다지 붐비지 않으리라고 생각했는데, 이미 대형 트럭들이 줄지어 달리고 있었다. 그 사이를 누비며 위험을 무릅쓰고 반시간에 70킬로미터 속력으로 달려가고 있었는데,

그 40야드쯤 앞쪽에 피아트인 듯한 소형 자동차가 고속 노선으로 끼어들어갔다. 리머스는 브레이크를 밟고 헤드라이트를 한껏 비추며 클랙슨을 울렸다. 그래서 충돌만은 간신히 피할 수가 있었다. 겨우 1초의 차이였다. 앞질러가며 곁눈질로 소형차를 보았더니 뒷좌석에 어린이 네 명이 손을 흔들며 기쁜 듯이 웃고 있었다. 아버지는 핸들에 매달려 바보같이 얼굴을 긴장하고 있었다. 리머스가 입 속으로 투덜거리며 다시 속력을 내기 시작했을 때 바로 등 뒤에서 그 무서운 사고가 일어났던 것이다. 그의 두 손은 열병환자처럼 부들부들 떨렸다. 얼굴이 화끈거리고 가슴이 크게 고동쳤다. 그럭저럭 자동차를 도로에서 벗어나게 한 다음 내려서 크게 숨을 몰아쉬며 급정거한 대형 트럭을 보았다. 두 대의 대형 트럭 사이에 끼어 무참하게 찌그러진 피아트, 그 잔해마저 남아 있지 않았다. 미친 듯이 경적이 울부짖고, 파란 라이트가 반짝일 뿐이었다. 어린아이들의 시체가 갈기갈기 찢기어 학살당한 피난민처럼 모래언덕 사이의 도로에 나뒹굴었다. 그 다음부터 그는 속도를 늦추어 달렸기 때문에 칼과의 약속을 지킬 수 없었다.

그 뒤 자동차를 운전할 때마다 그 피아트 뒷좌석에서 머리를 바람에 나부끼며 그에게 손을 흔들어주던 아이들과, 쟁기자루를 쥔 농부 같은 손으로 핸들에 매달려 있던 아버지의 모습이 기억 한구석에서 떠오르곤 하는 것이었다.

관리과에게 그것을 이야기히지 열병의 일종이라고 하며 일소에 붙이고 말았다.

비행기 속에서 그는 멍하니 자리에 앉아 있었다. 옆 좌석에는 미국 여자가 하이힐에 비닐봉지를 씌우고 있었다. 이 여자에게 메모를 적어주어 베를린에 전해달라고 할까 하는 생각도 머리에 떠올랐으나, 그는 곧 단념하고 말았다. 여자는 틀림없이 리머스가 치근덕거리는 것으로 잘못 생각할 것이며, 피터즈가 눈치챌 염려도 있다. 그리고 이제 와서 그런 짓을 해봐야 무슨 소용이 있겠는가? 관리관은 이렇게 되리라는 것을 미리 짐작하고 있었다. 그가 짜놓은 대로 일이 진행되고 있는데 무슨 말을 할 수 있겠는가? 그러나 앞으로 어떤 사태와 부딪치게 되는지 걱정스러웠다. 거기에 대해서는 관리관도 설명해 주지 않았다. 테크닉에 대해서만 설명해 주었던 것이다.

"선뜻 가르쳐주는 것이 상책이라고 할 수는 없네. 요컨대 그들이 자기들 힘으로 알아내는 형식으로 이끌어가는 것이 좋아. 일부러 번잡하게 가르쳐주어 혼란을 일으키게 해야 하네. 어떤 부분은 잊었다고 하며 빼먹기도 하고, 그들이 자네의 행동을 살피도록 꾸미게. 변덕스럽고 심술궂으며 아주 다루기 힘든 사람처럼 보여야 하네. 붕어가 물을 마시듯 늘 술을 마시는 것도 좋은 방법이지. 이데올로기에 관한 말을 하는 것은 좋지 않아. 그들은 사상 따위는 믿고 있지 않으니까. 자네는 어디까지나 매수당한 사나이로서 다루어질 걸세. 그들로서는 적국 내부에 혼란이 일어나기를 바라고 있긴 하지만 전향자의 말 따위를 무조건 믿을 리가 없네. 게다가 그들은 '추리작업'을 하고 싶어서 좀이 쑤실 걸세. 그 기초공작은 이미 되어 있네. 지난날의 사건, 얼른 보아서는 보잘것없는 애매한 단서. 그런 것이야말로 그들에게 큰 매력을 준다네. 자네는 그들의 보물찾기 작업의 마지막 단계에 해당되기 때문이지."

그때도 관리관의 그 의견에 동감하지 않을 수 없었다. 이만큼 준비공작이 완성되어 있는데 이제 와서 손을 떼는 바보가 어디 있겠는가.

"한 가지만은 단언할 수 있네. 이 일은 꼭 해볼 만한 값어치가 있다는 것. 그럼으로써 우리가 특별한 목적에 도달할 수 있지. 여보게, 힘껏 해주게. 우리는 이미 승리를 얻은 거나 마찬가지일세."

그렇다고는 하지만 그들의 고문을 이겨낼 만한 자신은 그에게 없었다. 케스트러가 쓴 책을 보면, 옛 혁명가들은 불이 붙은 성냥을 손에 들고 손가락이 타들어가는 것을 참았다고 한다. 고문을 이겨내기 위한 연습이었다는 것이다. 자세히 읽지는 않았으나, 읽은 범위 안에서는 잊을 수 없는 무서운 장면이었다.

템펠호프 공항에 착륙했을 때 날이 어둑어둑해지기 시작했다. 그를 맞이하는 베를린의 불빛이 발밑에서 솟아올랐다. 비행기가 땅에 닿아 그 충격을 느꼈을 때 세관과 이민국의 건물이 조명 속에서 그들을 향해 다가오고 있었다.

리머스는 아는 사람과 얼굴을 마주칠까봐 두려웠다. 공항 안에서는 있을 수 있는 일이기 때문이다. 피터즈와 어깨를 나란히 하고 끝없이 이어지는 복도를 걸어 세관과 이민국으로 가서 형식적인 조사를 받았다. 다행히 아는 사람은 만나지 않았다. 그러나 그와 동시에 그러한 불안이야말로 사실 그가 마음속으로 바라고 있었던 일임을 깨달았다. 지금의 행동을 계속 밀고나가겠다고 마음속으로 결심했으나 우연히 그 무언가가 방해해 줄지도 모른다는 마지막 희망이 마음 한 구석에 있음을 부정할 수가 없었다. 피터즈는 그때까지 되도록 그와 동행자가 아닌 것처럼 행동하려고 몹시 신경 쓰고 있었으나 지금은 그런 노력도 포기한 듯했다. 서베를린까지 왔으니 걱정이 덜어진 모양이었다. 감시도, 방위도 필요 없어졌다. 여기는 동구를 향하는 항로의 중간 착륙점에 지나지 않기 때문이다.

넓은 대합실을 지나 가 기운데 출입구에 이르렀을 때 피터즈는 갑자기 생각을 달리했는지 느닷없이 방향을 옆쪽 작은 출구로 바꾸었다. 그 바깥은 주차장으로 되어 있어 택시들이 즐비하게 서 있었다. 거기서 피터즈는 걸음을 멈추고 문 위에 비치는 조명을 받으며 슈트케이스를 내려놓았다. 그리고 팔에 끼고 있던 신문을 천천히 접어 레인코트 왼쪽 주머니에 찔러 넣고 다시 슈트케이스를 들어올렸다. 그 동작이 채 끝나기도 전에 주차장에서 헤드라이트 불빛이 반짝이며 그들 두 사람을 빛의 바다에 잠기게 하더니 다시 꺼졌다.

"이리로 갑시다."

피터즈는 재빨리 말하고 잰걸음으로 아스팔트길을 가로질러갔다. 리머스는 그의 바로 뒤를 따라갔다. 주차장 맨 앞줄에 이르자 차 안에 불을 켠 검은 메르세데스 벤츠가 뒷문을 열었다. 리머스보다 10야드쯤 앞에 있던 피터즈가 재빨리 그 차로 다가가 운전수에게 뭐라고 속삭이더니 리머스에게 말했다.

"이 차에 빨리 타시오."

그것은 메르세데스 벤츠 180의 낡은 차였다. 리머스는 말없이 올라탔다. 피터즈는 그의 옆 좌석에 앉았다. 자동차는 움직이기 시작하여 소형 DKW 옆을 빠져나갔다. 그 자동차의 운전석에는 남자가 두 사람 타고 있었다. 20야드 앞의 전화 부스 속에서도 남자 하나가 벤츠가 지나가는 것을 전화를 걸며 지켜보고 있었다. 뒤창으로 내다보니 DKW가 뒤를 쫓아오고 있었다. '굉장한 환영이로군' 하고 리머스는 속으로 웃었다.

자동차는 천천히 달려갔다. 리머스는 두 손을 무릎에 얹고 똑바로 앞을 바라보고 앉아 있었다. 그날 밤의 베를린은 보고 싶지 않았다. 달아날 기회는 지금이 마지막임을 알고 있었다. 이렇게 앉은 채 오른손으로 피터즈의 목을 죄어줄 수도 있다. 자동차에서 뛰어내리면 뒤쫓아 오는 자동차가 총탄을 퍼부을 것이다. 그것을 전후좌우로 피하며 달려가면 달아나지 못할 것도 없다. 베를린에는 숨을 곳이 얼마든지 있으니까 탈출은 불가능하지 않다. 그러나 그는 탈출하지 않았다.

경계선 통과는 아주 간단히 끝났다. 이토록 간단하리라고는 리머스는 예상하지 못했다. 그런데도 공항에서 우물쭈물하고 있었던 것은 예정된 시각에 통과할 필요가 있었기 때문이리라. 서독 측의 검문소에 가까워지자 DKW가 속력을 내어 엔진 소리를 한층 더 크게 울리며 그들의 자동차를 앞질러갔다. 그리고 그 자동차는 경관 초소 앞에서 멎었다. 메르세데스 벤츠는 그 30야드 뒤에서 기다렸다. 2분쯤 지나자 하얀색으로 칠한 차단기가 올라가고, DKW를 통과시키려 했다. 그것을 보자 두 대의 자동차가 동시에 달리기 시작했다. 벤츠 운전수는 기어를 2단으로 넣어 엔진에서 비명 소리가 일어났다. 운전수 자신도 좌석에 몸을 젖혀 핸들을 붙잡은 손을 한껏 뻗었다.

동과 서의 검문소 사이 거리는 50야드, 그 거리를 가로지르는 동안 리머스는 동독 측의 벽에 새로운 강화(强化)공사가 이루어지고 있음을 보았다. 총안(銃眼), 감시대, 가시철망을 박은 이중 블록. 정세는 분명히 긴박해져 있었다.

벤츠는 동쪽 검문소에 멈춰 서지도 않았다. 차단기는 이미 올라가 있었고, 자동차는 곧장 통과했다. 인민경찰도 쌍안경으로 바라보고 있을 뿐이었다. DKW의 모습은 보이지 않았다. 그 10분 뒤 DKW가 다시 나타나 아까처럼 뒤따라왔다. 지금은 리머스의 자동차도 전속력으로 달리고 있었다. 리머스는 처음에 동베를린에서 일단 멈춰 서서 자동차를 갈아타고, 작전의 성공을 서로 축하하는 장면이 있으리라 생각했었다. 그러나 그런 눈치는 보이지 않았으며, 동쪽을 향해 밤의 거리를 계속 달리고 있을 뿐이었다.

"어디까지 가지요?"

"다 왔소, 독일 민주공화국입니다. 서기에 당신의 숙소가 마련되어 있지요."

"좀더 동쪽으로 가는 줄 알았소."

"물론 그렇소, 그러나 여기서 하루 이틀 묵어가게 됩니다. 독일 사람도 당신과 이야기를 주고받아야 할 필요가 있는 모양이니까요."

"그럴 테지요."

"당신이 한 일은 대부분 독일에서 이루어진 것이기 때문에 당신의 설명을 그들에게 전해 주었소."

"그 결과 그들이 나를 만나자고 했소?"

"강요하지는 않았소. 이렇다 할 이유를 들먹거리지도 않았고, 다만 우리 쪽에서 그들에게 이야기할 기회를 주는 것이 옳다고 판단했을 뿐이오."

"그럼, 그 다음에는? 독일에서 어디로 가지요?"

"더 동쪽으로."

"여기서는 누구와 만나지요?"

"걱정스럽소?"

"아니오. 다만 동독 첩보부원들이라면 거의 다 알고 있으므로 물었을 뿐이오."

"누가 나올 것 같소?"

"피들러겠지요." 리머스는 선뜻 대답했다. "인민방위부 차장 문트의 다음 지위에 있는 사람인데, 주요한 심문을 할 때는 언제는 그가 담당하더군요. 호감이 가지 않는 인물이지요."

"어떤 점이?"

"잔인한 작은 사나이──그의 소문은 귀가 따갑도록 들었소. 피터 길럼의 부하를 체포하여 거의 죽게 만든 것도 그였지요."

피터즈는 독기어린 투로 말했다.

"스파이 일은 크리켓 게임과는 다르니까요."

그 뒤 두 사람은 입을 다물었다. 예측한 대로 피들러로구나 하고 리머스는 생각했다. 피들러에 대해서는 알고 있었다. 서류철에 끼워져 있는 사진을 본 적이 있고, 전에 그의 부하였던 사람으로부터 이야기도 들었다. 지나치게 깡마른 체구에 단정한 용모의 사나이로, 나이는 아직 젊고 얼굴에 수염이 없었다. 검은 머리에 밝은 갈색 눈,

지성적이기는 하나 잔인한 성격. 날렵하고 재빠른 동작에 인내심이 강하고, 그런 만큼 또한 끈질긴 마음이 도사리고 있다. 권세욕이 강한 것 같지는 않으나 상대방을 파멸시키는 일에는 인정사정없다. 이 나라의 첩보부에서는 보기 드문 존재였다. 부내의 파벌싸움에 한번도 가담한 적이 없다. 승진하고 싶은 마음도 없는 듯, 문트의 그늘에서 만족하고 있는 것 같았다. 부 안에는 파벌이 꽤 많지만, 이 사나이가 어느 파벌에 속한다고 꼬집어서 말할 수는 없었다. 함께 일하고 있는 사람들도 복잡한 여러 가지 주도권 투쟁에서 이 사나이가 어떤 입장을 취할지 도무지 추측할 수 없었다. 결국은 외톨이 늑대라고나 할까. 남에게 두려움을 느끼게 하고 미움을 받고 의혹의 표적이 되고 있었으며, 그 가슴에 어떤 의도가 도사리고 있든 모든 것을 '파괴적인 냉소'라는 외투로 덮고 있었다.

한 번은 관리관이 이렇게 말한 적이 있었다.

"피들러야말로 우리가 노리고 있는 표적의 대상일세."

그때 그들은 사리 주(州)의 쓸쓸한 고장에 있는 관리관의 집에 모였었다. 리머스, 관리관, 피터 길럼, 세 사람이 표면에 놋쇠판 조각이 붙은 식탁을 둘러싸고 앉아 저녁식사를 들고 있었다. 일곱 명의 난쟁이가 우르르 몰려나올 것 같은 아담한 집에서 관리관은 구슬같이 생긴 아내와 단둘이 살고 있었다.

"피들러를 단적으로 평한다면 덕망 높은 스님을 따라다니는 종자(從者) 같은 사람이라고 할 수 있지. 순하지만 언제나 단검을 덕망 높은 스님의 등에 대고 있다가 찌를 기회를 노리고 있는 사람이라고 할 수 있을 걸세. 문트와 부딪치게 하기에 가장 적당한──아니, 유일한 상대라고 할 수 있네. 문트도 그 녀석의 용기를 싫어하고 있다네. 말할 것도 없지만 피들러는 유대인인데, 문트는 유대인을 몹시 싫어하고 있거든. 어느 모로 보나 마음이 맞을 리가 없어. 우리가 노리는 점이 바로 이것이며……. "

관리관의 말투는 길럼과 리머스에게 타이르기라도 하듯이 분명했다.

"피들러에게 무기를 주어야 하네. 문트를 파멸시킬 무기를. 리머스, 그것이 자네의 임무일세. 알겠나, 그를 꾀어 그 무기를 이용하도록 만들어야 하네. 물론 간접적으로. 자네가 그와 만나는 일은 없을 걸세. 적어도 나는 그러기를 바라고 있네. "

그와 관리관은 함께 웃었다. 길럼 역시 웃었다. 그때는 유쾌한 농담으로 생각하고 웃어버렸지만…… 하긴 관리관의 기준으로 보면 어느 쪽으로 구르든 유쾌한 일임에 틀림없겠지만.

틀림없이 12시가 지났을 것이다.

차는 꽤 긴 시간 동안 포장이 안 된 도로를 달렸다. 숲을 지나 들판을 꿰뚫고 나갔다. 멈춰 서자 곧 DKW가 뒤쫓아 와 나란히 섰다. 피터즈와 함께 차에서 내린 리머스는 그 자동차에 세 사나이가 타고 있음을 알았다. 두 사람은 이미 차 밖으로 나와 있었다. 세 번째 사나이만이 뒷좌석에 앉아 차 안의 등불로 무언가 서류를 들여다보고 있었다. 반쯤 그늘에 잠겨 야윈 사람이라는 것만을 알 수 있었다.

자동차가 멈춰선 곳은 못쓰게 된 마굿간이 몇 채 줄지어 있는 곳이었다. 본채는 30야드쯤 앞에 있었다. 헤드라이트 빛으로 언뜻 보니 통나무와 하얀 칠을 한 벽돌로 지은 농가였다. 그 뒤에는 나무가 우거진 언덕이 있었다. 달이 떠올라 맑게 갠 밤하늘에 지붕의 능선을 날카롭게 비춰주었다.

그들은 건물을 향해 걸어갔다. 피터즈와 리머스가 앞장을 섰고, 두 사나이가 뒤따라왔다. 자동차 안에 남은 사나이는 움직일 기척도 없이 여전히 차 안에서 서류만 들여다보고 있었다.

문 앞에 이르자 피터즈는 걸음을 멈추고 뒤따라오는 두 사람을 기다렸다. 그중 한 사람이 왼손에 들고 있던 열쇠다발로 문을 열었다. 함께 온 사나이는 조금 떨어진 곳에 서서 두 손을 주머니에 찌른 채 그의 모습을 지켜보고 있었다.

리머스가 피터즈에게 말했다.

"저 사나이들은 별로 듣고 싶은 기색도 없는 듯한데, 대체 나를 어떤 사람으로 생각하고 있을까요?"

"그들은 생각하기 위해 고용된 사람들이 아니오."

그리고 나서 피터즈는 그중 한 사람을 뒤돌아보며 독일어로 물었다.

"그는 옵니까?"

독일 사람은 어깨를 움찔하고 자동차 쪽을 보며 내답했다.

"네, 하지만 단독행동을 좋아하는 사람이어서요."

그 사람의 안내를 받아 집 안으로 들어갔다. 안은 사냥 오두막 같은 구조였는데, 반쯤은 낡았고 반쯤은 새로웠다. 조명으로는 머리 위의 어슴푸레한 전등이 하나 있을 뿐, 몹시 어두웠다. 오랫동안 사용하지 않은 듯 곰팡내가 코를 찔렀다. 구석구석 관청 같은 냄새가 넘쳐흘렀다. 화재가 일어났을 때의 주의서, 관청식으로 초록색을 칠한 문, 든든한 자물쇠, 그러나 응접실은 아주 편안하게 만들어져 있어 조화가 이루어지지 않았으며, 무게 있는 가구들이 갖추어져 있었다. 벽에는 소비에트 지도자들의 사진이 걸려 있었다. 리머스는 이러한 비밀성의 결여야말로 어쩔 수 없이 드러나고 마는 동독 첩보부의 관료주의라고 할 수 있다고 생각했다. 그렇다고 해서 영국 첩보부가 그렇지 않다는 것은 아니다. 그도 그런 것을 싫도록 보아왔으니까.

피터즈가 앉는 것을 보고 리머스도 그 옆에 앉았다. 10분쯤——아니, 좀더 길었을지도 모른다——두 사람은 기다렸다. 이윽고 피터즈가 방 한구석에 어색한 자세로 서 있는 사나이에게 말을 걸었다.

"가서 불러오시오, 우리가 기다린다고. 그리고 무언가 먹을 것이 없소? 시장한데."

사나이가 문 쪽을 향해 가자 피터즈가 다시 불러 세웠다.

"위스키도 부탁하오, 술잔도 몇 개 갖다 주시오."

리머스가 말했다.

"당신은 이곳에 처음 온 게 아니군요."

"몇 번 왔지요."

"무슨 용건으로?"

"이 비슷한 용건으로. 똑같은 일이라고 할 수는 없지만, 어쨌든 비슷한 일이었소."

"상대는 피들러였소?"

"그렇소."

"좋은 사람이오?"

피터즈는 어깨를 으쓱했다.

"유대인 치고는 좀 나은 편이지요."

문소리가 났으므로 돌아다보니 피들러가 서 있었다. 한 손에 위스키 병, 또 한 손에는 술잔 두 개와 미네랄 워터를 들고 있었다. 키는 5피트 6인치도 못되는 듯했다. 진푸른빛 양복을 입었는데 윗옷이 꽤 길었다. 늘씬한 모습이었으나 어딘지 동물적인 느낌이 들었으며 갈색 눈이 밝게 빛나고 있었다. 문 앞에 서서 두 사람 쪽으로는 눈길을 주지 않고 문 옆에 서 있는 호위를 보며 말했다.

"가도 좋아." 남부 독일의 억양이 있었다. "누군가에게 식사를 가져오도록 시키게."

피터즈가 참견했다.

"식사는 시켜놓았소. 그 사람들이 알고 있을 거요. 그런데도 아직 가져오지 않는군."

"그들은 신사인 척하는 버릇이 있어……." 피들러의 영어는 무뚝뚝했다. "식사를 나르는 일은 하인을 시켜야 한다고 생각하고 있는 모양이오."

피들러라는 사나이는 전쟁 때 캐나다에서 지낸 일이 있다고 했다. 리머스는 그 점이 생각나 그의 말투에 수긍이 갔다. 부모는 독일에서 망명한 유대인으로 마르크스주의자였다. 그들 집안은 1945년에 자기 나라로 돌아갔으나, 그 뒤 모든 개인적 이익을 희생하고, 스탈린의 독일 건설사업에 가담하여 힘썼다.

피들러는 덧붙여 말하는 듯한 어조로 리머스에서 말을 걸었다.

"만나서 반갑소, 리머스 씨."

"동감이오, 피들러 씨."

"이곳이 당신 여행의 끝이 될 겁니다."

리머스는 얼른 물었다.

"무슨 뜻이지요?"

"피터즈는 아마 이와 반대되는 말을 했겠지만, 당신은 이제 동쪽으로 더 갈 수 없습니다. 안됐습니다."

그 말에는 재미있어하는 투마저 섞여 있었다.

리머스는 피터즈를 돌아보았다. 그의 목소리는 노여움으로 떨려 나왔다.

"저 사람의 말이 사실이오? 정말이오? 뭐라고 말 좀 해보시오!"

피터즈는 고개를 끄덕이며 대답했다.

"정말이오. 나는 다만 중간에 끼어 있는 사람에 지나지 않소. 그런 수단을 취하지 않을 수 없었소. 이해하시겠지요, 리머스 씨?"

"무엇 때문에 이래야만 하오?"

피들러가 옆에서 말참견을 했다.

"불가항력적인 일 때문이지요. 당신의 첫 심문은 서부에서 이루어졌소. 거기에서 우리가 이용할 수 있는 기관이란 다른 나라의 대사관인데, 그것도 오직 하나밖에 없지요. 독일 민주공화국은 서구에 외교사절을 파견하지 않기 때문이오. 지금으로서는 말입니다. 그래서 우리의 섭외 부분이 이러한 수단을 써서 지금 우리가 거부당하고 있는 기능, 연락, 외교상의 특전을 이용하도록 조치했지요."

리머스는 혀를 찼다.

"비열한 사람들이로군, 정말 비열한 사람들이야! 내가 이 나라의 비겁한 첩보기관을 신용하고 있지 않다는 것을 알고 이런 방법을 썼군. 러시아인 따위를 이용해서!"

"틀림없이 우리는 헤이그 주재 소비에트 외교관을 이용했소. 우리로서는 달리 방법이 없었으니까요. 여기까지는 우리의 작전이며, 당연한 처사라고 믿고 있소. 그런데 지금 우리도, 그리고 그 누구도 예상하지 못했던 일이 일어나고 있소. 영국에 있는 당신 동료가 어느새 당신의 행동을 알고 있단 말입니다."

"예상하지 못했다고? 자기들이 가르쳐주고 예상하지 못했다니, 무슨 말이오? 내 말이 틀렸소? 틀림없이 당신이 알려주었을 거요."

'언제나 그들을 싫어하고 있는 것처럼 행동하라'——이것이 관리관의 말이었다. 그렇게 하면 그들은 그의 입에서 끌어낸 사실을 중요시하게 되는 것이다.

피들러는 딱 잘라 말했다.

"바보같은 억측이오."

그리고 나서 그는 피터즈를 향해 무언가 러시아 말로 지껄였다.

피터즈는 고개를 끄덕이더니 일어나서 리머스에게 말했다.

"나는 그만 실례하겠소. 행운을 빕니다."

그는 가냘픈 미소를 지으며 피들러에게 인사하고 나서 문을 향해 걸어갔다. 손을 도어손잡이에 얹고 뒤돌아보며 다시 한 번 리머스에 말했다.

"행운을 빕니다, 리머스 씨."

무언가 더 말하려고 했으나 리머스는 들으려고 하지도 않았다. 그리고 두 손을 옆으로 늘어뜨리고 엄지손가락을 위로 치켜올려 싸우려는 듯한 자세를 취했다. 피터즈도 문 앞에 서서 꼼짝하지 않았다. 리머스는 파랗게 질린 얼굴로 소리쳤다.

"좀더 빨리 알아차렸어야 하는 건데!"

그의 목소리는 노여움으로 흥분되어서 이상한 울림을 띠고 있었다. "동독이 자기들 힘으로 해치울 만한 용기가 없다는 것쯤 처음부터 눈치챘어야 했어. 큰아버지격의 나라에게 유괴를 부탁하다니, 과연 나라가 두 동강난 비참한 국민의 빈약한 첩보부가 할 만한 방법이로군. 이것은 국가라고 할 수도 없지. 정부라고 할 수도 없어. 최하급 독재국 정치상의 마취환자에 지나지 않아!"

그는 손가락을 피들러에게 들이대며 계속 외쳤다.

"피들러라는 불쾌한 사디스트가 있다는 것은, 전부터 알고 있었어. 전형적인 비열한. 전쟁 중에 캐나다에 있었다고 들었는데, 거기가 가장 안전한 곳이었기 때문이겠지. 공습이 시작되면 그 돌대가리를 어머니 앞치마에 묻고 부들부들 떨고 있었을걸. 그런데 지금은 어떤가? 문트의 그늘에서 아첨하고 있는 천박한 인간. 어머니가 소비에트로 바뀌었을 뿐, 여전히 어리광이나 부리는 개구쟁이에 지나지 않아. 참으로 가엾군, 피들러! 아침에 눈을 떴을 때 소비에트가 철수했다는 소식이라도 들리면 어떻게 할 작정이지? 그때는 이 나라 국민들도 일어설 텐데. 대학살이 시작되리라는 것을 각오하고 있어야 할 걸. 어머니나 큰아버지가 살려준다고 생각하면 큰 오산이지. 저지른 죄는 마땅히 책임을 져야 하니까."

피들러는 어깨를 으쓱할 뿐이었다.

"그렇지 않소, 리머스. 여기까지 왔으니 병원에 입원한 셈치고 있는 게 좋을 거요. 조금이라도 빨리 조사가 끝나면 그만큼 빨리 당신 나라로 돌아갈 수 있을 테니까. 오늘밤은 식사를 끝마치고 일찍 자도록 하시오."

"내가 귀국할 수 없다는 것쯤 당신도 모를 리 없을 텐데." 리머스는 쏘아붙였다. "모두 당신 쪽에서 꾸며놓은 일 아니오. 내가 영국에서 실각한 것도 이 나라 사람들이 쓴 비열한 수법 때문이었소. 그렇게 하지 않고는 여기까지 끌어낼 수 없었기 때문이겠지."

리머스가 들이대는 손가락이 가냘프기는 해도 힘찬 것을 보고 피들러는 말했다.

"지금은 이러니저러니 말할 시간이 없소. 당신도 잔소리를 해봐야 아무 소용없다는 것쯤 알고 있을 텐데. 우리의 일은――당신 역시 마찬가지겠지만――전체가 개인보다 중요하다는 이론에 바탕을 두고 있소. 그래서 공산주의자도 첩보기관을 그 팔의 일부로 생각하고 있지요. 당신 나라 첩보부도 영국식 염치라는 너울에 쌓여 있긴 해도 개인의 희생이 전체를 위해 필요하다면 정당화할 수 있다고 생각하는 점에서는 우리와 마찬가지일 거요. 나는 당신이 그토록 화내는 것을 보니 조금 우스운 느낌이 드는군요. 내가 이곳에 온 것은 당신 입에서 영국 국민의 생활 윤리 따위를 듣기 위해서가 아니오. 아무튼 당신 자신의 행동도 순수주의자의 견지에서 볼 때 나무랄 데 없다고 할 수는 없을 것 같소."

리머스는 노골적으로 불쾌한 표정을 드러내며 피들러를 노려보았다.

"당신의 계략은 알고 있소. 당신은 문트의 애완견이오. 그런데도 그의 지위를 노리고 있다는 소문이 한결같이 떠돌더군. 마침내 그

소원이 이루어질 모양이니, 문트의 지배권도 종말이라고 할 수 있겠군. 그것이 바로 이번 사건이겠지."

"무슨 말인지 모르겠군요." 피들러가 말했다.

그러나 리머스는 차갑게 비웃었다.

"어쨌든 나를 붙잡은 것은 큰 성공이오."

피들러는 잠시 생각에 잠겨 있더니 마침내 어깨를 으쓱하며 말했다.

"확실히 작전은 성공했소. 하지만 당신의 가치가 어떤지는 의심할 여지가 많소. 이제부터 그 점을 밝힐 생각이오. 아무튼 훌륭한 작전이었던 것만은 틀림없소. 우리의 임무상 유일한 필요품을 입수했으므로 효과가 있으리라고 생각하오."

리머스는 다시 피터즈에세로 시선을 보냈다.

"당신도 성적을 올렸겠군."

피들러는 따끔하게 말했다.

"이것은 성적 문제가 아니오. 그런 것과는 전혀 관계가 없소."

그는 긴 의자의 팔걸이에 앉아 리머스를 뚫어지게 노려보았다.

"당신이 화를 내는 것도 무리가 아니오. 믿어주지 않을지 모르지만, 우리가 알리지 않은 것은 사실이오. 알리고 싶지 않은 것이 오히려 우리들의 본심이지요. 물론 당신을 우리 편으로 끌어들여 앞으로 우리를 위해 일하게 했으면 좋겠다는 생각을 했었소. 하지만 그 생각도 지금은 오히려 시시하게 여겨지는군요. 그렇다면 누가 고자질했을까? 당신은 실각하여 전락의 길을 걷고 있었던 사람이오. 주소도 일정하지 않았고 처자, 친구, 그밖에 아무것도 없었소. 그런데도 당신이 없어졌다는 것을 그들은 알고 있었소. 누군가가 고자질했다고 보아야겠는데, 애쉬나 키버는 아니오. 그 두 사람은 지금 체포되어 있으니까."

"체포되었다고?"

"그런 것 같소. 당신 사건에 가담했기 때문이 아니라 다른 사건으로……."

"저런!"

"내가 한 말은 모두 사실이오. 네덜란드에서 보낸 피터즈의 보고를 듣고 우리가 그것으로 만족할 수 있었다면, 당신은 보수만 받고 그 자리에서 망명할 수도 있었을 거요. 하지만 당신은 모두 털어놓지 않았소. 나는 모조리 알고 싶소. 그리고 이왕 여기까지 왔으니 다른 것도 여러 가지로 물어보고 싶은 말이 있소. 이해해 주겠지만."

"나는 덫에 걸렸고, 그것을 당신들 쪽에서는 기뻐하고 있소."

침묵이 계속되었다. 그동안 피터즈는 피들러에게 인사하고 조용히 방에서 나갔다. 그 인사야말로 어색하기 이를 데 없는 것이었다.

피들러는 위스키 병을 집어 들어 두 개의 잔에 조금씩 따랐다.

"공교롭게도 소다수가 없는 모양이오. 물은 안 되겠소? 소다수를 가져오라고 했는데, 레모네이드인지 뭔지를 가지고 왔구먼."

"레모네이드는 싫소."

리머스는 갑자기 피로를 느끼기 시작한 듯이 말했다.

피들러는 고개를 저으며 말했다.

"당신은 자존심이 대단한 사람이군요. 너무 걱정하지 마시오. 식사를 끝마치고 일찍 자도록 하시오."

호위 한 사람이 식사를 가지고 들어왔다. 검은 빵과 소시지와 신선한 샐러드.

"그저 있는 대로 가져온 모양이오." 피들러가 말했다. "감자가 떨어진 것 같소. 마침 감자가 귀할 때라서."

두 사람은 말없이 식사를 시작했다. 피들러는 마치 칼로리 계산이라도 하며 먹는 듯 몹시 느릿느릿 식사를 했다.

호위 두 사람의 안내로 리머스는 침실로 들어갔다. 그들은 짐을 날라다주지 않았다. 영국을 떠날 때 키버가 준 가방 하나뿐이었는데, 리머스는 그것을 들고 호위 두 사람 사이에 끼어 현관에서 곧장 이어지는 넓은 복도를 걸어갔다. 진푸른빛 커다란 더블 문 앞에서 호위 한 사람이 열쇠를 열었다. 앞장서 들어가라고 리머스에게 턱짓을 했으므로 문을 열어보았더니 군대의 병영을 연상케 하는 좁은 침실이었다. 보잘 것 없는 침대가 두 개, 그리고 의자가 하나 있었다. 책상 비슷한 것도 하나 있었다. 죄수의 방과 다를 바 없었으나, 벽에 여자의 사진이 몇 장 붙어 있었다. 창문은 닫혀 있었다. 안쪽에 또 하나의 문이 보였다. 호위 두 사람이 앞으로 더 걸어가라고 눈짓했다. 그 문을 여니 처음 방과 똑같은 구조인데, 다만 침대가 하나이며 벽에 아무것도 붙어 있지 않은 침실이었다.

호위가 아침식사를 가지고 와서 깨웠다. 검은 빵에 커피 대용품이었다. 리머스는 침대에서 내려와 창가로 다가가 보았다.

건물은 작은 언덕 위에 있었다. 창문 바로 아래는 가파른 비탈을 이루는 깊은 골짜기로, 소나무의 꼭대기가 모자처럼 보였다. 골짜기 건너편에도 역시 소나무 숲으로 뒤덮인 언덕의 물결이 양옆으로 끝없이 이어졌다.

군데군데 푸른 나무의 바다가 끊기어 검붉은 땅이 가늘고 길게 가을의 기린초(麒麟草)를 연상시키며 뻗어 있었다. 빌채한 재목을 떨어뜨리기 위한 길이든가 아니면 산불이 번지는 것을 막기 위해 잘라 놓은 것이리라.

사람의 모습은 전혀 보이지 않았다. 집도 없고 교회도 없었다. 사람이 살고 있던 흔적도 없었다. 있는 것은 길뿐. 포장되지 않은 노란 도로가 골짜기 밑에 크레용으로 그린 듯이 뻗어 있었다. 소리도 없었다. 이처럼 널따란 장소가 쥐죽은 듯 고요하다는 것이 믿을 수 없었다. 몹시 추웠으나 맑게 갠 날씨였다. 지난밤에 비가 내렸는지 땅이 젖어 있었고, 모든 경치는 맑게 갠 하늘을 배경으로 하나하나 날카로운 윤곽을 드러내어 저 먼 언덕의 나무마저 똑똑히 볼 수 있었다.

신맛이 도는 커피를 마시며 리머스는 천천히 옷을 갈아입었다. 그럭저럭 옷을 갈아입고 빵을 먹으려 하는데 피들러가 들어왔다. 그는 밝은 표정으로 말했다.

"편히 쉬었소? 식사를 방해하지 않을 테니 어서 천천히 드시오."

그는 침대에 걸터앉았다.

리머스는 이 사나이의 승리를 인정하지 않을 수 없었다. 배짱이 두둑한 사나이다. 혼자 그의 방에 들어왔기 때문만은 아니다. 아마도 옆방에는 호위가 대기하고 있을 것이니까. 리머스가 손을 든 것은 그의 인내심 때문이다. 한 번 내건 목적은 무슨 일이 있어도 달성하고 말겠다는 그 태도——리머스는 마음속으로 감탄하지 않을 수 없었다.

피들러가 말했다.

"당신은 흥미 있는 문제를 제공해 주었소."

"알고 있는 사실은 모두 말했으니까."

피들러가 미소 지으며 말했다.

"그렇다고는 할 수 없지요. 모두 말하지 않은 것이 확실하오. 당신이 말한 것은, 당신 자신이 알고 있다고 여기는 것뿐이었소."

"얼렁뚱땅하지 마시오."

리머스는 중얼거리면서 접시를 옆으로 밀어놓고 담배에 불을 붙였다. 마지막 담배에.

"질문을 시작하겠소." 피들러는 단체경기에 가담시키려고 권유하는 것처럼 지나치게 정다운 표정을 지으며 말했다. "첩보기관 전문가인 당신에게 질문하겠소. 당신은 우리에게 제공한 정보가 완전한 것이라고 생각하고 있소?"

"어떤 정보 말이오?"

"리머스, 당신이 말한 것은 정보의 일부에 지나지 않소. 칼 리메크에 대한 것은 모두 다 이야기했소. 하지만 그것은 우리도 알고 있는 사실이오. 베를린에서 당신들 조직과 배치, 각 정보원의 특징도 설명해 주었소. 하지만 그것 역시 내가 볼 때 낡은 모자에 지나지 않소. 배경 설명도 자세히 해주었소. 표현은 매력에 넘쳐흘렀고 이따금 샛길로 빠지기도 했지만, 그것 역시 재미있었소. 여기저기 낚아 올리고 싶은 작은 물고기도 있었지요. 그러나 솔직하게 말하면 1만 5천 파운드의 가치가 있는 정보라고 할 수는 없소. 시세가 맞지 않는다는 밀이오."

리머스가 말했다.

"말해두지만, 이 계약은 내가 제안한 것이 아니오. 당신과 키버, 그리고 피터즈가 제안한 것이었소. 낡은 정보를 팔기 위해 여기까지 내가 왔겠소? 여보시오, 피들러, 상은 그쪽에서 차려 놓았고, 값도 그쪽에서 매겨 놓았소. 따라서 위험을 짊어지는 것도 당연히 그쪽이어야 하오. 더구나 나는 아직 1페니도 받지 않았잖소. 이 작전이 실패로 끝난다 해도 나에게 책임이 있는 것은 아니오."

'책임은 당연히 너희들이 져야지' 하고 리머스는 마음속으로 말했다.

"실패하지 않소." 피들러는 대답했다. "끝나지 않았을 따름이오. 이런 상태로는 끝맺을 가망이 없다고 할 수도 있겠지요. 당신이 알고 있는 것을 모두 말해 준다면 별문제지만. 아까도 말했듯이 당신이 말한 것은 정보의 일부에 지나지 않소. '구르는 돌'에 대하여 다시 한 번 질문하겠는데 만일 나의 입에서, 아니면 피터즈나 또는 다른 사람의 입에서 같은 말을 들었다면 당신은 어떻게 하겠소?"

리머스는 어깨를 움찔했다.

"불안을 느꼈겠지요. 그런 일이 없었던 것은 아니오. 당신도 어떤 부분, 어떤 계급에 스파이가 끼어든 기색을 눈치챈 적이 여러 번 있었을 거요. 그럴 때는 어떻게 했소? 설마 첩보부 전원을 체포하진 않았겠지요. 덫을 건다 하더라도 부원 모두에게 걸 수는 없었을 거요. 지그시 참고 정세가 전개되기를 기다리는 수밖에 없었겠지요. '구르는 돌'의 활동이 어느 나라를 목표로 하고 있었는지 그것까지 내가 어떻게 알겠소?"

피들러가 소리 내어 웃었다.

"리머스, 당신은 행동하는 사람이지 평가하는 역할을 맡은 사람은 아니오. 그런 것쯤은 당신 입으로 말하지 않아도 알고 있소. 듣고 싶은 것은 조금 더 기초적인 것이란 말이오."

리머스는 아무 말도 하지 않았다.

"그 서류철——'구르는 돌'의 활동을 기록한 서류철——은 어떤 빛깔이었지요?"

"쥐색으로, 한가운데에 빨간 십자(十字)가 그려져 있었소. 그것은 열람자가 한정되어 있음을 뜻하는 표시이지요."

"그밖에 무언가 바깥쪽에 표시해 놓은 것은 없었소?"

"'극비'로서 열람할 수 있는 사람의 이름이 씌어 있었소. 만약 서류철이 거기에 적혀 있는 사람 이외의 손에 넘어갔을 때는 내용을 들여다보지 않고 곧 은행과로 돌려야만 한다는 규칙이 씌어 있었지요."

"열람할 수 있는 사람은 누구요?"

"'구르는 돌'의 서류철 말이오?"

"그렇소."

"관리관 밑에 있는 부관, 관리관, 관리관 비서, 은행과, 특별기록과의 블림 양, 그리고 위성 4호. 아마 이것이 모두였을 거요. 그렇지, 특별송달과도 적혀 있었던 것 같소. 하지만 확실하지는 않소."

"위성 4호라니, 어떤 일을 말하는 거요?"

"소련과 중국을 제외한 철의 장막 안 모든 나라가 상대지요. 공산권 말이오."

"동독을 뜻하오?"

"공산권이라고 하잖았소."

"과 전체가 리스트에 올려졌다는 것은 이상하지 않소?"

"그렇다고 할 수도 있겠군요. 하지만 그 까닭을 내가 어떻게 알겠소. 그런 일을 다룬 것은 그때가 처음이었고——물론 베를린에도 극비서류가 있었지만 이것과는 사성이 달랐으니까요."

"그 무렵 위성 4호의 멤버는?"

"으음, 그러니까 길럼, 허버레이크, 데 폰이었소. 데 폰은 베를린에서 돌아온 지 얼마 안되었었지요."

"그 모든 사람이 서류철을 보아도 괜찮았단 말이오?"

리머스는 초조해지기 시작했다.

"글쎄요, 어떨는지. 하지만 이거 보시오, 내가 당신이라면……."

"과원을 일괄해서 리스트에 올린다는 것은 이상하지 않소? 그 밖의 것은 모두 개별적으로 이름이 씌어 있었다는데 말이오."

"나로서는 모른다는 말밖에 할 수가 없소——어쨌든 나는 모르는 일이오. 한낱 은행과의 사무원에 지나지 않았으니까요."

"서류철을 열람자들에게 들고 돌아다니며 보이는 역할은 누가 했소?"

"비서과의 누구였겠지만……기억나지 않소. 몇 달 전의 일이어서……."

"그렇다면 비서과 사람의 이름이 실려 있지 않은 이유는 무엇이었을까요? 관리관의 비서 이름은 실려 있었다는데……."

한순간 침묵이 흘렀다.

"그렇소, 당신 말이 맞소. 그리고 보니 생각나는군요." 리머스의 목소리에는 놀라움이 깃들어 있었다. "그것을 우리는 차례로 돌렸지요."

"은행과에서는 당신 외에 또 누가 취급했소?"

"나 하나뿐이었소. 그 과로 옮겨간 다음부터 나의 담당으로 결정되었으니까요. 그전에는 여자 사무관 하나가 취급한 모양인데 내가 인계 맡은 다음부터 리스트에서 말소되었지요."

"그렇다면 당신이 직접 다음 열람자에게 갖다 주었단 말이지요?"

"그렇소, 그런 것으로 기억하고 있소."

"누구에게 갖다 주었지요?"

"그, 그것은…… 기억나지 않소."

"생각해 내시오!"

피들러의 목소리가 크지는 않았으나 갑자기 날카로워졌으므로 리머스는 조금 놀란 듯했다.

"관리관의 부관이었던 것 같소. 우리가 어떤 조치를 취했는지 보고할 필요가 있었고, 또한 거기에 대한 의견을 상관에게 알려야 했었지요."

"당신에게 가져온 것은?"

"무슨 뜻이지요?"

리머스는 차츰 평정을 잃어가고 있었다.

"당신에게 가져온 이는 누구였소? 리스트 속의 멤버 한 사람으로부터 받았을 텐데?"

리머스는 저도 모르게 신경질적으로 손가락을 움직이며 한참 동안

볼을 어루만지고 있었다.

"글쎄요, 누군가에게서 받긴 받았는데 누구였는지 잘 생각이 나지 않는군요. 나는 그 무렵 지나치게 술을 마시고 있었기 때문에…… 이해해 주시오. 기억해 내려고 해도 그리 쉽게……."

"다시 한 번 말하겠소. 생각해 내시오. 누가 당신에게 서류철을 갖다 주었지요?"

리머스는 탁자 앞에 걸터앉아 머리를 저었다.

"기억나지 않소. 그러다가 문득 생각이 날는지도 모르지만 지금 당장은 무리요. 정말 생각나지 않소. 옆에서 다그치면 더욱 그렇소."

피들러가 말했다.

"관리관의 비서가 아니라는 것만은 확실하오. 당신이 건네주는 상대가 부관이었으니까. 당신은 그렇게 말했었소. 하지만 그 말이 틀림없다면 리스트에 씌어 있는 사람들은 모두 관리관보다 먼저 보았다는 결론이 나오는 거요."

"맞소, 그런 것 같소."

"특별기록과의 블림 양도 있고."

"그녀는 극비의 서류철을 보관하는 금고실 계원이었소. 문제의 서류철이 회람되지 않을 때는 그녀의 방에 보관되어 있지요."

"그렇다면," 피들러의 어조는 온화한 말투로 돌아갔다. "당신에게 가져오는 사람은 위성 4호 속의 한 사람이라고 할 수도 있겠군요."

"그렇소, 그렇게 보는 것이 옳소."

리머스는 두들겨 맞은 듯한 표정을 띠고 있었다. 피들러의 두뇌의 움직임에 도저히 당해낼 재간이 없다고 체념한 듯한 표정이었다.

"위성 4호의 방은 몇 층에 있었지요?"

"2층."

"은행과는?"

"4층 특별기록과의 바로 옆방이었소."

"누가 서류철을 가지고 올라왔는지 기억나지 않소? 아니면 당신이 아래층으로 내려가 직접 받아오지 않았소?"

리머스는 거의 절망적으로 머리를 젓다가 갑자기 피들러를 보며 크게 외쳤다.

"맞소, 정말 그랬었소. 내가 가지러 내려가 피터에게서 받았지요!"

리머스는 되살아난 듯한 표정을 지었다. 그의 얼굴은 흥분으로 붉게 물들었다.

"나는 꼭 한 번 피터의 방까지 가지러 간 적이 있었소. 그리고 둘이서 노르웨이에 대한 이야기를 나눈 기억도 납니다. 아시겠지만 우리 두 사람은 그 나라에서 일한 적이 있었거든요."

"피터라니? 길럼 말이오?"

"바로 그 피터지요. 깜박 잊고 있었군. 그는 그 몇 달 전에 앙카라에서 돌아왔소. 그도 리스트에 실려 있었소! 틀림없이 피터였소. 리스트에는 위성 4호와 나란히 P G라고 괄호를 붙여서 씌어 있었소. 피터 길럼의 머리글자지요. 그 사람 이전에도 누군가가 있었겠지만 특별기록과에서 그 이름 위에 백지를 붙여 피터의 머리글자를 적어 넣었더군요."

"길럼의 담당 지역은?"

"공산권, 동독. 주로 경제관계의 일로, 담당범위는 작았으나 그는 상당한 인물이오. 그가 서류철을 들고 올라온 적도 있었소. 지금에야 생각이 나는군. 하지만 그는 처음부터 첩보활동을 하고 있었던 것은 아니오. 어째서 그 과에 들어오게 됐는지는 잘 모르겠으나 그 전에는 다른 두 사람과 함께 식량부족 문제의 조사를 하고 있었지요. 진정한 뜻에서의 정세조사를 말이오."

"당신은 그와 국제정세에 대해 토론한 적이 있소?"

"그것은 금기로 되어 있소. 그리고 극비의 서류철과는 관계가 없소. 그 점에 대하여 나는 특별기록과의 블림 양으로부터 주의를 받은 적이 있었소. 서류철의 내용에 대하여는 아무와도 토론하지 말 것, 절대로 질문을 해서도 안된다는 주의를."

"그러나 '구르는 돌' 작전에서 그토록 철저한 방첩상의 배려를 하고 있는 것을 보면 길럼의 이른바 정세조사라는 것이 그 작전의 일부를 필요로 한다고도 생각할 수 있지 않겠소?"

"피터즈에게도 말했지만⋯⋯." 리머스는 책상을 두드리며 거의 외치다시피 말했다. "어떠한 작전이건 동독에 대한 것에 한해서는 내가 모르고 넘어간 적이 없소. 모든 작전은 베를린의 첩보조직을 통해 이루어졌단 말이오. 몇 번이나 되풀이해야 알겠소!"

피들러는 순순히 고개를 끄덕였다.

"알았소, 당신이 모를 리가 없지."

이윽고 그는 일어서더니 창가로 다가가 밖을 내다보기 시작했다.

"가을이 되면 이곳 경치는 굉장하답니다. 너도밤나무가 단풍졌을 때의 아름다움을 보여주고 싶군요."

핀과 종이끼우개

피들러는 질문하기를 좋아했다. 법률가 출신인 그는 증언의 결함을 찔러 진실과 모순되는 점을 지적하는 즐거움 때문에 질문을 계속하는 경우도 있는 듯했다. 저널리스트와 법률가는 궁극적인 목적인 추구하는 기쁨, 지칠 줄 모르는 탐구심의 소유자이다.

그날 오후 리머스는 그와 함께 산책을 했다. 조약돌이 깔린 길을 더듬어 골짜기로 내려가다가 도중에 산림지대로 접어들었다. 뜻밖에도 넓은 길이 뚫려 있었고, 곳곳에 움푹 파인 땅이 있어 벌채한 재목이 나뒹굴었다. 그동안 피들러는 아까의 이야기를 검토하고 있는 듯, 한 마디도 말하지 않았다. 케임브리지 서커스에 있는 건물과, 거기에서 일하고 있는 사람들에 관한 것이었다. 그들은 어떤 계급 출신인가? 런던에서는 어느 지역에 살고 있는가? 부부가 함께 같은 국, 같은 과에 근무하고 있는 이들도 있는가? 급료와 휴가와 규율 등에 대해 질문했고, 그들의 연애와 스캔들과 사상까지 알아내려고 했다. 특히 사상에 대한 질문이 많았다.

그것은 리머스로서 무엇보다도 대답하기 힘든 질문이었다.

"사상이라니, 무슨 뜻이지요?" 그는 되물었다. "우리는 마르크스주의자와는 다른 보통 인간이어서 그런 사상 같은 어려운 것은 가지고 있지 않소."

"그렇다면 그리스도교인이오?"

"어느 정도는 그렇다고 할 수 있겠지만, 잘 모르겠소."

"그럼, 무엇이 그들로 하여금 그런 행동을 하게 하지요?" 피들러는 물고늘어졌다. "그들에게도 그들 나름의 철학이 있을 텐데."

"그야 물론이지요. 하지만 그들은 그런 것을 따지려고도 생각하려고도 하지 않소. 사람은 누구나 철학을 가지고 있다고는 할 수 없으니까요."

리머스의 대답에 견딜 수 없다는 투가 담겨 있었다.

"그럼, 당신의 사상을 들어볼까요?"

"난처하군."

리머스는 불쑥 내뱉고 한참 동안 걷기만 했다. 그러나 피들러는 단념하지 않았다.

"무엇이 자기의 희망인지도 모르고 어떻게 자신의 행동이 옳다고 확신할 수 있겠소?"

리머스는 마침내 화를 내었다.

"누가 그들이 자기 행동에 확신을 가지고 있다고 말했소?"

"행동에는 정당성이 필요한 법인데 무엇을 근거로 자기의 행동이 옳다고 믿지요? 어젯밤에도 말했듯이 우리는 그 짐이 뚜렷합니다. 동독에서의 첩보부는 당활동의 필연적인 연장이라고 할 수 있지요. 첩보부원은 평화와 사회 진보를 위한 투쟁의 전위(前衛)이며 선구자요. 스탈린은 이렇게 말했소" 하고 그는 메마른 미소를 지으며 말을 이었다.

"지금 스탈린을 인용한다는 것은 시대에 뒤떨어진다고 할지 모르겠소만, 그는 이렇게 말한 적이 있지요. '50만의 인간이 쓰러지는 것을 통계상의 문제로 처리하고, 한 사나이가 교통사고로 사망하는 것은 국가적인 비극이라고 법석을 떤다'라고. 그는 말하자면 대중들의 부르주아적 감상을 비웃었던 것이지요. 그는 위대한 독설가였으니까요. 하지만 그 말이 진실을 찌르고 있다는 것만은 사실이오. 반혁명에 대해 스스로 방위하는 행동을 소수의 개인이 희생되거나 배척당한다고 해서 멈추게 할 수는 없지 않겠소? 결국 그래야만 하는 것이오. 우리도 합리적인 진보를 위해 우리의 행동이 전적으로 옳다고 하지는 않소. 어떤 로마인은 '많은 사람의 이익을 위해 한 사람을 죽게 하는 건 적절한 조치라고 할 수 있다'라고 말했지요. 이 말은 당신들 그리스도교 성경에도 실려 있소."

"그럴는지도 모르지요." 리머스는 내키지 않는 듯이 대답했다.

"당신은 어떻게 생각하오? 당신의 철학은 뭐라고 말할 수 있겠소?" 피들러가 말했다.

리머스는 강한 어조로 말했다.

"당신들 모두를 참을 수 없는 작자들이라고 생각하고 있소."

그 대답을 듣자 피들러는 고개를 끄덕였다.

"그것도 하나의 견해라고 할 수 있겠지요. 단순하고 부정적이며 어리석은 짓이긴 해도 하나의 견해임에는 틀림없소. 그건 그렇고, 영국 첩보부원에 대해서는 어떤 견해를 가지고 있소?"

"모르겠소. 생각해 볼 필요도 없기 때문이오."

"그들은 서로 사상에 대해 토론하지 않소?"

"토론하지 않소. 우리는 독일 사람이 아니니까." 리머스는 조금 머뭇거리다가 덧붙여 말했다. "그러나 그들이 한결같이 공산주의를 싫어하고 있다는 것만은 확실하오."

"그렇기 때문에 당신의 활동은 정당하다, 그 말이오? 예를 들어 그렇기 때문에 사람의 목숨을 빼앗아도 좋다, 그 말이오? 손님이 가득 찬 레스토랑에 폭탄을 던지기도 하는데, 그것이 당신들 첩보부원의 행동을 정당화하는 근거가 될 수 있느냐 말이오?"

"된다고 생각하오." 리머스는 어깨를 으쓱하며 대답했다.

"우리라면 그렇게 생각할 수 있지요." 피들러는 말을 계속했다.

"나 자신, 동시에 우리의 목적이 달성된다는 확신만 서면 레스토랑에 폭탄을 장치해 두는 것도 주저하지 않소. 결산은 나중에 정리할 수 있으니까. 많은 여자와 많은 아이들을 희생시키겠지만, 그만큼 빨리 목적에 다가갈 수 있지요. 하지만 그리스도교도는, 당신들은 그리스도교도의 사회에 살고 있지요. 균형이 잡힌 결정을 내릴 수 없을 텐데요."

"어째서 못하겠소? 그들도 자기방위를 필요로 하는데."

"그들은 사람의 목숨을 존중합니다. 개인개인의 영혼이 구원을 받아야 한다고 믿고 있지요. 그리고 자기 희생에서 숭고한 것을 발견할 테니까요."

"나는 모르겠소. 아무래도 상관이 없으니까." 리머스는 곧이어 덧붙였다. "스탈린도 별로 관심이 없었지 않소."

"나는 영국 사람을 좋아하오. 나의 아버지도 역시 좋아했지요. 나의 아버지는 정말 영국 사람을 좋아했소."

피들러는 미소 지으며 혼잣말처럼 중얼거렸다.

"그런 말을 들으니 마음이 흐뭇하군요."

그리고 나서 리머스는 입을 다물어버렸다.

두 사람은 걸음을 멈추었다. 피들러는 리머스에게 담배를 내밀고 불을 붙여주었다.

길은 다시 가파른 오르막으로 접어들었다. 리머스는 운동을 할 수 있어 기쁜 마음으로 앞장서서 걸어갔다. 어깨를 앞으로 내밀고 성큼 성큼 걸어갔다. 피들러는 주인의 뒤를 따라가는 테리어 개처럼 경쾌한 걸음걸이로 뒤따라왔다. 한 시간쯤 걸었을까, 아니 좀더 걸었을는지도 모른다. 갑자기 머리 위의 나무숲이 끊기고 푸른 하늘이 얼굴을 내밀었다. 어느덧 두 사람은 작은 언덕꼭대기에 올라 있었다. 거기에 서서 내려다보니 그때까지 한 덩이로 보이던 소나무 숲이 여기저기 회색 너도밤나무숲으로 끊기어 있었다. 골짜기 너머의 언덕 산허리에 어젯밤 묵었던 사냥오두막의 나직하고 거무스름한 모습이 나무들 사이로 보였다. 꼭대기에 평평한 땅 한가운데에 벤치가 놓여 있다. 그 바로 옆에 잡목이 쌓여 있었는데, 숯을 굽다 만 자리인 듯했다. 불을 끈 흔적이 아직도 젖은 채 남아 있었다.

"조금 쉬었다가 돌아갑시다." 피들러는 잠시 입을 다물고 있었다.

"그 예금에 대한 이야기인데, 당신이 일부터 외국은행까지 예금을 하러 갔었다는 그 고액의 돈은 무엇을 위한 돈이라고 생각하시오?"

"이야기했을 텐데요. 어떤 부원에게 지불하기 위해서였다고."

"그 부원은 철의 장막 안에 있는 사람이었소."

"그렇소, 나는 그렇게 생각하오."

리머스는 아무래도 좋다는 듯한 말투로 대답했다.

"그렇게 생각하는 이유는?"

"첫째 금액이 크고, 둘째 지불방법이 복잡하기 때문이오. 실수가 없도록 특별히 배려되어 있었소. 그리고 틀림없이 관리관도 관계하고 있다고 생각하오."

"그 부원은 돈을 어떻게 했다고 생각하시오."

"그 점도 이미 말했을 텐데요, 나는 모른다고. 받아갔는지 어떤지도 나는 모르오. 나는 아무것도 모르오. 나는 단순한 사무원에 지나지 않았으니까."

"예금통장은?"

"런던으로 돌아가자마자 그에게 주었소. 나의 가짜 패스포트와 함께."

"코펜하겐이나 헬싱키의 은행에서 런던의 당신에게 편지를 보낸 적은 없었소? 물론 당신의 가짜 주소로 말이오."

"글쎄요, 아무튼 편지는 어떤 종류의 것이든 직접 관리관 손에 들어가게 되어 있소."

"당신이 계좌를 만들 때 사용한 서명, 그 견본도 관리관이 가지고 있겠지요?"

"그렇소. 여러 번 연습했으니까 견본은 그들 손에 많이 남아 있을 거요."

"하나가 아니란 말이오?"

"그야 물론이지요. 여러 페이지에 걸쳐 써놓았으니까."

"그렇군요. 그렇다면 당신이 계좌를 열어놓은 다음에도 은행에 얼마든지 편지를 보낼 수 있었겠군요. 당신의 손을 빌지 않고, 당신에게 알리지도 않은 채 여러 번 편지를 보냈을지도 모르겠군요."

"그렇소. 그러기 위해서 연습을 그렇게 많이 시켰을 겁니다. 그리고 백지에 서명해 놓은 것도 꽤 많거든요. 나는 오래 전부터 누군가가 그런 통신을 하고 있으리라고 생각하고 있었소."

"그럼, 실제로는 그 내용을 모르고 있었단 말이오?"

리머스는 고개를 저었다.

"그 점에 대해서 당신은 크게 오해를 하고 있군요. 서명을 많이 해놓은 점을 문제 삼고 있는 듯한데, 그런 문서는 본디 대량으로 움직입니다. 우리의 경우 그것은 매일매일의 일과에 지나지 않기 때문에 특별히 염두에 두어야 할 일이 못되지요. 새삼스럽게 내가 그것을 문제 삼을 이유가 없지 않소? 그리고 움직이고 있는 우리들에게는 그 내용을 알려주지 않소. 나는 일생 동안 그런 일을 계속해 왔지만, 나 자신이 알고 있는 사실은 얼마 안되오. 정말 중요한 사실은 다른 사람이 알고 있는 거지요. 무엇보다도 서류처리 따위는 지루해서 견딜 수가 없습니다. 그런 것 때문에 밤새도록 자지 않고 생각해야 한다면, 오히려 내 편에서 사절하겠소. 그러나 여행을 하라는 말에는 재빠르게 덤벼들었지요. 작전용의 기밀 비용이 나오기 때문에 돈을 충분히 쓸 수 있었거든요. 그러니 '구르는 돌' 작전의 내용을 알기 위해 하루 종일 책상에 붙어 앉아 있어야 하는 일 따위는 내가 바라는 바가 아니었소. 그리고 또……."

그는 조금 멋쩍은 듯한 표정을 지었다.

"술을 너무 많이 마시기도 했구요."

"그 점에 대해서는 나도 들은 적이 있소." 피들러는 말했다. "그리고 물론 당신의 그 정직한 점을 인정하고, 당신의 말을 믿고 있소."

그러나 리머스는 거친 말투로 내뱉었다.

"믿어주지 않아도 상관없소."

피들러는 미소 지었다.

"바로 그 점이 당신의 장점이오. 위대한 악덕이오. 대범한 미덕, 울컥 화를 내기도 하고, 거만하기도 하고, 그대로 뒤로 물러서려고 하지 않는 위대한 악덕, 잘못된 녹음기라고나 할까요? 확실히 당신이라는 사나이는 다루기 힘든 사람이오. 하지만 우리는 그 돈이 인출되었는지 어떤지 당신의 손을 빌려서 확인해 보려고 생각했소. 당신이라면 은행에 편지를 보내 계좌에 남아 있는 잔액에 대해 문의할 수 있을 테니까요. 지금 당신은 스위스에 있다고 치고, 그 나라 호텔을 주소로 하여 편지를 보내는 거요. 여기에 대해 이의는 없겠지요."

"잘될지도 모르지만, 관리관이 나의 서명을 이용하여 은행과 연락을 취하고 있었다면 이상하게 여기지 않을까요? 아무래도 어렵겠는데요."

"아무튼 밑져야 본전 아니오?"

"무엇을 알아내려는 거요?"

"예금은 그대로 있으리라고 생각하지만, 만일 찾아갔다 하더라도 문제의 사나이가 어느 날 그 고장에 나타났는지 알 수 있지요. 이것은 매우 참고가 되는 사실이오."

"꿈같은 이야기로군. 어떤 녀석인지는 모르지만, 그만한 거물이 그리 간단히 꼬리를 잡히리라고는 생각할 수 없는데요. 우선 서방측 어느 나라에 들어가 작은 도시의 영사관에서 가고자 하는 나라의 비자를 입수하겠지요. 그것으로 당신들의 조사의 실을 끊어버리는 거요. 그 사나이가 동쪽 사람인지, 아니면 다른 나라 사람인지도 모르는 상태에서 무엇을 어떻게 뒤쫓아보겠단 말이오?"

피들러는 곧 대답하지 않았다. 방심한 듯이 계곡 건너편에 눈길을 주고 있었다.

"당신 자신도 말했듯이, 당신은 지금까지 내용을 알지 못하면서 일해 왔소. 그러므로 나도 이렇게 말하고 싶소. 이것 역시 당신에게 알릴 수 없는 일이라고. 아무튼 당신들의 이른바 '구르는 돌' 작전이 우리를 적으로 삼고 있는 것만은 틀림없는 듯하오."

"우리라고요?"

피들러는 미소 지었다.

"독일 민주공화국이지요. 뭣하다면 '공산권'이라고 고쳐 말해도 좋소. 나는 그런 점에 대하여는 별로 신경 쓰지 않는 성격이니까."

리머스는 피들러를 바라보고 있었다. 갈색 눈으로 그를 뚫어지게 바라보며 깊이 생각에 잠겨 있더니 겨우 입을 열었다.

"대체 나를 어떻게 할 작정이오? 편지를 쓰지 않겠다고 하면?"

그는 목소리를 높였다. "이제 나를 어떻게 하겠는지 슬슬 이야기해 주어도 좋을 때가 아니겠소?"

피들러는 고개를 끄덕이며 순순히 대답했다.

"이야기해 주어야지요."

그러나 다시 침묵이 흐르자 리머스가 말했다.

"나는 알고 있는 것을 죄다 말했소. 당신과 피터즈는 들을 수 있는 한의 것은 모조리 들었소. 이제 쓸모없게 된 내가 은행에 편지를 내지 않겠다고 거절한다면? 거절하는 것이 위험하다는 건 나도 잘 알고 있소. 내가 죽든 살든 당신들에게는 그다지 큰 문제가 되지 않을 테니까. 어차피 소모품에 지나지 않는 존재니까 말이오."

피들러가 그 말에 대답했다.

"솔직히 말하겠소. 당신도 알겠지만, 내통자를 심문할 경우 두 가지 단계를 생각할 수 있소. 당신의 경우 첫째 단계는 거의 끝났소. 우리가 납득할 수 있는 한의 사실을 대체적으로 이야기해 주었으니까. 그러나 당신 나라의 첩보기관이 핀과 종이끼우개, 이 둘 중 어느 쪽을 택했느냐 하는 것에 대해서는 한 마디도 언급하지 않았소. 물론 이쪽에서 질문하지 않았기 때문이기도 하지만, 당신 역시 스스로 자진해서 털어놓을 필요는 없다고 생각한 듯하오. 즉 양쪽 다무의식중에 선택을 하고 있었다고 볼 수 있겠지요. 하지만 한두 달 안에 그 핀과 종이끼우개에 대한 지식이 갑자기 절실히 필요하게 될 가능성이 있소. 리머스, 이것은 우리에게 중대한 문제요. 두 번째 단계에서 이 점을 밝혀내야만 했소. 그래서 그 설명을 네덜란드에서 당신에게 요구했으나 당신은 깨끗이 거절했지요."

"그래서 그때까지 나를 확보해 두겠다는 말이오?"

피들러는 다시 미소 지어 보였다.

"역(逆) 스파이 일에는 참을성이 있어야 하오. 참을 만한 일은 거의 없다고 해도 좋을 정도지요."

"언제까지 기다려야 하오?"

피들러는 대답하지 않았다.

"왜 대답하지 않소?"

그러자 갑자기 피들러가 차가운 말투로 말했다.

"지금 여기서 약속하겠소. 그 질문에 대답해도 좋을 때가 오면 틀림없이 대답하리다. 알겠소, 리머스? 나는 지금 일시적인 위안을 주기 위한 대답을 하려면 얼마든지 할 수 있는 입장에 있소. 기껏해야 한 달, 아니 그렇게 길지 않을 것이라고 말함으로써 당신을 안심시킬 수도 있소. 하지만 솔직히 말해서 얼마나 기다려야 할지 나로서도 모르오. 그것이 사실이오. 당신도 어느 정도 힌트를 주긴 했소. 그것을 철저하게 파헤칠 때까지 당신의 석방문제에 귀를 기울일 수는 없소. 하지만 앞으로 사태가 내가 예상했던 대로 진행된다면 당신은 반드시 도와줄 사람이 필요하게 될 거요. 그 도와줄 사람은 바로 나요. 그 점을 나는 독일인으로서 분명히 약속하겠소."

리머스는 놀란 표정으로 잠시 입을 다물고 있었다.

"좋소, 해보겠소, 피들러. 하지만 만일 당신에게 나를 속이려는 마음이 있다는 것이 드러나면 그때는 그 목을 비틀어줄 테니 그리 아시오."

"그럴 필요는 없을 거요." 피들러는 냉정히게 대답했다.

상대가 없이 자기 혼자 행동하며 사는 사람은 언제나 정신적으로 위기를 맞이하게 된다. 남을 속이는 행동 자체가 반드시 괴로운 일이라고 할 수는 없다. 요컨대 경험의 문제이며, 그것이 직업이고 전문분야라고 규정지을 수 있으면 그만이다. 또한 대부분의 사람이 획득할 수 있는 능력이라고 할 수도 있다. 예를 들어 사기꾼, 배우, 도박

사들은 때때로 그 연기를 떠나 자기 자신이 관객의 대열에 끼어들 수도 있다. 그러나 비밀첩보부원만은 그런 대열에 끼어들어 마음 편히 있을 수 없다. 그로서는 상대를 속이는 것이 곧 자기 자신을 지키는 수단이기 때문이다. 적은 외부에만 있는 것이 아니라 자기 자신의 마음속에도 있어, 우선 이것과 싸워야만 한다. 언제 느닷없이 덮쳐올는지 모르는 충동으로부터 자기를 지키는 일이 큰 문제이다. 돈이 들어왔다고 해서 면도날을 사서는 절대로 안 된다. 아무리 박식하다고 해도 바보 같은 헛소리 외에 아무 말도 입에 담아서는 안 된다. 아무리 애정이 넘쳐흐르는 남편이고 아버지라 하더라도 언제나 사랑하고 신뢰하는 가족들로부터 멀리 떨어진 곳에 자기 몸을 두어야 한다.

리머스도 그것을 알고 있었다. 고립되어 밤낮으로 모략에 종사하고 있는 자신에게 덮치는 큰 유혹을 의식하여 그는 최선의 방어책을 강구했다. 혼자 있을 때에도 가장한 인물에게 자세를 흩뜨리지 않고 제2, 제3의 인물로서 살아가기를 자신에게 강요했던 것이다. 발자크는 죽음의 자리에서 그가 창조한 인물의 건강상태를 걱정했다고 하는데, 리머스에게도 역시 해당되는 이야기다. 창조의 힘을 버리지 않고 창조된 인물에 자신을 동화시키려는 것이다. 그는 그 능력을 지금 다시 피들러를 상대로 펴나갔다. 불안과 동요, 그리고 면목 없음을 감추기 위해 더욱 오만하게 굴었다. 그것은 그의 본디 성격과 비슷하다기보다 그 연장이라고 할 수 있었다. 조금 다리를 끄는 듯한 걸음걸이, 옷차림에 신경 쓰지 않는 점, 음식에 대한 무관심, 술과 담배에 대한 애착 등 이 모든 것이 바로 이런 점을 강요하기 위해서였다. 혼자 있을 때에도 그런 습관을 충실히 지켰다. 아니, 오히려 그것을 한층 더 강조했으며 그 일에 대해 첩보부가 부당하게 간섭하는 데 대해 불평을 늘어놓는 것이었다.

그날 밤에는 그런 면이 더욱 두드러지게 나타났다. 매우 드문 일이지만, 침대에 들어간 다음에도 큰 허위에 몸을 맡기는 위험한 경지에 빠져들었다.

　관리관이 노리던 대로 일은 놀랄 만큼 잘 진행되어 가고 있었다. 피들러는 몽유병자처럼 관리관이 쳐놓은 그물 속으로 말려들어갔다. 이 두 사람의 관심이 차츰 접근해 가는 것은 보기만 해도 무시무시해질 정도였다. 두 사람의 의견이 하나의 계획에서 일치되었고, 그것을 실행하기 위해 리머스가 파견된 듯싶었다.

　아마도 그것이 옳은 대답이리라. 피들러야말로 관리관이 그토록 열심히 자기편으로 끌어들이고 싶어 하던 대상임에 틀림없는 듯했다. 그러나 리머스는 그러한 추측에 언제까지나 구애받고 있지는 않았다. 실제의 사정을 알려고 하지 않았던 것이다. 그런 종류의 문제에 대해서 그는 전혀 무관심했다. 아무리 추측해 봐도 그럴 듯한 결과가 나타날 것 같지 않았다. 그런데도 불구하고 그것이 사실이기를 그는 신에게 빌었다. 그럼으로써 비로소 그는 임무를 마칠 수 있다. 그래야만 그는 돌아갈 수가 있는 것이다.

은행의 답장

다음날 아침 리머스가 아직 잠자리에서 일어나지 않았는데 피터즈는 리머스의 서명이 필요한 편지를 들고 들어왔다. 한 통은 스위스 스피츠 호반에 있는 자일러 호텔 알펜블릭의 편지지로, 종이의 질이 엷고 색깔은 푸른빛이었다. 또 한 통은 구스타드의 팔레스 호텔 것이었다.

리머스는 첫 번째 편지를 읽었다.

코펜하겐

왕실 스칸디나비아 은행 귀하.

나는 지난 몇 주일 동안 여행을 했기 때문에 영국에서 오는 편지를 받지 못한 적도 있습니다만, 3월 3일에 조회를 부탁드린 카를스돌프 씨와 내 이름으로 된 공동예금 통장의 잔고에 대한 회답을 아직 받지 못했습니다. 그러므로 죄송합니다만, 다음에 적은 숙소로 다시 한 번 통지해 주시면 고맙겠습니다.

나는 이곳에 4월 21일부터 2주일 동안 머무를 예정입니다.

프랑스
파리 12구
드 콜롬 거리 13번지
마담 Y 드 생글로 댁

로버트 랭

"3월 3일에 편지를 보냈다고 되어 있는데, 나는 한번도 편지 따위는 보낸 적이 없었소."

"물론 그렇겠지요. 당신뿐만 아니라 우리가 알고 있는 한 아무도 편지는 보내지 않았소. 그렇기 때문에 은행에서는 더욱 책임을 느낄 거요. 그들이 비록 관리관이 보낸 편지를 받아 이 편지와 모순이 있음을 알아차렸다 하더라도, 3월 3일에 보낸 편지를 분실했기 때문에 그러한 차질이 생겼다고 생각하겠지요. 따라서 은행은 당신이 요구하는 보고서를 3월 3일에 보낸 편지는 받지 못했다는 내용과 함께 보내줄 거요."

두 번째 편지도 내용은 첫 번째 편지와 똑같았으며, 다른 점은 이름뿐이었다. 파리의 주소도 똑같았다. 리머스는 백지에다 만년필로 여섯 번이나 '로버트 랭'이라는 이름을 연습한 다음 첫 번째 편지에 서명했다. 그리고 제2의 서명인 '스티븐 베네트'도 만족할 만큼 연습한 다음 두 번째 편지에 써넣었다.

"훌륭하오!" 피들러가 말했다. "정말 훌륭합니다."

"이것을 어떻게 할 생각이지요?"

"내일 스위스에서 부치겠소. 인터러켄과 구스타드에서. 파리로 회답이 오면 전보로 알려주게 되어 있소. 1주일 되면 회답이 올 거요."

"그때까지는?"

"당신과 단둘이 살게 되겠지요. 지루하다는 것은 알고 있소. 그 점에 대해서는 미리 사과하지요. 산책이나 등산이나 드라이브 등을 하며 시간을 보낼 수밖에 없소. 당신도 좀더 마음을 터놓고 잡담이라도 해주었으면 좋겠소. 런던에 대해, 케임브리지 서커스 본부에 대해, 부내에서의 일, 직원들의 스캔들, 보수, 휴가, 집무실, 서류, 부원, 그리고 마지막으로 당신 나라의 관청에서 쓰는 핀과 종이끼우개에 대해서도 말해 주었으면 좋겠소. 하찮은 일, 별로 쓸모없는 일 등도 빠짐없이 알고 싶소. 그렇지, 말이 나온 김에 이야기해 두겠는데……."

그의 말투가 갑자기 달라졌다.

"무엇이오?"

"이곳에는 즐거움이 한 가지 있소. 우리들을 위해, 며칠 동안 머무르는 사람들을 위해 마련해 놓은 즐거움이 있단 말이오. 기분전환을 위해서요."

"여자 말이오?"

"그렇소."

"사양하겠소. 당신들과는 달라서 나는 아직 여자를 필요로 하는 단계에 이르지 않았소."

피들러는 그의 대답 따위는 들은 척도 하지 않고 빠른 말투로 지껄였다.

"하지만 당신은 영국에 여자가 있었잖소, 도서관의 여자."

리머스는 몸을 돌려 두 손을 활짝 펼치며 외쳤다.

"분명히 말해 두지만, 두 번 다시 그 말은 하지 마시오. 농담이건 협박이건 압력을 넣을 목적이건 결코 입에 올리지 마시오. 알겠소? 그런 말을 해봐야 아무 효과도 없을 테니 그리 아시오. 또다시 말하면 나는 입을 열지 않겠소. 단 한 마디도 나의 입에서 끌어낼 수 없을 거요. 문트인지 스텀베거인지 모르지만, 그런 쓸데없는 말을 지껄인 자에게 이 말을 하시오."

피들러가 대답했다.

"전하리다, 틀림없이. 어쩌면 조금 늦었을는지도 모르지만."

그날 오후 두 사람은 또다시 산책하러 나갔다. 하늘은 우중충했고, 구름이 낮게 드리워져 공기가 뜨뜻미지근했다.

피들러는 아무렇지도 않은 듯한 어조로 말하기 시작했다.

"나는 꼭 한 번 영국에 가본 적이 있지요. 캐나다로 가는 도중이었는데, 세계대전이 일어나기 전이었소. 부모님을 따라 갔지요. 물론 나는 아직 어린아이였고, 이틀쯤 머물렀었소."

리머스는 고개를 끄덕였다.

"지금이니까 이야기할 수 있지만……." 피들러는 이야기를 계속했다. "그 뒤, 몇 년 전의 일이었소. 나는 그곳에 부임할 뻔했었지요. 문트 대신 철강조사단의 임무를 맡고 파견될 예정이었소. 그가 런던에 머물렀었다는 사실은 당신도 알고 있겠지요?"

"알고 있긴 하오." 리머스는 수수께끼 같은 대답을 했다.

"그가 무슨 조사를 하고 있었는지 매우 의문스럽게 생각하고 있었지요." 피들러가 말했다.

"아마도 늘 그랬듯이 다른 조직의 조사단에 끼어들어가려고 노리고 있었겠지요. 어느 정두 영국 경제 상태의 내막을 알아낸 것만은 틀림없소. 그렇다고 크게 성공을 거둔 것 같지는 않지만."

리머스의 말투에는 힘이 없었다.

"하지만 문트이니만큼 요령있게 움직였겠지요. 아마 쉽게 해치웠을 거요."

"나도 그런 말을 들었소." 리머스가 말했다. "두 사람이나 죽었지요."

"당신도 그 사건을 알고 있었소?"

"피터 길럼에게서 들었소. 그는 조지 스마일리와 함께 그 일을 담당했었지요. 문트는 하마터면 조지를 죽일 뻔했었다고 하오."

"페년 사건 말이로군요." 피들러는 생각에 잠겼다. "문트가 그 일을 해냈다는 것은 참으로 놀랄 만한 일이오."

"그건 그렇소."

"외국 조사단의 한 사람으로 외무부에 사진과 인상서가 비치되어 있는데도 영국 첩보기관원들을 따돌리고 그 나라를 탈출할 수 있었다니, 정말 사람이 한 일 같지 않소."

그러자 리머스가 말을 가로막았다.

"내가 들은 바에 의하면 첩보부는 그를 체포하는 데 별로 열을 올리지 않았다더군요."

피들러가 얼굴을 홱 돌리며 다그쳤다.

"뭐라고요? 다시 한 번 말해 보시오!"

"피터 길럼의 말에 의하면, 아무래도 첩보부는 문트를 체포하고 싶지 않았던 것 같소. 그 무렵 우리의 조직은 지금과 크게 달라, 현재의 작전관리관 대신 지도관이 실제 권한을 쥐고 있었지요. 매스턴이라는 사람이었소. 이 말도 길럼에게서 들었는데, 페년 사건에서 매스턴은 처음부터 실패의 연속이었다는군요. 따라서 문트가 체포되었다면 한바탕 소동이 벌어졌을 것이라고 하오. 문트가 재판에 넘어가 사형선고를 받는 것은 물론이거니와, 그 심리가 진행되는 동안 우리 본부의 방식도 여러 가지로 결점이 나타났으리라는 거요. 매스턴의 생애가 파괴당할 위험에 놓여 있었지요. 피터도 모든 실정을 알고 있는 것은 아니지만, 문트에 대한 수사를 전적으로 벌이지 않았다는 사실만은 확신을 가지고 있었던 모양이오."

"그것이 틀림없소? 길럼이 정말 그렇게 말했단 말이지요? 전적으로 수사가 벌어지지 않았다고?"

"물론 이것은 확실한 말이오."

"문트의 탈출에 대해 매스턴과 관련되지 않은 다른 이유는 듣지 못했소?"

"다른 이유라니요?"

피들러는 고개를 저었을 뿐, 잠시 걸어가다가 마침내 말했다.

"폐넌 사건이 있은 뒤 철강조사단은 해산되었소. 나의 런던 출장이 중지된 것도 그 때문이었소."

"문트는 그때 머리가 좀 돌아버렸던 것 같소. 사람을 죽이고 달아날 수 있었다니, 발칸 부근이라면 또 모를까. 아니, 당신의 나라에서도 그렇겠지만……린딘에서는 절대로 불가능한 일인데 말이오."

"그것을 문트는 해치웠단 말이오." 피들러는 급히 말참견을 했다. "더욱이 훌륭한 일을 해놓고."

"키버와 애쉬를 키웠다는 것 말입니까? 놀랍군."

"그리고 그들은 폐넌의 여자를 끌어들였지요."

리머스는 어깨를 으쓱했다.

피들러가 말했다.

"칼 리메크에 대해 좀더 말해 주오. 그는 한 번 관리관과 만난 적이 있었다지요?"

"그렇소. 베를린에서 만났지요. 1년 전쯤이었을 거요. 아니, 그보다 좀더 이전이었던가……."

"베를린의 어디에서 만났지요?"

"나의 아파트에서 만났소, 나와 셋이서."

"용건은?"

"우리 관리관은 성공할 듯한 일을 보면 자신이 직접 손을 대고 싶어하는 성격이었지요. 우리는 칼을 통해 유력한 정보를 입수할 수 있었는데, 그것을 런던에서 아마 높이 평가한 모양이오. 관리관이 베를린까지 와서 칼과 만날 수 있도록 수배하라고 명령했으니까요. ”

“불쾌한 생각이 들었겠군요. ”

“어째서 그런 기분이 들었는지 모르겠소. ”

“그는 당신의 스파이였기 때문이오. 다른 사람과 만나게 하고 싶지 않은 것이 당연하지 않겠소? ”

“관리관은 평범한 부원이 아니라 우리의 부장이란 말이오. 칼도 그것을 알고 중요인물로 인정받았다는 사실이 그의 허영심을 북돋아 자극했던 것 같소. ”

“셋이 함께 있었소? 만나는 동안 내내. ”

“그렇소. 아니, 그렇다고 할 수도 없군. 잠시 동안 내가 자리를 비우고 그들 둘만 있게 한 적이 있었으니까. 15분쯤, 그 이상은 아니었소. 그것은 관리관이 바랐기 때문이었소. 몇 분 동안만 칼과 단둘이 있게 해달라고 했거든요. 그 이유는 모르겠소. 그래서 나는 구실을 만들어 방에서 나갔지요. 그 구실이 무엇이었는지는 기억나지 않소. 아아, 그렇지, 위스키가 떨어졌다고 말하며 나갔었소. 그리고 데 폰의 집으로 가서 정말로 한 병 가지고 왔었지요. ”

“당신이 자리를 비운 동안 무슨 이야기가 오갔는지 모르오? ”

“알 리가 없잖소. 더욱이 나는 별로 흥미도 없었으니까. ”

“나중에 칼에게서 듣지 못했소? ”

“물어보지도 않았소. 칼은 본디 허영심이 강했지요. 언제나 나보다 한 단계 위에 서 있고 싶어 했으니까요. 그리고 관리관을 업신여기는 투로 말하기 때문에 불쾌하기도 했소. 하긴 관리관은 업신여김을 받아도 당연하리만큼 괴상한 짓을 했지요. 사실 우리는 둘이서 웃었답니다. 칼의 허영심을 부추길 만한 이야기는 나오지 않았던 것 같았소. 그 만남은 칼에게 주사를 놓아주는 정도로 끝난 모양이었소."

"칼은 오히려 실망했겠구료."

"아니, 그렇지는 않소. 그는 매우 만족한 듯했지요. 돈은 요구한 만큼 들어왔고, 부추김을 받아 싫다는 사람은 없을 테니까요. 반쯤은 내 잘못이고, 반쯤은 런던의 잘못이지만. 칼도 그렇게 우쭐하지만 않았으면 정보망을 여자에게 누설하지는 않았을 거요."

"엘비라 말이오?"

"그렇소."

두 사람은 다시 말없이 걸었다. 잠시 뒤 피들러가 먼저 그 자신의 회상을 중단하고 입을 열었다.

"나는 당신이 좋아지기 시작했소. 다만 한 가지 이상하다고 여겨지는 점이 있어 마음에 걸리긴 하지만…… 당신을 만나기 전까지는 별로 생각지도 않았던 문제요."

"그게 무엇이오?"

"당신이 여기에 오게 된 이유 말이오. 나라를 배신한 이유……."

리머스가 뭐라고 말하려는데 갑자기 피들러가 웃음을 터뜨렸다.

"솔직히 말해서 좋은 방법이었다고 말할 수는 없으니까요."

두 사람은 그 1주일 동안 구릉지대를 돌아다니며 보냈다. 저녁때가 되면 숙소로 돌아온다. 지독하게 형편없는 식사를 역한 냄새가 나는 백포도주와 함께 억지로 목구멍으로 넘긴다. 그 다음은 난로불 앞에서 스타인래거를 따라 마시며 늦게까지 이야기했다. 난로불은 피들러의 착상이었다. 처음 얼마 동안은 불을 피우지 않았는데, 호위 한 사람에게 장작을 가져오라고 시키는 소리를 리머스는 들었다. 그때는 생각도 해보지 않았으나, 산 공기를 하루 종일 마시고 돌아와 난로불과 독한 술로 몸이 녹으면 그의 입은 강요당하지 않아도 저절로 가벼워서 그때까지 자기가 해온 일에 대해 이것저것 말하는 것이었다. 기록하고 있으리라고 짐작하긴 했으나, 리머스는 그런 점도 아랑곳하지 않았다.

이리하여 하루하루가 지나는 동안 피들러의 긴장은 차츰 더해갔다. 어느 날——꽤 늦은 저녁 무렵이었는데——두 사람은 DKW를 타고 나갔다. 전화 박스 앞에서 피들러는 자동차를 세웠다. 리머스에게 열쇠를 맡기고, 그를 차 안에 남겨놓은 채 한참 동안 전화를 걸었다. 그가 돌아왔을 때 리머스는 물었다.

"어째서 숙소에서 전화를 걸지 않았지요?"

피들러는 고개를 저으며 대답했다.

"조심해서 나쁠 건 없으니까요. 당신도 마찬가지요. 조심해야 하오."

"어째서? 무슨 일이 일어날 것 같소?"

"당신이 코펜하겐의 은행에 예금한 돈, 그 돈에 대한 문의편지를 보낸 사실을 기억하고 있겠지요?"

"물론 잊을 리가 없지요."

피들러는 더 이상 말하지 않고 자동차를 움직였다. 말없이 구릉지대를 드라이브하다 한참 만에 자동차를 세웠다. 눈 아래에는 두 개의 거대한 계곡이 서로 마주치고 있는 지점으로, 빽빽이 들어찬 소나무의 짙은 그림자가 시야를 완전히 가로막고 있었다. 황혼이 서서히 다가와 양쪽의 가파른 비탈을 생기 없는 잿빛으로 물들였다.

"무슨 일이 일어나든 염려할 것 없소. 큰일은 생기지 않을 테니까." 피들러는 힘주어 리머스의 팔을 잡았다. "다만 당신 몸에 잘못이 일어나지 않도록 주의할 필요는 있소. 그것도 잠깐 동안이면 되오, 이해할 수 있겠지요?"

"이해하라고 하지만, 이유를 말하지 않으면 어떻게도 할 수가 없지 않소? 상대방이 어떻게 나오느냐에 달렸겠지요. 하지만 피들러, 내 몸까지 걱정해 주지 않아도 좋소."

그리고 리머스는 팔을 뿌리치려고 했으나 피들러는 힘껏 붙잡고 놓지 않았다. 리머스는 자기 몸에 그의 살이 닿는 것이 불쾌했다.

"당신은 문트를 알고 있소?" 피들러가 물었다. "그에 대해 들은 적이 있소?"

"그에 대해서라면 당신과 이야기했잖소."

"그렇소, 우리는 그에 대해 서로 이야기를 주고받았지요. 그는 질문보다 사살을 먼저 함으로써 입을 열지 못하도록 하고 있지요. 우리들처럼 사살보다 질문이 언제나 중요하냐고 여기는 사람들에게는 이상한 일이라고 할 수 있소."

리머스는 피들러가 무슨 말을 하고 싶어 하는지 알고 있었다. 피들러는 목소리를 낮추어 계속 말했다.

"상대방의 답변을 두려워하고 있는 게 아니라면 이상한 방법이라고 할 수 있겠지요."

리머스는 다음 말을 기다렸다. 잠시 뒤 피들러가 말했다.

"그는 지금까지 직접 심문한 적이 없소. 늘 나에게 맡기면서 이렇게 말했지요. '그들을 심문하는 일은 자네가 맡게. 심문하는 일에 있어 자네를 당할 만한 사람이 없기 때문일세. 붙잡는 일은 내가 하지. 그러나 실토시키는 일은 자네가 맡게' 이것 역시 그가 입버릇처럼 하는 말이었지만——'스파이 전쟁이란 그림 그리는 것과 같아서, 나무방망이를 들고 뒤에 누가 서 있어야만 하네. 일이 끝나면 나무방망이로 두드려주어야 하지. 그렇지 않으면 중요한 목적까지 잊어버리기 쉽거든. 내가 그 나무방망이일세'라고 그는 나에게 늘 말했소. 처음에는 그와 나 사이의 농담이었으나, 어느새 깊은 뜻을 지니게 되었지요. 그는 일단 결정을 내리면 상대방에게 털어놓을 기회도 주지 않고 깨끗이 죽여버리더군요. 여기서 죽이고 저기서 죽이고 마구 없애버렸소. 나는 물어보았지요. 그리고 부탁해 보기도 했지요. '어째서 체포하지 않습니까? 어째서 한두 달 동안 나에게 맡기지 않습니까? 죽여버리면 아무 쓸모가 없게 되지 않습니까?' 그러나 그는 고개를 저으며, 쐐기풀을 꽂이 피기 전에 베어버릴 필요가 있다고 말하더군요. 그는 그런 답변을 미리 마련해 둔 것 같았소. 말할 나위도 없이 첩보부원으로서 그는 매우 우수한 존재였으며, 우리 첩보기관을 위해 여러 번 굉장한 공을 세웠지요. 그것은 당신도 잘 알고 있을 거요. 그는 이치에 맞는 이론을 가지고 있소. 우리는 이따금 밤늦게까지 이야기를 나누었지요. 그런 때면 그는 커피를 마신답니다. 다른 마실 것은 결코 입에 대지 않지요. 언제나 커피를 마십니다. 그의 말에 의하면 독일 사람은 지나치게 내성적이어서 우수한 스파이가 되기 힘들다, 그런 면이 단적으로 나타나는 경우가 대 스파이 활동인데, 이 임무를 맡고 있는 사나이들을 보고 있으면 말라비틀어진 뼈다귀를 빨고 있는 늑대를 연상하게 된다는군요. 뼈를 빼앗지 않는 한 새로운 먹이에 달려들려고 하지 않는다는 거요. 그 뜻은 나도 이해가 가오. 확실히 그의 말이 맞소. 그러나 좀 지나친 데가 있소. 어째서 빌렉을 죽였을까? 어째서 그를 나의 손에서 앗아갔을까? 빌렉은 그 자신도 말했듯이 새로운 먹이였는데, 우리는 아직 뼈와 살을 분리시키지도 않았었거든요. 알겠소, 리머스? 어째서 그를 앗아갔을까요? 어째서? 어째서? 어째서 그랬을까요?"

리머스의 팔을 붙잡은 손에 강한 힘이 주어졌다. 어둠 속에 묻힌 차 안에서 리머스는 피들러의 격정이 더해지는 것을 뚜렷이 볼 수 있었다.

"밤낮으로 나는 그것을 생각해 보았소. 빌렉이 사살당한 뒤 나는 그 이유를 곰곰이 생각해 보았지요. 처음에는 상상이 지나치다고 여겼었소. 나의 마음속에 질투심이 움직이고 있는 거라고 자신에게 타일렀지요. 지나치게 일에 열중하면 어느 나무의 그늘에서나 배신자의 그림자가 보이는 법이오. 우리 같은 세계에서 일하고 있으면 자칫 사물을 그런 방식으로 보게 되지요. 그러나 나는 그런 생각에서 벗어날 수가 없었소. 추궁하지 않고는 견딜 수가 없었단 말이오. 그전에도 비슷한 사건이 여러 번 있었지요. 그는 두려워하고 있소. 지나치게 많이 털어놓는 사람이 우리의 손에 넘어오는 것을 두려워하고 있단 말이오!"

"딩신은 무슨 말을 하고 있소? 머리가 어떻게 된 게 아니오?"

리머스의 목소리에는 공포의 빛이 감돌고 있었다.

"그렇게 생각하니 이치가 맞아 들어가더군요. 아시다시피 문트는 영국에서 어렵지 않게 탈출했소. 당신 자신도 그렇게 이야기했지 않소? 길럼이 당신에게 뭐라고 말했지요? 영국 첩보부에서는 그를 체포할 마음이 없었다고! 어째서 없었을까요? 그 이유를 내가 말하겠소. 그는 그들의 사람이기 때문이오. 그들은 그를 전향시켜 자기들의 사람으로 만들었단 말이오. 알겠소, 리머스? 그것이 문트가 얻은 자유의 댓가였소. 그리고 돈의 댓가였소."

"당신은 머리가 돌았군!" 리머스는 외쳤다. "이런 터무니없는 생각을 하고 있다는 것을 알면 문트는 당신을 죽일 거요. 시시한 소리는 그만하고 돌아갑시다."

그제야 비로소 리머스의 팔을 움켜쥐고 있던 손의 힘을 풀면서 피들러는 말했다.

"그것이 바로 당신이 잘못 생각하고 있는 점이오. 당신이 지금 한 말은 당신 자신이 마음을 놓기 위해서 한 말에 지나지 않소. 그렇기 때문에 우리는 더욱 협력해야 할 필요가 있소."

리머스는 외쳤다.

"거짓말 마시오! 나는 당신에게 몇 번이나 말했소. 영국 첩보부가 그런 짓을 할 리 없다고. 케임브리지 서커스가 공산권에 대한 공작을 위해 그를 이용했다면 내가 모를 리가 없소! 직무상 모를 수 없는 일이니까요. 당신은 우리 관리관이 동독 첩보부의 차장을 마음대로 다루고 있다고 생각하는 모양인데, 베를린에 파견된 부원에게 알리지 않고 그런 짓을 할 수는 없소. 피들러, 당신은 머리가 조금 이상해진 것 같소!"

리머스는 갑자기 웃기 시작했다. 조금 뒤 그는 조용히 덧붙여 말했다.

"당신은 그 사람의 지위가 탐나는 거지요. 한심한 사람이로군! 들은 바가 없는 것은 아니지만, 그런 야심은 공연히 소란만 일으킬 뿐 자신을 파멸시키고 만다는 점을 잊어서는 안되오."

그 다음에는 두 사람 모두 입을 열지 않았다. 이윽고 피들러가 말했다.

"코펜하겐의 돈에 대한 이야기인데, 은행이 당신 편지에 회답을 보내왔소. 은행에서는 착오가 생겼나 하고 몹시 걱정하고 있소. 돈은 당신이 예금하고 나서 정확하게 1주일 뒤에 당신의 공동예금자가 찾아갔다고 하오. 지난 2월에 문트는 이틀 동안 덴마크를 방문했는데, 바로 그 날과 일치하고 있소. 그 나라에서 세계과학자회의가 열렸었는데, 그 회의에 참석하는 미국의 비밀첩보부원에게 가짜 이름으로 연락하러 갔었답니다."

피들러는 조금 머뭇거렸다.

"다시 은행에 편지를 보내야겠소. 모든 일이 순조롭게 되어나가고 있으며 착오는 없다고 말해 두는 편이 좋을 것 같소."

초대장

리즈는 딩본부에서 보낸 편지를 읽고 무슨 뜻에서 쓴 것인지 알 수가 없었다. 이해하기 힘든 내용이었다. 반가운 결정임에는 틀림없으나 어째서 먼저 그녀의 의견을 묻지 않았을까? 지구(地區)위원회가 추천했는지 본부에서 직접 선택했는지 그것도 알 수가 없었다. 본부에 아는 사람은 없다. 그녀가 알고 있는 한 한 사람도 없다. 물론 몇몇 강연자와 만난 적이 있고 지구회의에서 당위원장과 악수를 나눈 일도 있다. 어쩌면 문화위원회 사람이 그녀의 이름을 기억하고 있는 건지도 모른다. 그 사람은 금발의 징그러운 느낌이 드는 기분 나쁠 정도로 상냥한 사나이였다. 이름은 분명히 애쉬라고 했다. 그녀에게 흥미를 느끼는 듯했으므로 그녀의 이름을 수첩 깊은 데 적어 넣어 두었을지도 모른다. 아니면 장학금을 받은 사실이 기억에 남아 있을지도 모른다. 그 사나이는 분명 색다른 데가 있었다. 회합이 끝나자 '블랙 앤드 화이트'에 데리고 가서 커피를 사주며 남자친구가 있느냐는 등 꼬치꼬치 캐물었다. 그렇다고 해서 호색가적인 기질이 있는 것 같지는 않았다. 비록 그런 기질이 있었다 하더라도, 그런 말을 입에 올리기에는 그 사나이는 지나치게 색다른 점이 있는 듯싶었다. 아무튼 그녀의 주변에 대해서 자질구레하게 물었던 것만은 사실이었다. 당원이 된 지 얼마나 됐느냐? 부모와 떨어져 살아 향수병에 걸린 적은 없느냐? 남자친구는 많이 있느냐? 그중 특별히 마음에 드는 남자친구는 없느냐?…… 이런 식으로 그녀가 호의를 표시한 것도 아닌데 언제까지나 이야기를 하는 것이었다. 동독에 있는 노동자들의 현황, 노동자 시인(詩人)의 개념, 그밖에도 여러 가지로 화제가 풍부한 사나이였으며, 동구에 대해서는 어느 고장이든 모르는 데가 없는 듯했다. 꽤 여행을 많이 한 모양이다. 그녀는 그가 교사일는지도 모른다고 생각했다. 교사 같은 말투였고, 더구나 말솜씨가 아주 좋았기 때문이다. 그 다음 투쟁 기금의 캠페인이 있었을 때 이 애쉬라는 사나이가 선뜻 1파운드나 내놓는 것을 보고 그녀는 몹시 놀란 적이 있었다.

'그 사람이 추천했음에 틀림없어……' 하고 그녀는 확신했다. 애쉬가 기억하고 있다가 런던 지구의 누군가에게 말했고, 지구에서는 또 한 본부나 그 비슷한 곳에 그녀의 이름을 대었을 것이다. 이런 방법이 조금 이상하긴 해도 당은 늘 이와 같이 비밀주의를 쓰고 있지 않는가. 혁명당이니만큼 그런 방식을 취하지 않을 수 없으리라. 비밀주의, 솔직히 말해서 어딘지 지나치게 그늘이 많은 듯한 느낌이 들었고, 리즈도 별로 마음내키지 않았다. 하지만 거기에는 역시 그렇게 해야 할 필요가 있을 것이기 때문이리라. 한심하게도 그런 방식을 기뻐하는 사람도 많이 있으니까.

그녀는 다시 한 번 편지를 읽어 보았다. 본부의 편지지로, 윗부분이 빨갛게 인쇄되어 있었다.

맨 처음에 '친애하는 동지에게'라고 씌어 있었는데, 군대 같은 느낌이 들어서 싫었다. 리즈는 아직 '동지'라는 말에 익숙하지 못했다.

친애하는 동지에게.

요즈음 우리 당과 동독 사회주의 통일당 사이에서 서로 당원을 교환하자는 이야기가 나오고 있으며, 따라서 그 가능성에 대해 토의가 거듭되어 왔습니다. 그 목적은 두 당 안의 평당원을 서로 교류시키기 위해 그 기초를 닦는 데 있습니다. 동독 측은 지금같이 영국 내무부가 차별 방침을 고집하고 있는 한 가까운 장래에 동독의 당원 중 주요한 인물도 영국에 입국하는 것이 불가능하리라 보고 있습니다. 그러니만큼 서로의 경험을 교환할 필요를 절실히 느끼게 되었으며, 평당원의 교류가 중대한 뜻을 지니게 됩니다. 이런 취지 아래 동독 지부에서는 당 지부의 서기 가운데 경험이 풍부하고 거리에서 선전활동에 좋은 성적을 올린 사람 5명을 선발하여 파견해 달라고 요청해 왔습니다. 선발된 동지는 3주일 동안 동독 지부의 연구회에 참석하고 공업과 사회생활의 발전에 대해 배우며, 서구 파시스트의 도전의 증거를 직접 눈으로 보게 됩니다. 이것이야말로 우리 당원으로서는 활기찬 사회주의 조직의 성과를 인식할 수 있는 좋은 기회라고 생각합니다.

이상과 같은 이유로 우리는 지구 지부에 이 출장으로 최대의 효과를 올릴 수 있는 젊은 당원의 리스트를 요청했던 바 후보자의 한 사람으로 당신의 이름이 제출되었습니다. 사정이 허락하는 한 당신은 기꺼이 우리와 동일한 산업 기반 위에 서서 우리와 같은 종류의 문제를 안고 있는 동독 당원과의 교류를 수행해 줄 것을 기대합니다. 남부 베이즈워터 지부와 라이프찌히 교외 노이엔하겐 지부가 결합하기로 확정되었습니다. 노이엔하겐 지부 서기장 프레더 뤼맨은 당신을 성대하게 맞이할 준비를 하고 있습니다. 당신과 같은 적임자를 발견한 것을 우리는 최대의 기쁨으로 생각합니다. 그리고 여기에 필요한 비용은 모두 동독 문화국에서 지출하기로 결정되었습니다. 당신이 이 선발을 영예로 받아들이고 개인적인 사정을 떠나 기꺼이 수락해 주리라고 확신합니다. 방문은 다음달 23일쯤으로 알아 주십시오. 단 선발된 여러 동지들은 각각 별개의 행동을 취하게 됩니다. 초대 날짜가 반드시 모두 같지 않기 때문이지요. 당신이 받아들일 것인지 아닌지 될 수 있는 한 빠른 시일 안에 회답해 주십시오. 자세한 점은 다시 통지해 드리겠습니다.

읽으면 읽을수록 기이하게 느껴질 뿐이었다. 적어도 외국에 가는 문제를 그처럼 짧은 기간에 결정하라니…… 도서관 근무는 비교적 간단히 양해를 구하고 떠날 수 있겠지만, 그것을 본부가 어떻게 알고 있을까? 짐작 가는 데가 있다. 역시 애쉬 그 사나이다. 그 사람이 휴가에 대해 질문한 적이 있었다. 금년에 휴가를 얻을 수 있습니까, 얻을 수 있다면 오래 전에 미리 신청해야 합니까, 하고 그는 물었던 것이다. 그건 그렇다 하더라도, 다른 후보자의 이름은 가르쳐줄 법도 한데, 아마 그것까지도 가르쳐줄 필요가 없다고 생각하고 있는 모양이다. 하지만 역시 가르쳐주지 않는 것은 이상한 일이다. 그리고 본부가 이처럼 긴 편지를 보냈다는 것도 신기한 일이다. 본부에서는 서기가 모자라서 언제나 편지는 주요 내용만 적어 간단히 써 보냈기 때문이다. 때로는 전화로 연락하는 수도 있었는데, 이것은 지나치게 긴 편지다. 타이프도 정성스럽게 쳐서 본부 서기의 일솜씨같이 느껴지지 않을 정도였다.

그러나 서명은 분명히 문화부문의 올그였고, 그의 글씨가 틀림없었다. 그녀는 지금까지 본부에서 보낸 타이프 서류 끝에 씌어져 있는 올그의 서명을 몇 번 보았던 것이다. 그 솜씨 없고 절반쯤 관료적이고도 절반쯤 유대교적인 글씨체에서 불쾌감을 느꼈지만, 그녀는 어느덧 거기에 익숙해져 있었다. 거리에서의 대중동원 활동에 좋은 성적을 올렸다니, 그것 역시 무척 우스운 이야기다. 그녀는 그런 일을 한 사실이 없었다. 솔직히 말해서 그녀는 오히려 그러한 당의 활동을 싫어하고 있었다. 공장문 앞에 서서 확성기에다 대고 떠들기도 하고, 거리 모퉁이에서 〈데일리 워커〉지를 팔기도 하고, 지방선거의 후보자를 위해 이집 저집 돌아다니는 것은 그녀로서 몸서리쳐질 만큼 싫은 일이었다. 평화운동이라면 그다지 싫지도 않겠지만…… 평화운동은 의의도 있고, 명분도 서는 일이라고 할 수 있다. 길을 지나가다 아이들을 보고, 유모차를 밀고 가는 어머니들을 보고, 문 앞에 서 있는 노인들을 본다. 그리고 '나는 이 사람들을 위해 힘쓰고 있다'고 자랑스럽게 말할 수 있는 것이다. 거기에는 평화를 위한 투쟁이 있었다.

그러나 투표를 위한 부쟁을 선뜻 이해할 수가 없었다. 신문판매를 위한 투쟁도 역시 마찬가지였다. 그것은 아마도 누구나 획일화되어 버리는 일이기 때문이리라. 지부의 모임에서 열 명쯤의 당원이 모였을 때 새로운 사회를 만들기 위한 사명을 토론할 때도 있고, 사회주의의 선봉이라는 기분이 들 때도 있다. 역사의 필연성에 대하여 토론하고 신념을 가질 수도 있지만, 그 다음에 거리로 한 발자국 내디디면 사정은 완전히 달라지고 만다. 팔에 〈데일리 워커〉지를 한아름 안고 한 부를 팔기 위해 한 시간 또는 두 시간을 기다려야 하는 수도 흔히 있었다.

그래서 누구나 그렇지만 그녀 역시 때로는 거짓말을 할 때가 있었다. 팔리지도 않았는데 팔린 것처럼 열 두어 부쯤 자기 돈으로 사고 집으로 돌아오는 것이었다. 그리고는 다음 모임에서 많이 팔았다고 자랑하는 것이었다. 마치 자기가 산 사실을 잊어버린 듯이——'동지 리즈 골드 양은 토요일 밤에 〈데일리 워커〉지를 18부나 팔았습니다. 18부나!' 이 사실은 그날 밤의 의사록에 실리고 지부회보에도 실린다. 지구위원은 기뻐서 투쟁기금보고서 제1면에 작은 글씨이긴 해도 찬사를 아끼지 않는다.

그만큼 작은 세계였다. 모두들 조금만 더 정직하다면! 그녀는 자기 자신에게 거짓말을 한다. 아마도 그것은 누구나 다 하고 있는 일일 것이다. 다른 사람들은 거짓말을 해야 하는 이유를 그녀보다 더 잘 알고 있을 것이다.

그건 그렇고, 그녀가 지부의 서기로 선출된 경위는 옳다고 할 수가 없다. 그녀를 추천한 사람은 메리건이었다. '열성적이고 매력적인 우리의 젊은 동지……' 그가 그녀를 추천한 것은, 서기로 뽑아주면 감사한 기분에 사로잡힌 그녀가 언젠가는 함께 자줄지도 모른다고 생각했기 때문이리라. 다른 당원이 한 표 던진 것도 역시 그녀를 좋아했기 때문이다. 그리고 또한 그녀가 타이프를 칠 수 있다는 이유도 있었다. 그녀라면 그런 일을 해줄 것이므로 주말에 타이프를 쳐달라고 부탁하기 위해 이리저리 뛰어다니지 않아도 된다. 적어도 꽤 시간을 절약할 수 있다고 생각했기 때문이리라. 그리고 또한 그녀의 힘으로 조촐하지만 품위 있는 모임을 가질 수 있기 때문이기도 하다. 혁명적이면서도 소란스럽지 않은 기분 좋은 모임이 될 수 있다. 이러한 시시한 이유 때문에 그녀에게 투표했을 것이다. 리머스는 이런 사정을 알고 있었으나, 전혀 진지하게 생각해 주지 않았다. "카나리아를 기르는 사람이 있듯이, 공산당에 가입하는 사람도 있지"라고 그는 말했었는데, 확실히 그 말이 맞는 것 같다. 남부 베이즈워터 지부는 그런 상태에 있었다. 지구위원회도 그 점을 알고 있었다. 그러므로 이번 일에 있어 그녀가 지명 받았다는 사실을 이상하게 생각하지 않는다면 거짓말이다. 지구위원회가 진심으로 바라고 있었다고 생각할 수는 없다. 오직 이유는 애쉬에게 있는 것 같다. 아마도 그녀가 그의 마음에 들었기 때문이겠지. 그가 별난 사람이었기 때문이 아니라 그만큼 사정을 자세히 알고 있기 때문이리라.

리즈는 조금 과장해서 어깨를 으쓱했다. 혼자 흥분해 있을 때 누구나 하는 몸짓이다. 뭐니뭐니해도 그녀는 외국에 가게 된 것이다. 마음껏 날개를 펴고 재미있는 경험을 할 수 있을 것이다. 그녀는 여태까지 한 번도 외국에 나가본 적이 없다. 물론 여비문제 때문이었다. 외국에 가면 틀림없이 즐거우리라고 그녀는 생각했다.

그녀가 독일 사람에 대해 서먹하게 느끼는 것만은 사실이다. 이전부터 서독에는 호전(好戰)주의자, 복수를 좋아하는 사람들이 모여 있고 동독에는 민주주의자, 평화애호가들이 모여 있다고 들었지만, 선량한 독일 사람이 모두 한쪽에만 모이고, 나쁜 사람은 또 다른 한쪽에만 모인다는 이상한 일이 있을 수 있을까? 물론 그녀의 아버지를 죽인 곳은 나쁜 사람들만 모여 있는 독일이었다. 아마도 그것이 그녀가 당원이 된 이유이리라. 화해시키기 위한 배려, 애쉬가 그녀에게 이것저것 자질구레하게 물었을 때 이미 그럴 생각이 그 사람들의 가슴 속에 있었던 모양이다. 맞아, 틀림없이 그럴 것이다. 이렇게 생각하니 비로소 납득이 간다. 갑자기 그녀는 따뜻한 기분을 느꼈으며 당에 대한 감사의 마음이 솟아올랐다. 그들은 정말 따뜻한 마음을 가진 사람들이다. 그녀는 당원이라는 사실에 자랑스러움을 느꼈고, 기쁨으로 가슴이 뿌듯했다.

그녀는 책상 앞으로 다가가 서랍에서 낡은 가방을 꺼냈다. 거기에는 지부의 편지지와 회비 수령 스탬프기 들이 있었다. 편지지 한 장을 떼어 구식 언더우드 타이프라이터에 끼웠다. 그 타이프라이터는 그녀가 타이프를 칠 수 있다는 사실을 알고 지구위원회에서 보내준 것으로, 키 속에 조금 튀어나온 데가 있기는 했으나 그 밖의 부분은 쓸 만했다. 기꺼이 초청을 받아들이겠다는 편지를 깨끗이 쳤다. 그녀는 당본부가 이처럼 멋지게 생각된 적이 없었다. 엄격하긴 해도 정에 넘쳐흐르고 공평하며 똑똑한 사람들의 모임이라고 그녀는 생각했다. 모두 좋은 사람들뿐이다. 평화를 위해 싸우는 사람들…… 그녀가 서랍을 닫으려는데 문득 스마일리의 명함이 눈에 띄었다.

깊이 주름이 잡힌 진지한 표정의 키 작은 남자 모습이 떠올랐다. 그는 그녀의 방문 앞에 서서 이런 말을 했었다. "당은 당신과 리머스의 관계를 알고 있습니까?"라고.

'나는 참으로 바보였어. 그런 것을 염려할 필요는 없었는데.'

체포

피들러와 리머스는 그 뒤 말없이 자동차를 달렸다. 해가 서문 산 속은 어두운 동굴 같았다. 멀리서 반짝이는 바늘 끝 같은 등불이 바다 위에 떠 있는 배의 불을 연상시켰다.

피들러가 자동차를 숙소 옆의 오두막에 넣자 두 사람은 함께 현관을 향해서 걸어갔다. 숙소 안으로 들어가려고 하는데, 나무숲 사이에서 피들러를 부르는 목소리가 들려왔다. 뒤돌아보니 20야드쯤 떨어진 어둠 속에 세 사나이가 서 있었다. 피들러가 돌아오기를 기다리고 있었던 모양이다.

피들러가 물었다.

"무슨 용건이오?"

"할 이야기가 있소. 베를린에서 온 사람들이오."

피들러는 머뭇거리며 리머스에게 물었다.

"호위하는 녀석은 어디 갔을까요? 현관에 있으라고 일러두었는데."

리머스는 어깨를 으쓱해 보였다.

"홀에도 불이 켜져 있지 않고……" 하고 중얼거리며 피들러는 의아한 표정으로 사나이들 옆으로 다가갔다.

리머스는 조금 기다렸으나 아무 소리도 들리지 않았으므로 불이 켜져 있지 않은 건물을 지나 뒤꼍의 별채로 들어갔다. 겉만 번지르르하게 만든 건물로, 둘레에 소나무를 심어 외부에서 보이지 않도록 만든 곳이다. 그 안에는 침실이 세 개 나란히 있을 뿐, 복도도 없었다. 리머스가 쓰는 방은 가운뎃방이었으며, 본채와 가까이에 있는 방은 호위하는 사람이 쓰고 있었다. 세 번째 방에 누가 있는지는 리머스도 몰랐다. 한 번은 그곳과 그의 방 사이에 있는 문을 밀어보았으나 자물쇠가 잠겨 있어 꼬떡도 하지 않았다. 어느 날 아침 일찍 산책하러 나가다가 레이스 커튼 사이로 들여다보고 역시 같은 침실임을 알았다. 어디를 가건 호위 두 사람이 따라다니지 않은 적이 없었다. 그들은 늘 50야드쯤 거리를 두고 있었는데, 그때만큼은 이곳까지 따라오지 않았다. 리머스는 창문으로 들여다보았다. 일인용 침대 하나와 작은 책상이 하나 있었으며 책상 위에는 종이가 얹혀 있었다. 독일인답게 철저하게 그곳에서 옆방에 있는 그를 감시하고 있었으리라. 그러나 감시당하는 정도로 꺾일 리머스가 아니다. 신출내기 스파이와는 다르다. 베를린에서는 그것이 생활의 일부였다. 멍청히 있다가는 호된 꼴을 당하는 수도 있을 것이다. 결국 그것은 상대방이 그의 움직임을 주의 깊게 보고 있다는 것을 뜻하며, 그럼으로써 오히려 상대방의 단서를 잡을 수 있다고 할 수도 있다. 그는 알고 있었다. 이런 종류의 일에는 능숙했다. 관찰력과 정확한 기억력도 가지고 있었다. 단적으로 말해서 우수한 스파이인 그는 반드시 스파이를 알아보았다. 미행하는 팀이 즐겨 쓰는 방법과 계략에 정통했고, 그 약점을 알아내어 잠깐 사이에 그들의 정체를 파악할 수가 없었다. 이와 같은 리머스로서는 감시당하는 것이 두렵지 않았다. 숙소와 별채를 잇는 임시

문을 통해 호위들이 방으로 들어왔을 때도 막연히 이상한 예감을 느꼈을 뿐이었다.

별채 건물의 조명은 본채의 어디에선가 조절하고 있는 모양이었다. 불이 켜지고 꺼지는 것이 눈에 보이지 않았다. 아침에 이따금 그는 갑자기 머리 위에서 전등이 켜져 눈을 뜨는 수가 있었다. 밤에도 전등이 꺼지면 별수 없이 침대로 들어가야만 했다.

그날 밤 그가 별채로 들어간 것은 9시 조금 지나서였는데, 전등은 이미 꺼져 있었다. 여느 날에는 11시까지 켜져 있었는데, 그날 밤에는 벌써 꺼져버리고 덧문도 모두 다 닫혀 있었다. 본채와의 사잇문을 열어 놓았으므로 복도를 통해 바깥의 희미한 빛이 겨우 호위하는 사람의 침실까지 흘러들어왔다. 그러나 그 희미한 빛으로는 침대가 두 개 있다는 것을 알 수 있을 뿐이었다. 방 안에 아무도 없어 뜻밖이라고 생각하고 있는데 등 뒤에서 문이 닫혔다. 저절로 닫혔을 터이므로 리머스는 열어보려고 하지도 않았다. 방 안이 캄캄해졌다. 문 닫히는 소리도 나지 않았고 발소리도 들리지 않았다. 본능적으로 감각이 날카로워졌다. 무성영화의 음향장치가 갑자기 멎어버린 듯한 느낌이었다. 여송연 냄새가 났다. 아까부터 공기 속에 감돌고 있었을 텐데 지금까지 모르고 있었던 것이다. 어둠 속에서 앞이 안 보이는 사람처럼 촉각과 후각이 특히 예민해졌다.

주머니에 성냥이 있었으나 그것을 켜보고 싶은 마음은 들지 않았다. 한 걸음 옆으로 다가가 등을 바람벽에 기대고 섰다. 상대는 그가 호위의 방에서 그 자신의 침실로 가기를 기다리고 있는 모양이었다. 그는 그 방에서 꼼짝하지 않기로 마음먹었다. 막 지나온 본채 쪽에서 발소리가 들려왔다. 방금 닫은 문을 누군가가 만지고 있었다. 열쇠 돌아가는 소리가 났다. 이제 완전히 갇힌 것이다. 그래도 리머스는 움직이지 않았다. 틀림없이 그는 이 별채에 갇혀버린 것이다. 그는 천천히 몸을 굽혀 그 자리에 웅크렸다. 한 손을 윗옷 옆주머니에 찔러넣고 꼼짝하지 않았다. 투쟁에 대한 기대로 오히려 마음이 부풀고 가슴 속에 기억들이 재빨리 스쳐갔다. '어떤 경우이든 무기는 몸 가까이에서 찾아낼 수 있다. 재떨이, 몇 개의 경화(硬貨), 만년필. 이 가운데 어느 것을 써서라도 상대방의 눈을 도려내고 찢어줄 수 있다.' 전쟁 중 옥스퍼드의 그 집에서 몸집이 작고 차분한 웨일즈 출신의 하사가 즐겨 입에 올린 교훈이었다. '나이프, 스틱, 권총, 무엇이든 두 손을 써서는 안된다. 왼손은 언제나 자유롭게 하여 아랫배에 꼭 붙이고 있을 것. 무기가 될 만한 것을 찾아내지 못했을 경우에는 두 손을 벌려 엄지손가락을 구부리지 말고 펼 것.' 리머스의 오른손이 성냥갑을 세로로 꼭 쥐고 눌렀다. 까칠까칠한 나뭇조각이 손가락 사이에서 튀어나왔다. 그다음 그는 바람벽을 따라 움직이기 시작했다. 방 한구석에 의자가 있음을 미리 알고 있었기 때문에 소리 나게 바닥 한가운데까지 밀어내었다. 그리고 몇 발자국 물러나 두 벽 사이의 구석에 몸을 숨겼다. 그러는 동안 그의 방과 옆방 사이의 문이 힘있게 열리는 소리가 들렸다. 누군가가 문 앞에 서 있었다. 보려고 했지만, 두 방에 모두 불이 켜져 있지 않아 보이지 않았다. 그는 앞으로 나와 습격하려고 하지 않았다. 그는 가운데 놓인 의자의 위치를 알고 있으나 상대방은 모른다. 적이 먼저 습격하도록 만들어야 한다. 그러나 언제까지나 기다려서는 안된다. 그의 한패가 본채의 중앙 스위치를 조작하여 전등을 켤지도 모르기 때문이다.

"덤벼라! 왜 가만있지? 이 병신 같은 녀석!" 그는 독일어로 외쳤다. "나는 여기 있다. 이 구석에 있단 말이다, 어서 덤벼 와라!"

움직이는 기척도 없고 소리도 나지 않았다.

"나는 여기 있다. 보이지 않느냐? 보이지 않아도 움직일 수 있을 텐데. 비겁한 자식!"

순간 한 걸음 내딛는 소리가 들렸다. 이어서 다시 한 걸음. 그 다음은 의자에 크게 부딪치는 소리가 났다. 이어서 "빌어먹을!" 하고 외치는 소리가 났다. 리머스는 그때를 기다리고 있었다. 성냥갑을 던지고 천천히 앞으로 나갔다. 한 걸음씩 나무의 작은 가지를 헤치고 걸어가는 듯한 자세로 왼손을 앞으로 뻗고 나아갔다. 그 손끝에 따뜻한 것이 닿았다. 꺼칠꺼칠한 군복이었다. 왼손으로 리머스는 일부러 상대방의 팔을 두 번 두드렸다. 뚜렷하게 두 번. 그러자 겁먹은 듯한 목소리가 귓가에서 독일어로 속삭였다.

"한스인가?"

"쉿! 소리를 내면 어떡하나!" 리머스도 작은 소리로 대답했다.

그리고 순간 손을 뻗어 상대방의 머리카락을 움켜쥐고 앞으로 잡아당긴 다음 오른손으로 상대방의 목덜미를 힘껏 때렸다. 이어서 팔을 붙잡고 목을 위로 젖힌 다음 걷어찼다. 그러자 상대방은 중력의 법칙에 의해 바닥으로 나가떨어졌다. 사나이의 몸이 나동그라졌을 때 전등이 켜졌다. 문 앞에 젊은 인민경찰이 여송연을 입에 물고 서 있었다. 그 뒤에는 그의 부하가 두 사람. 하나는 평복을 입었으며 아주 젊었다. 손에 든 권총은 리머스가 보건대 손잡이 등에 장진 레버가 달린 체코식이었다. 그들은 똑같이 바닥에 나동그라진 사나이를 들여다보았다. 누군가가 밖으로 향해 나 있는 문을 열쇠로 열었다. 그것이 누구인지 알기 위해 리머스가 돌아보려고 몸을 돌린 순간 날카로운 목소리가 울렸다. 아마도 인민경찰이 지른 것이리라. 뒤돌아보지 말라는 소리였다. 리머스는 다시 천천히 얼굴을 돌려 앞에 있는 세 사람을 쳐다보았다.

두 손을 옆구리에 대고 있었는데, 맹렬한 타격을 받아 두개골이 부서져나가는 듯했다. 정신을 잃기 직전에 무의식의 바닷속을 헤매며 자기를 때린 흉기는 연발권총이 아니면 손잡이에 긴 끈의 고리가 달려 있는 낡은 총이라고 생각했다.

죄수가 무언가 노래를 부르자 간수가 입 다물라고 소리 질렀다. 그 소리를 듣고 리머스는 의식을 되찾았다. 눈을 뜨자 강한 광선 같은 심한 통증이 뇌수를 꿰뚫었다. 움직이지 않고 누운 채 눈을 뜨고 있으려니까 여러 가지 빛깔의 단편들이 시야를 가로질러갔다. 그는 물끄러미 그것을 바라보았다. 이어서 그는 자신의 몸을 확인해 보았다. 두 다리는 얼음처럼 차갑고, 시큼한 죄수복 냄새가 코를 찔렀다. 노랫소리는 그쳤으나 다시 한 번 노래를 불러주었으면 좋겠다고 리머스는 생각했다. 그러나 두 번 다시 노랫소리가 들리지 않으리라는 것을 알고 있었다. 한 손을 쳐들어 뺨을 만져보려고 했다. 딱딱하고 차가운 것이 만져졌다. 그의 두 손은 등 쪽으로 돌려진 채 수갑으로 채워져 있었고, 다리도 역시 묶여 있었다. 피가 멎어 손발이 차가와진 모양이었다. 그는 고통을 참으며 고개를 바닥에서 조금 쳐들고 주위를 둘러보았다. 놀랍게도 두 무릎이 눈앞에 있었다. 본능적으로 두 다리를 펴보려고 했는데, 그 순간 온 몸이 쑤시는 듯하여 엉겁결에 고통의 소리를 질렀다. 고문대에 있는 남자의 마지막 신음 소리 같아 자신에게도 비참하게 들렸다. 헐떡거리며 누운 채 고통을 참으려고 애썼다. 그리고 다시 한 번 고집스럽게 천천히 다리를 뻗어보려고 했다. 그러자 다시 아픔이 덮쳐왔다. 리머스는 그 원인을 알고 있었다. 두 손, 두 발이 등 쪽에 쇠사슬로 묶여 있었기 때문이었다. 다리를 뻗으려고 하면 쇠사슬이 파고들어와 결국 어깨를 늘어뜨리고 상처 입은 머리를 돌바닥에 뉘어야만 했다. 그가 의식을 잃은 동안 심하게 두들겨 팬 모양이다. 차갑게 뻗어버린 온 몸에 타박상이 뒤덮이고, 뼈마디마디가 쑤셨다. 호위하는 사나이가 죽기라도 한 것일까? 그랬으면 좋겠다고 그는 생각했다.

머리 위에서 커다란 전등이 병원같이 강한 빛을 던져주었다. 가구는 없고 하얗게 칠한 바람벽이 몸을 둘러쌌으며, 강철문이 보였다. 고상한 잿빛 런던 거리에서 볼 수 있는 빛깔. 그밖에는 아무것도 없었다. 생각할 것도 없다. 있는 것은 오직 심한 고통뿐.

　그들이 들어올 때까지 몇 시간 동안이나 거기에 누워 있었던 것 같다. 심한 열이 차츰 더 높아졌다. 목이 말라 소리 지르고 싶은 것을 겨우 참았다. 이윽고 문이 열리고 그곳에 문트가 서 있었다. 눈빛을 보고 문트라는 것을 알았다. 스마일리가 언젠가 그의 눈빛에 대해 이야기해 주었기 때문이다.

문트

부하들이 리머스의 수갑과 족쇄를 벗기고 일으켜 세우려고 했다.
리머스도 온 힘을 다해 일어나려 했으나, 손발의 피돌기가 멎었기 때
문인지 오랫동안 묶여 있던 관절에 갑자기 이완감을 느끼며 다시 그
자리에 쓰러지고 말았다. 그들은 손을 빌려주려고 하지도 않고 곤충
을 관찰하는 아이들처럼 물끄러미 바라보고 있었다. 호위 한 사람이
문트의 옆을 지나 다가와서 일어서라고 소리쳤다. 리머스는 벽가로
기어갔다. 그 하얀 벽돌에 팔딱팔딱 피가 뛰는 두 손을 짚고 일어서
려고 애썼다. 반쯤 허리를 들어올렸을 때 호위가 발로 걷어찼다. 한
참 만에 또 일어서려 하자 이번에는 호위가 부축하여 벽에 일으켜 세
웠다. 그러나 몸의 중심을 오른쪽 다리에 걸고 있는 것으로 보아 세
워놓고 다시 걷어찰 생각인 듯했다. 리머스는 남은 힘을 쥐어짜 몸을
앞으로 내밀며 숙인 고개를 상대방의 얼굴에 부딪쳤다. 리머스를 위
로 하고 두 사람은 함께 나동그라졌다. 호위는 일어섰으나, 리머스는
뒹군 채 보복을 기다렸다. 그러나 문트가 뭐라고 하자 호위의 손이
리머스의 어깨와 다리를 붙잡고 둘러멨다. 귓가에서 감방의 철문 닫

히는 소리가 들리고 그는 복도로 운반되어 갔다. 무섭도록 목이 말랐다.

그가 운반되어 간 곳은 좁기는 해도 느낌이 좋은 방으로, 적당한 가구들이 갖추어져 있었다. 책상과 팔걸이의자, 쇠테가 둘려진 창문을 스웨덴제 블라인드가 반쯤 덮고 있었다. 문트는 책상에 앉고 리머스는 눈을 반쯤 감은 채 팔걸이의자에 앉았다. 호위는 문 앞에 서 있었다.

"목이 마르군." 리머스가 말했다.

"위스키 ? "

"물을 주시오."

문트는 한쪽 구석에 놓인 물병에서 유리잔에 물을 따라 책상 위까지 날라다주었다.

"먹을 것을 갖다줘."

호위 한 사람이 방에서 나갔다. 그리고 곧 스프와 얇게 썬 소시지를 들고 들어왔다. 리머스가 마시고 먹는 것을 그들은 말없이 바라보고 있었다.

"피들러는 어디 있소 ? " 조금 뒤 리머스가 물었다.

"체포했소." 문트는 짤막하게 대답했다.

"무슨 이유로 ? "

"적국과 내통하여 인민의 방위를 게을리 한 죄요."

리머스는 느릿하게 고개를 끄덕였다.

"당신이 이겼구료. 언제 체포했소 ? "

"어젯밤에."

리머스는 잠시 기다렸다. 그는 다시 문트를 노려보고 물었다.

"나를 어떻게 할 작정이오 ? "

"당신은 중요한 증인이니까 나중에 이 사건을 심리할 때 출두해 주어야 하오."

"문트를 위기에 빠뜨리기 위해 런던이 짜놓은 공작에서 한 역할 맡아야 했다고 말이지요."

문트는 고개를 끄덕이며 담배에 불을 붙이더니 호위 한 사람을 시켜 리머스에게 주라고 했다. 담배를 받아든 호위는 다가와서 내키지 않는 듯한 몸짓을 노골적으로 드러내며 리머스의 입술에 물려주었다. 리머스는 공허한 어조로 덧붙여 말했다.

"감쪽같이 속았군! 영리한 자들이야, 이 중국놈들 같으니!"

문트는 아무 말도 하지 않았다. 마주앉아 있는 동안 리머스는 상대방의 침묵에 익숙해졌다. 예상하지 못했던 일이지만, 문트의 목소리에 뜻밖에도 기분 좋은 울림이 있었다.

그러나 좀처럼 지껄이려고 하지 않았다. 아마도 그것은 이상하리만큼 강한 자신감 때문이리라. 특별히 필요한 경우 외에는 한 마디도 하지 않았다. 뜻없는 말을 주고받는 것보다 아무리 긴 시간이라도 입을 다문 채 앉아 있는다. 직업적으로 심문을 하는 사람은 무엇보다도 주도권을 잡아야 하고, 그러기 위해 죄수의 정신을 지배하여 심리적인 압박을 가하는데, 그 점에 있어 문트는 참으로 이색적인 데가 있었다. 테크닉 따위는 처음부터 무시했다. 그는 사실을 존중하는 행동인이었고, 리머스 역시 그편을 좋아했다.

문트의 외모는 그러한 성질과 완전히 일치했다. 스포츠맨 타입, 금발을 짧게 깎아 올렸으며, 야무진 얼굴 모습은 그의 냉철한 성격을 선으로 나타내어 끔찍하리만큼 강인한 인상을 주었다. 유머라든가 변덕 따위는 손톱만큼도 보이려고 하지 않았다. 젊어 보이기는 했으나 청년다운 발랄함은 없었다. 나이든 사람은 그것을 진지한 일면으로 받아들일 것이다. 체격도 좋았다. 양복도 잘 어울렸는데, 아마도 무엇을 입든 멋있게 보이는 체격 때문이리라. 그러나 리머스는 그가 살인자라는 것을 잊지 않았다. 그의 둘레를 감돌고 있는 냉혹함이며 강한 자기만족의 태도는 틀림없는 살인자의 특징이었다. 문트는 철저하게 비정한 사나이인 것이다.

문트는 그 비정함을 더욱 강조하는 말을 했다.

"필요에 따라선 당신을 또 한 가지 죄목을 달아 법정에 세울 수도 있소, 살인죄로."

"그렇다면 호위가 죽었단 말이오?"

이 말과 동시에 심한 고통의 물결이 리머스의 머리를 꿰뚫고 지나갔다.

문트는 고개를 끄덕였다.

"그렇소. 스파이의 죄목은 뭐라고 할까, 말하자면 당신의 심리(審理)도 이론적인 것이라고 할 수 있소. 그래서 나는 피들러 사건의 심리를 공개하자고 주장하고 있소. 그것은 또한 최고회의 간부들이 바라는 바이기도 하오."

"나의 자백이 필요하단 말이오?"

"그렇다고 할 수 있소."

"다시 말해서 당신은 아직 증거를 잡지 못하고 있군요?"

"증거는 잡을 수 있소. 당신의 자백을 들을 수 있으니까."

문트의 목소리에 위협하는 투는 담겨 있지 않았다. 거만하지도 않았고, 연극조의 꾸밈도 전혀 없었다. 그는 덧붙여 말했다.

"당신의 경우는 징성침작의 여지가 충분히 있소. 당신은 영국 첩보부의 압력을 받아 공금횡령죄를 뒤집어쓰고 그것을 이유로 나를 곤경에 빠뜨리려는 공작에 한몫하도록 강요당했소. 이런 상황에서 저지른 죄에 대하여는 법정도 동정을 느끼기 마련이오."

리머스는 헛점을 찔린 듯한 느낌이 들었다.

"내가 공금횡령죄로 문책당했다는 사실을 어떻게 알았지요?"

그러나 문트는 그 말에 대답하지 않았다.

"피들러는 경솔했소." 문트는 말했다. "나는 피터즈가 보낸 보고서를 읽고 그것을 곧 알아차렸지요. 당신이 그쪽에서 보낸 사람이라는 것. 피들러가 그 덫에 걸려들려 하고 있다는 것을. 피들러는 본디 나를 싫어하고 있었소." 그는 그 말이 옳다는 것을 강조하듯 혼자 고개를 끄덕였다.

"물론 당신의 동료는 그 점을 알고 있었지요. 교묘한 작전이라고 할 수 있는데, 누가 생각해 냈는지 말해 보시오. 스마일리요? 그가 한 짓이오?"

이번에는 리머스가 대답하지 않았다.

"난 피들러가 조사한 심문 조서를 보고 싶었소. 보내달라고 했는데도 그는 이유를 붙여 보내주지 않았지요. 그래서 내 생각이 잘못이 아님을 깨달았소. 그런데 어제 그는 그것을 최고회의 간부들에게 회람시켰소. 그러면서도 내게는 복사한 것조차 보내주지 않았단 말이오. 런던이 성공한 거지요. 그곳에는 꽤 영리한 이가 있는 듯싶소."

리머스는 여전히 잠자코 있었다.

"당신이 스마일리와 마지막으로 만난 것은 언제였소?"

문트의 자연스러운 질문을 받고 리머스는 대답이 막혔다. 뭐라고 대답하면 좋을까? 그 순간 머리에 심한 고통이 덮쳐왔다.

"마지막으로 만난 것이 언제였소?" 문트는 되풀이했다.

"생각나지 않소." 리머스는 겨우 대답했다. "스마일리는 사실 지금 우리의 조직에서 빠져나갔으며, 이따금 일을 도와줄 뿐이오."

"그는 틀림없이 피터 길럼의 친구였지요?"

"그렇게 알고 있소."

"길럼은 당신이 추측하기에 동독의 경제상태를 연구하고 있다는데,

첩보부에서는 아주 색다른 일이 아닐까요? 부원도 몇 명 있겠지요. 당신에게 물어봐야 일의 자세한 내용은 모른다고 하겠지만……"

"그 말이 맞소."

미친 듯이 맥박치는 뇌수 속에서 청각과 시각이 혼란을 일으키기 시작했다. 눈에 열이 오르며 몹시 아팠고, 가슴이 울렁거리기 시작했다.

"마지막으로 스마일리를 만난 것이 언제였소?"

"생각나지 않소…… 도무지 생각나지 않소."

문트는 고개를 저었다.

"당신은 뛰어난 기억력의 소유자요. 그것은 누구나 다 알고 있는 사실이지요. 마지막으로 만난 것이 언제인가 하는 것은 대개 생각나는 법이오. 어떻소, 당신이 그와 만난 것은 베를린에서 귀국한 뒤가 아니었소?"

"그런 것 같소만, 아마 우연히 만났을 거요…… 그렇지, 관청 안에서였소. 그것도 꼭 한 번뿐." 리머스는 눈을 감고 있었다. 이마에 땀이 배어나왔다. "나는 더 이상 말할 수가 없소. 가슴이 울렁거려서……"

"애쉬에게 붙들려 결국 그의 덫에 당신 스스로 발을 들여놓은 셈이 되었소. 그때 당신은 함께 식사를 했지요, 안 그렇소?"

"그렇소, 함께 식사했소."

"식사는 4시에 끝났지요. 그리고 당신은 어디로 갔소?"

"시내로 나갔을 거요. 확실한 것은 기억하고 있지 않지만…… 저어, 괴로워서……." 리머스는 머리를 감싸 쥐었다. "더 이상 계속하지 못하겠소. 머리가 아파서……."

"그리고 어디로 갔지요? 어째서 미행하는 자를 따돌렸지요? 무엇 때문에 그토록 애쓰며 미행자를 따돌렸느냔 말이오!"

리머스는 대답하지 않았다. 거칠게 숨을 내쉬며 두 손에 머리를 묻었다.

"이 질문에만 대답해 주시오. 그럼, 천천히 쉬게 해주겠소. 침대에 가서 누워도 좋소. 잠을 자고 싶으면 잘 수도 있소. 그러나 대답하지 않으면 다시 아까의 그 방으로 보내겠소. 다시 수갑이 채워지고 마룻바닥에 짐승처럼 나뒹굴어야 하오. 자아, 어서 대답하시오. 어디에 갔었지요?"

머릿속에 울리는 피의 움직임이 더욱 심해져서 방 전체가 빙빙 돌기 시작했다. 주위에서 목소리가 들려왔고 발소리가 들려왔다. 반짝거리는 것이 망막을 스쳐지나갔다. 소리와 중심(重心)이 그의 몸에서 떨어져나갔다. 누군가가 외치고 있는데, 그에게 외치는 것은 아니었다. 문이 열렸다. 누군가가 틀림없이 문을 열었다. 방 안은 사람들로 가득 찼다. 모두들 외치고 있었다. 그 사람들의 무리가 움직이기 시작했다. 몇 사람은 밖으로 나갔다. 사라지는 소리가 들렸다. 발을 구르는 소리가 머리를 두드리는 맥박으로 변하여 울려왔다. 그 소리도 사라지더니 조용해졌다. 그리고 하느님의 은총같이 차가운 헝겊이 이마에 대어졌고, 부드러운 손길이 그의 몸을 날라갔다.

그 발치에 피들러가 서 있었다. 담배를 입에 물고……

피들러

리머스는 주위를 둘러보았다. 시트가 덮여 있는 침대. 이곳 창문에는 철창이 끼워져 있지 않았다. 커튼과 젖빛 유리가 보일 뿐이다. 연푸른 빛깔의 벽, 진푸른 빛깔의 리놀륨 바닥. 그리고 피들러가 담배를 입에 물고 서 있었다.

간호원이 식사를 날라왔다. 달걀과 묽은 수프와 과일. 보기만 해도 가슴이 메슥거렸으나 먹어두는 편이 좋을 것이라는 생각이 들었다. 피들러는 그가 먹는 모습을 가만히 바라보고 있다가 이윽고 물었다.

"기분이 어떻소?"

"몹시 언짢군요."

"하지만 조금씩 나아지고 있겠지요?"

"그런 것 같소." 리머스는 조금 머뭇거리며 말했다. "그 새끼, 나를 족쳤단 말이오!"

"당신은 호위를 죽였소, 알고 있겠지요?"

"죽었을지도 모른다고 생각했소…… 그 쪽에서 이상하게 나오면 이쪽에서도 저항하리라는 것을 알았어야 할 텐데…… 나를 체포할 생각이었다면 당신과 함께 있을 때 붙잡을 것이지, 불을 온통 꺼버리고, 왜 그런 짓을 했지요? 계획이 좀 지나친 것 같지 않소?"

"계획이 지나친 것이 이 나라의 경향이지요. 다른 나라라면 효율만을 생각하는 것으로 그칠 텐데."

다시 침묵이 흘렀다. 한참 뒤 리머스가 물었다.

"당신은 어떤 일을 당했소?"

"나도 역시 심한 심문을 받았소."

"문트의 부하에게 말이오?"

"문트의 부하와 그리고 문트에게. 아주 이상한 기분이 들더군요."

"그것이 입을 열게 하려는 놈들의 수법이지요."

"아니, 내 말은 육체적인 뜻이 아니오. 육체적으로는 악몽 같은 것이라 생각하고 체념할 수도 있소. 아시다시피 문트는 나를 박살내는 일에 특별한 흥미를 가지고 있지요. 입을 열게 하는 일 외에 말이오."

"당신이 그 이야기를 날조했다고 그러는 거요?"

"내가 유대인이기 때문이오."

"그랬었군." 리머스는 안됐다는 듯이 말했다.

"그것이 특수한 취급을 당하는 이유요. 그동안 그는 끊임없이 내 귓가에 대고 속삭였지요. 아주 이상한 기분이 들었소."

"그래, 뭐라고 말했지요?"

피들러는 곧 대답하지 않았다. 이윽고 그는 중얼거리듯 말했다.

"그것도 이제는 끝나버린 일이오."

"무엇이? 무슨 일이 일어났소?"

"우리가 체포되던 날 낮에 나는 문트를 인민의 적으로서 최고회의에 체포장을 청구했소."

"이상하군요. 무슨 생각으로 당신은 그런 짓을 했소? 그 사람이 이제 와서⋯⋯."

"당신 사건 외에도 그에게는 불리한 증거가 여러 가지 있소. 나는 3년 동안 증거를 하나하나 수집해 왔지요. 당신도 내가 필요로 하는 증언을 해주었소. 그래서 이제는 확신할 수 있다고 생각되었기 때문에 나는 곧 보고서를 작성하여 최고회의의 모든 위원들에게 보냈지요. 문트를 제외한 모든 위원에게. 간부들은 내가 체포장을 청구한 날 그것을 받았소."

"우리가 붙잡힌 날 말이오?"

"그렇소. 문트가 저항하리라는 것은 알고 있었소. 최고회의의 간부 가운데 그의 동조자가 있다는 것도 알고 있었소. 언제나 그를 따르는 몇 사람이 있지요. 그들이 나의 보고서를 보고 깜짝 놀라 곧 문트에게 연락했을 거요. 하지만 결국 그들이 패배하리라는 것을 나는 알고 있소. 최고회의는 그를 실각시키기 위해 필요한 무기를 갖추고 있으니까. 보고서를 받은 그들은 나와 당신이 심문당하고 있는 며칠 동안 그것을 몇 번 되풀이하여 읽고 틀림없는 사실임을 알았소. 자기 혼자가 아니라 모든 간부의 눈에 띈 이상 그대로 내버려둘 수는 없다 생각하고 마침내 행동으로 옮긴 거요. 공통적인 두려움, 공통적인 약점, 공통적인 지식이 그들을 행동으로 몰아댔지요. 문트를 물리치지 않으면 그들 자신이 위험하게 되거든요. 그래서 사문회(査問會)를 열기로 했답니다."

"사문회?"

"물론 비공개로. 내일 열릴 예정이오. 문트는 지금 구금당해 있소."

"다른 증거라니, 어떤 것이지요? 당신이 수집했다는 것 말이오."

"앞으로 알게 될 거요." 피들러는 미소 지으며 대답했다. "내일은 당신이 직접 입회하게 될 테니까."

그 다음 한참 동안 피들러는 말없이 리머스의 식사를 바라보고 있었다.

"그 사문회 말인데⋯⋯" 리머스는 말했다. "어떤 식으로 구성되어 있소?"

"간부회의장이 주관하지요. 인민을 재판하기 위한 법정은 아니오. 바로 이것이 기억해 두어야 할 중요한 점이며, 주안점은 죄를 가려내기보다 진상을 적발하는 데 있소. 일종의 조사위원회라고 할 수 있지요. 최고회의가 개최를 명령하고, 어떤 문제에 대해 조사의 결과를 보고시키는 거요. 그 보고에는 사문회의 의견이 포함되어 있어 이러한 경우 그 의견이 판결과 같은 효과를 가지게 되지요. 그러나 그것을 공식적으로 발표하는 일은 없고, 어디까지나 최고회의 사무처리 가운데 일부로서 실현되오."

"운영은? 검사관이라든가 변호인은 어떻게 됩니까? 물론 재판관에 해당하는 사람이 있겠지요?"

"재판관은 세 사람. 그리고 검사와 변호인에 해당되는 사람도 있소. 내일 나가보면 알게 되겠지만 내가 문트의 죄를 입증하는 검사의 입장이고, 칼덴이 그의 변호를 맡게 되오."

피들러가 대답했다.

"칼덴이라니요?"

피들러는 대답하기가 꺼려지는 모양이었다.

"아주 똑똑한 사람이지만 겉보기에는 마음씨 좋은 시골 의사 같지요. 이 키 작은 사람은 부헨월트에 살고 있소."

"어째서 문트는 자신이 직접 해명하지 않지요?"

"칼덴이 변호해 주기를 문트 자신이 바라고 있기 때문이오. 칼덴은 증인을 신청하겠다고 말하고 있소."

리머스는 어깨를 으쓱했다.

"결국 당신 문제가 나오겠지요." 피들러가 말했다.

다시 침묵이 흘렀다. 마지막으로 피들러가 생각에 잠기며 말했다. "나는 별로 걱정하지 않소. 걱정할 필요가 없을 것 같아서. 그가 나에 대한 증오와 질투 때문에 나를 해쳤다 하더라도 별로 걱정할 일은 아니었소. 아시겠소, 리머스? 지금 비로소 시작된 것은 아니니까. 어떤 고통이든 오래 계속되면 마지막에는 대수롭지 않게 되는 법이거든요. 나는 나 자신에게 이렇게 타일렀소. '기절할 만큼 힘들지도 모르지만, 언젠가는 이 고통도 참을 수 있게 될 것이다. 자연이 그렇게 만들어줄 것이다'라고. 고통이란 바이올린의 현(絃)처럼 더 이상 올라갈 수 없다고 생각되는 데까지 높여지지요. 귀가 먼 어린아이에게 듣는 힘을 길러주는 연습처럼 자연의 힘이 차츰 가락을 올려줍니다. 문트는 끊임없이 내게 속사였지요. '이 유대인 놈, 이 유대인 놈, 하고. 나는 이해할 수 있었소. 똑똑히 이해할 수 있었단 말이오. 그가 나를 이처럼 못살게 구는 것은 이데올로기 때문인가. 당 때문인가, 아니면——이렇게 말해도 괜찮다면—— 개인적으로 나를 미워하기 때문인가 하는 것을. 하지만 지금 생각해 보니 내가 잘못 알았다는 것을 깨달았소. 그가 미워한 것은……."

"그만하시오." 리머스가 말을 가로막았다. "당신은 알고 있었던 거요. 그는 악인이오."

"그렇소." 피들러가 말했다. "그는 악인이오."

피들러는 흥분해 있는 것 같았다. 누구에게 말하지 않고는 견딜 수 없는 모양이었다.

"나는 당신에 대해 여러 가지로 생각해 보았소. 당신과 나눈 이야기들을 생각해 보았소. 기억하고 있겠지요. 모터에 대한 것을?"

"모터?"

피들러는 웃음을 터뜨렸다.

"아아, 미안하오, 너무 직역(直譯)을 했나 보오. 내가 말하는 '모터'란 엔진, 몰아대는 것, 그리스도교가 '정신'이라고 부르는 것이오."

"공교롭게도 나는 그리스도교도가 아니오."

피들러는 어깨를 으쓱했다. 그는 다시 미소 지으며 말했다.

"아니, 당신은 내가 하는 말의 뜻을 알고 있소. 당신 자신이 주체하지 못하고 있는 것이지요…… 이렇게 말할 수도 있겠지요. 문트의 움직임은 옳은 것이 아니었을까? 그는 나에게 자백하라고 말했소. 그의 목숨을 앗으려고 계획한 영국의 스파이들과 협력했다고 자백시키려 했단 말이오. 당신은 물론 그가 한 말의 뜻을 알고 있을 거요. 이것은 모두 영국 첩보부가 세운 작전으로, 그 목적은 우리를 유혹하고──아니, 뭣하다면 나 하나라고 해도 좋소──부추겨서 우리 첩보부가 가지고 있는 가장 큰 인물을 없애려고 했다는 거요. 결국 우리 자신의 무기를 우리에게 들이대려고 했다는 거지요."

"그는 나에게도 그렇게 자백시키려고 했지요. 마치 나 혼자 이 이야기를 모두 꾸며내기라도 한 듯이……." 리머스는 그다지 관심이 없는 듯 말했다.

"하지만 내가 말하고 싶은 것은 앞으로 일이오, 리머스. 만일 그것이 사실이라면──나는 가정하여 말하고 있을 뿐이지만──당신이 그런 계획 아래 움직이고 있었다면 당신들에게 아무 죄 없는 사람을 매장할 의도가 있었다는 이야기가 되오."

"문트는 사람을 죽인 인간이오."

"당신들이 노리는 사람이 그가 아니라고 가정하고 하는 말이오. 상대가 문트가 아니고 나라면?…… 런던은 그런 것을 생각할까요? "

"사정에 따라 달라지겠지요…… 그럴 필요가 있기만 하다면……. "

"'필요가 있기만 하다면'이라……. " 피들러는 불만스러운 듯이 말했다. "스탈린과 같군. 교통사고와 통계표. 그 말을 들으니 마음이 편안해졌소. "

"어째서지요? "

피들러가 말했다.

"당신은 조금 쉬어야겠소. 먹고 싶은 것이 있으면 사양 말고 부탁하시오. 무엇이든 가져오도록 할 테니. 내일은 당신도 이야기를 많이 해야 할 거요. "

그는 문 쪽으로 걸어가다가 문득 돌아다보았다.

"아시다시피 우리는 조금도 달라지지 않았소. 그것은 악봉과 같은 것이오. "

얼마 뒤 리머스는 잠들었다. 피들러가 자기편이며, 가까운 시일 안에 문트를 사형대에 보낼 수 있다는 것을 알고 깊은 만족감을 느끼며 …… 오랫동안 손꼽아 기다리던 날이 드디어 다가오고 있는 것이다.

지부회

리즈는 라이프찌히에서 행복했다. 검소한 생활이 오히려 그녀를 기쁘게 해주었다. 그리고 그녀에게 희망의 기쁨을 주었다. 그녀가 머무르고 있는 그 작은 집은 보잘것 없고 어두컴컴했다. 풍족하지 못한 식사마저 거의 모두 아이들의 입으로 들어가고 만다. 그녀와 에베르트 부인은 식사 때마다 정치에 대한 이야기를 했다. 에베르트 부인은 라이프찌히 호헨그륀 지부의 지부장이었다. 키가 작고 이미 머리가 하얗다. 남편은 교외의 자갈채취장에서 감독으로 일하고 있었다. 수도원에서의 생활 같다고 리즈는 생각했다. 수도원이나 키브츠(이스라엘의 집단농장) 같은 생활의 즐거움. 너무 배부르지 않을 때 세상이 좋게 느껴지는 모양이다.

리즈는 본디 독일어를 어느 정도 알고 있었다. 큰어머니에게서 배웠는데, 얼른 생각나지 않아서 자기 자신이 조금 한심해질 정도였다. 처음에 아이들에게 말을 걸어보았더니, 아이들도 이것저것 가르쳐주었다. 아이들은 그녀를 이상하게 대했다. 굉장히 훌륭한 사람이 왔다고 생각하는지 자꾸만 멀리하려고 했다. 그러나 사흘째가 되자 용기를 내어 '그쪽 나라'에서 초콜릿을 가지고 왔느냐고 물었다. 그녀로서는 생각지도 않았던 일이었으므로 오히려 부끄러운 기분이 들었다. 그러자 그 다음부터는 그녀에게 별로 관심을 두지 않았다.

밤에는 당의 일을 했다. 당회비를 아직 못 냈거나 집회출석을 게을리하는 사람들을 방문했다. 팸플릿을 배부하며 돌아다닐 때도 있었다. 지부장들이 모두 모이는 지구위원회에 출석하여 '농업 생산물의 중앙배급제도'에 대한 토의를 듣기도 했으며, 교외의 공구(工具)공장에서 열리는 '노동자협의회'에 참석한 적도 있었다.

나흘째 되는 날──그것은 목요일이었는데──이 고장 지부의 모임이 있었다. 리즈에게 다시없이 즐거운 경험이 될 것이다. 여기서 배운 실례를 본받아 언젠가는 그녀의 손으로 베이즈워터 지부회를 개혁할 수 있을 것이기 때문이다. 그날 밤의 토의 제목은 훌륭한 것이었다. '1, 2차 세계대전 후의 평화공존'. 기록적으로 많은 사람이 참석하리라고 예상되었다. 모든 지부원에게 통지를 보냈고, 그날 밤에는 가까운 지구에 비슷한 종류의 모임이 없다는 것도 미리 알아두었다. 그리고 또한 늦게까지 물건을 살 수 있는 날도 아니었다.

참석한 사람은 일곱 명이었다.

일곱 명의 당원과 리즈, 지부장, 그리고 지구위원회의 남자 한 사람. 리즈는 침착한 태도를 취하려고 했으나 사실은 몹시 흥분해 있었다. 강연자의 말에도 주의를 집중시킬 수가 없었다. 겨우 마음을 가라앉혀 주의를 기울었을 때 그녀가 이해하기 힘든 실낱란 복합어가 튀어나왔다. 베이즈워터에서의 모임과 비슷했다. 교회에 다니던 시절, 수요일쯤 열리는 저녁기도회와 비슷했다. 똑같이 무표정한 얼굴, 경건한 작은 모임, 똑같이 어마어마한 과잉, 얼마 안되는 사람들이 손에 위대한 사상이 쥐어져 있다는 기분. 우스운 이야기지만, 그녀역시 예외는 아니었다. '하지만 아무도 말을 걸어주지 않으면 좋으련만' 하고 그녀는 마음 속으로 빌었다. 이 모임은 절대적인 것으로, 경우에 따라서는 들볶일는지도 모르며 창피를 당할지도 모른다. 그렇다고 반발하지 못할 것은 없겠지만.

그러나 일곱 명의 당원으로는 아무런 의미도 없다. 아니, 의미가 없다는 것보다 더욱 나쁜 존재이다. 이런 상태로는 조직되지 않은 대중과 조금도 다를 바가 없다. 무기력의 표본 같아 리즈는 그들에게 실망을 느끼고 말았다.

모임의 장소는 베이즈워터 거리의 모임 장소인 학교 교실보다는 나았다. 그러나 만족할 만한 것은 못되었다. 베이즈워터에서는 모임의 장소를 찾는 일에 흥미를 느낄 수 있었다. 처음에는 당의 모임이라는 사실을 감추어 전혀 다른 모임처럼 보이게 했다. 술집 구석방을 빌기도 했고, 에디너카페의 한 방을 빌기도 했으며, 때로는 사람 눈을 피해 당원의 집에 모이는 수도 있었다. 그러나 빌 헤이젤이 입당하고부터는 중학교 교사인 그가 담당교실을 제공해 주었다. 거기에도 위험성이 없었던 것은 아니다. 교장은 빌이 연극모임을 주관하고 있는 줄 알았으므로 그런 점으로 볼 때 쫓겨날 우려가 있었다.

그러나 이 '평화'의 장식은 베이즈워터의 것보다 훨씬 못했다. 콘크리트 벽의 구석구석에 갈라져 있는 금이 보였다. 레닌의 사진. 어째서 여기 사람들은 저토록 투박한 액자를 쓰고 있을까? 오르간의 파이프가 무더기로 얼굴을 내밀고 있었다. 가구는 모두 먼지투성이였다. 독재자의 장례식에서 옮겨온 듯한 느낌이 들었다. 리머스의 말이 적절하지 않았을까?

"당신은 필요한 것을 옳다고 믿고 있을 뿐이오. 당신이 옳다고 생각하는 것에는 그 자체의 가치와 기능이 없소." 또 이런 말도 했다. "개는 가려운 곳을 긁지. 개가 다르면 가려운 곳도 달라."

"아니에요, 그럴 리가 없어요. 당신의 말은 틀려요. 천만의 말씀이에요. 평화, 자유, 평등, 모두가 진실이에요. 엄연히 존재하고 있는 진실. 그리고 역사. 그 법칙이 옳다는 것을 당이 훌륭히 증명하고 있어요. 당신의 말은 틀려요. 진리는 개인의 외부에 존재해요. 그것을 역사가 입증해 주고 있어요. 개인은 그것을 따라야만 해요. 필요하다면 기꺼이 희생하기도 해야 해요. 당은 역사의 선구자, 평화를 위한 투쟁의 전위……." 그녀는 빨갛게 인쇄된 활자를 들여다보며 가냘픈 동요를 느꼈다. 어째서 더 많은 사람이 참석하지 않았을까? 일곱 사람은 너무 적다. 그 일곱 사람도 모두 한결같이 언짢은 표정들이다…… 시장하기 때문일까?

모임은 끝났다. 리즈는 에베르트 부인이 뒤처리를 끝마치기를 기다리고 있었다. 부인은 문 옆의 커다란 책상에서 팔다 남은 책자들을 긁어모아 출식부에 기입한 다음 비로소 외투에 팔을 끼워 넣었다. 그날 밤 바깥 날씨가 추웠기 때문이다. 강연자는 일반토론에 참석하지도 않고 일찌감치 돌아가 버렸다. '출석자가 적어서 화가 난 것일까?' 라고 리즈는 생각했다. 에베르트 부인은 문 옆에 서서 손가락을 전등 스위치에 댔다. 그때 바깥의 어두운 곳에서 한 사나이의 모습이 나타났다. 문 앞에 떠오른 그림자를 보고 리즈는 언뜻 애쉬인가하고 생각했다. 키가 큰 금발의 사나이로, 가죽단추가 달린 레인코트를 입고 있었다.

"에베르트 동지입니까?" 사나이는 물었다.

"네."

"영국에서 온 동지 골드 양을 만나고 싶은데, 당신과 함께 있습니까?"

"내가 리즈 골드입니다."

그녀가 말하자 사나이는 홀로 들어와 등 뒤로 문을 닫았다. 불빛이 정면으로 그의 얼굴을 비추었다.

"나는 이 지구의 위원으로 홀텐이라고 합니다."

사나이는 아직 입구에 서 있는 에베르트 부인에게 서류인 듯한 것을 내보였다. 부인은 고개를 끄덕이며 조금 염려스러운 듯이 리즈를 쳐다보았다.

"최고회의의 위촉을 받아서 동지 골드 양에게 전갈을 가지고 왔소." 사나이가 리즈에게 말했다. "이제부터 당신의 스케줄은 변경됩니다. 특별회의에 참석하라는 권유장이 왔습니다."

"어머나?" 리즈는 엉겁결에 놀라 소리를 질렀다.

'최고회의에까지 나의 이름이 알려져 있는 것일까?' 생각해 본 적도 없는 일이었다.

"이것은 우리들 호의의 표시입니다."

"하지만 나는……에베르트 부인에게……."

어찌할 바를 모르겠다는 듯이 리즈는 말을 더듬었다.

"동지 에베르트 부인도 이 사정을 이해하고 있습니다."

에베르트 부인이 급히 말했다.

"네, 물론 이해하고말고요."

"특별회의는 어디서 열리나요?"

홀텐이 대답했다.

"그 장소에 대한 문제도 있고 하여 오늘 밤 안으로 떠나야 합니다. 길이 꽤 머니까요. 게를리츠에 가까운 곳이지요."

"게를리츠라면…… 어디인가요?"

다시 에베르트 부인이 얼른 대답했다.

"아주 동부지요. 폴란드와의 국경 가까운 곳이에요."

"서둘러서 댁까지 자동차로 모셔다 드리겠습니다. 짐을 꾸려가지고 빨리 출발하도록 하십시오."

"오늘 밤에 말인가요?"

"그렇습니다."

홀텐의 어조에는 리즈를 머뭇거리지 못하게 하는 무언가가 있었다.

검은색 대형차가 홀 밖에 기다리고 있었다. 운전수가 있었고, 엔진 덮개에는 깃대가 세워져 있었다. 군용차인 듯했다.

사문회

법정은 학교 교실만한 넓이였다. 한쪽 구석에 대여섯 개의 의자가 놓여 있고, 거기에 경비병들이 앉아 있었다. 그 속에는 방청객의 얼굴도 섞여 있었다. 최고회의 멤버와 고급 관료들이었다. 반대쪽은 이 사문회의 위원석으로 세 사나이가 번쩍거리지 않는 떡갈나무로 만들어진 책상을 앞에 놓고 높다란 의자에 앉아 있었다. 천장에는 베니아판으로 만든 커다란 붉은 별이 세 줄의 쇠사슬에 묶여 늘어져 있다. 벽은 리머스의 감방과 마찬가지로 하얀색이었다.

책상에 의자를 바싹 갖다대고 두 사나이가 마주앉아 있었다. 한 사람은 60살쯤 되어 보였는데, 검은 양복에 회색 넥타이 차림으로 독일의 시골 교회 등에서 흔히 볼 수 있는 사나이였다. 마주앉은 사람은 피들러였다.

리머스는 두 경비병 사이에 끼어서 뒷자리에 앉았다. 방청객 속에 문트의 얼굴이 보였다. 그 역시 경관들에게 둘러싸여 있었다. 금발을 짧게 깎고, 넓은 어깨를 회색 죄수복으로 감싸고 있었다. 리머스는 자신이 평복차림인데 문트가 죄수복을 입고 출정했다는 사실이 이 법정의 분위기——피들러의 영향이라고나 할까 ——를 묘하게 잘 말해 주고 있다고 생각했다.

리머스가 자리에 앉자 책상 한가운데에서 의장이 벨을 눌렀다. 벨소리를 듣고 그쪽으로 눈길을 돌린 순간 리머스는 온 몸에 전율 비슷한 것을 느꼈다. 의장이 여자였던 것이다.

지금까지 알아차리지 못한 것이 반드시 부주의 때문이었다고만은 할 수 없다. 나이는 50살쯤으로 눈이 작고 살빛이 가무잡잡했으며, 머리를 남자처럼 깎고 있었던 것이다. 소련의 주부들이 즐겨 입는 활동하기 편리한 짧은 검은색 윗옷을 입고 있었다.

그녀는 위병에게 문을 닫으라고 신호하고 머리말도 없는 본론으로 들어갔다.

"본 사문회의 취지는 여러분도 이미 알고 계시겠지만, 이 심리가 비공개라는 점을 잊지 말아주시기 바랍니다. 그리고 이것이 최고회의의 명령에 의한 사문회라는 것, 우리는 최고회의에 대해서만 책임을 진다는 것을 미리 말씀드립니다. 적당하다고 인정되는 증언은 무엇이든지 청취하겠습니다."

의장은 기계적으로 손가락을 들어 피들러를 가리켰다.

"피들러 동지, 우선 당신이 발언하시오."

피들러는 일어섰다. 책상을 향해 가볍게 인사하고 옆에 놓여 있는 서류가방에서 한쪽 귀퉁이를 검은 끈으로 묶은 서류다발을 꺼냈다.

그는 곧 설명으로 들어갔다. 빠른 말투로 물이 흐르듯 줄줄 말했으나 어딘지 겸손한 데가 있었다.

리머스로서는 처음 보는 그의 일면이었다. 그는 그것을 상관을 사형대로 보내야만 하는 슬픈 사나이의 역할에 어울리는 연기라고 해석했다.

"이미 아시리라고 생각합니다만, 좀더 확실히 해두기 위해서 미리 말씀드리겠습니다. 우리의 손으로 문트 동지의 행동에 대한 보고서를 최고회의에 제출한 그날, 나 피들러는 내통자 리머스와 함께 체포되었습니다. 그리고 우리 두 사람은 똑같이 구금당하고, 똑같이 가혹한 강압을 받으며 이 중대한 고발이 모두 나의 충실한 동지의 실각을 기도하는 파시스트의 모략이라고 자백하라고 요구당했습니다.

그러나 보고서를 보면 리머스가 우리의 주의를 끌게 된 경위, 우리가 그를 붙잡아 그의 나라를 배신하도록 설득하여 우리 독일 민주공화국까지 데리고 온 경위를 이해해 주시리라고 생각합니다. 리머스의 행동이 계획적이 아니었음은 명백한 사실이며, 그는 아직도 문트 동지가 우리가 지적하듯 영국의 스파이라는 사실을 믿으려 하지 않을 정도입니다. 이 한 가지만으로도 리머스를 적 첩보부가 보낸 덫으로 본다는 것은 우스꽝스러운 관찰이라고 할 수 있습니다. 이 수사의 주도권은 완전히 우리 쪽에 있습니다. 리머스가 제공한 단편적이긴 하지만 더할 나위 없이 중요한 증언은 지난 3년 동안 우리가 계속해 온 조사의 마지막 한 장을 채우는 것으로 볼 수 있습니다. 수사 경과는 서류로 만들어 여러분에게 제출했으므로 더 말씀드릴 필요가 없으리라고 생각합니다.

문트 동지에 대한 이 고발의 취지는 그가 제국주의 세력의 앞잡이였다는 데 있습니다. 물론 우리로서는 그 밖의 죄를 들어 고발할 수도 있었습니다. 그는 오래 전부터 영국 첩보부에 정보를 흘리고 있었던 것입니다. 그 광범위한 부국(部局)으로 하여금 그들 자신도 모르는 사이에 부르주아 국가의 예속자로 전락시켰던 겁니다. 그는 당을 반대하는 침략자인 무리를 애써 옹호했고, 그 보수로서 거액의 외국 화폐를 받고 있었습니다. 하지만 이러한 죄는 모두 첫 번째 죄에서 파생된 것이라고 봅니다. 한스 디터 문트는 제국주의자의 스파이였습니다! 이 죄의 형벌은 사형에 해당하는 것으로, 우리의 형법전(刑法典)에 이 이상 중대한 죄는 기록되어 있지 않습니다. 이보다 더 우리 국가를 위험에 빠뜨리는 범죄는 없으며, 우리 당이 이보다 더 철저하게 감시해야 할 것이 있다고는 생각되지 않습니다."

피들러는 서류를 아래로 내려놓았다. 그리고 이어서 설명을 계속했다.

"문트 동지는 42살. 현재 인민방위부 차장의 자리에 있습니다. 미혼으로, 이상할 만큼 역량이 있는 사람입니다. 당의 이익을 위해 끊임없이 애써왔으며, 그 방위를 위해서는 가차없는 행동도 서슴지 않는 인물로 알려져 있습니다.

그 경력을 잠깐 말씀드린다면, 28살 때 첩보부에 들어와 필요한 교육을 받았습니다. 견습기간을 거쳐 스칸디나비아 여러 나라——노르웨이며 스웨덴이며 핀란드에서 특수한 임무를 맡았습니다. 그곳에 첩보망을 확립하는 데 성공했고, 적 진영 안에서는 파시즘 선동가들과의 투쟁에서 크게 활약했습니다. 그 무렵 그가 첩보부 안에서 최우수요원이었다는 사실은 의심할 여지가 없습니다. 그러나 동지 여러분, 그가 그 활동의 초기부터 스칸디나비아 여러 나라와 밀접한 관계를 맺고 있었다는 사실을 잊지 말아주시기 바랍니다. 대전 직후 그의 노력으로 그곳에 첩보망이 확립되었다는 사실이 그 몇 년 뒤 핀란드와 노르웨이를 여행할 수 있는 구실을 그에게 만들어 주었던 것입니다. 그것이 원인이 되어, 반역적 행위의 댓가로써 그는 외국 은행에서 수천 달러를 찾을 수 있었습니다. 오해를 피하기 위해 덧붙여 말씀드립니다만, 문트 동지를 역사의 흐름에 역행하는 파시스트들의 희생자로 보는 것은 잘못입니다. 비겁함과 나약함의 단계를 거쳐 도달한 탐욕이야말로 바로 그의 반역행위의 동기가 되었던 것입니다. 굉장한 부자가 되는 것이 그의 꿈이었습니다. 얄궂게도 그 금전욕을 만족시킨 교묘하고도 치밀한 방법이 오히려 그 범행의 흔적을 우리에게 잡히도록 하는 단서가 되었던 것입니다."

피들러는 잠시 말을 끊고 법정 안을 둘러보았다. 그 눈이 열기를 띠며 반짝이고 있었다. 리머스는 넋 나간 듯이 그의 모습을 바라보고 있었다.

이윽고 피들러는 외쳤다.

"이 불행한 사건을 본보기로 하여 그 외의 반역자들에 대한 경고로 삼는 일이야말로 중요하다고 생각합니다. 악랄한 범죄를 꾀하는 자, 어두운 밤과 비밀 시간에 사악한 계획을 세우는 자들에게 경고를 보내야만 합니다!"

뒤쪽에 앉아 있던 방청객들 속에서 술렁임이 일어났다.

"이런 범죄를 꾀하여 인민의 피를 팔려고 해도 결코 감시의 눈을 피할 수 없다는 것을 가르쳐 주어야만 합니다!"

피들러의 웅변은 벽을 하얗게 칠한 좁은 방에 있는 몇몇 사람을 상대하고 있다기보다 수많은 군중을 향해 외치는 것 같았다.

리머스는 피들러가 목숨을 걸고 외치고 있음을 알았다. 사문회, 적발자, 증인들의 행동은 모두 정치적인 비난의 저쪽에 있었다. 이러한 사건에서 반대 고발이 나오리라는 것은 당연한 일이며, 피들러도 그것을 모를 리 없다. 그는 그 자신의 배후를 지켜야만 한다. 양쪽의 논쟁은 기록으로 남겨지고, 그것을 논파(論破)하려면 용기가 필요한 것이다.

피들러는 책상 위에 놓여 있는 서류철을 펼쳤다.

"1956년 끝 무렵, 문트 동지는 동독 철강조사단의 한사람으로 런던에 부임했습니다. 겉으로는 그런 임무를 내세웠지만 사실은 망명자 무리의 괴멸공작에 힘쓰고 있었던 것입니다. 이 작업과정에서 큰 위험에 처하게 되었으나 그는 교묘하게 임무를 완수하여 비상한 성과를 올렸습니다."

이때 다시 리머스는 중앙 책상에 앉아 있는 세 위원을 보았다. 의장 왼쪽에 젊어 보이는 사나이가 눈을 반쯤 감고 앉아 피들러의 설명을 열심히 듣고 있었다. 빗질도 하지 않은 긴 머리카락을 흩뜨린 채 혈색이 나쁜 야윈 얼굴은 금욕주의자를 연상시켰다. 그는 가느다란 손으로 앞에 놓여진 서류다발을 신경질적으로 만지작거리고 있었다. 리머스가 보건대, 이렇다할 까닭은 없으나 문트의 동조자인 것 같았다. 의장의 오른쪽에는 조금 나이든 남자가 앉아 있었다. 이마가 벗어진 개방적인 느낌의 사나이로, 호인 같은 생김새였다. 너무 호인이어서 미련하지 않을까 하는 느낌이 들었다. 문트의 운명은 이 세 위원의 판단에 걸려 있는 것이다. 아마도 젊어 보이는 사나이가 그를 변호하고, 여자 의장이 유죄를 주장할 것이다. 그러면 제3의 사나이가 두 의견이 정반대라는 점에 당황하여 결국은 의장과 보조를 맞추게 되지 않을까?

피들러는 계속 소리쳤다.

"그의 런던 근무가 마지막 단계에 이르렀을 때 정세가 새로운 방향으로 전개되었습니다. 이미 말씀드렸듯이 그는 큰 위험에 처해 있었는데, 마침내 영국 비밀경찰과 충돌이 일어 체포장을 받게 되었습니다. 문트는 외교관으로서 특권을 가지고 있었던 것도 아니므로 ─ 북대서양 조약기구 가맹국인 영국은 아직 우리나라의 주권을 인정하려 하지 않습니다 ─ 지하에 잠적하는 수밖에 없었습니다. 모든 항구에 감시망이 펴지고, 그의 사진과 인상서가 온 영국에 배포되었습니다. 그러나 지하에 이틀 동안 숨어 있다가 문트 동지는 택시를 타고 런던 공항으로 가서 비행기를 타고 베를린으로 돌아왔습니다. '멋들어지게 잘했다'고 해야겠지요. 그리고 사실 멋들어지게 탈출했던 것입니다. 도로, 철도, 선박, 항공, 어떤 길이나 모두 영국 경찰의 감시를 받고 있었는데도 문트 동지는 런던 공항을 통해 탈출에 성공했습니다. 훌륭했다는 칭찬밖에 달리 할 말이 없겠지요. 하지만 동지 여러분! 지금 다시 생각해 보니 이상한 느낌이 들지 않습니까? 문트 동지는 영국 본토에서 너무나도 멋들어지게, 그리고 너무나도 쉽게 탈출했습니다. 영국 관원과 공모하지 않은 이상 그럴 수 있다고 생각하십니까?"

뒤쪽 좌석에서 다시 술렁임이 일어났다. 아까보다 좀더 심한 술렁임이었다.

"진상은 다음과 같습니다. 문트 동지는 영국 정부에 의해 체포되었습니다. 짧은 시간이긴 했으나 역사적인 회견이었지요. 문트 동지는 양자택일을 강요당했습니다. 그 빛나는 생애를 제국주의 나라의 감옥에서 끝마치느냐, 아니면 모든 사람의 예상을 뒤엎고 극적으로 본국으로 돌아가 그 댓가로서 그들과의 약속을 실행하느냐? 두말할 나위도 없이 영국 정부가 제의한 귀국 조건은 문트 동지가 중요한 정보를 제공하고, 영국 측이 여기에 대해 거액의 돈을 지불하는 것이었습니다. 눈앞에는 당근이, 그리고 그 등 뒤에는 곤봉이 들이대어지자 문트는 마침내 변절하고 말았습니다.

다음에 영국 측이 취해야 할 수단은 문트 동지의 지위를 승진시키는 일이었습니다. 입증해 보일 수는 없습니다만, 서구 첩보망을 그처럼 성공적으로 괴멸시킬 수 있었던 것은 배후에 제국주의 진영의 수뇌부가 관여하고 있기 때문이 아니었을까요? 서구측이 그 충실한 협력자를 군이 희생시켜 요원을 말살함으로써 문트의 권력을 증대시켰다고 보는 것을 반드시 망상이라고만 할 수는 없다고 생각합니다. 물론 입증하기는 어렵습니다만, 수집된 증거에 의하여 이러한 추측이 충분히 성립된다고 볼 수 있습니다. 1960년에 문트 동지가 동독 첩보부의 대적(對敵) 스파이 본부를 주관하는 지위에 오르자 세계 각 첩보망으로부터 우리 고위층에 스파이가 침입해 있지 않느냐는 문의가 빗발치기 시작했습니다. 아시다시피 칼 리메크는 스파이였습니다. 그가 제거되었을 때, 우리는 이것으로 화근을 절멸시켰다고 믿었습니다. 그런데도 스파이 잠입 소문은 그 뒤에 여전히 사라지지 않았던 것입니다.

1960년 끝 무렵, 지난날 우리의 협력자였던 사람이 레바논 주재 영국인 스파이와 가까워졌습니다. 이것은 곧 발각되었으며, 전에 그가 일하고 있었던 우리 첩보부의 두 부문에 대한 정보를 팔아넘기려는 것이었습니다. 그의 의도는 곧 런던으로 전달되었습니다. 런던에서는 매정하게 거절했습니다. 이것은 참으로 묘한 사실이며, 그 해석은 한 가지밖에 없습니다. 제공된 정보가 이미 영국 첩보부에 들어갔다는 것입니다. 그 정보가 또한 가장 새로운 것이었다는 사실을 잊어서는 안 됩니다.

1960년 중간 무렵부터 우리의 해외요원들이 놀랄 만한 비율로 줄어들어갔습니다. 파견되어 겨우 몇 주일이 지나면 체포되는 일이 자주 일어났습니다. 때로는 적이 우리의 부원을 역 스파이로 이용하는 수도 있었습니다. 이것은 그리 흔한 일이 아니었습니다. 왜냐하면 그들에게는 그럴 필요가 없었기 때문입니다.

그리고 내 기억에 틀림이 없다면── 1961년 봄이라고 생각합니다만──우리에게 우연히 좋은 기회가 찾아왔습니다. 자세한 설명은 생략하기로 하고, 어떤 수단을 쓴 결과 우리 첩보부의 정보를 영국 측이 어느 정도 파악하고 있느냐 하는 것을 알 수 있게 되었던 겁니다. 그것은 완전무결하고 정확했으며 놀랄 만큼 새로운 것이었습니다. 물론 우리는 이 사실을 문트 동지에게 보고했습니다.

그는 우리의 상관이었기 때문이지요. 그런데 그는 그것을 뜻밖으로 생각지 않는다고 말했습니다. 이 문제는 이미 자기가 조사를 시작하고 있으니 손대지 않아도 좋다, 선입관으로 인해 그릇된 방향으로 끌려갈 우려가 있기 때문이라는 것이었습니다. 솔직히 말해서 그 순간 언뜻 의심이 갔습니다. 너무 막연하고 공상적인 이야기에 지나지 않는다고 생각했습니다만, 이 정보를 누설한 것은 문트 동지 자신이 아닐까 하는 의심이 들었습니다. 게다가 또 다른 조짐도 보였습니다.

말할 나위도 없이 적국으로 흘러나가는 정보원으로서 가장 의심을 덜 받는 사람은 대적 첩보 부문을 통괄하는 지위에 있는 자입니다. 그런 사람을 의심하는 것만큼 황당무계하고도 속된 일은 없습니다. 동조하는 자가 있다고 생각할 수도 없습니다. 하물며 그런 것을 입에 담는 사람이 있겠습니까? 나 자신도 의식적으로 그러한 추측을 피하고 있었다는 것을 고백하지 않을 수 없습니다. 그러나 그런 망설임은 유감스럽게도 잘못이었던 것입니다. 동지 여러분, 이번에 결정적인 증거가 입수되었습니다. 이제부터 그 증거를 제출하게 해주기 바랍니다."

그는 방 뒤쪽으로 몸을 돌리며 "리머스 씨"라고 말했다.

양옆에 있던 경비병이 일어서더니 리머스를 일으켜 세웠다. 그는 방청석 사이로 나 있는 너비 2피트쯤 되는 통로를 지나 방 한가운데로 나갔다. 경비병 한 사람이 책상을 향해 서라고 리머스에게 지시했다. 피들러는 거기에서 6피트쯤 떨어진 곳에 서 있었다. 처음으로 의장이 물었다.

"증인의 이름은?"

"알렉 리머스."

"나이는?"

"50살."

"결혼했습니까?"

"하지 않았습니다."

"전에는?"

"지금은 독신입니다."

"직업은?"

"도서관원."

피들러가 화난 듯이 말참견했다.

"당신은 전에 영국 첩보부의 부원이었잖소?"

"그렇습니다, 1년 전까지는."

피들러는 계속해서 말했다.

"사문위원들은 이미 당신의 신문조서를 읽었지만, 여기서 당신이 작년 5월에 피터 길럼과 나눈 대화를 다시 보고하시오."

"문트에 대한 이야기 말입니까?"

"그렇소."

"전에도 말했듯이 나는 그 무렵 첩보부에 있었습니다. 런던의 케임브리지 서커스에 있는 첩보부 본부에. 그때 우연히 복도에서 피터와 마주쳤습니다. 나는 그가 페넌 사건에 관계하고 있다는 사실을 알고 있었으므로 조지 스마일리는 어떻게 되었느냐고 물어보았습니다. 그러다가 디터 플라이의 이야기가 나왔지요. 이 사람은 그 사건 때 죽었습니다. 그리고 문트 이야기가 나왔습니다. 이 사람도 그 사건과 관계되어 있었기 때문이오. 그러자 피터는 매스턴――이 사나이는 그 사건의 담당관이었습니다――이 문트를 체포하고 싶어하지 않는다고 말했습니다."

피들러는 질문을 계속했다.

"그 말을 당신은 어떻게 해석했소?"

"폐닌 사건을 혼란에 빠뜨린 사람이 매스턴임을 알고 있었으므로, 그럴 수도 있으리라고 생각했습니다. 문트가 중앙형사재판소에 끌려 나가게 되면 필요 이상으로 모든 일이 드러나게 됩니다. 매스턴이 그것을 원하지 않았다는 것은 당연한 일이었겠지요."

이때 의장이 참견했다.

"문트 동지가 체포되면 법적으로 소추당하게 됩니까?"

"누구의 손에 체포되느냐에 달려 있습니다. 경찰관이 체포했을 경우에는 당연히 내무부가 보고를 받습니다. 그렇게 되면 어떤 권력이 끼어들더라도 그가 법적으로 소추당하는 것을 막을 길이 없습니다."

다음에는 피들러가 물었다.

"만일 당신들 첩보부원이 체포했다면?"

"문제가 전혀 달라집니다. 아마 신문이 끝난 뒤 이 동독에 갇혀 있는 우리 부원과 교환하자는 제안이 나오겠지요. 아니면 그에게 티켓을 주게 됩니다."

"티켓을 준다는 것은 무슨 뜻이오?"

"처분한다는 뜻입니다."

"죽인단 말이오?"

이때 다시 피들러가 질문하기 시작했다. 사문위원들은 앞에 놓여 있는 서류철에 열심히 적어 넣고 있었다.

"어떻게 처분되는지는 알 수 없습니다. 그런 문제에 관여해 본 적이 없으니까요."

"영국의 이익을 위해 역 스파이로 이용하는 경우는 없었소?"

"있었겠지요. 하지만 성공하지는 못했습니다."

"어떻게 그것을 알았소?"

"여러 번 되풀이해서 말했을 텐데요, 나는 여느 사무원과는 다릅니다. 베를린이라는 현지에서 4년 동안이나 요원들을 지휘했습니다. 만일 문트가 우리 요원이었다면, 내가 그것을 모를 리가 없습니다."

"그럴 테지요."

피들러는 그 답변에 만족한 표정이었다. 그러나 이 사문회에 참석한 모든 사람들을 만족시켰다고는 생각되지 않는 모양이었다. 그리하여 다음 질문을 '구르는 돌' 작전으로 옮겨가, 리머스의 입을 통해 자세한 설명을 하도록 만들었다. '극비' 서류철의 회람을 지나치게 복잡하고 또한 빈틈없이 하고 있다는 점, 코펜하겐과 헬싱키 은행에 문의하는 편지를 보냈으며 회답을 한 장 받았다는 것까지 진술시키고 난다음 피들러는 위원들에게 설명했다.

"헬싱키에서는 회답을 받지 못했습니다. 그 이유는 잘 모르겠습니다만, 문제를 대충 다음과 같이 설명할 수 있습니다. 리머스는 6월 15일 코펜하겐 은행에 돈을 예금했습니다. 여러분에게 배부해 드린 서류에 은행에서 온 회답의 사본을 첨부해 놓았습니다. 왕실 스칸디나비아 은행에서 로버트 랭——로버트 랭이란 리머스가 코펜하겐에서 계좌를 낼 때 사용한 이름입니다——에게 보낸 편지를 보셨겠지요? 서류철 통용번호 12에 있는 편지가 바로 그것입니다. 입금액은 1만 달러로 되어 있습니다. 1주일 뒤 공동예금자가 예금을 모두 찾아갔습니다만……그런데 문드 동지가 6월 21일에 명복상으로는 우리 첩보부의 비밀 사명을 띠고서 코펜하겐에 갔었다는 사실을 본인 자신도 부정하지 않으리라고 생각합니다."

피들러는 맨 앞줄에 앉아 꼼짝하지 않고 있는 문트를 잠시 바라보았다. 이윽고 그는 다시 말을 계속했다.

"그리고 리머스는 예금을 불입하기 위해 9월 24일쯤 헬싱키로 갔습니다."

피들러는 한층 더 목소리를 높이며 똑바로 문트를 쏘아보고 있었다.

"10월 3일, 문트 동지는 핀란드로 몰래 들어갔습니다. 이때에도 역시 첩보부의 특수이익을 위해서라는 이유를 내세웠었지요."

잠시 침묵이 흘렀다. 피들러는 천천히 위원석을 둘러보며 목소리를 낮추어 위압적인 어조로 말했다.

"이것이 상황적인 증거에 지나지 않는다고 생각하십니까? 만일 그렇다면 한 가지만 더 말씀드리겠습니다."

그는 리머스 쪽으로 몸을 돌렸다.

"증인, 당신은 베를린에 있는 동안 칼 리메크와 연락을 취했지요? 사회주의 통일당 최고회의 전 서기 칼 리메크와. 그 내용은 어떤 것이었소?"

"그는 우리 측 부원이었습니다, 문트의 부하에게 사살당할 때까지."

"그렇소, 그는 문트 동지의 부하에게 사살당했습니다. 문트 동지가 신문받을 기회도 주지 않고 처형한 스파이들 가운데 한 사람이었습니다. 그러나 그가 문트 동지의 부하에게 사살당할 때까지 영국 첩보부원으로 일하고 있었다는 사실은 틀림없겠지요?"

리머스는 고개를 끄덕였다.

"다음은 당신들이 '관리관'이라고 부르는 사람이 칼 리메크와 만났을 때의 일을 설명하시오."

"관리관은 칼과 만나기 위해 런던에서 베를린까지 왔습니다. 칼은 우리들이 이용하고 있는 사람들 가운데 가장 유능한 스파이였습니다. 그것이 이유였다고 생각합니다만, 아무튼 관리관은 그를 만나고 싶어했습니다."

피들러가 말참견을 했다.

"칼 리메크는 신뢰받고 있었소?"

"케임브리지 서커스는 칼에게 호의를 가지고 있었습니다. 그의 정보는 한 번도 틀린 적이 없었기 때문이지요. 관리관의 의향을 듣고 나는 곧 수배하여 칼을 내 아파트로 불러들였습니다. 셋이 함께 식사를 했습니다. 나는 칼을 부르고 싶지 않았으나 관리관의 희망을 물리칠 수가 없었습니다. 설명하기 곤란합니다만, 본부에서 무언가 큰 목적을 가지고 있음을 나는 알고 있었습니다. 즉 그 무렵 정보가 중단된 상태였기 때문에 런던이 구실을 만들어 칼과 직접 연락을 취하고 싶어하는 거라고 나는 생각했습니다. 그들의 명령은 절대적이었습니다."

"그래서 당신은 세 사람이 함께 모이도록 수배했군요. 그래서요?"

"관리관은 미리 나에게 15분쯤 자리를 비켜달라는 명령을 내렸습니다. 그래서 나는 위스키가 떨어졌다는 핑계를 대고 데 폰의 집까지 가 거기서 위스키를 두 잔쯤 마시고 술을 한 병 얻어가지고 돌아왔습니다."

"그리고?"

"무얼 말입니까?"

"관리관과 칼 리메크는 이야기를 계속하고 있던가요? 그렇다면 그 내용은?"

"내가 돌아왔을 때 이야기는 이미 끝난 뒤였습니다."

"질문은 이것뿐입니다. 자리로 돌아가도 좋소."

리머스는 뒤쪽 자기 자리로 돌아갔다. 피들러는 다시 위원들을 향해 말하기 시작했다.

"우선 스파이 칼 리메크에 대해 말씀드리겠습니다. 사살당한 칼 리메크 말입니다. 그가 베를린의 알렉 리머스에게 보낸 정보를 리머스의 기억에 있는 한 리스트로 만들어서 여러분에게 제출했습니다. 그것이야말로 가장 꺼림칙한 반역행위의 기록이라고 할 수 있겠지요. 그것을 요약하면, 칼 리메크는 영국 첩보부에 우리 첩보진의 모든 조직과 작업과 담당자에 대한 자세한 상황을 전했습니다. 리머스의 증언을 믿어도 좋다면 사실 칼 리메크는 이런 극비에 붙여져야 할 부문의 움직임을 그들에게 보고할 수 있었습니다. 최고회의 서기국 직원이었던 칼 리메크는 의사록을 적의 손에 팔아넘겼던 것입니다. 그는 그런 일을 쉽게 할 수 있었습니다. 각 회의의 기록을 편집하는 일을 맡아했기 때문입니다.

그러나 첩보부의 비밀사항에 이르게 되면 칼 리메크가 어디까지 접근할 수 있었느냐 하는 것이 문제됩니다. 그렇다면 1959년 끝무렵 최고회의 중요기관 중 하나이며 우리 방첩 조직의 구성문제를 토의하는 인민방위위원회에서 칼 리메크와 함께 일한 사람을 생각해 보아야만 할 필요가 생깁니다. 리메크에게 특권을 주어 첩보부 기록 문서를 열람해도 좋다고 허가해 준 사람을 말입니다. 1959년 이후——이 해에 문트가 영국에서 돌아왔다는 사실을 기억해 주기 바랍니다——리메크의 경력을 죽 훑어볼 때 그를 이용하자고 제안하고 언제나 그에게 책임있는 일을 맡겨준 사람이 누구였습니까? 말씀드리지요. 그 스파이 활동에 있어 그를 비호할 수 있는 특별한 지위에 있었던 인물, 즉 한스 디터 문트야말로 바로 그 사람입니다. 칼 리메크가 어떻게 해서 베를린의 서구 스파이단과 연락을 취하고 있었는지 생각해 봅시다……. 어떻게 하여 소풍 나온 데 폰의 자동차에 필름을 넣을 수 있었을까요?

칼 리메크의 예견에는 상식적으로 생각할 수 없는 점이 있습니다. 데 폰이 자동차를 세우는 위치며 소풍 날짜 등을 어떻게 그가 알아낼 수 있었겠습니까? 리메크는 자동차를 가지고 있지 않았습니다. 그러므로 서베를린의 데 폰의 집에서부터 미행할 수는 없었을 겁니다. 그가 그런 사실을 알아내는 방법은 인민경찰로부터 보고받는 길밖에 없었습니다. 데 폰의 자동차가 검문소를 통과하면 우리 인민경찰은 수속상 방위부에 보고를 합니다. 문트 동지는 그 보고를 이용할 수 있는 위치에 있었습니다. 그가 리메크에게 그것을 이용하게 해주었던 것입니다. 이상이 한스 디터 문트에 대한 소추 이유입니다. 칼 리메크는 단순한 꼭두각시에 지나지 않았으며, 문트와 제국주의 국가를 연락해 주는 심부름꾼에 지나지 않았던 것입니다!"

피들러는 잠시 말을 끊었다. 이윽고 그는 다시 조용히 덧붙여 말했다.

"문트——리메크——리머스, 이것이 지휘 계통을 나타내는 사슬이었습니다. 이 사슬의 각 고리는 가능한 한 다른 고리에게 알려지지 않도록 되어 있었던 것입니다. 이것은 첩보 기술상 확고한 법칙이라고 할 수도 있습니다. 따라서 리머스가 증언에서 문트의 행동에 대해 아는 바가 없다고 말한 것은 당연한 일입니다. 바로 이 점이 런던 지도자들이 완전방첩에 성공하고 있다는 것을 말해주는 증거입니다.

'구르는 돌'이라 불리는 작전이 특별한 배려 아래 이루어지고 있다는 것은 이미 말씀드렸습니다. 피터 길럼이 주관하며, '구르는 돌' 서류철의 열람지 리스트에 올리진 부분을 리머스는 우리 공화국의 경제상황을 조사하는 기관으로 알고 있었다는 사실, 그리고 이 피터 길럼이 문트 동지가 영국에 머물러 있을 때의 행동을 수사한 담당관의 한 사람이었다는 사실을 상기해 주시기 바랍니다."

젊어 보이는 위원이 연필을 놓고 피들러를 쏘아보았다. 그는 차가운 시선으로 날카롭게 질문했다.

"칼 리메크가 문트 동지의 스파이였다면 어째서 문트 동지는 그를 숙청했을까요 ?"

"그에게는 다른 수단을 강구할 여지가 없었기 때문입니다. 칼 리메크는 의심을 받고 있었습니다. 그의 애인이 우쭐한 나머지 분별없이 그를 배신했기 때문입니다. 문트 동지는 한편으로는 리메크를 사살하라고 명령하고, 또 다른 한편으로는 리메크에게 도망하라고 일렀습니다. 이리하여 발각될 위험을 막아놓고 나서 뒷날 그 여자도 살해했던 것입니다.

여기서 우리는 잠시 문트 동지가 사용한 수단에 대해 생각해 보기로 합시다. 1959년 그가 독일로 귀국한 다음 영국 첩보부는 대기(待機)작전을 폈습니다. 문트 동지가 과연 어디까지 협력해 올는지 충분히 알 수 없었기 때문입니다. 그들은 그에게 지시해 놓고 얼마 동안 상황만 살피고 있었습니다. 물론 제공된 정보에 대해서는 보수를 보내며 좀더 중요한 것이 오기를 기다리고 있었던 것이지요. 그 무렵 문트 동지는 우리 첩보부 안에서——당에 있어서도 마찬가지라고 할 수 있습니다만——그다지 중요한 위치에 있지 않았습니다. 하지만 많은 사실을 알아낼 수가 있었습니다. 그리고 알아낸 사실을 모두 보고했습니다.

물론 그 무렵에는 그 혼자서 직접 영국 첩보부 수뇌와 연락을 취했습니다. 그 장소는 서베를린과 스칸디나비아 여러 나라였다고 추측됩니다. 처음에는 영국 측도 신중히 했을 겁니다. 이중 스파이의 우려가 있음으로 보고된 정보를 이미 알려진 사실과 차근차근 비교 검토해 보았으리라 여겨집니다. 그러는 동안 그들은 금광을 찾아냈음을 확신하게 되었던 것입니다. 문트 동지는 그 반역행위를 조직적이고 능률적인 방법으로 착착 실행에 옮겨갔습니다.

처음 몇 달 동안은, 이것 역시 추측에 지나지 않습니다만, 동지 여러분, 이러한 일에 종사해 온 나의 오랜 경험과 리머스의 증언에 바탕을 두고 있음을 알아주시기 바랍니다. 그들도 문트 동지를 포함한 정보망의 확립선에서 그쳤을 뿐 그 이상은 걸음을 내딛지 않았습니다. 돈을 지불하고 지시를 내리는 것도 베를린의 기관과 독립적으로 취했습니다. 다만 그 일을 위해 그들은 런던에 작은 위장(僞裝)기관을 설치했을 뿐입니다. 그 담당자가 피터 길럼이었습니다. 이 사나이는 영국에서 문트를 그쪽 진영으로 끌어들인 사람입니다. 일의 내용은 첩보부 안에서도 특수한 범위 내의 사람밖에 알지 못했습니다.

'구르는 돌'이라 불리는 특수한 조직으로 보수를 지불했고, 받아들인 정보는 철저한 주의를 기울여 검토했을 게 틀림없습니다. 문트 동지가 영국의 스파이인 줄 몰랐다는 리머스의 주장은, 지금 말씀드린 이유에서 사실은 그의 손을 통해 보수가 지불되었으며 리메크가 중개 역할을 하여 모아들인 정보를 문트 동지가 입수해서 런던으로 흘렸다는 사실과 조금도 모순되지 않는다고 할 수 있습니다. 1959년 끝 무렵 문트 동지는 런던의 수뇌부에게, 최고회의 안에서 런던과 자기 사이에 연락을 취할 수 있는 인물을 발견했다고 알렸습니다. 그가 바로 칼 리메크였던 것입니다.

문트 동지는 어떻게 리메크를 발견했을까요? 그는 어떤 수단을 써서 칼 리메크에게 협력할 뜻이 있음을 확인했을까요? 여기서 문트 동지의 특수한 지위를 생각해 보시기 바랍니다. 그는 범위에 관한 서류철에 접근할 수 있었습니다. 전화도청, 통신물 개봉, 감시자를 고용하는 일——이러한 모든 일을 그는 자유롭게 할 수 있었고, 상대가 누구이든 확고한 권리로써 신문할 수 있었으며, 아주 자세하게 사생활을 조사할 수도 있었습니다. 그리고 무엇보다도 인민방위를 위해 비축해 놓은 무기를 살해 목적을 위해 쓸 수 있었으므로 자신에 대한 의혹을 얼마든지 지워버릴 수 있었던 것입니다."

피들러는 노여움으로 목소리마저 떨리고 있었으나 그래도 어떻게든 이성적인 태도를 잃지 않으려고 애썼다.

"런던이 어떤 수단을 들고 나왔는지 이것으로 아셨으리라 생각합니다. 문트 동지의 정체는 절대 비밀이 보장되었지요, 리메크를 끌어들여 문트와 베를린에 나가 있는 기관과의 간접적인 연락을 취하게 했습니다. 이것이 리메크와 데 폰, 그리고 리머스들이 접촉한 진상입니다. 리머스의 증언은 이러한 관점에서 볼 때 비로소 바르게 해석을 내릴 수 있습니다. 문트 동지의 반역행위를 입증할 수 있게 되는 것입니다."

피들러는 뒤돌아서서 똑바로 문트를 쏘아보며 외쳤다.

"여기 우리를 배신한 테러리스트가 있습니다! 인민의 권리를 판 사나이가 있습니다! 이것으로 나의 진술은 끝났습니다. 다만 한 가지, 덧붙여 말씀드리고 싶은 것이 있습니다. 충실하고 능력 있는 방위자로서 문트 동지는 그 명성을 확보했으나, 그와 동시에 자신의 비밀을 탄로시킬 염려가 있는 입을 몇 개 영원히 다물게 해버린 것도 사실입니다. 파시스트적 행위를 계속하며 첩보부 안에서 자신의 지위를 높이기 위해 인민의 이름으로 살육을 서슴지 않았던 것입니다. 이보다 더 흉악한 범죄가 어디 있겠습니까? 그를 에워싸기 시작한 의혹으로부터 칼 리메크를 멀리해야 했기 때문에 그를 사살하라는 명령을 내렸고, 그의 애인도 없애버린 것입니다. 위원 여러분은 이 사문회의 결과를 최고회의에 보고하기에 앞서 이 범죄가 얼마나 흉악한 것인가를 똑바로 인식해 주시기 바랍니다.

한스 디터 문트에게 있어서는 죽음이야말로 가장 자비로운 형벌이라고 나는 굳게 믿어 의심치 않는 바입니다."

증인

의장은 일굴을 들고 피들러와 마주앉아 있는 검은 양복의 작은 남자에게 말했다.

"칼덴 동지, 문트 동지를 위해 변론을 시작하십시오, 증인 리머스에게 질문이 있습니까?"

"네, 시간은 그다지 오래 걸리지 않습니다."

의자에서 비슬비슬 일어나는 키 작은 사나이는 매우 소박한 농촌 출신의 호인같은 느낌이 들었으며, 머리가 이미 새하얗게 세어 있었다. 금테안경 끝을 살짝 들어올리더니 놀랍게도 듣기 좋은 목소리로 천천히 말하기 시작했다.

"우선 문트 동지의 주장을 요약해서 말씀드리겠습니다. 리머스의 증언은 완전히 거짓말이며, 고의인지 불행인지 우연인지 피들러 동지가 이 음모에 말려들어갔습니다. 그는 우리 첩보부에 분열을 일으켜 우리 영예로운 사회주의 국가 방위기관의 붕괴를 도모하는 침략에 손을 빌려준 셈입니다. 칼 리메크가 영국의 스파이였다는 사실은 우리로서도 부정하지 않습니다. 여기에는 증거가 뚜렷이 존재하고 있기 때문입니다. 하지만 문트 동지가 칼 리메크의 행동에 가담하여 당을 판 댓가로 돈을 받았다는 비난은 터무니없는 오해이며, 도저히 받아들일 수 없는 주장입니다. 이 괘씸한 고발에 대해 어떤 객관적인 증거가 있단 말입니까? 본디부터 피들러 동지는 권세욕 때문에 눈이 멀어 이성적인 판단을 내릴 수 없는 상태였습니다. 리머스가 베를린에서 런던으로 돌아가자 곧 하나의 임무를 맡았다는 것만은 의심할 수 없는 사실입니다. 그는 멋들어지게 타락의 길을 걷는 연기를 해치웠습니다. 술에 취해 곤드레가 되고, 이곳저곳에서 돈을 빌어쓰고, 마지막에는 여러 사람이 보는 앞에서 가게 주인을 때리는 연극까지 해보였습니다. 그밖에도 무슨 일이 있을 때마다 미국을 싫어한다는 감정을 드러내보였습니다. 그런데 이 모든 행동은 특히 우리 첩보기관의 주목을 끌기 위한 공작이었던 것입니다. 게다가 영국 첩보기관이 문트 동지의 주위에 고의적으로 상황 증거를 마구 만들어 놓았다는 것도 사실입니다. 외국은행에 거액의 돈을 예금하고, 문트 동지가 그 나라로 출장하는 날짜에 맞추어 그 돈을 찾아냈습니다. 피터 길럼은 일부터 아무렇지도 않은 듯한 어조로 증거가 될 만한 말을 여러 가지로 퍼뜨렸습니다. 관리관과 리메크를 비밀리에 만나게 하여 리머스가 듣지 못하는 가운데 중대한 타합을 지은 듯이 보이게 했습니다. 이러한 일은 모두 허위증거를 만들어 피들러 동지의 귀에 들어가도록 꾸민 공작이었습니다. 이러한 작전은 훌륭히 성공을 거두어 우리의 피들러 동지는 적의 비열한 계획에 한몫 끼는 결과가 되고 말았습니다. 우리 공화국에서 가장 근면한 방위자의 한 사람인 문트 동지를 죽음으로 몰아넣으려는 흉악하기 그지없는 작전에 말입니다.

영국 측이 이처럼 악랄한 수법을 쓴 것은 그들이 본디 인민의 복지를 희생하고 그 평화를 교란시켜 인신매매와 다를 바 없는 행위를 계속해 왔으니 조금도 이상할 게 없는 일입니다. 베를린에 동서를 가로막는 방벽이 쌓여 있는 오늘날, 서구 스파이진의 잠입이 완전히 봉쇄된 오늘날, 그들로서는 이밖에 달리 취할 길이 없었기 때문이겠지요. 우리는 이 모략에 말려들어간 셈입니다. 피들러 동지는 아무리 너그럽게 보아준다 해도 중대한 죄를 지었다고 할 수 있으며, 나아가서는 제국주의자의 스파이와 공모하여 노동자 국가의 안녕을 교란시키고 죄 없는 사람의 피를 흘리게 하려는 죄를 지은 것입니다. 우리 역시 이 진술을 입증할 수 있는 증거는 마련해 놓았습니다."

그는 밝은 표정으로 법정을 향해 고개를 끄덕여보였다.

"네, 충분한 증거를 갖추어 놓았습니다. 동지 여러분도 생각해 보시기 바랍니다. 이러한 경과를 더듬는 동안 피들러 동지의 그런 격렬한 움직임을 우리의 민첩한 문트 동지가 모르고 있었다고 생각하십니까? 실은 이미 몇 달 전부터 문트 동지는 피들러 동지의 가슴을 좀먹는 비뚤어진 의도를 지켜보고 있었습니다. 리머스를 영국에서 납치해온 것은 다름 아닌 문트 동지 자신이었습니다. 문트 동지가 영국 첩보진의 한 사람이었다면, 이러한 행동은 자신의 목을 죄는 것과 다를 바 없는 미친 짓이라고 할 수 있지 않겠습니까? 그리고 또한 헤이그에서 리머스를 처음 신문한 보고서가 최고회의에 도착했을 때 문트 동지가 들여다보지 않은 채 내버려두었다고 생각하십니까? 리머스가 이곳에 오고 피들러 동지가 그를 신문하기 시작한 다음부터 보고서는 들어오지 않았습니다. 그때 문트 동지가 피들러 동지에게 어떤 의도가 있는지 알아차리지 못했다고 생각하십니까? 그는 본디 둔한 사람이 아닙니다. 헤이그에서 피터즈의 첫보고가 도착하자 문트 동지는 거기에서 리머스가 코펜하겐과 헬싱키로 향한 날짜를 보았습니다. 그 한 가지만으로도 그는 이번 리머스의 행동이 영국 측의 음모였음을 알아차렸습니다. 리머스가 영국을 탈출한 것은 일부러 문트의 유혹에 넘어간 척하고 문트를 매장시키기 위한 계획임을 알았던 겁니다. 틀림없이 문트 동지가 덴마크와 핀란드를 방문한 것과 일치합니다. 하지만 그것은 런던측이 그 목적을 위해 날짜를 일치시킨 것에 지나지 않습니다. 그러나 이적국의 모략의 '초기 징조'를 문트 동지 역시 피들러 동지와 마찬가지로 일찍이 알아차리고 있었다는 사실을 기억해 주시기 바랍니다. 그래서 그는 우리 첩보부 안에 스파이가 섞여 있음을 알고, 그자를 적발하려고 애썼던 것입니다.

그리하여 문트 동지는 리머스가 우리 독일 공화국에 도착하자 크게 흥미를 느끼며 리머스가 어떤 식으로 피들러 동지의 가슴에 의심을 불어넣는지 관찰하고 있었습니다. 아무렇지도 않은 말 뒤에, 넌지시 감추어진 암시 속에 지나치지도 않고 강조하지도 않으며, 그러면서도 음흉하고 교활하게 의혹을 불러일으키고 있는 모습을 ──준비공작은 충분히 갖추어져 있었습니다──레바논 인 사건이 바로 그것입니다. 피들러 동지의 손에 들어간 기적적인 특종기사. 두 사람 모두 우리 첩보부 안의 고관 가운데 스파이가 있다는 생각을 품게 하는 수단이었습니다.

이러한 공작은 놀라우리만큼 교묘하게 진행되어 갔습니다. 칼 리메크를 잃은 패배를 영국은 교묘하게 역이용하여 훌륭한 승리로 전환시켰던 것입니다. 아니, 지금도 계속 전환시키고 있다고 할 수 있습니다.

그러나 문트 동지도 역시 영국 측이 피들러 동지의 손을 빌어 그의 실각계획을 추진시키고 있는 걸 가만히 보고만 있었던 것은 아닙니다. 그는 그 나름대로 아주 효과적인 대항책을 강구해 두었던 것입니다.

그는 우선 런던에서의 모든 조사를 세밀히 시켰습니다. 리머스가 베이즈워터에서 이중생활을 한 것도 자세히 조사했습니다. 초인적이라고 할 수 있을 만큼 치밀한 계획도 인간적인 면에서는 어딘지 치명적인 실수를 저지르게 마련인데, 그런 점을 노려서 끊임없이 추구했던 것입니다. 그는 생각했습니다. 리머스는 끈기 있게 오랜 기간 동안 타락의 밑바닥을 걷고 있었으며 빈곤과 술과 방탕으로 나날을 보냈기 때문에, 아니, 무엇보다도 그 고독 때문에 진실한 모습을 드러낼 것임에 틀림없다. 말상대가 필요했을 것이다. 아마도 그것은 여자이리라. 사람 마음의 따뜻한 면이 그리워서 그 가슴에 또 하나의 마음을 안고 싶다고 생각하는 밤이 있었을 것이다. 이러한 문트 동지의 생각은 틀리지 않았습니다. 경험이 풍부하고 노련한 스파이인 우리의 알렉 리머스 씨도 매우 초보적인 실수를 저지르고 말았습니다. 너무나도 인간적인 실수를…… 이 점에 대해서는 이제부터 청취할 증언에서 밝히겠습니다. 물론 문트 동지는 그 증인을 초청해 왔습니다. 놀랄 만한 배려라고 할 수 있겠지요. 나중에 그 증인을 신청할 것을 덧붙여 말씀드리겠습니다."

그는 방 뒤쪽에 있는 아치로 눈길을 보내며 즐거운 듯한 표정을 지어보였다.

"그리고 먼저 우리의 기괴한 통모자(通謀者) 알렉 리머스 씨에게 두세 가지 질문을 할 수 있도록 허락해 주십시오."

칼덴은 질문으로 옮겨갔다. "그럼, 묻겠는데 당신은 부자요?"

"어리석은 질문은 하지 마시오." 리머스는 쌀쌀하게 말했다. "돈이 없어서 여기까지 끌려오지는 않았소."

"하긴 그렇군." 칼덴이 말했다. "제법 똑바로 찌른 모양이로군. 그렇다면 당신은 전혀 돈이 없다고 생각해도 좋겠군요?"

"마음대로."

"빌려 쓸 만한 친구도 없소? 그냥 주거나 빚을 갚아줄 만한 친구
도 좋소만⋯⋯."

"그런 친구가 있다면 무엇 때문에 이런 곳까지 끌려왔겠소."

"전혀 없단 말이지요? 저런, 쯧쯧! 하지만 어딘가에 호기심 많은
자선가가 있을는지도 모르고, 당신은 이미 잊어버렸겠지만 상대방
이 은혜 입은 것을 기억하고 있을 수도 있지요. 그런 사람이 당신
이 곤경에 빠져 있다는 것을 알면 어떻게든 일으켜 세우려고 생각
하겠지요. 그래서 채권자와 만나 담판을 짓고, 당신의 빚을 갚아줄
수도 있었을 거요."

"불행하게도 없었습니다."

"없었다면 다음 질문으로 넘어가겠소. 당신은 조지 스마일리를 알
고 있지요?"

"알고 있소. 그는 케임브리지 서커스에 있었던 사람이니까요."

"스마일리도 지금은 영국 첩보부에서 물러난 것 같더군요."

"페년 사건이 있은 뒤 퇴직했습니다."

"알겠소. 문트 동지가 호되게 당한 사건 말이군요. 그럼, 그 뒤 당
신은 그를 만난 적이 있소?"

"한두 번 만났습니다."

"당신이 관청에서 물러난 다음에는?"

"만나지 못했습니다." 리머스는 머뭇거리며 대답했다.

"형무소에 면회 오지 않았던가요?"

"네, 거기에 온 사람은 아무도 없었습니다."

"형무소에 들어가기 전에는?"

"만나지 못했습니다."

"형무소에서 나온 다음, 석방되던 날 당신은 애쉬라는 사람에게 붙
잡혔지요?"

"그렇소."

"그와 함께 소호 식당에서 점심을 들었지요? 그리고 애쉬와 헤어진 다음 당신은 어디로 갔소?"

"생각이 나지 않소. 아마 술집에 들렀겠지만, 대수로운 일이 아니라서 기억에 남아 있지 않소……."

"그렇다면 내가 기억이 나도록 도와 주지요. 당신은 플리트 거리로 가서 버스를 탔소. 버스를 타고 가다 일부러 길을 돌아가기 위해 지하철로 바꾸어 탔소. 마지막에는 자가용을 타고 첼시로 갔습니다. 당신처럼 노련한 스파이로서는 조금 풋내기 같은 방법이었다고 할 수 있겠지요. 생각납니까? 바란다면 그때의 보고서를 보여줄 수도 있소. 여기 있으니까."

"아마 그랬을 거요. 그리고 나서?"

"조지 스마일리는 바이워터 거리에 살고 있지요. 킹스 로드 모퉁이 말이오. 내가 말하고 싶은 것은 바로 이 점이오. 당신의 자동차는 바이워터 거리를 돌아갔소. 우리 부원은 당신이 9번지에서 내렸다고 보고했는데, 바로 거기가 스마일리의 집이었지요."

"쓸데없는 억측이오!" 리머스는 단호하게 말했다. "내가 간 곳은 '에이트 벨즈' 술집이었소. 나는 그 술집을 아주 좋아했기 때문에 가끔 갔었지요."

"자가용을 타고?"

"그것 역시 억측입니다. 내가 타고 간 것은 택시였소. 돈이 있으면 쓰고 싶어서 견디지 못하는 성미거든요."

"하지만 어째서 그전에 그처럼 빙빙 돌아다녔지요?"

"그런 짓은 하지 않았소. 당신네들 스파이가 잘못 보았을 거요. 다른 사람을 쫓아다닌 모양이군. 흔히 있을 수 있는 일이지요."

"본디의 질문으로 돌아가겠소. 당신이 퇴직한 다음 스마일리가 당신에게 관심을 갖는 듯한 눈치는 없었소?"

"그렇지 않았을 겁니다."

"당신이 형무소에 들어간 다음 당신과 관계를 맺고 있었던 사람을 위해 돈을 준다거나 당신이 애쉬와 만난 경위를 듣고 싶어했다거나 ……?"

"없었습니다, 칼덴 씨, 당신이 질문하는 뜻을 모르겠군요. 대체 무엇을 알고 싶은 거지요? 무슨 질문이든 대답은 '노우'입니다. 스마일리 본인을 만나 물어보십시오. 각자 그 나름대로 사고방식이 있을 테니까요."

칼덴은 그 답변에 오히려 만족한 듯했다. 그는 미소지으며 혼자 고개를 끄덕이더니 안경을 고쳐쓰고 열심히 서류철을 뒤적였다.

"아참, 그리고……." 그는 잊고 있었다는 듯이 질문을 계속했다.

"당신이 식료품가게에 외상거래를 하자고 말했을 때의 일인데, 당신의 주머니에는 돈이 얼마나 남아 있었지요?"

"한푼도 없었소." 리머스는 무뚝뚝하게 대답했다. "그 1주일 동안에는 수입이 전혀 없었으니까. 아니, 훨씬 이전부터 수입이 없었을지도 모르겠군요."

"그동안 어떻게 생활했지요?"

"그럭저럭 했지요. 앓고 있었으니까. 심한 열병에 걸렸었소. 1주일 동안 꼬박 아무것도 먹지 못했습니다. 그러던 끝에 신경이 곤두선 나머지 그런 짓을 했을 겁니다."

"당신은 아직 도서관에 받을 급료가 있을 텐데요."

"어떻게 그걸 알고 있습니까?" 리머스는 날카롭게 물었다. "설마 거기까지 가서……."

"어째서 그것을 받으러 가지 않았지요? 그것만 받았어도 외상 달라는 말을 할 필요가 없었을 텐데?"

리머스는 어깨를 으쓱하며 대답했다.

"글쎄요, 왜 그랬는지 기억이 나지 않지만, 아마 토요일 아침에는 도서관이 문을 열지 않기 때문이었겠지요."

"토요일 아침에는 도서관이 문을 열지 않는다고요? 그것은 확실한 말이오?"

"그러리라고 상상했을 뿐이오."

"수고했소. 질문은 이것뿐이오."

리머스가 자리로 돌아가자 문이 열리더니 여간수가 들어왔다. 몸집이 크고 못생긴 여자였다. 회색 유니폼의 한쪽 소매에 산(山) 모양의 마크가 달려 있었다. 그 등 뒤에 리즈가 서 있었다.

의장

그녀는 천천히 법정 안으로 들어와 강한 조명이 비치는 방 안을 둘러보았다. 눈을 커다랗게 뜨고 두리번거리는 모습이 마치 갑자기 잠에서 깨어난 어린아이 같았다. 리머스는 새삼스럽게 리즈의 젊음을 느꼈다. 그가 두 경비병 사이에 끼어 의자에 앉아 있는 것을 보자 리즈는 걸음을 멈추었다.

"알렉!"

그녀 옆에 서 있던 경비병이 그녀의 팔을 붙잡고 지금까지 리머스가 서 있었던 자리로 데려갔다. 법정 안은 쥐 죽은 듯이 조용했다.

의장이 갑자기 질문했다.

"당신의 이름은?"

리즈는 길다란 팔을 양옆에 늘어뜨리고 손가락을 빳빳이 펴고 있었다.

의장이 되풀이해서 물었다. 이번에는 큰 목소리였다.

"리즈 골드."

"영국 공산당 당원입니까?"

"네."

"지금은 라이프찌히에 머무르고 있지요?"

"네."

"입당한 해는?"

"1959년. 아니 54년인데, 그것은……."

그 말은 무언가 날카로운 소리 때문에 끊기고 말았다. 의자가 거칠게 밀어젖혀지고 쉰 듯한 리머스의 목소리가 높이 온 방 안에 울려 퍼졌다.

"그만둬, 이놈들아, 그만둬! 그 여자를 못살게 굴지 말아!"

리즈는 공포의 표정을 떠올리며 돌아다보았다. 리머스는 우뚝 서 있었다. 옷이 몹시 구겨지고 창백한 얼굴에서 피가 흘러내렸다. 다시 경비병이 주먹을 날리자 그 자리에 쓰러지려고 했으나, 양옆의 경비병이 우악스럽게 일으켜 세워 그의 두 팔을 등 뒤로 비끄러잡았다. 리머스는 얼굴을 가슴에 떨군 채 심한 고통으로 경련을 일으키고 있었다.

"날뛰면 데리고 나가도 좋소."

의장은 명령을 내리고 리머스에게도 경고한 다음 곧 덧붙였다.

"발언하고 싶으면 나중에 허가하겠소. 그때까지 기다리시오."

그리고 나서 의장은 다시 리즈에게 날카롭게 말했다.

"언제 입당했는지 기억하지 못할 리가 없을 텐데요."

리즈는 대답하지 않았다. 잠시 기다렸다가 의장은 어깨를 으쓱했다. 그리고 몸을 한층 더 앞으로 내밀어 리즈를 뚫어지게 바라보며 질문을 계속했다.

"당신은 당에서 비밀유지의 중요성을 배웠겠지요?"

리즈는 고개를 끄덕였다.

"이렇게 배웠겠지요? 비록 동지일지라도 당의 조직, 당원의 성격에 대해 이야기해서는 안된다고."

"네," 하고는 리즈는 다시 고개를 끄덕이며 대답했다. "그 말씀이 맞습니다."

"이제부터 당신은 그 규칙에 대해 엄격한 시험을 치르게 됩니다. 모르면 모르는 대로 좋소. 오히려 모르는 편이 낫지요. 아무것도 모르는 편이⋯⋯." 의장은 갑자기 목소리에 힘을 주었다. "그 문제는 이 정도로 해두고, 지금 여기에 앉아 있는 우리 세 사람은 당에서도 아주 높은 지위에 있는 사람들로 최고회의의 명령에 의해 당의 방위를 위해서 이 임무를 맡고 있소. 그래서 당신에게도 질문하게 되었는데, 당신의 답변은 대단히 중요한 것이니 충실하고 용감하게 답변함으로써 당신은 사회주의 발전에 공헌할 수 있는 것이오."

"하지만 누가⋯⋯." 그녀는 작은 목소리로 외쳤다. "누가 재판을 받고 있나요? 알렉이 무슨 일을 저질렀단 말이에요?"

의장은 그녀의 어깨 너머로 문트에게 눈길을 보내며 말했다.

"누가 재판을 받고 있다고 꼬집어 말할 수는 없소. 그것이 이 사건의 요점이며, 고발자는 있어도 재판을 받을 사람은 결정되어 있지 않소. 그리고 누가 고발했든 결과는 마찬가지요. 모르고 있다면 그만큼 당신이 어느 한 편으로 기울어지지 않겠지요."

좁은 방 안에 잠시 침묵이 흘렀다. 그 다음 리즈의 입에서 속삭이는 듯한 목소리가 흘러나왔으므로 의장은 본능적으로 귀를 기울였다. 리즈는 역시 똑같은 질문을 되풀이하고 있었다.

"알렉이 재판을 받는 건가요? 리머스가 말이에요."

"다시 한 번 말해 주겠소. 모르는 편이 공평을 유지할 수 있소. 모르면 모를수록 더 좋단 말이오. 모르는 채 당신이 알고 있는 진상을 말하시오. 그것이 당신으로서는 최선의 길이오."

의장은 몸을 앞으로 내밀고 리즈가 다시 몸짓이나, 다른 사람에게 들리지 않을 정도로 작은 목소리로 속삭이기를 기다렸다. 그러나 아무 말도 하지 않자 한층 더 힘주어 말했다.

"빨리 본국으로 돌아가고 싶겠지요? 그렇다면 내가 하라는 대로 하시오. 아니, 꼭 해야만 하오. 만일 하지 않으면……."

그리고 의장은 손을 들어 칼덴을 가리키며 수수께끼 같은 말을 덧붙였다.

"이 동지가 당신에게 질문하겠다고 하오. 그리 오래 걸리지 않을 테니 대답만 하면 곧 돌아가게 해주겠소. 진실을 말하시오."

칼덴이 일어섰다. 그는 교구위원 같은 상냥한 미소를 지으며 리즈에게 말을 걸었다.

"골드 양, 알렉 리머스는 당신의 애인이었지요?"

그녀는 고개를 끄덕었다.

"알게 된 장소는 당신의 근무처였소? 베이즈워터에 있는 도서관……?"

"네."

"그전에는 만난 적이 없었소?"

그녀는 고개를 저으며 대답했다.

"도서관에서 처음 만났습니다."

"당신에게는 애인이 여러 명 있었지요, 골드 양?"

그녀가 대답했다 하더라도 리머스의 외침 소리 때문에 들리지 않았을 것이다.

"칼덴, 이 개새끼야! 그만하지 못해!"

그러나 그녀는 그의 고함소리를 듣자 돌아다보며 큰소리로 말했다.

"알렉, 가만히 계세요! 그렇지 않으면 쫓겨나요."

"그렇소." 의장이 쌀쌀하게 말했다. "그렇지 않으면 퇴장시키겠소."

칼덴은 상냥하게 말을 계속했다.

"리머스는 공산주의였소?"

"아닙니다."

"그는 당신이 공산주의자라는 것을 알고 있었소?"

"알고 있었습니다, 내가 말했지요."

"당신이 그 말을 했을 때 그는 뭐라고 하던가요?"

사실대로 말하는 것이 좋을지 어떨지 그녀는 알 수가 없었다. 무서운 일이긴 해도 질문이 잇달아 날아왔으므로 생각할 겨를이 없었다. 더구나 그녀의 말과 움직임에 대해 모든 사람들이 눈을 크게 뜨고 귀를 기울이며 기다리고 있다. 알렉이 곤욕을 치를지도 모르지만 질문이 무엇을 알아내려고 하는지 그 점을 알기 전에는 거짓말을 할 수도 없었다. 자칫 잘못 대답하다가 알렉이 살해당하기라도 한다면, 그가 위험한 입장에 놓여 있다는 것은 말해 주지 않아도 알 수 있었다.

칼덴이 되풀이해서 물었다.

"그는 뭐라고 하던가요?"

"웃었습니다. 그런 일에는 무관심한 사람이니까요."

"당신은 그렇게 믿고 있었소?"

"네, 물론이지요."

위원석에 앉아 있던 젊은 사나이가 두 번째 발언을 했다. 여전히 눈을 반쯤 감은 채.

"당신은 그의 말이 인류의 올바른 태도라고 생각했소? 그가 역사의 진행, 변증법의 필연성에 등을 돌리고 있었던 것이 말이오."

"모르겠어요, 다만 나는 그렇게 생각했을 뿐입니다."

그러자 칼덴이 불쑥 끼어들어 말했다.

"그 질문에는 대답하지 않아도 좋소. 그렇다면 그는 명랑한 낙천가였소? 언제나 웃고 있는, 특히 그런 문제에 대해서?"

"아니에요, 좀처럼 웃는 일이 없는 사람입니다."

"하지만 당신이 공산당원이라고 하자 웃었다는데, 그 이유를 알겠소?"

"당을 경멸하고 있었기 때문이라고 생각합니다."

칼덴은 아무렇지도 않은 듯이 있었다.

"싫어하고 있는 것 같지는 않았소?"

"모르겠습니다." 리즈는 감상적인 기분에 젖으며 대답했다.

"그는 좋고 싫은 감정이 심한 사람이었소?"

"아니오…… 아니, 그렇지는 않아요."

"그러나 그는 식료품가게 주인을 때렸소. 그는 어째서 그런 짓을 했을까요?"

그 순간 리즈는 칼덴의 속셈을 들여다본 듯한 기분이 들었다. 그 달콤한 목소리며 호인처럼 보이는 얼굴을 믿어서는 위험하다고 느꼈다.

"모르겠습니다."

"그러나 생각해 본 적은 있겠지요?"

"네."

"그래서 어떤 결론을 얻었소?"

리즈는 혼잣말처럼 중얼거렸다.

"아무것도……."

칼덴은 여전히 그녀를 바라보고 있었다. 미처 가르쳐준 교리문답을 잊어버린 어린아이를 바라보는 목사와도 같이 실망한 표정을 지으며, 이윽고 그는 뻔한 일이라는 듯한 투로 말을 이었다.

"당신은 리머스가 가게주인을 때리려고 마음먹은 것을 미리 알고 있었지요?"

"아니오." 리즈는 대답했다.

그 대답이 너무나 빨랐기 때문인지, 다음 순간 칼덴의 미소는 강한 호기심으로 바뀌었다.

"당신이 마지막으로 리머스를 만난 것은 언제였소? 오늘은 물론 제외하고."

"형무소로 들어간 뒤 한 번도 보지 못했습니다."

"그 이전도 좋소. 마지막으로 만난 것은?"

칼덴의 목소리는 여전히 상냥했으나 인정사정없었다.

리즈는 법정에 등을 돌리고 있는 것이 안타까웠다. 몸을 돌려 리머스를 보고 싶었다. 얼굴을 보면 뭐라고 대답해야 좋을지 가르쳐줄 것이다. 혼자 대답하는 것은 무서운 일이었다. 어떤 고발, 어떤 혐의로 이런 질문을 받아야 하는지 모르기 때문이었다. 그녀가 리머스를 도와주고 싶어 한다는 것을 그들이 모를 리 없다. 그 점이 그녀는 두려웠다. 아무도 도와주지 않는다. 한 사람쯤 도와줄 이가 없을까?

"골드 양, 오늘을 제외하고 맨 마지막으로 리머스를 본 것이 언제였지요?"

저 목소리, 저 목소리는 정말 싫다. 비단결같이 부드러운 목소리……

"사건이 일어나기 전날 밤이었습니다." 그녀는 대답했다. "그이가 포드 씨와 싸움을 한 전날 밤입니다."

"싸움? 싸움이 아니오, 엘리자베스 양, 식료품가게 주인은 맞서지 않았으니까, 전혀 그럴 생각조차 없었으니까. 리머스의 태도는 신사적이라고 할 수 없었지요."

칼덴은 웃었으나 다른 사람은 아무도 웃지 않았다. 아무도 웃지 않는 것이 그녀에게 더욱 기분 나빴다.

"그럼 그 이야기를 한 장소는?"

"그이의 방이었습니다. 병이 나서 출근을 하지 못했기 때문에 자리에서 일어날 때까지 내가 다니며 식사를 만들어 주었습니다."

"식료품도 사다 주었소?"

"네."

"아주 친절했군요. 비용이 꽤 많이 들었을 텐데." 칼덴이 동정하듯 말했다. "당신은 그동안 내내 그를 먹여 살렸소?"

"먹여 살리다니, 돈은 알렉에게서 받았습니다. 그이는……"

"그렇다면……." 칼덴은 날카롭게 말했다. "그렇다면 그는 돈을 가지고 있었다는 이야기가 되겠군요?"

'아차!' 하고 리즈는 생각했다. '내가 무슨 말을 한 것일까?'

"그, 그다지 많이 가지고 있지는 않았어요." 그녀는 다급하게 말했다. "겨우 1파운드 정도였지요. 그이는 돈이 별로 없었습니다. 전기 요금이며 방값도 지불하지 못했습니다. 그래서 그것을 나중에 지불했어요. 그이가 가고 난 다음 친구 분이 와서 지불했습니다. 지불한 것은 친구였지, 알렉이 아니었습니다."

"그랬겠지요." 칼덴은 조용히 말했다. "지불은 친구가 했다, 일부러 찾아와서 깨끗이 계산해 주었다! 리머스의 옛 친구였지요. 베이즈워터로 옮겨가기 전부터 알고 있었던 친구. 당신은 그 친구와 만난 적이 있소?"

리즈는 고개를 가로저었다.

"없다고요? 그 친절한 친구가 그밖에 또 무엇을 대신 지불해 주었는지 당신은 알고 있소?"

"아니오…… 그것은……."

"어째서 분명히 대답하지 못하지요?"

리즈는 큰소리로 말했다.

"모른다고 대답하지 않았습니까?"

"하지만 당신은 망설였소. 생각을 고친 것은 아니오?"

"아닙니다."

"그 친구에 대해 리머스에게 들은 적이 있소? 돈이 많고 리머스의 주소를 알고 있는 친구 말이오."

"아니오, 한 번도 들은 적이 없습니다. 그래서 친구가 없다고 생각한 겁니다."

"그랬었군요."

법정 안에 기분 나쁜 침묵이 감돌았다. 리즈는 주위 사람들로부터 격리되고 눈앞이 가리워진 어린아이 같았다. 그래서 한층 더 그 침묵이 기분 나쁘게 여겨졌다. 그들은 그녀의 대답을 그녀가 모르는 기준으로 평가하고 있다. 그리고 그녀는 그들이 자기 이야기에서 무엇을 발견했는지 이 무서운 침묵 속에서는 알아낼 수가 없었던 것이다.

"당신은 월급을 얼마나 받고 있었소, 골드 양?"

"1주일에 6파운드입니다."

"저금은?"

"조금 있습니다. 몇 파운드밖에 되지 않습니다."

"당신의 방세는?"

"1주일에 50실링."

"상당히 비싸군요, 골드 양. 꼬박꼬박 치르고 있소?"

그녀는 슬픈 듯이 고개를 저었다.

"어째서 치르지 않았소?" 칼덴이 계속해서 물었다. "돈이 없어서?"

리즈는 작은 목소리로 대답했다.

"나는 연금증서를 가지고 있습니다. 누군지 모르는 사람이 보내주었습니다."

"모르는 사람이?"

"네." 갑자기 눈물이 뺨을 타고 흘러내렸다. "모르는 사람입니다

…… 하지만 제발 부탁이에요. 더 이상 묻지 말아 주세요. 누구인지 알 수 없습니다…… 6주일 전의 일이었는데, 그것이 나에게 보내져 왔습니다. 시내의 은행에서…… 어느 자선단체인 것 같아요…… 금액은 천 파운드. 정말 누가 보냈는지 모르겠어요. 은행에서는 자선단체에서 보낸 것이라고만 하더군요. 당신은 무엇이든지 알고 계신 것 같은데, 가르쳐 주세요, 누가 보냈지요?"

그녀는 두 손을 얼굴을 가리고 울었다. 법정에 등을 돌린 채, 눈물과 함께 어깨를 들먹이며 몸을 떨었다. 법정 안은 쥐죽은 듯 조용했다. 이윽고 그녀는 손을 내렸으나 얼굴은 들지 않았다.

칼덴은 단호하게 물었다.

"어째서 알아보지 않았소? 당신은 천 파운드나 되는 증서를 모르는 사람에게서 이따금 받고 있었소?"

리즈가 대답하지 않자 칼덴이 말을 계속했다.

"당신이 알아보지 않은 것은 보낸 사람이 누구인지 짐작되었기 때문이 아니오? 그렇지요?"

그녀는 다시 손을 얼굴에 대고 고개를 끄덕였다.

"당신은 그걸 리머스가 보냈다고 생각했겠지요? 또는 그의 친구가, 그렇지 않소?"

"네." 그녀는 간신히 대답했다. "소문으로 들은 이야기지만, 식료품가게 주인도 돈을 받았답니다. 재판이 있은 다음 누군가가 큰돈을 보냈다고 하더군요. 소문이 자자해서…… 나는 그 말을 듣고 알렉의 친구가 보냈다고……."

"이상한 이야기로군." 칼덴은 혼잣말처럼 중얼거렸다. "정말 이상해." 그는 다시 다그쳐물었다. "그런데 골드 양, 리머스가 형무소로 간 다음 누군가 당신을 찾아온 사람이 없었소?"

"아니오."

그녀는 거짓말을 했다. 지금은 그녀도 알고 있었다. 그들이 그녀의 입에서 알렉에게 불리한 증언을 끌어내려 하고 있다는 것을. 돈에 대한 것이든, 친구에 대한 것이든, 아니면 식료품가게 주인에 대한 것이든.

　"틀림없소?"

　칼덴의 눈썹이 금테안경 속에서 치켜올라갔다.

　"네."

　"하지만 골드 양……" 칼덴은 참을성 있게 계속했다. "당신 이웃 사람의 말에 의하면 리머스가 재판을 받은 직후 두 사나이가 찾아왔었다고 하던데요. 그렇다면 그 사람들은 전 애인이었소? 돈을 주고받는 임시 애인, 리머스 같이?"

　"알렉은 그런 사람이 아니에요!" 리즈는 울부짖었다. "어떻게 그런 말을……."

　"하지만 리머스는 당신에게 돈을 주었잖소. 그 두 남자도 돈을 주고 갔겠지요?"

　그녀는 흐느껴 울었다.

　"그, 그런 말을 묻다니……."

　"그렇다면 그 두 사람은 누구였소?"

　리즈는 대답하지 않았다. 그러자 갑자기 칼덴이 소리쳤다. 그가 큰 소리를 지른 것은 이때가 처음이었다.

　"누구였소?"

　"모르겠어요. 자동차를 타고 왔었어요. 알렉의 친구라고 하며."

　"또 친구라고? 그래, 무엇하러 왔었지요?"

　"모르겠어요. 그 사람들은 그이와 내가 주고받은 이야기 내용을 꼬치꼬치 물어봤어요. 그리고 만일 무슨 일이 있으면 연락하라고 말하며……."

"어떻게 연락하지요? 어디로 연락하라고 하던가요?"

그녀는 겨우 대답했다.

"그분은 첼시에 살고 있었습니다…… 이름은 스마일리…… 조지
스마일리였습니다…… 전화번호를 가르쳐주고 갔어요."

"전화를 했소?"

"하지 않았습니다!"

칼덴은 서류철을 내려놓았다. 죽음과도 같은 침묵이 법정을 에워쌌
다. 칼덴이 리머스를 가리키며 말했다. 차분히 가라앉은 목소리가 한
층 더 위압적으로 들렸다.

"스마일리는 리머스가 이 여자에게 진상을 누설하지 않았나 두려워
했습니다. 리머스는 영국 첩보부가 예상하지 못했던 일을 꼭 한 가
지 했습니다. 여자에게 정을 주고 그 어깨에서 운 것이지요."

그리고 칼덴은 웃었다. 마치 그것이 재치있는 농담이기라도 한 듯
이.

"리머스는 칼 리메크와 똑같은 짓을 했습니다. 여러분, 그는 똑같
은 잘못을 저질렀던 것입니다."

칼덴은 계속 질문했다.

"리머스가 자기 신상에 대해 이야기한 적이 있었소?"

"아니오."

"당신은 그이 과거를 모르고 있었소?"

"네, 다만 베를린에서 일했다는 것만을 들었습니다. 무언가 정부의
일을 하고 있었다고 하더군요."

"그렇다면 과거를 이야기한 것은 아니군요. 결혼했었다는 것도 이
야기하던가요?"

긴 침묵 끝에 리즈는 고개를 끄덕였다.

"형무소에 간 다음 어째서 만나러 가지 않았소? 면회는 할 수 있었을 텐데."

"그이가 좋아하지 않을 것 같아서요."

"저런! …… 그럼, 편지는?"

"보내지 않았습니다. 아니, 꼭 한 번…… 기다리겠다고 써서 보냈습니다. 그 말뿐이라면 화내지 않을 것 같아서요."

"편지도 싫어하리라고 생각하지 않았소?"

"네."

"복역이 끝난 뒤에도 만날 생각은 없었소?"

"네."

"그가 몸을 의지할 만한 곳이 있었다고 생각하시오? 기다리고 있는 일거리는? 보살펴줄 만한 친구는?"

"모르겠습니다. 나로서는…… 모르겠어요."

"사실 당신들은 인연을 끊었단 말이군요." 칼뎅은 차가운 웃음을 띠며 말했다. "그래서 당신은 다시 다음 남자를 찾고 있었소?"

"아닙니다! 나는 그이를 기다렸습니다…… 언제까지나 기다릴 작정이었습니다." 그녀는 격정을 누르며 말을 이었다. "돌아오기를 기다리고 있었습니다."

"그렇다면 어째서 편지를 보내지 않았소? 어째서 그가 있는 곳을 찾아내려고 애쓰지 않았소?"

"싫어한다는 것을 알고 있었기 때문이지요. 모르시겠어요? 나는 그이와 약속했거든요. 찾으면 안된다고…… 절대로 찾지 말라고……."

마침내 칼뎅은 승리한 듯이 말했다.

"그렇다면 그는 형무소로 가려고 미리 작정하고 있었군."

"그, 그런 것은…… 나는 모릅니다. 모르는 일을 대답할 수는 없습니다……."

"마지막 날 밤……." 칼덴은 끈질기게 말을 계속했다. 그의 목소리는 거칠고 위협하는 듯한 투마저 띠고 있었다. "식료품가게 주인을 때리기 전날 밤 그는 그런 약속을 강요했지요? 틀림없지요?"

지쳐버린 그녀는 이제 틀렸다는 듯이 긴장된 얼굴빛으로 고개를 끄덕였다.

"네."

"그래서 당신은 이별의 말을 했겠군요?"

"네, 우리는 서로 이별을 슬퍼했습니다."

"물론 식사가 끝난 다음이었겠지요? 그렇다면 꽤 시간이 늦었을 텐데 그날 밤 거기서 잤소?"

"식사가 끝난 다음에는 틀림없습니다만, 나는 집으로 돌아갔습니다…… 하지만 곧장 가지 않고…… 잠시 거리를 걸어 다녔지요, 어디를 걸었는지 기억나지 않습니다. 다만 걷고 또 걸어……."

"그는 무슨 이유로 당신과 인연을 끊자고 했지요?"

"인연을 끊자고 하지는 않았습니다. 다만 해야 할 일이 있다, 복수해야 할 상대가 있다, 어떤 희생을 치르더라도…… 그리고 그 다음 아마도 오랜 세월이 흐른 다음이겠지만 일이 끝나면…… 틀림없이 돌아온다, 기다려주기만 한다면……."

"그리고 당신은 말했겠지요," 칼덴은 비꼬는 어조로 말했다.

"언제까지나 기다리겠노라고 말이오. 당신은 그에 대한 애정이 끝내 식지 않으리라고 생각하고 있었소?"

"네." 리즈는 짤막하게 대답했다.

"그런데 그는 돈을 보내준다는 말을 한 적이 있었소?"

"그이는 이렇게 말했습니다…… 이런 식으로 말했지요, 겉보기만큼 나는 궁색하지 않으니…… 당신이 어디에 사는지 알아내어 보내주겠다고요."

"그런 말을 들은 적이 있었기 때문에 시내에서 자선단체라고 하며 천 파운드를 보내왔을 때도 알아보려고 하지 않았단 말이지요?"

"그렇습니다…… 그 말이 맞아요. 이것으로 모두 말씀드렸습니다. 당신은 처음부터 끝까지 다 알고 있군요…… 알고 있으면서 어째서 나를 붙잡아왔지요?"

칼덴은 그녀가 울음을 그치기를 냉정하게 기다렸다. 이윽고 그는 사문위원 쪽으로 몸을 돌리며 말했다.

"이상이 피고 측에서 채용한 증언입니다. 이와 같이 지성을 감정으로 흐리게 하고, 돈 때문에 경계심을 잃어버린 여자에게 우리 영국의 동지들이 당사무국 일을 맡기고 있었던 것은 참으로 유감스럽기 그지없는 일입니다."

칼덴은 먼저 리머스를 바라보고 이어서 그 시선을 피들러에게로 옮겼다. 그는 냉혹한 어조로 덧붙여 말했다.

"증인은 어리석은 여자입니다. 그러나 리머스가 그녀와 알게 된 것이 우리로서는 행운이었다고 할 수 있습니다. 침략자의 음모가 그 앞잡이의 여자 문제로 발각된 것은 이번이 처음이 아닙니다."

가볍게 그러나 공손하게 사문위원에게 고개 숙여 인사하고 칼덴은 제자리로 돌아갔다.

그러는 동안 리머스는 어느덧 일어나 있었다. 이번에는 경비병도 그가 하는 대로 내버려두었다.

'런던의 녀석들은 머리가 돌았음에 틀림없다!' 하고 리머스는 마음속으로 외쳤다. 그것은 아무래도 좋았지만——이어서 그는 그녀를 놓아주라고 외쳤다. '지금 뚜렷이 깨달았다. 그 순간부터——영국을 떠나는 순간부터——아니 훨씬 이전, 내가 형무소로 들어가자마자 어떤 바보 같은 녀석이 뒤처리를 하고 다녔다. 식료품가게주인과 결말을 짓고, 방값을 치르고, 나아가서는 리즈에게 만족을 주려고 했다. 미친 짓이 아닌가? 무슨 목적으로 그랬을까? 그 계획은 피들러를 죽이기 위해서 세운 것일까? 자기들의 부원인 나를 매장시키려고 한 것일까? 설마 그들이 그들 자신의 작전을 파괴하리라고는 생각할 수 없었다. 아니면 그것은 스마일리 개인의 생각이었을까? 쓸데없는 그의 양심이 그러한 행동을 하게 만든 것일까? 어쨌든 일이 이렇게 된 이상 나로서 취할 수 있는 행동은 오직 하나밖에 없다. 리즈와 피들러를 이 사건에서 떼어놓고 혼자서 모든 책임을 짊어지는 것이다. 어차피 나는 첩보부에서 쫓겨난 몸이다. 피들러만 구해낼 수 있다면 ──만일 그가 이 난관을 꿰뚫고 나갈 수만 있다면── 아마도 그것이 리즈를 구할 수 있는 유일한 길일지도 모른다. 그건 그렇고, 이 사람들이 어떻게 이처럼 그 내막을 자세히 알고 있는 것일까? 그날 스마일리의 집으로 갔을 때 미행당하지 않았다는 것만은 확신할 수 있다. 그것은 절대로 틀림없다. 그리고 그 돈──관청의 돈을 횡령해 냈다는 이야기를 이 녀석이 어디서 알아냈을까? 그것은 다만 관청 안에서 신용을 잃기 위해 꾸민 연극에 지나지 않는데──그런데 어떻게 그 일을 알았을까? 대체 무슨 방법으로?'

당황하고, 화가 나고, 쓰디쓴 생각에 시달리며 그는 천천히 의자 사이를 걸어 나갔다. 몸을 꼿꼿이 세워 교수대로 향하는 사형수의 걸음걸이로.

고백

"여보시오, 칼덴 씨."

리머스의 얼굴은 창백하고 돌처럼 딱딱했다. 먼 곳에서 나는 소리에 귀를 기울이듯이 한쪽으로 고개를 조금 비스듬히 하고 있는 그 둘레에는 어쩐지 무시무시한 정적이 감돌았다. 체념에서 나온 정적이 아니라 자제(自制)에 의한 조용함이었다. 그 때문에 그의 얼굴은 강철같이 굳은 의지로 가득 차 있는 듯했다.

"여보시오, 칼덴, 이 여자를 돌려보내 주시오."

리즈는 그를 쳐다보았다. 얼굴에 보기흉한 주름이 잡히고, 검은 눈에 눈물이 가득 괴었다.

"아니에요, 알렉…… 안돼요!"

다른 사람은 아무도 그녀의 눈에 보이지 않았다. 오직 리머스 한 사람만이, 키가 크고 병사같이 씩씩한 그의 모습만이 보일 뿐이었다.

"아무 말도 하지 마세요." 그녀는 큰소리로 말했다. "아무 말도, 나를 위해서라면 아무 말도 하지 마세요…… 나는 아무렇지도 않아요, 알렉. 정말 아무렇지도 않아요."

리머스는 쌀쌀하게 말했다.

"잠자코 있어요, 리즈. 이미 늦었어."

그리고 리머스는 의장 쪽으로 눈길을 돌렸다.

"이 여자는 아무것도 모릅니다. 아무것도 모른단 말입니다. 당장 귀국시키시오. 그 다음은 내가 말하겠소."

의장은 양옆에 앉아 있는 사나이들을 보며 생각한 끝에 말했다.

"여자를 데리고 나가도 좋소. 그러나 심리가 끝날 때까지 영국으로 돌려보내서는 안 되오. 귀국 시기는 우리가 결정하겠소."

"이 여자는 아무것도 모릅니다!" 리머스가 다시 외쳤다. "칼덴 씨의 말이 모두 옳소. 이것은 작전이었소. 신중히 계획된 작전인데, 여자 따위가 알 리 없지요. 이 여자는 시시한 도서관에서 따분하게 일하고 있던 계집애에 지나지 않소. 이런 여자를 문책해 봐야 무슨 소용이 있겠소!"

"그녀는 증인이오." 의장이 짤막하게 말했다. "피들러가 질문할 것이 있다고 하오."

이미 피들러 동지라고 부르지도 않았다.

이름이 불려지자 그때까지 생각에 잠겨 있던 피들러가 꿈에서 깨어난 듯한 표정을 지었다. 리즈는 이때 비로소 의식적으로 그를 쳐다보았다. 짙은 갈색 눈이 잠시 그녀를 쳐다보고 있었으나 마침내 그녀의 마음을 알았는지 희미하게 미소 지었다. '이 고독한 작은 사나이는 뜻밖에도 몹시 침착한데' 하고 리즈는 생각했다. 피들러도 같은 말을 했다.

"이 여자는 아무것도 모릅니다. 그 점은 리머스의 말이 옳습니다. 석방해 주어야 한다고 생각합니다."

그의 목소리는 지치고 힘이 없었다.

"석방해도 좋소? 질문이 있었던 게 아니오?" 의장이 말했다.

피들러는 심리진행보다 무릎 위에 얹은 손에 더 흥미가 있는 듯 내려다보고 있었다.

"그녀는 아는 것을 모두 말했습니다. 의무를 다했다고 봅니다" 하고 그는 혼자 고개를 끄덕였다. "석방해 주십시오. 아무리 문책해도 모르는 것을 말할 수는 없으니까요." 그리고 그는 유난히 형식적인 말투로 덧붙였다. "이 증인에게 질문할 것은 없습니다."

경비병이 문을 열고 바깥 복도를 향해 소리쳤다. 조용한 법정 안에 여자의 대답 소리가 들려왔다. 그와 동시에 무거운 발소리가 천천히 다가왔다. 피들러는 벌떡 일어났다. 그는 리즈의 팔을 붙잡고 문 쪽으로 데리고 갔다. 그녀는 문 앞에서 리머스를 돌아보았다. 그러나 그는 거들떠보지도 않았다. 더 이상 피를 흘리게 할 수는 없다는 듯한 표정으로 꼼짝도 하지 않고 있었다.

"영국으로 돌아가시오." 피들러는 그녀에게 말했다. "빨리 영국으로 돌아가야 하오."

갑자기 리즈는 자제력을 잃고 울기 시작했다. 그녀의 어깨에 여간수가 손을 얹었다. 위로한다기보다 쓰러질까봐 받쳐주는 것 같았다. 그들이 방에서 나가자 경비병이 문을 닫았다. 울음소리가 차츰 멀어지더니 마침내 들리지 않았다.

리머스가 입을 열었다.

"더 이상 할 말은 없을 것 같소만 칼덴이 밝혔듯이 이것은 분명히 꾸며낸 일이었습니다. 칼 리메크를 마지막으로 우리는 공산권에서의 유능한 부원을 모조리 잃고 말았지요. 다른 사람들은 벌써 오래 전에 사살당했습니다. 그 이유는 모르겠으나, 새로운 부원을 길러 내는 것보다 문트의 손이 더 빨리 뻗쳤던 것 같습니다. 나는 런던으로 돌아가 관리관을 만났지요. 피터 길럼이 입회했고, 조지 스마일리도 참석했습니다. 그 무렵 이미 조지는 퇴직하여 좀더 나은 일, 문헌학인지 뭔지 하는 학문을 연구하고 있었습니다.

그래서 이번 일이 나에게로 돌아온 셈이지요. 미끼로 내놓을 사람을 하나 만들어야겠다. 관리관은 이런 식으로 표현하더군요. 그 사람의 행동을 미끼로 내놓고 기다리며 상황을 살피다가 덤벼들면 구체적인 행동으로 들어간다는 것이었습니다. '귀납법'이라고 스마일리가 말했지요. 문트가 우리의 비밀공작원일 경우 보수는 어떤 방법으로 지불하겠는가? 그 관계 서류를 어떤 체제로 만들겠는가? 이것을 생각하고, 그런 전제 아래 수배를 한다는 겁니다. 이 것은 피터가 들려준 이야기입니다만 그 1, 2년 전에 어떤 아라비아 사람이 동독 첩보부의 내부조직에 대한 정보로 팔겠다고 했답니다. 그때는 단호하게 거절했습니다만, 뒤에 가서 거절한 것이 잘못이었음을 알았습니다. 피터는 이것을 이용하자고 말했습니다. 그 정보를 사지 않은 것은 우리가 이미 알고 있었기 때문인 척하자는 거였습니다. 이것 역시 좋은 아이디어였지요.

그 다음은 말하지 않아도 알겠지요. 물론 내가 미끼 역할을 맡기로 했던 것입니다. 술로 몸을 망치고, 빚을 지고, 그밖에도 나쁜 짓을 했습니다. 그리고 마지막에는 공금에 손을 댔다는 소문을 퍼뜨렸습니다. 소문을 퍼뜨리는 일은 경리과의 엘시를 중심으로 두세 사람이 맡았습니다. 이들은 꽤 그럴싸하게 해치웠지요."

그의 말투는 소금 의기양양해 하는 듯했다.

"어느 날 아침을 골라서, 사람들이 모여드는 토요일 아침이었지요. 그 소란을 일으키자 지방 신문기자들이 대뜸 달려들더군요. 〈워커〉지에서도 크게 다루어 주었습니다. 그래서 당신들 눈에도 띄었겠지만, 그때부터 당신들은 나의 동태를 살폈고, 자기 자신의 무덤을 파기 시작했던 것입니다."

리머스는 멸시하는 듯한 어조로 말을 끊었다.

"무덤은 당신 자신의 것이오." 문트는 조용히 말하며 그 연푸른 빛깔의 눈으로 리머스를 바라보았다. "그리고 아마도 피들러 동지의 것이기도 하겠지요."

리머스는 들은 척도 하지 않고 계속 말했다.

"피들러를 나무랄 필요는 없습니다. 마침 그의 지위가 이 문제의 초점에 있었던 데 지나지 않으니까요. 첩보부 안에서 당신을 교수대로 보내고 싶어하는 자는 피들러 한 사람이 아니란 말이오."

"그 교수대로 가게 될 사람은 바로 당신이오." 문트는 확신을 가지고 말했다. "당신은 호위 한 사람을 죽였소. 그것은 나에 대한 살인미수이기도 하지요."

리머스는 메마른 웃음을 지었다.

"'어둠 속의 고양이는 모두 똑같다'…… 스마일리가 늘 하던 말이오. 바로 거기에 위험이 도사리고 있다고 말이오. 그는 또 이런 말도 했지요. '서로 보복을 하려 들면 끝이 없다'라고. 그래서 그도 신경이 몹시 상했던 모양이오. 페넌 사건이 있은 뒤로 그는 옛날의 그가 아니었소. 런던에서 일어난 문트 사건, 그것은 스마일리에게도 큰 타격을 준 것 같소. 그래서 그는 첩보부에서 물러났지요. 이번 문제에서도 무엇 때문에 첩보부가 나의 빚을 갚아주고 나의 여자를 보살펴 주었는지 그 이유를 몰랐는데, 지금 생각하니 스마일리의 의견에서 나온 생각인 듯하오. 그 때문에 좋은 작전을 망가뜨리고 말았지만. 그는 양심의 가책을 받아 서로 죽인다는 것은 잘못이라고 생각했겠지요. 그렇기는 해도 이만큼 애써서 준비공작을 해놓았는데 이렇게 망가뜨리다니, 참으로 한심하기 짝이 없소.

그러나 문트, 스마일리는 당신을 미워하고 있었소. 아니, 우리 모두가 미워하고 있었다고 할 수 있지요. 다만 입 밖에 내지 않았을 뿐이었소. 그렇기 때문에 런던에서는 이 계획에 더욱 열중했던 것이오. 누구나 흥미있는 게임으로 생각했지요. 사실 그 무렵 우리는 몹시 비참한 상황에 처해 있었거든요. 당신과의 승부에서 완전히 졌으니까. 남겨진 단 하나의 길은 문트를 죽이는 것뿐이었소. 따라서 그만큼 유쾌한 게임이라고도 할 수 있었지요."

리머스는 다시 사문위원 쪽으로 몸을 돌렸다.

"당신들은 피들러를 오해하고 있소. 그는 우리와 한패가 아니오. 런던측이 피들러 같은 지위에 있는 사람과 짜고 이런 위험한 일에 발을 디밀 거라고 생각하시오? 물론 그를 계산에 넣고 있었던 것은 사실이오. 그가 문트를 미워하고 있다는 것을 잘 알기 때문이지요. 이것은 누구나 다 아는 사실이 아니오? 피들러는 유대인이오. 문트가 유대인에 대해 어떤 편견을 가지고 있는지 당신들은 모두 알고 있을 겁니다.

여기서 분명히 말해 두겠소. 말을 할 만한 배짱이 아무에게도 없는 것 같으니 내가 대신 말해 주겠단 말이오. 문트는 피들러를 몹시 괴롭혔소. 지금까지 온갖 짓으로 그를 조롱해 왔소. 그것도 오직 유대인이라는 이유로. 당신들은 모두 문트가 어떤 사람인지 알고 있겠지요? 그러면서도 참는 것은 그가 뛰어난 능력을 가지고 있기 때문이지요? 그러나……."

그는 한순간 머뭇거리며 말을 끊었다.

"그러나…… 이 문제는 피들러가 아니더라도 다른 많은 사람들이 관계하고 있을 겁니다. 피들러 자신은 아무 잘못 없습니다. '이데올로기는 견실'……당신들 말투를 빈다면 이렇게 표현할 수 있겠지요."

리머스는 다시 사문위원들을 보았다. 그들 역시 묘하리만큼 무감동한 눈으로 그를 보고 있었다. 싸늘하고도 야무진 눈길이었다. 피들러는 자기 의자로 돌아가 앉아 애써 냉정하게 리머스의 말에 열심히 귀를 기울이고 있었는데, 이윽고 무표정한 얼굴을 들어 리머스를 보며 말했다.

"그러나 리머스, 이 일을 망가뜨린 것은 당신 자신이오. 오랜 경력의 최후를 장식하는 일이었는데 여자와 사랑에 빠지고 말았으니…… 당신의 표현을 빌린다면 '시시한 도서관에서 따분하게 일하고 있던 계집애'와 말이오. 그것을 런던 측은 알고 있었을 거요. 스마일리 혼자서는 그렇게 샅샅이 알아낼 수 없었을 테니까."

이어서 피들러는 다시 문트를 향해 말했다.

"그런데 문트, 이상한 일이 있소. 그들은 당신이 리머스의 동태를 샅샅이 알아냈다는 사실을 알고 있었소. 그렇기 때문에 리머스에게 그런 행동을 취하게 한 거요. 그러나 그들은 그 다음에 식료품가게 주인에게 돈을 주었고, 방값 밀린 것을 지불했으며, 그의 애인에게 연금증서를 보냈소. 그들로서는 이례적인 조치라고 할 수 있지요. 그만큼 경험이 많은 그들이 하찮은 여자에게 천 파운드나 되는 큰 돈을 주다니. 더구나 그 여자는 공산당원……그리고 상대방 남자가 1페니도 없는 가난뱅이인줄 알고 있는 여자에게. 스마일리의 양심 따위를 들먹일 필요는 없소. 런던 측이 샅샅이 알고 있었으니 말이오. 말할 수 없이 위험한 일이었다고 하지 않을 수 없지요."

리머스는 어깨를 으쓱하며 말했다.

"스마일리의 말이 옳았소. 공격에는 공격을, 보복에는 보복을…… 이런 상태가 영원히 되풀이되고 그칠 줄 모르니 말이오. 나도 이런 곳까지 끌려오리라고는 상상조차 하지 못했소. 네덜란드에서 끝난 줄로만 생각했었는데……."

그는 잠시 입을 다물었다.

"게다가 저 여자까지 끌어오다니, 꿈에도 생각지 못한 일이오. 나는 바보였소."

피들러가 급히 말참견을 했다.

"그러나 문트는 바보가 아니었소. 문트는 목표를 제대로 파악하고 있었으니까. 저 여자만 데려오면 유리한 증언을 끌어낼 수 있으리라는 것을 알고 있었지요. 확실히 눈치 빠른 사람이라고 할 수 있소. 그는 여자의 연금증서에 대해서까지 알고 있었소. 놀랄 만한 일이 아니오? 믿을 수 없소. 그가 어떻게 거기까지 알아냈을까요? 그녀는 아무에게도 말하지 않았는데. 나는 그녀를 이해할 수 있소…… 그녀의 말에는 거짓이 없소. 아무에게도 말하지 않았다는 것만은 절대로 틀림없소."

피들러는 여기서 문트에게로 눈길을 돌렸다.

"당신은 여기에 대해, 어떻게 그 시실을 알았는지 설명해 줄 수 있겠지요?"

문트는 1초쯤 머뭇거렸다. 그 1초가 리머스에게는 긴 것처럼 느껴졌다.

"그녀의 헌금(獻金)에서 알았소." 문트는 대답했다. "한 달 전부터 그녀는 당에 내놓는 헌금액을 한 달에 10실링씩 늘렸지요. 이 말을 들었기 때문에 어디서 그런 여유가 생겼는지 조사시켜 보았소. 그것이 맞아들어간 것이오."

"묘한 설명이군요." 피들러가 싸늘하게 말했다.

침묵이 흘렀다.

"이제……" 하고 의장이 옆의 두 위원에게 눈길을 보내며 말했다.

"본 사문회는 최고회의에 보고서를 제출해야 할 단계에 이른 것 같습니다." 그녀는 그 작고 무자비한 눈을 피들러에게로 돌리며 덧붙여 말했다. "무언가 더 할 말이 없소?"

피들러는 고개를 가로저었다. 그러나 아직도 관심은 남아 있는 것 같았다.

의장이 말했다.

"그렇다면 우리 위원 세 사람의 의견이 일치했으므로 발표하겠습니다. 피들러 동지를 해직합니다. 앞으로의 조치는 최고회의 징계위원회가 결정할 것입니다. 리머스는 계속 구금하겠습니다. 말할 나위도 없이 사문위원회는 집행 권한이 없습니다. 특별변호인은 문트 동지와 협의하여, 영국의 스파이인 동시에 살인범인 알렉 리머스에 대해 어떤 소송을 할 것인지 결정지어야 하리라고 생각합니다."

의장은 리머스를 쳐다보고 나서 그 다음에 문트를 보았다. 그러나 문트는 시선을 피들러에게로 돌리고 있었다, 목을 죌 밧줄의 길이를 재고 있는 사형집행인의 비정한 눈으로.

리머스는 그 순간 오랫동안 속아온 자의 놀랄 만큼 명석한 눈으로 이 잔인한 계략의 전모를 보았다.

지구위원

    리즈는 창가에 서 있었다. 여간수에게 등을 돌린 채 물끄러미 좁은 안뜰을 바라보면서 저기는 아마도 죄수들이 운동하는 곳인 모양이라고 생각했다. 그녀는 사무실 같은 느낌이 드는 방에 갇혀 있었다. 전화기가 몇 대 있고, 그 옆 책상 위에 음식이 담긴 접시가 놓여 있었다. 그러나 그녀는 거기에 손을 댈 생각이 없었다. 너무도 피곤하여 머리가 아팠다. 육체적인 심한 피로, 손발이 쑤시고 얼굴이 당겼으며, 울었기 때문에 피부가 거칠거칠했다. 몸도 더러워 목욕을 하고 싶었다.

    "어서 먹어요." 여간수가 다시 말했다. "모든 일은 이제 다 끝났으니까."

    동정에서 나온 말은 아니었다. 일껏 먹을 것을 갖다 주었는데 왜 손도 대지 않을까, 이 여자는 바보인가?……하고 생각하는 듯했다.

    "배가 고프지 않아요."

    여간수는 어깨를 치켜올리며 말했다.

    "이제부터 긴 여행을 하게 돼요. 거기에 가면 실컷 먹을 수도 없을 텐데."

"무슨 뜻이지요?"

"영국 노동자는 굶주리고 있지요." 여자는 스스로 만족하며 말했다. "자본가들이 그들을 굶주리게 하고 있으니까."

리즈는 대꾸하고 싶었으나 무슨 말을 어떻게 해야 할지 몰랐다. 그리고 알아두고 싶은 일도 있었다. 물어보아야 할 말이 있었다. 이 여자가 가르쳐주겠지.

"여기는 어디지요?"

"그것도 몰라요?" 여간수는 웃기 시작했다. "아까 물어보았더라면 좋았을 텐데." 그녀는 창밖을 턱으로 가리켰다. "저 사람들에게 말이에요, 아마 가르쳐주었을 텐데."

"저 사람들은 누구지요?"

"죄수들이지."

"어떤 죄를 지었는데요?"

"국가의 적." 여자는 서슴없이 대답했다. "스파이, 선동자."

"어떻게 스파이라고 단정하지요?"

"당은 무엇이든지 알아요. 당이 조사할 생각만 있으면 본인이 모르는 사실까지 알아내지요. 그런 말을 들은 적이 있을 텐데?"

여간수는 리즈를 흘끗 쳐다보며 고개를 가로저었다.

"영국 놈들! 돈 있는 놈들이 당신의 장래를 희생으로 삼고 있단 말이에요. 당신들은 그들에게 먹을 것을 제공하고 있는 셈이지요. 그것이 영국 사람들의 현상이에요."

"누가 그런 말을 하던가요?"

여자는 웃을 뿐 대답하지 않았다. 여전히 자기 말에 몹시 만족해하는 것 같았다.

"그럼, 여기는 스파이의 감옥인가요?"

"사회주의 세계의 현실을 인식하는 일에 실패한 사람들을 가둬두는 형무소지요. 과오를 저지를 권리가 있다고 잘못 생각하고 있는 사람들, 역사의 진행을 늦추려고 계획한 사람들을 위한 곳, 요컨대 반역자의 감옥이오." 여자는 간단히 결론을 내렸다.

"저 사람들은 어떤 나쁜 짓을 했나요?"

"공산주의 사회는 개인주의를 전멸시키지 않고서는 실현할 수 없어요. 부지에 돼지우리가 있으면 큰 빌딩을 세울 수 없는 것과 마찬가지지요."

리즈는 놀라며 그녀를 보았다.

"그것은 모두 누가 한 말이지요?"

"나는 이래봬도 지구위원이오." 여간수는 자랑스럽게 말했다.

"이 형무소가 담당지구지요."

"높은 분이시군요." 리즈가 옆으로 다가가며 말했다.

"나는 노동자요." 여간수는 엄격한 얼굴로 대답했다. "두뇌노동자가 좀더 고급스러운 범주에 든다고 보는 잘못은 고쳐주었으며 좋겠어요. 그런 범주 따위는 본디 없으니까. 노동자는 오직 하나일 뿐, 육체노동자와 두뇌노동자는 정반대가 아니에요. 당신은 레닌을 읽은 적이 있나요?"

"그럼, 이 형무소에 있는 사람들은 모두 지식인이로군요?"

여자는 웃었다.

"그렇다고 할 수 있지요. 스스로 진보주의자라고 말하고 있는 반동주의자들, 개인을 위해 국가와 싸우려고 생각하는 사람들이에요. 후르시초프가 헝가리의 반혁명에 대해 뭐라고 말했는지 알고 있나요?"

리즈는 고개를 저었다. 그러나 흥미 있는 듯한 얼굴을 지어보일 필요가 있었다. 이 여자를 지껄이게 만들어야 하기 때문이었다.

"그는 이렇게 말했지요. 좀더 빨리 저술가들을 사살했더라면 이런 일은 일어나지 않았을 거라고."

리즈는 급히 물었다.

"이번 사건에서는 재판이 끝나면 누가 죽게 되나요?"

"리머스지요." 여자는 퉁명스럽게 대답했다. "그리고 그 유대인 피들러도."

리즈는 쓰러질 뻔했으나 손이 의자 등에 닿아 간신히 앉을 수 있었다.

"리머스가 어떤 짓을 했는데요?"

작은 목소리로 그녀가 말하자 여간수는 음흉하고 능청맞은 가느다란 눈으로 리즈를 보았다. 놀랄 만큼 몸집이 큰 여자로 숱이 적은 머리카락을 바짝 붙여서 빗어 굵은 목 뒤로 묶어 올렸다. 얼굴이 지나치게 크고 이목구비도 단정치 못했다.

"그는 호위하는 사람을 죽였어요."

"왜 죽였을까요?"

여자는 어깨를 으쓱하며 엉뚱하게 말을 이었다.

"유대인은 어떤가 하면 충실한 동지를 얄밉게도 고발했지요."

"그 때문에 피들러는 죽음을 당해야 하나요?"

리즈는 믿을 수 없다는 듯이 물었다.

"유대인은 모두 마찬가지에요. 문트 동지는 유대인들을 어떻게 다루어야 하는지 잘 알고 있지요. 그런 인간들은 우리나라에 필요 없어요. 당에 가입하면 당을 자기들 것으로 생각하고, 당에 가입하지 않은 녀석들은 박해당한다고만 생각하니까. 아주 성가신 족속들이지요. 이것은 들은 이야기지만, 리머스와 피들러는 서로 손을 잡고 문트 동지를 실각시킬 계획을 세웠대요. 아직도 먹고 싶지 않아요?"

여자는 책상 위에 접시를 가리켰다. 리즈는 고개를 저었다.

"그럼, 내가 먹을까."

그녀는 그다지 내키지는 않으나 대신 먹어준다는 듯 우스꽝스러울 만큼 과장된 몸짓을 했다.

"감자도 있군. 주방에 당신 애인이라도 있나?"

그 농담에 스스로 몹시 유쾌해졌는지 그녀는 음식을 다 먹을 때까지 웃는 얼굴을 짓고 있었다.

리즈는 다시 창가로 돌아갔다. 그 혼란된 머리속에서 치욕, 비통, 불안의 감정이 소용돌이치며 들끓어 올랐다. 그리고 그 속에 리머스에 대한 꺼림칙한 기억이 엉겨 붙었다. 법정에서 본 그의 모습이. 의자에 몸을 꼿꼿이 세우고 앉아 그녀의 눈길을 피하고 있던 그의 모습이. 그녀가 그를 파멸시켰다. 그리고 죽음을 눈앞에 둔 그는 그녀를 보려고도 하지 않았다. 그 얼굴에 새겨진 경멸의 표정, 그리고 공포의 빛을 보이고 싶지 않았기 때문이리라.

하지만 그런 경우 그녀가 무엇을 할 수 있었겠는가? 만일 리머스가 무엇을 할 생각이라는 것만 털어놓았더라도——아직도 그 점을 똑똑히 이해할 수 없지만——그녀는 그에게 유리한 허위증언을 하여서 그들을 속일 수 있었을 텐데, 조금이라도 귀띔해 주었더라면 좋았을 텐데! 리머스가 그녀를 이해하고 있었던 것은 틀림없다. 무슨 일이든 그가 부탁하기만 하면 그녀는 기꺼이 그의 뜻에 따르리라는 걸 알고 있었을 것이다. 그녀가 가능하다면 그의 모습, 그의 의지, 그의 생활, 그의 이미지, 그의 고통——이러한 모든 것을 스스로 똑같이 겪고 싶어했다는 것을. 그럴 기회가 오기를 빌고 있었다는 것을. 하지만 이야기해 주지 않으니 그녀가 어떻게 알겠는가? 베일에 싸인 음침한 질문에 뭐라고 대답해야 할지 알 리가 없지 않은가? 그러나

저러나 그녀의 대답이 가져다준 이 끔찍스러운 결과. 그녀의 열띤 머릿속에 어릴 적 기억이 되살아났다. 한 걸음 한 걸음 걸을 때마다 몇 천이나 되는 자잘한 생물이 죽어가고 있다고 배웠을 때 소름끼치는 무서움을 느꼈던 그 기억. 아까 그 법정에서도 허위증언을 하든 진실을 말하든, 또는 묵비권을 행사하든 결국 한 사람의 목숨이 파괴되는 것이다. 그녀의 증언이 그렇게 되도록 강요당하고 있었다는 사실에는 변함이 없다. 아니, 그 한 사람뿐만 아니라 또 한 사람, 유대인 피들러의 목숨도. 친절하게 해준 사람. 그녀의 팔을 붙잡고 빨리 영국으로 돌아가라고 말해 준 사람. 그 피들러도 사살되는 것이다. 여간수가 그렇게 말했다. 어째서 피들러는 죽음을 당해야 할까? 어째서 죽음을 당해야 할 사람이 그녀를 심문하던 늙수그레한 남자나 의자 맨 앞줄의 경비병들 사이에 끼어 앉아 있던 금발의 사나이여서는 안 되는 것일까? 그녀가 볼 때마다 언제나 미소를 지으며 자기를 쳐다보던 남자, 짧게 깎은 금발, 매끈매끈한 뺨에 엷은 미소를 짓고 있던 얼굴, 이런 재판 따위는 아무 의미도 없는 장난이라고 비웃고 있는 듯한 그 표정. 어째서 그 사나이여서는 안 된단 말인가? 리머스와 피들러가 같은 편이라는 사실이 그나마 위안이 되었다. 그녀는 여간수에게 다시 물었다.

"어째서 우리는 여기서 기다려야 하지요?"

여간수는 접시를 밀어놓으며 일어섰다.

"명령이니까요. 당신을 가둬둘지 어떨지 지금 의논하고 있는 중이에요."

"가둬두다니요?" 리즈는 멍청히 되물었다.

"증언시켜야 할 문제가 있다나 봐요. 앞으로 피들러가 재판을 받게 될 테니까. 아까도 말했듯이 피들러는 리머스와 공모했다는 혐의를 받고 있어요."

"하지만 이상하군요. 독일과 영국에서 따로 떨어져 어떻게 공모할 수 있었을까요? 리머스는 어떻게 여기까지 왔을까요? 그 사람은 당원이 아닌데."

"그 점은 절대 비밀이에요." 여간수는 고개를 저으며 대답했다.

"최고회의만이 알고 있는 사실이지만, 아마 저 유대인이 데려왔겠지요. 아무튼 우리는 알 수 없는 일이에요."

"아니에요. 당신이 모를 리가 없어요. 당신은 이 형무소의 지구위원이잖아요. 그 사람들도 당신에게만은 이야기해 주었을 거예요."

리즈는 다시 한 번 말해 보았다. 빌붙는 말을 섞어가며.

"그야 그렇지요." 여자는 의기양양하게 대답했다. "하지만 절대로 비밀이어서……."

전화벨이 울렸다. 여자는 수화기를 들고 귀에 댔는데, 흘긋 리즈에게 눈길을 보내면서 곧 대답했다.

"알았습니다, 동지."

그녀는 수화기를 내려놓으면 분명하게 말했다.

"당신은 당분간 갇혀 있어야만 해요. 최고회의는 피들러를 재판에 붙이기로 한 모양이에요. 그때까지 당신은 문트 동지의 뜻에 따라 갇혀 있게 되었어요."

"문트가 누구지요?"

여자는 교활한 표정을 지으며 고쳐 말했다.

"최고회의 뜻에 따라서."

"나는 여기 있고 싶지 않아요." 리즈는 울먹이며 말했다.

"나는……."

여자는 대답했다.

"당은 우리들 자신보다 더 우리들에 대해서 잘 알고 있어요. 당신은 여기 있어야 해요. 그것이 당의 뜻이니까."

"문트가 누구지요?"

리즈가 다시 한 번 물었으나 여자는 대답하지 않았다.

여간수의 뒤를 따라 리즈는 천천히 복도를 걸어갔다. 끝없이 이어지는 복도, 철창 저쪽에 보초들이 많이 서 있었다. 소리를 내지 않도록 철문을 열고 역시 끝없이 이어지는 층계를 내려갔다. 안뜰을 지나 다시 또 층계를 내려갔다. 리즈에게는 그것이 지옥의 밑바닥으로 이어지는 것 같이 생각되었다. 언제 리머스가 죽는지 아무도 이야기해 줄 것 같지 않았다.

몇 시인지는 모르겠으나 감방 밖의 복도에서 발소리가 들려왔다. 저녁 5시쯤일지도 모른다, 밤 12시일지도 모른다. 그녀는 눈을 뜨고 있었다. 멍청히 어둠 속을 바라보면서 무슨 소리가 나기를 기다리고 있었다. 소리가 나지 않는다는 것이 이처럼 무서운 줄은 미처 몰랐었다. 한 번 소리를 질러보았으나 대답이 없었다. 아무도 없었다. 다만 그녀 자신의 목소리의 기억뿐. 고형(固形)의 물체같이 딱딱한 어둠. 그 속에서 소리를 지르자 주먹으로 바위를 치는 듯한 느낌이 들었다. 침대에 누워 두 손을 몸 둘레에서 움직여보았으나 어둠 속에서는 무게가 더해지는지 물 속에서 허우적거리는 듯한 느낌이 들었다. 감방이 작다는 것은 이미 알고 있었다. 처음에 들어올 때 보았기 때문이다. 감방에는 지금 그녀가 누워 있는 침대와 대야와 보잘것없는 탁자뿐이었다. 전등이 꺼지자 그녀는 얼른 침대 쪽으로 달려갔다. 그리고 다리가 부딪쳐 침대라는 것을 확인하자 공포에 떨며 누워 있었다.

발소리가 들리더니 문이 열렸다. 복도의 희미한 빛으로 그림자를 보았는데, 그 사람이 누구인지 알 수 있었다. 다부지고 민첩하게 보이는 몸, 날카로운 볼의 윤곽. 짧게 깎은 금발. 사나이는 불빛을 등지고 서 있었다.

"나는 문트요. 함께 갑시다." 업신여기는 투가 담겨 있었으나 남에게 들릴까봐 두려워하는지 낮고 짓눌린 듯한 목소리였다.

리즈는 갑자기 불안해졌다. 여간수의 말이 생각났다.

"문트 동지는 유대인들을 어떻게 다루어야 하는지 잘 알고 있지요."

그녀는 어쩔 줄 몰라 하며 침대 옆에 서서 그를 쳐다보고 있었다.

"빨리 나오시오. 바보같은 여자로군."

문트는 가까이 다가와 그녀의 손목을 잡았다.

"빨리 나와요."

그녀는 질질 끌리며 복도로 나갔다, 까닭도 모르는 채. 문트가 소리나지 않도록 조심하며 그녀의 감방에 자물쇠를 잠그는 것을 바라보았다. 그는 다시 거칠게 그녀의 팔을 붙잡고 달리다시피하여 복도를 걸어갔다. 멀리서 에어컨디셔너가 웅웅거렸다. 이따금 그들이 지나는 복도와 교차되는 통로에서 사람의 기척이 들릴 때면 문트는 걸음을 멈추곤 했다. 때로는 뒤로 물러서서 그 발소리가 멀어질 때까지 기다렸다가 그녀에게 다시 걸으라고 신호했다. 그는 자기의 말을 순순히 받아들이는 그녀를 믿고 있는 듯했다.

갑자기 그가 걸음을 멈추었다. 낡은 철문의 열쇠구멍에 열쇠를 집어넣었다. 그녀는 다시 겁에 질린 기분으로 기다렸다. 문이 열리자 겨울밤의 차가운 공기가 달콤하게 얼굴을 스쳤다. 다시 등을 밀리며 두어 걸음 층계를 내려가지 초라한 채소밭으로 이어지는 자갈길이 나왔다.

그 길 끝에 튼튼한 문이 있고, 바깥은 한길이었다. 문 앞에 자동차가 한 대 멈춰서 있고 그 옆에 알렉 리머스가 있었다.

"당황하지 마시오!" 문트가 달려가는 그녀를 붙잡았다.

"여기서 기다리시오."

문트는 혼자 앞으로 나섰다. 두 사나이가 어깨를 나란히 하고 나직이 이야기를 나누었다. 그녀는 그것이 1년도 더 되는 듯한 기분으로 기다렸다. 추위와 불안으로 가슴이 마구 뛰고 몸이 떨렸다. 이윽고 문트가 돌아왔다.

"함께 갑시다."

문트는 그녀를 리머스에게로 데리고 갔다. 두 사나이는 서로의 얼굴을 쳐다보았다.

이윽고 문트가 쌀쌀하게 말했다.

"조심해서 가시오. 하지만 리머스, 당신은 영리한 사람이 못되는군. 여자는 피들러와 다를 바가 없는데."

그리고 그는 더 이상 아무 말도 하지 않고 빠른 걸음으로 어둠 속으로 사라졌다. 그녀는 손을 뻗어 그를 만져보았다. 그는 몸을 반쯤 돌려 그 손을 뿌리쳤다. 그리고 자동차 문을 열고 어서 들어가라고 재촉했다.

"알렉" 하고 그녀는 뒷걸음질치며 작은 목소리로 불렀다. "알렉, 당신 어떻게 된 거예요? 석방됐어요?"

"잠자코 있어!" 리머스는 말을 가로막았다. "지금은 생각할 때가 아니니 어서 타오."

"저 사람이 피들러에 대해 뭐라고 말했어요? 어째서 우리를 풀어주는 거예요?"

"할 일을 다 했으니까 석방하는 것뿐이지. 어서 빨리 타라니까."

그의 무서운 기세에 밀려 리즈는 자동차에 올라탔다. 문이 닫히고, 리머스가 옆에 앉았다.

"저 사람과 무슨 약속을 했지요?" 그녀는 끈질기게 물었다. 의혹과 불안 때문에 한층 더 목소리가 커졌다. "당신과 피들러는 저 사람을 매장하기 위해 공모했다면서요? 그런데 어째서 석방해 주는 거지요?"

리머스가 시동을 걸자 자동차는 좁은 도로를 달리기 시작했다. 길 양쪽으로 벌거숭이 밭이 이어지고, 저 멀리에는 단조로운 언덕의 선이 땅거미 속으로 꺼져가고 있었다.

리머스가 시계를 보며 말했다.

"여기서 베를린까지는 다섯 시간 걸리는데, 1시 15분전까지 케니히에 도착해야 한다고 했소. 서두르면 시간 안에 도착할 수 있을 것 같군."

잠시 리즈는 아무 말 하지 않았다. 앞의 창유리를 통해서 인기척 없는 도로를 내다보며 혼란된 머리로 이것저것 생각하고 있었다. 달이 떠올라 서리가 하얗게 밭을 감싸고 있는 것이 보였다. 자동차는 고속도로로 나섰다.

이윽고 그녀가 말했다.

"알렉, 내 일이 걱정되세요? 그래서 문트에게 부탁하여 나를 석방시키도록 했나요?"

리머스는 대답하지 않았다.

"당신과 문트는 원수 사이일 텐데요."

그는 여전히 대답하지 않았다. 자동차는 더욱 속력을 내어 바늘이 1백 20킬로미터를 가리켰다. 구멍투성이의 고속도로는 몹시 흔들렸다. 헤드라이트를 빛내며 다른 자동차가 다가오면 옆길로 돌진했다. 팔꿈치를 핸들에 얹고 덮치는 듯한 자세로 몹시 거칠게 운전했다.

"피들러는 어떻게 될까요?"

리즈가 갑자기 묻자 이번에는 리머스도 대답했다.

"총살이겠지."

리즈는 급하게 말했다.

"당신이 총살당하지 않은 것은 무슨 이유 때문이지요? 문트를 죽이려던 일에는 당신도 책임이 있을 텐데요? 모두 그렇게 말하더군요. 그리고 호위 한 사람을 죽였다면서요?⋯⋯ 어째서 문트는 당신을 놓아주었을까요?"

"그렇게도 듣고 싶소?" 느닷없이 리머스가 소리쳤다. "그럼, 말해주지, 당신──당신도 나도──이 알아서는 안 될 일이지만 말해주겠소. 문트는 런던의 스파이였소. 영국에 있는 동안에 매수당했지. 당신과 나의 증언으로 런던의 교활한 작전을 뒤엎어 문트는 위급한 고비를 넘겼는데, 진짜 목적은 바로 거기에 있었던 거요. 문트의 진영 안에서 그 약은 유대인이 진상을 알기 시작했기 때문에 그런 위험에서 문트의 목숨을 구하는 것이 이번 작전의 진정한 목적이었소. 런던은 우리를 이용하여 그 작은 사나이, 유대인을 죽이게 한 거요. 결국 비참한 것은 우리 두 사람이오."

방벽

"그랬군요, 알렉." 그녀는 말했다. "그럼, 나의 역할은 무엇이었지요?" 목소리가 너무 냉정하여 사무적이라고 할 수 있을 정도였다.

"당신 역할? 리즈, 단순한 상상에 지나지 않지만, 그것은 내가 지금까지 알아낸 것과 아까 문트가 한 말로 판단하건대 이런 것 같소. 피들러가 문트를 의심하기 시작했소. 영국에서 돌아왔을 때부터 의심을 품기 시작했소. 이중 스파이라고 생각한 거요. 물론 그것은 그가 문트를 싫어했기 때문이기도 하지만——싫어하는 것은 당연하지——그러나 어쨌든 그의 생각은 옳았소. 문트는 분명 런던의 앞잡이였으니까. 그러나 그런 사실을 알기는 했지만 피들러를 없애기에는 그의 힘이 너무 강했지. 그래서 런던이 문트 대신 그 일을 맡기로 했던 거요. 나는 그 광경이 눈에 보이는 듯하오. 런던의 녀석들은 화가 날 정도로 관료적이오. 아마도 멋진 클럽의 어떤 방에서 따뜻한 난로 불을 에워싸고 앉아 이야기를 나누었겠지. 피들러 하나만 없애는 것만으로는 충분한 효과를 노릴 수 없다. 당원 모두에게 알려서 고발시키도록 해야 한다고 말이오. 목적은 의혹을 근본적으로 뿌리를 뽑는 데 있기 때문이오. 정식으로 권한을 다시 찾아 문트의 명예를 회복시킬 필요가 있으니까. 그래서 그들은 문트를 위해 그 작전을 세웠던 거요."

리머스는 이야기하며 앞서가는 트럭을 앞지르려고 핸들을 급히 돌렸다. 왼쪽 길로 들어가려고 하는데 느닷없이 트럭이 다가왔으므로 구멍투성이의 길에서 급히 브레이크를 밟았다. 아슬아슬한 찰나에 자동차의 왼쪽을 부딪치지 않고 지나갈 수 있었다.

그는 침착하게 이야기를 이어나갔다.

"나는 문트에게 의혹이 걸리게 하라는 명령을 받았지. 나는 힘껏 싸워보려고 마음먹었소. 드디어 나의 마지막을 훌륭히 장식하는 일을 할 수 있다고 생각했기 때문이오. 그래서 비참한 생활도 했고 가게 주인을 때리기도 했소. 이것은 당신도 모두 다 알고 있는 사실이오."

"그래서 연애도 했나요?"

그녀가 조용히 말하자 리머스는 고개를 저었다. 그는 다시 이야기를 계속했다.

"그러나 문제는 문트가 그것을 알고 있었다는 점이오. 그는 이 계획을 미리 알고 있었소. 문트는 나를 체포시키고, 피들러에게 심문을 맡겼소. 왜냐하면 마지막으로 교수대에 오를 사람은 피들러라는 것을 알고 있었기 때문이오. 나의 역할은 진상을 그들에게 인식시키는 것, 즉 문트를 영국의 스파이로 인식시키는 것이었소."

그는 잠시 머뭇거리고 있었다.

"그리고 당신 역할은 나의 그러한 증언을 뿌리째 뒤엎는 것이었소. 그렇게 하면 피들러는 사형을 받게 되고, 문트는 살아나거든. 파시스트의 음모에서 구출되었다는 형식으로 말이오. 연애를 이용하는 것이 오랜 옛날부터 우리들의 원칙이오."

"하지만 영국 첩보부가 어떻게 우리에 대해서 알고 있었을까요? 우리가 서로 만난다는 것은 어떻게 알았을까요?" 리즈가 갑자기 외쳤다. "알렉, 아무리 그들이라도 누구와 누구가 서로 사랑하는 것은 알 수가 없잖아요!"

"그런 것은 문제가 아니오, 서로 사랑하든 사랑하지 않든 관계없는 일이오, 그들은 당신이 젊고 예쁜 공산당원이기 때문에 선택한 거요, 초대만 받으면 독일로 갈 수 있다는 것도 알고 있었지. 나를 그 도서관으로 보낸 사람은 직업안정소의 피트라는 사람이었는데, 그것 역시 그들이 시킨 일이었소, 피트는 전쟁 때 첩보부에서 일한 사람으로, 그들에게 포섭 당했음에 틀림없소, 그들로서는 나와 당신을 만나게 하기만 하면 그만이었거든. 단 하루였다 하더라도 상관없지. 그것을 구실삼아 나중에 당신을 찾아갈 수 있으니까. 그리고 돈이라도 보내면 당신과 나 사이에 무슨 관계가 있었던 것처럼 보일 수 있으니까. 사실은 아무래도 상관없었던 거요, 요컨대 당신이 나의 여자였다고 보이게 하면 그만으로, 나의 부탁이라고 하며 당신에게 돈을 주는 것이 목적이었소, 당신과 나의 경우는 그런 계략이 진실이 되어버렸지만……"

"그래요, 우리는 겉으로만 그런 것이 아니었어요, 하지만 불쾌한 이야기로군요, 마치 내가 씨받이 말 앞에 놓였던 것 같아요,"

리머스는 아무 말도 하지 않았다.

"그 사람들은 나에게 돈을 주기만 하면 그만이라고 생각했을까요?" 리즈는 말했다. "다른 사람이라면 모르지만, 당원인 나에게 이런 덫을 걸다니……"

"그들은 양심으로 움직이고 있는 것이 아니라, 모든 일을 작전상의 필요에 따라 움직이고 있소," 리머스가 말했다.

"나는 그 감옥에서 나오지 말았어야 했어요, 문트도 정말 그러기를 바라지 않았을까요? 그 사람이 위험한 다리를 건널 필요가 어디 있겠어요? 나에게 이런 계략이 알려질 염려도 있고, 또 모든 사람에게 알려질 위험도 있었는데. 아무튼 피들러에게는 죄가 없어요. 안 그래요? 그런데도 단순히 유대인이라는 이유만으로……." 그녀는 흥분하여 외쳤다. "유대인이 어쨌단 말이에요!"

"그만두지 못해!" 리머스도 소리쳤다.

"아무래도 문트가 나를 놓아준 것이 이상해요. 이것이 당신과의 약속이었다 하더라도." 그리고 나서 그녀는 조금 생각한 다음 덧붙였다. "그로서는 지금의 내가 가장 위험한 존재일 텐데요. 만일 내가 영국으로 돌아가 이 내막을 당원들에게 말한다면 어떻게 되겠어요? …… 나를 놓아준 것은 이론적으로 맞지 않는 일이에요."

"나는 이렇게 생각해." 리머스는 대답했다. "그는 우리가 도망쳤다는 것을 구실로 부안에 아직도 피들러의 일당이 남아 있다고 최고회의에 증명해 보일 생각인 것 같소. 앞으로 다시 한 번 숙청작업이 벌어지겠지."

"다른 유대인을 잡아들일까요?"

리머스는 짤막하게 대답했다.

"그렇게 함으로써 그는 지위를 확보할 기회를 잡는 거요."

"다시 또 죄 없는 사람들을 죽이나요? 당신은 그래도 아무렇지도 않으세요?"

"아무렇지도 않을 리가 없잖소. 부끄러움과 노여움으로 가슴이 메슥거리오. 하지만 나는 세상 사람들과 다른 종류의 인간이오. 그렇게 되도록 훈련을 받았지. 무슨 일이든 믿지 않는 사람이 되어버렸소. 이 작전을 세운 녀석들은 운을 하늘에 맡기고 위험한 일을 했소. 그 결과 피들러가 지고 문트가 이겼소. 런던이 승리를 거둔 거지. 의의는 다만 거기에 있을 뿐이오. 비열하고 추악한 작전임에는

틀림없지만 효과가 있었던 거요. 이것이 단 하나 우리들의 법칙이
오."

목소리가 차츰 높아져 마침내는 외치다시피 했다. 리즈도 역시 외
쳤다.

"당신의 말은 자기 자신을 납득시키려는 데 지나지 않아요. 아무리
그 사람이라 해도 이처럼 나쁜 짓을 할 권리는 없어요. 죄 없는 피
들러를 죽이다니! 유대인이기 때문에 죽여도 괜찮다는 말인가
요? 그리고 문트는……."

"떠들지 마오!" 리머스는 거칠게 말했다. "당신의 당도 언제나
투쟁을 하고 있잖소. 대중을 위해서라고 하며 뻔뻔스럽게도 개인을
희생시키지. 나로서는 사회주의의 진실성이라는 것을 믿을 수가 없
소. 날마다 투쟁, 또 투쟁. 도저히 생각할 수도 없는 일이오. 그럼에
도 당신이 이렇게 살아남을 수 있었다는 것은 참으로 다행한 일이라
고 생각하오. 당신 당이었다면 어떻게 되었겠소? 나는 아직 공산주
의자로부터 생명의 신성함에 대한 말을 들어본 적이 없소. 내 생각이
틀렸을까?" 하고 그는 비꼬는 투로 말했다. "하마터면 당신은 죽을
뻔했잖소. 그 가능성이 매우 짙었지. 상대가 문트이니만큼 당신을 살
려서 돌려보낼 리가 없소. 당신에게는 이렇게 약속하겠지. 걱정하지
마라, 되도록 좋은 방향으로 해주겠다고. 그러나 그런 약속을 기억해
두고 있을 녀석이 아니오. 당신은 이 노동자의 천국에서 옥사할 뻔했
단 말이오. 오늘, 내년, 아니면 20년 뒤가 될는지도 모르지만, 그리
고 나 역시 같은 운명에 놓여 있었지. 아무튼 나는 이렇게 말하고 싶
소. 당신의 당은 우리 쪽보다 한 계단 더 높은 곳에 있다고. 모든 계
급의 파괴를 꾀하고 있단 말이오. 내 생각이 잘못된 것일까?"

윗옷에서 담뱃갑을 꺼내 그 중 두 개비를 성냥갑과 함께 그녀에게
내밀었다. 그녀는 떨리는 손으로 담배에 불을 붙여 리머스에게 하나

건네주었다.

"당신은 주욱 그런 생각을 하고 있었나요 ?"

"우리가 마침 이 작전의 조건에 적합했던 것뿐이오. 운이 나빴던 거지. 하긴 비참한 사람은 우리뿐이 아니지만. 다른 사람들도 이런 경우에는 비참하게 될 테니까. 그렇다고 해서 우리가 불평을 말할 자격은 없소. 리즈, 당신의 당에서도 같은 짓을 하고 있으니까. '적은 댓가로 큰 이익을', '다수를 위한 한 사람의 희생'──이런 말은 아주 질색이오. 선택된 사람이야말로 불행한 거요. 이 말이 당신들의 이른바 '인민' 사이에서 실행으로 옮겨지고 있다는 사실을 생각해 보오."

그녀는 어둠 속에 귀를 기울였다. 발 밑에서 미끄러져가고 있는 도로 말고는 아무것도 눈에 들어오지 않았다. 공포 때문에 가슴이 저렸다.

"하지만 그 사람들은 나에게 당신을 좋아할 수 있는 기회를 주었어요. 그리고 나에게 당신을 믿게 하고 사랑하게 해주었어요."

그러나 리머스는 무자비하게 대답했다.

"놈들은 우리를 이용했을 뿐이오. 필요했기 때문에 그렇게 만들었을 뿐이오. 그들은 단순히 그것이 유일한 수단이기 때문에 우리를 만나게 해주었을 뿐이란 말이오. 피들러는 거의 성공해 가고 있었소. 내버려두었더라면 문트가 체포되었겠지."

리즈가 갑자기 소리쳤다.

"그렇다고 해서 당신에게 그를 죽게 할 권리가 있었을까요 ? 피들러는 친절하고 좋은 사람이었어요. 그는 선량한 사람이며 옳은 일을 하고 있는데, 당신의 말 한마디로 죽음을 당하다니…… 스파이며 매국노인 문트 같은 사람을 구하기 위해서 말이에요 ! 그는 보잘것없는 인간이에요 ! 아시겠어요 ? 유대인이라는 이유만으로 그들을 미워하다니……. 대체 당신은 어느 편이에요? 어째서 그런 짓을……."

"우리들의 승부에는 오직 한 가지 법칙이 있을 뿐이오. 문트는 런던 측 사람, 그들이 요구하는 것을 보내주는 사람이오. 따라서 그를 살려준 것이 이상할 건 없소. 전략상의 일시적인 제휴를 역설한 것은 누구였소? 레닌이 아니었소? 당신은 우리를 어떻게 생각하고 있소? 우리는 스파이란 말이오. 목사와는 달라. 성자나 순교자가 아니거든. 어리석고 야비한 사나이들의 무리란 말이오. 그 속에 매국노도 있고 남색가, 사디스트, 알코올 중독자……그 썩은 인생에 마지막 꽃을 장식해 보려는 사람도 있소. 설마 당신은 그들이 런던에서 선과 악을 비교하는 수도사처럼 일하고 있다고 생각하지는 않겠지? 나도 할 수만 있다면 문트를 죽이고 싶소. 그놈의 용기가 밉기 때문에. 그러나 그것도 지금 나로서는 할 수 없는 일이오. 공교롭게도 그가 런던 측에 없어서는 안될 존재이기 때문이오. 그들은 그를 몹시 필요로 하고 있거든. 그를 이용함으로써 당신이 찬미하는 어리석은 대중들이 밤에 침대에서 편안히 잠잘 수 있으니까. 그들에게는 그가 필요하오. 당신이나 나처럼 쓸모없는 대중을 지키기 위해."

"그래서 피들러를 죽인단 말인가요? 그래도 당신은 괴롭지 않단 말인가요?"

"리즈, 이건 전쟁이오." 리머스가 대답했다 "소규모의 지근거리(至近距離) 전투이기 때문에 불쾌한 국면이 더욱 뼈아프게 느껴질 뿐이오. 때로는 죄 없는 사람의 목숨을 앗아야 할 경우도 있소. 그러나 그런 건 문제가 되지 않소. 다른 전쟁과 비교해 보면 대단한 문제가 아니라는 것쯤 누구나 알 수 있소. 지난번에 있었던 전쟁과 앞으로 일어날 전쟁을 생각해 보면 말이오."

"당신은 몰라요. 알려고 하지도 않으니까요. 그런 말로써 당신 자신을 타일러 위안을 얻으려 하는 것뿐이에요. 그 사람들이 하고 있는 짓에는 더 무서운 뜻이 담겨 있어요. 나든 누구든 이용할 수 있는 사람의 휴머니티를 그대로 자기들의 무기로 삼아 살인을 저지르는 데 쓰려 하고 있어요."

"이제 그만!" 마침내 리머스는 소리쳤다. "인류는 이 세상이 시작된 뒤로 똑같은 짓을 되풀이하고 있소. 그밖에 무엇을 했다고 말할 수 있겠소? 나는 아무것도 믿을 수가 없소. 허무주의건 무정부주의건, 물론 살인은 싫소. 참을 수 없이 싫소. 하지만 그밖에 우리가 무엇을 할 수 있겠소? 개종을 권유하는 사제는 아니니까. 설교단이나 당의 연단에 올라가 평화를 위해 선을 위해서 싸우라고 떠벌리고 있는 것은 아니니까. 오히려 그 설교자들이 서로 치고받는 것을 막는 역할이 바로 가엾은 우리의 임무란 말이오."

"아니에요. 당신이 잘못 생각하신 거예요." 리즈는 절망적으로 외쳤다. "당신은 우리들 누구보다도 나쁜 사람이에요."

"당신을 유혹했기 때문에? 비참한 실업자라 생각하고 동정해 준 당신을 이용했기 때문에?" 리머스는 난폭한 어조로 말했다.

"무시하기 때문이에요. 진실과 선의를 무시하고 애정을 경멸했어요……."

"그 말이 맞소." 리머스는 갑자기 맥이 빠지는 듯이 고개를 끄덕였다. "그것이 우리가 치르고 있는 값비싼 댓가요. 신과 칼 마르크스를 똑같이 경멸하는 사람들, 당신은 이렇게 말하고 싶겠지?"

"그것이 당신의 모습이에요." 리즈는 말했다. "문트도 그렇고 다른 사람들도 모두 똑같아요…… 어째서 나는 여태까지 몰랐을까요? 도구로 이용당하고 있다는 것을. 그 사람들에게, 그리고 당신에게 이용당하고 있다는 것을. 내 생각은 조금도 해주지 않았어요. 피들러만은 달랐지만──그 밖의 모든 사람은──맞아요, 당신들은 나를 사람으로 취급하지 않았어요. 아무렇게나 써버리는 돈처럼…… 알렉, 당신도 그런 사람들 가운데 하나예요."

"리즈, 믿어줘, 나를 믿어주오! 당신과 마찬가지로 나는 그런 것이 정말 싫어서 견딜 수 없단 말이오. 나는 미워하고 있소. 아주 싫단 말이오. 그러나 그것이 현실이니 어떻게 하겠소? 그것이 우리들의 사회요. 인류는 정신이 돌았소. 확실히 우리들은 하찮은 돈으로 살 수 있는 하찮은 물건에 지나지 않소. 그러나 그것은 우리들 뿐만이 아니오. 인간은 모두 서로 속이고 서로 거짓말을 하고 있소. 태연히 다른 사람의 목숨을 빼앗고, 죽이고, 감옥에 처넣고 있지. 어느 집단이든 계급이든 인간의 가치 따위는 생각지 않소. 그리고 리즈, 당신의 당은 그런 사람들 위에 구축되어 있다는 것을 알아야 하오. 당신은 나와 달리 사람이 죽는 것을 보지 못했지, 리즈……."

그가 이야기하는 동안 리즈는 더럽게 그을린 빛깔에 싸여 있던 감옥의 안뜰을 생각하고 있었다. 그리고 여간수의 말을──'역사의 진행을 늦추려고 계획한 사람들──과오를 저지를 권리가 있다고 생각한 사람들…….'

리머스가 갑자기 긴장하며 창유리를 통해 앞으로 내다보았다. 헤드라이트 빛이 길가에 서 있는 남자를 비춰냈다. 그 남자는 자동차가 다가오는 것을 보더니 손에 들고 있던 작은 손전등을 깜박거렸다.

"저 사람이오." 리머스는 입 속으로 중얼거렸다.

헤드라이트를 끄고 엔진도 끄고 나서 소리 나지 않도록 조심스럽게 자동차를 그 곁으로 몰았다. 차를 세우자마자 리머스는 뒤로 손을 뻗어 뒷문을 열었다.

남자가 올라탔으나 리즈는 돌아다보려고 하지도 않았다. 몸을 긴장시키며 앞만 내다보고 있었다. 거리에는 비가 내리기 시작하고 있었다.

"30킬로미터의 속도로 달리시오." 그 사나이가 말했다. 날카로운 목소리에는 불안이 깃들어 있었다. "길은 내가 가르쳐드리겠소. 도착하고 자동차에서 내리면 곧장 방벽(防壁)을 향해 달리시오. 당신이 기어 올라갈 장소를 탐조등이 비춰줄 겁니다. 탐조등 속에 서서 불빛이 움직이거든 곧 기어 올라가시오. 시간은 90초밖에 없소. 알겠지요? 당신이 먼저 올라가야 합니다." 사나이는 리머스 쪽을 보며 말했다. "여자는 당신 다음에 올라가도록 하시오. 방벽 아래에 쇠사다리가 있소. 그 사다리에서부터 위는 당신 힘으로 올라가야 하오. 위까지 올라가거든 여자를 끌어올리시오. 알겠소?"

"알았소. 얼마나 더 가면 되지요?"

"30킬로미터로 달리면 9분 안에 도착합니다. 정확하게 1시 5분이 되면 탐조등이 비치기 시작할 겁니다. 시간은 90초, 단 1초도 더 늘릴 수 없소."

"90초가 초과되면 어떻게 되지요?"

"90초 이상은 안 됩니다." 사나이는 되풀이해서 말했다. "그 이상은 위험합니다. 파견된 부대는 일개 분대. 그들은 당신들이 서베를린으로 잠입하도록 명령받은 것으로 알고 있소. 그와 동시에 시간 여유를 두지 말라는 명령도 받았소. 90초면 충분할 테니까."

"그랬으면 좋겠군." 리머스는 사무적으로 말했다. "지금 몇 시지요?"

"시계는 분대를 지휘하는 중사의 시계와 맞춰 놓았소." 자동차 뒤에서 짧은 간격을 두고 빛이 깜박였다. "지금은 12시 48분. 1시 5분 전에 자동차에서 내려야 하오. 앞으로 7분 남았소."

완전한 정적의 세계. 자동차의 지붕을 두드리는 빗소리 말고는 아무 소리도 들리지 않았다. 도로는 앞으로 곧장 뻗어 있고, 1백 미터마다 흐릿한 가로등이 보였다. 사람 그림자는 전혀 없었다. 머리 위에서 아크등의 부자연스러운 빛으로 하늘이 희끄무레하게 보였다. 이따금 탐조등이 번쩍했다가는 꺼졌다. 왼쪽 지평선 조금 위에 끊임없이 번쩍거리며 움직이는 빛이 있어 불이 일어난 듯한 착각을 일으키게 했다.

"저것이 무엇이지요?" 리머스가 손가락으로 가리키며 물었다.

"정보국이오." 사나이가 대답했다. "전광 뉴스를 끊임없이 동베를린으로 흘러 보내고 있답니다."

"저것이었군." 리머스는 중얼거렸다.

여행의 끝이 바로 눈앞에 있다.

사나이는 말했다.

"되돌아갈 수는 없소. 그 점에 대해 들었겠지요? 기회는 두 번 다시 없소."

"알고 있소." 리머스가 대답했다.

"실패해도——미끄러지거나 상처를 입거나 해도——되돌아갈 수는 없소. 방벽 가까이에 있는 사람을 사격하는 것이 그들의 임무니까. 당신은 어떻게 해서든 방벽을 넘어야 하오."

"알고 있소." 리머스는 되풀이했다. "그에게서 들었소."

"자동차에서 내리면 바로 거기에 빙벽이 있다고 생각하시오."

"이제 그만, 알았으니 그만하시오!" 리머스는 성가시다는 듯이 말했으나, 곧 다시 물었다. "이 자동차는 당신이 운전하여 돌아갈 거요?"

"당신들이 내리면 그와 동시에 나는 달아납니다. 위험하기는 나도 마찬가지니까."

"그렇겠지요." 리머스는 쌀쌀맞게 대답했다.

한참 침묵이 흘렀다.

"당신은 권총을 가지고 있소?" 리머스가 물었다.

"물론이지요. 그러나 당신에게 줄 수는 없소. 그가 나에게 일렀소. 당신은 틀림없이 권총을 달라고 하겠지만, 주어서는 안 된다고 말이오."

리머스는 웃었다.

"그가 할 만한 말이로군."

그는 시동을 걸었다. 온 거리 안에 울려 퍼질 듯이 큰소리를 내며 자동차가 움직이기 시작했다.

3백 야드쯤 나아가자 사나이가 흥분하며 조그맣게 외쳤다.

"거기서 오른쪽으로 꺾으시오. 그리고 곧 왼쪽으로."

그곳은 좁은 골목으로, 양쪽은 인기척 없는 시장이었다. 그 사이를 그들의 자동차는 달려갔다.

"거기요! 바로 거기서 왼쪽으로!"

자동차는 다시 모퉁이를 돌았다. 이번에는 높은 빌딩만이 줄지어서 있는 사이를 맹렬한 속도로 달려갔다. 막다른 골목길 위에 빨래가 널려 있었다. '저 밑을 지나갈 작정인가?' 하고 리즈는 생각했다. 막다른 골목 같은 곳에 이르자 사나이가 외쳤다.

"왼쪽으로, 그리고 보도로 곧장 몰고 가시오."

리머스는 자동차를 보도 위로 달리게 했다. 주차장으로 쓰는 곳인 듯 꽤 넓었다. 왼쪽에는 짓눌린 듯한 쇠울타리가 쳐져 있고, 오른쪽에는 창이 없는 고층 빌딩이 서 있었다. 어디서인지 외침 소리가 났다. 여자의 목소리였다. 리머스는 입속으로 욕설을 퍼부었다.

"시끄러운 여자로군!"

길은 오른쪽으로 느슨하게 구부러져 있다. 조금 앞쪽에 큰길이 보였다.

"어느 쪽으로 가지요?"

"곧장 도로를 가로질러 약국 옆으로 들어가시오. 약국과 우체국 사이 거기 바로 거기요!"

사나이는 몸을 앞으로 내밀어 얼굴을 거의 리머스와 나란히 갖다댔다. 리머스의 옆으로 뻗은 손끝이 앞창 유리를 붙잡고 있었다.

"뒤로 물러나시오." 리머스가 나무랐다. "손을 치우시오. 그 손 때문에 앞이 보이지 않소!"

기어를 넣어 재빨리 넓은 도로를 가로질렀다. 오른쪽으로 시선을 던진 그는 깜짝 놀랐다. 3백야드쯤 앞에 길다란 브란덴부르크 문의 모습과 그 옆에 모여서 있는 군용 자동차들이 무시무시하게 보였다.

"어디로 가는 거지요?" 리머스가 다급하게 물었다.

"바로 저기요. 천천히 가도 좋소. 왼쪽, 왼쪽이오, 왼쪽으로 도시오!" 그는 외쳤다. 순간 리머스는 핸들을 돌렸다. 자동차는 좁은 문을 뚫고 안뜰로 들어갔다. 창문의 절반은 칠을 했고 나머지 절반은 판자로 막혀 있었다. 문이 없는 입구가 시커먼 입을 벌리고 있다. 안뜰 저쪽에 또 하나의 문이 보였다.

"저 문을 지나가시오." 그 사나이는 작은 목소리로 지시했다. 어둠 속에 긴장이 팽팽하게 감돌았다 "그 문을 지나 왼쪽으로 급커브를 도시오. 오른쪽에 가로등이 죽 서 있는데, 두 번째부터는 불이 켜져 있지 않소. 두 번째 가로등 앞에서 엔진을 끄고 소화전까지 천천히 차를 몰고 가시오. 거기가 당신이 내릴 장소요."

"어째서 당신이 운전하지 않소?"

"당신에게 운전을 시키라는 명령이오. 그러는 편이 안전하답니다."

자동차는 문을 지나 갑자기 오른쪽으로 꺾었다. 좁은 길이었는데 콜타르처럼 캄캄했다.

"헤드라이트를 끄시오!"

리머스는 라이트를 끄고 천천히 첫 번째 가로등까지 몰았다. 그 앞에 두 번째 가로등이 보였다. 거기에는 불이 켜져 있지 않았다. 엔진을 끄고 소리내지 않으면서 두 번째 가로등 앞을 지나갔다. 20야드 앞에 어렴풋한 소화전의 윤곽이 보였다. 리머스는 브레이크를 밟아 자동차를 세웠다.

"여기가 어딥니까?" 리머스가 나직이 물었다. "아까 지나온 곳은 레닌 거리였는데."

"거기는 그레이프월더 거리였소. 그리고 북쪽으로 돌아왔는데, 여기는 베르너웰 거리의 북쪽에 해당하지요."

"판코 지구(동베를린의 관청거리)인가요?"

"그렇다고 할 수 있지요. 저것 좀 보시오!"

사나이는 왼쪽에 있는 골목을 가리켰다.

그 끝에 어렴풋한 아크 등이 연갈색으로 비추어내고 있는 방벽이 길의 폭만큼 보였다. 방벽 위에는 세 가닥으로 꼰 가시철망이 둘러쳐져 있었다.

"여자가 있는데, 저 철조망을 어떻게 넘어가지요?"

"당신이 올라갈 곳은 끊어놓았소. 아주 좁은 폭이니까 잘못 보면 안 됩니다. 1분 안에 방벽까지 갈 수 있소. 그럼, 잘 해보시오!"

세 사람 모두 자동차에서 내렸다. 리머스가 리즈의 팔을 붙잡자 그녀는 다치기라도 한 듯 움찔 놀랐다.

"조심하시오." 독일인이 말했다.

리머스는 낮은 목소리로 부탁했다.

"우리가 넘어갈 때까지 자동차를 움직이지 말아 주시오."

리즈는 어슴푸레한 불빛 속에서 독일인을 언뜻 보았다. 불안에 싸인 젊은 얼굴. 용기가 있다는 것을 보이기 위해 안간힘을 쓰고 있는 젊은이의 얼굴이었다.

"안녕⋯⋯." 리즈는 말했다.

그녀는 곧 리머스의 뒤를 따라 도로를 가로질러 방벽을 향해 좁은 골목으로 달려갔다. 골목으로 접어들자 등 뒤에서 자동차가 움직이는 소리가 들려왔다. 지금 온 방향으로 급히 올라가고 있는 것이었다.

리머스는 사라지는 자동차를 돌아보며 중얼거렸다.

"사다리를 거두는 일을 맡았는데 그냥 가버리는군. 바보 같은 녀석!"

리즈는 듣고 있지 않았다.

추운 나라에서 돌아온 스파이

두 사람은 빠른 걸음으로 나아갔다. 리머스는 가끔 돌아다보며 그녀가 따라 오는지 확인했다. 골목 끝에 이르자 문 뒤에 몸을 숨기고 시계를 들여다보았다.

"앞으로 2분."

그녀는 말이 없었다. 얼굴을 방벽 쪽으로 돌려 그 너머에 시커멓게 누워 있는 폐허를 바라보고 있었다.

"앞으로 2분." 리머스는 되풀이했다.

두 사람으로부터 30야드쯤 앞쪽에 방벽을 따라 빈터가 양쪽으로 펼쳐져 있었다. 70야드쯤 떨어진 오른쪽에 감시탑이 보였다. 탐조등의 불빛이 빈터 위를 기어 다녔다. 보슬비가 내리고 있었고 아크 등 불빛이 창백하게 어른거리며 그 아래의 세계를 비춰내었다. 사람의 모습은 보이지 않았고, 아무 소리도 들리지 않았다.

감시탑의 탐조등이 방벽 위를 더듬더듬 주춤거리며 두 사람 쪽으로 다가왔다. 빛이 멈춰 설 때마다 방벽으로 싸인 커다란 벽돌과 서둘러 칠한 듯한 몰타르가 보였다. 불빛은 두 사람 앞에 이르자 딱 멈추었다.

"괜찮겠어?" 리머스는 시계를 보며 물었다.

리즈는 고개를 끄덕였다.

그녀의 팔을 붙잡고 그는 빈터를 일부러 천천히 가로질러갔다. 리즈는 달려가고 싶었으나 팔이 붙잡혀 있어서 그럴 수가 없었다. 방벽까지 거리를 절반쯤 갔을 때 반원형의 강렬한 빛을 받아 두 사람은 엉겁결에 달리기 시작했다. 불빛은 바로 머리 위에 있었다. 리머스는 리즈를 바짝 자기 곁에 붙어 가도록 놓치지 않아야겠다고 마음먹었다. 문트가 최후 순간에 약속을 어기고 그녀를 데려갈까 봐 두려워하고 있듯이.

방벽으로부터 몇 발자국 떨어진 곳에서 불빛은 한순간 두 사람을 떠나 북쪽으로 달렸다. 주위는 완선히 어둠에 에워싸였다. 리머스는 리즈의 팔을 붙잡고 마구 달렸다. 왼손을 내밀고 더듬자 갑자기 꺼칠꺼칠한 벽돌 모서리에 닿았다. 방벽이다! 얼굴을 들자 세 갈래로 꼰 가시철망과 그것을 고정시키고 있는 말뚝이 어디 있는지 짐작할 수 있었다. 방벽의 벽돌에 등산가가 쓰는 피켈 비슷한 쇠말뚝이 박혀 있었다. 가장 높은 곳에 손을 걸고 리머스는 재빨리 몸을 들어올렸다. 다음 순간 그는 방벽에 올라가 있었다. 가시철망의 낮은 부분을 홱 잡아당기자 이미 끊어져 있어서 쉽사리 벗겨졌다.

"빨리!" 그는 급하게 외쳤다. "리즈, 빨리 올라와!"

그는 방벽 위에 배를 깔고 엎드려 뻗어 올린 그녀의 손을 붙잡았다. 그 다리가 첫 쇠말뚝에 얹혔다고 느꼈을 때 천천히 끌어올렸다.

갑자기 온 세계가 불바다가 된 듯이 보였다. 위에서, 양옆에서, 사방에서 강렬한 불빛이 집중하여 잔혹하리만큼 정확하게 두 사람의 모습을 비춰냈다.

리머스는 눈이 부셨다. 얼굴을 돌리고 리즈를 붙잡은 손에 힘을 주었다. 지금 그녀의 몸은 공중에 떠 있다. 발을 잘못 디딘 것일까? 급하게 부르며·계속 잡아당겼다. 강렬한 빛 속에서 눈은 쓸모가 없었다. 혼란된 빛깔이 미친 듯 춤추고 있을 뿐이었다. 신경질적으로 사이렌이 울리고, 미친 듯한 호령 소리가 날아왔다. 방벽에서 반쯤 무릎을 내밀고 리머스는 그녀의 두 손을 1인치씩 끌어올렸다. 그 자신이 굴러 떨어지기 직전인데도.

그때 일제사격이 시작되었다. 한 번, 두 번, 세 번, 네 번. 그의 손에 그녀의 경련이 전달되고, 그 가느다란 팔이 그의 손에서 미끄러져 내려갔다. 방벽 저쪽에서 영어로 외치는 소리가 들려왔다.

"뛰어내려! 알렉! 뛰어내려야 해!"

지금은 너나할 것 없이 모두 외치고 있었다. 영어, 프랑스어, 독일어. 바로 가까이에서 스마일리의 목소리도 들려왔다.

"여자는? 여자는 어디 있지?"

리머스는 불빛을 손으로 막으며 방벽 밑을 내려다보고 겨우 그녀의 모습을 찾아냈다. 그녀는 움직이지 않고 누워 있었다. 조금 망설였으나 그는 천천히 피켈 사다리를 내려갔다. 여자 옆에 섰다. 여자는 죽어 있었다. 옆으로 누운 그녀의 뺨에 검은 머리카락이 흩어져 있다. 쏟아지는 비를 맞지 않도록 그녀를 지켜주기라도 하려는 듯이.

다음 사격은 한순간 머뭇거리는 듯했다. 명령을 내리는 자가 있었으나 아무도 쏘지 않았다. 그러나 결국 총탄이 그를 붙잡았다. 두 발인지 세 발. 리머스는 우뚝 서서 투우장의 눈먼 수소처럼 주의를 둘러보았다. 쓰러질 때 그는 보았다. 두 대의 대형 트럭과 짓눌린 소형 자동차를. 기쁜 듯이 창문에서 손을 흔들고 있던 아이들의 모습을.

냉혹무참한 메커니즘에 포박된 인간

이 책은 존 르 카레(John Le Carré)의 《추운 나라에서 돌아온 스파이(The Spy Who Came in from the Cold)》의 완역이다. 원서는 1963년 끝 무렵에 런던의 고란츠사(社)에서, 그리고 이듬해 1월에 미국의 가워드사에서 출판되었다. 이 작품은 책으로 되어 나오자 곧 세계적인 규모로 베스트 톱의 자리에 뛰어올라 아마추어 작가에 지나지 않던 존 르 카레를 일약 스파이 소설계의 대가로 만들어주었다. 그리하여 그의 세 번째 작품인 이 소설은 오늘날 스파이 소설의 고전이라는 지위를 확보하고 있다.

이 작품이 그토록 높은 평가를 받고 있는 것은 물론 스토리가 재미있기 때문이기도 하지만, 세계대전 전의 필립스 오펜하임으로부터 세계대전 뒤의 이언 플레밍에 이르기까지 이어져온 스파이 소설의 계열과는 전혀 이질적인 새로운 작풍(作風)이 독자의 눈을 휘둥그래지도록 했기 때문일 것이다. 좀더 구체적으로 말하면 종래의 스파이 소설이 초인적인 능력을 지닌 주인공이 '손에 땀을 쥐게 하는 위기일발'의 사건에서 활약하는 '신화'였음에 대하여, 이 작품에서는 지은이가 우리와 같은 따뜻한 피가 몸속에 흐르는 인간인 정보부원의 진실된 모습을 처음으로 진지하고 생생하게 나타내 보여주었기 때문이다.

제2차 세계대전 이후 대량학살 병기의 출현과 더불어 첩보활동에 쓰여지는 수단과 도구도 과학적으로 굉장히 새로워졌지만, 첩보부란 스파이 한 사람 한 사람의 능력을 최대한으로 발휘시키기 위한 복잡한 기구이며 지휘자와 부원이 철저하게 비정한 관계로 맺어진다는 그 본질적인 요소에는 여전히 아무 변함이 없다. 그 기구 안에서 활약하는 부원들이 어떤 때는 돈의 유혹을 받고 또 어떤 때는 정사(情事)의 꾐에 넘어가기도 하는 점에서는 일반 사람과 마찬가지다.

개인의 희생에 의하여 국가의 이익을 추구하는 거대한 기구에 휘말려든 스파이들의 비극, 이것이야말로 바로 지은이 존 르 카레가 강렬한 감동이 담겨진 고도의 스토리를 통하여 제임스 본드와 마타하리에 식상한 스파이 소설 독서계에 제시한 문제였다. 그는 이 작품을 스릴과 서스펜스가 넘치는 필치로 아주 리얼리스틱하게 묘사해 보였기 때문에, 지은이 자신이 영국 정부의 첩보부원이었다는 풍문이 나돌았을 정도였으며 또한 그에게는 본디 그와 비슷한 경력이 있기도 했다. 르 카레는 이 작품에 대하여 다음과 같이 말하고 있다.

"나에게는 신화를 쓸 마음이 없었다. 스파이 활동은 아주 현대적인 우리들에게 있어서도 절실한 문제였으므로 도저히 그것을 허황된 이야기로 만들어버릴 수가 없었다. "

또한 르 카레에게는 반드시 써야만 될 테마가 또 하나 있었다. 그는 〈라이프〉지 기자와 인터뷰에 응하여 그 집필 동기를 다음과 같이 말했다.

"내가 이 소설로 서구 자유주의 나라에 제시하고 싶었던 가장 중대한 것은, 개인은 사상보다도 소중히 여겨져야 한다는 생각입니다. 어떠한 사회에 있어서든 대중의 이익을 위하여 개인을 희생으로 삼는 사상만큼 위험한 것은 없습니다. 오늘날 전개되고 있는 냉전을 보며 아주 통절하게 느껴지는 아이러니는, 개인이 총탄과 마찬가지로 다루어지고 있다는 사실입니다. 우리는 서구 민주주의 체제 유지라는 대의명분 아래, 그 주의 자체를 내버리도록 강요당하고 있는 실정입니다. 동서 양진영의 스파이전 지휘자는 서류상으로 작전계획을 세우고 있지만, 그 서류 한 장의 힘으로 언제 어느 때 우리들 국민이 탄환으로 변할지 알 수 없는 것입니다."

그는 또한 같은 취지의 말을 〈선데이 텔레그래프〉지에 기고한 문장 속에서도 되풀이하고 있다.

"나는 다음과 같은 역설에 흥미를 느끼고 있다. 서구 민주주의는 하나의 관념에 의하여 일관화되고 있으며, 개인은 어떠한 사상보다도 높은 가치를 지닌 존재라는 생각이다. 그리고 공산주의는 이와 정반대의 견해를 표명하고 있다. 이 소설을 쓴 나의 의도는 서구 민주주의 체제의 방위를 위하여 의식적으로 그 주의를 저버린 사람들을 묘사하려는 것이었다."

르 카레는 이러한 주제를 명확히 술회하면서, '방벽'에 의하여 절단된 베를린이 상징하는 동과 서 두 세계를 무대로 하여 그곳에 암약하는 스파이들의 행동과 운명을 그려내었다. 그는 또 이렇게도 말하고 있다.

"나는 이 소설을 처음부터 끝까지 진지한 마음으로 써나갔다. 베를린의 '방벽'을 처음 보았을 때 나는 깊은 충격을 받았는데, 그것을 있는 그대로 독자에게 전달할 수 있게 되도록 염원했다. 마치 자석에 끌리듯 나는 그 뒤에도 세 차례나 베를린을 방문했으며, 거리에서 거리로 샅샅이 돌아다녔다. 이 소설 구성의 대부분은 그 '방벽'의 그늘 밑에 서 있는 동안 내 머릿속에 떠오른 것이다."

지은이의 경력을 소개하면——존 르 카레는 필명이고, 본명은 데

이비드 존 무어 콘웰, 1931년에 영국 남부 도세트서 주의 풀르에서 태어났다. 영국의 퍼블릭 스쿨에서 정통적인 교육을 받고 아버지의 뜻에 따라 16살 때 스위스의 하이 스쿨로 전학하였으며 그곳의 베른 대학에서 독일 문학을 공부했다. 독일어에 특수한 재능을 나타내어 빈을 본거지로 하는 영국 징보부의 초청을 받아 아수 짧은 기간 동안이긴 하지만 그곳의 부원으로 일했다. 이것이 사회를 바라보는 그의 시야를 넓히고 뒷날의 작가 활동에 유익하게 쓰여질 경험을 제공해 주었다.

그 뒤 아버지의 희망으로 영국에 돌아와 옥스퍼드 대학에서 법률 공부를 하고 졸업하자 곧 외무부에 근무했다. 그리하여 1961년 이등 서기관으로 서독의 수도 본의 영국 대사관에 부임하였고, 1963년부터 2년 동안은 함부르크의 영사로 일했다. 이 근무 동안 소설쓰기에 몰두하여 매일 아침 5시부터 8시까지와 주말을 모두 집필에 바쳤다. 그리하여 처음으로 탄생된 것이 《죽은 자로부터의 전화(1961)》이며, 이어서 《고귀한 살인(1962)》과 《추운 나라에서 돌아온 스파이(1963)》가 영국의 고란츠사를 통하여 책으로 나왔다.

고란츠사는 미스터리 소설을 주로 펴내는 출판사였는데, 르 카레의 세 번째 장편소설 판매방법을 연구하던 중 뉴욕 〈쇼〉지의 여성편집 자인 블리드버그 양이 영국으로 찾아와 플레밍의 007시리즈에 대항할 만한 작품이 없겠느냐고 묻는 말을 듣고 그 세 번째 소설을 〈쇼〉 지에 10월호부터 세 번에 걸쳐 나누어 연재하여 독자들의 커다란 반향을 불러일으키게 되었다.

미국에서는 잡지 연재가 끝난 다음해 1월에 가워드 매컴사에서 출판되어 그달 동안에만 12만 3천부가 팔려나가 베스트셀러의 으뜸자리를 차지하였으며, 영국에서도 마찬가지로 날개 돋친 듯이 팔려나갔다. 그뿐 아니라 CWA 골든 대거 상과 서머세트 몸 상을 받았으며,

영화로도 만들어져 그 저작권료로 10만 파운드를 받아 르 카레는 관리생활을 그만두어도 좋게 되었다.

그 뒤의 작품으로는 《거울나라의 전쟁(1965)》《독일의 작은 도시 (1968)》 등이 있으며, 모두 영국과 미국에서 동시에 간행되었다.

그를 일약 인기작가로 만들어준 제3작 《추운 나라에서 돌아온 스파이》에 대하여 영국과 미국의 모든 신문 및 잡지의 비평은 최대의 찬사를 보내고 있다. 이 작품은 어두운 분위기를 띠고 있으면서도 확실한 일급소설이라고 할 만하다. 르 카레의 작품은 에릭 엠블러 계통의 리얼리즘 스파이 소설로, 지은이가 외무성에서 일할 때 '정보활동'에 대한 기록을 얼마쯤 읽은 일이 있을 뿐 그 박진감은 오직 그의 독자적인 것이다.

그의 장편 주인공은 조지 스마일리라는 등이 굽고 여윈 몸집이 작은 사나이로 중세 독일 문화사 전공의 지식인인데, 보기 흉하게 생긴 겉모습과 이 빠진 호랑이로 변모하는 '수코양이'의 복잡성을 지닌 첩보부원이라는 설정이다. 그리고 스마일리는 제1작인 《죽은 자로부터의 전화》에서 많은 활약을 했지만 그 뒤로는 배후의 지휘자가 되는 입장에 놓이게 되는데, 이것은 냉혹무참한 첩보조직의 메커니즘에 포박된 '저마다의 상태'를 그려나가는 르 카레의 의도 때문인지도 모른다.

아무튼 르 카레는 장대한 대하소설을 구상하는 야심적인 대형작가라고 할 수 있을 것이다.